타인들의 책

THE BOOK OF OTHER PEOPLE
edited by Zadie Smith

Korean translation copyright © MUNHAKDONGNE Publishing Corp., 2016
Korean translation rights arranged with Rogers, Coleridge & White Ltd. through EYA(Eric Yang Agency).

이 책의 한국어판 저작권은 EYA(Eric Yang Agency)를 통해
Rogers, Coleridge & White Ltd.와 독점 계약한 (주)문학동네에 있습니다.
저작권법에 의해 한국 내에서 보호를 받는 저작물이므로 무단 전재와 무단 복제를 금합니다.

이 도서의 국립중앙도서관 출판예정도서목록(CIP)은
서지정보유통지원시스템 홈페이지(http://seoji.nl.go.kr)와
국가자료공동목록시스템(http://www.nl.go.kr/kolisnet)에서 이용하실 수 있습니다.
(CIP제어번호: CIP2016014569)

타인들의 책

제이디 스미스 엮음
강선재 옮김

The Book of Other People

David
Mitchell
Judith Castle
Nick Hornby
J. Johnson
Hanwell Snr
Zadie
Smith
ROY SPIVEY
MIRANDA JULY
JONATHAN
SAFRAN FOER
Colm
Tóibín
Schindge
Puntput
Lélé
RHODA
Dave Eggers
Theo
GIDEON
ZZ PACKER
Donal Webster
A. M. Homes
Puppy
George
Saunders
Justin M. Damiano
Daniel Clowes

문학동네

차례

『타인들의 책』은 인물에 관한 책이다. 지시사항은 간단했다. 누
군가를 만들어낸다. 각 이야기의 제목은 그렇게 만들어진 누군가의 이
름으로 한다(콜럼 토빈의 「도널 웹스터」, A. M. 홈스의 「신디 스투
벤스톡」, A. L. 케네디의 「프랭크」 등등과 같은 식으로). 원고를 의
뢰할 때 성별이나 인종, 생물종에 제한을 두지 않았다. 이러한 자
유가 토비 리트의 「괴물」, 조지 손더스의 「강아지」를 탄생시켰다.
책 작업 후반에 나는 통일성을 위해 이름과 성姓이 필요하겠다고
참여 작가들을 설득하려 했지만 이 아이디어는 인기가 없었다. 에
드위지 당티카는 다음과 같이 간단하면서도 설득력 있게 항변했
다. "이름은 다채로운 편이 좋겠어요. 덜 단조로워 보이도록요. 누
구나 각기 다른 사람들에 의해 각기 다른 이름을 얻게 되는 거잖아
요." 당티카의 「렐레」나 애덤 설웰의 「니고라」처럼 성을 원하지 않
는 경우에는 쓰지 않아도 되었다. 또는 결정적인 작가의 숨은 의도
를 담고 있어서 성을 생략한 경우도 있다. 가령 ─ 시몬 베유의 탁

월한 정의에 따르면―인물이란 '신체'나 '성격'이 아닌 하나의 신성한 인간이며, 그 특정한 이름은 중요하지 않기도 하니까.

스물세 편의 이야기를 여기서 하나하나 모두 언급하기는 어렵다. 각각의 이야기는 그 자체로 완결된 작품이다. 또한 이 책에는 허구적 인물에 대한 특정한 명제나 논지가 없다. 정통 '사실주의'나 '자연주의'―만일 그런 것들이 존재한다면―를 겨냥한 것도 아니다. 완성된 이 책이, 작가들의 수만큼이나 '인물'을 창조하는 (또는 '인물'의 가능성을 부인하는) 방법 역시 다양하다는 사실의 생생한 증거가 되기를 바랐다. 단순한 아이디어 하나가 한 사람 한 사람의 머릿속에서 어떻게 펼쳐지는지를 지켜보는 일은 놀라웠고, 작품에 등장하는 '인물들'은 이야기들의 제목인 '타인들'의 이름만큼이나 다채로웠다. 이 프로젝트의 편집자로서 나는 작품 대부분에 최소한만 개입함으로써 작가와 작품의 개성을 최대한 유지하고자 했다.

다만 한 가지 요소, 서체의 개성은 사라졌다. 아무래도 책을 만들기 위해서는 출판사 내부 디자인 방침에 따라 서체를 통일해야 하니 말이다. 하지만 작가들이 이메일로 원고를 보내오며 자신들의 이야기를 전할 때 그들이 선택한 각각의 서체는 많은 것을 말해준다. 이 책의 작가들 중에는 향수 어린 아메리칸 타이프라이터체를 쓰는 이들이 상당수 있다(모두 미국인이다). 그 서체는 아직 덜 마른 잉크와 여전히 뜨거울 것 같은 인쇄기를 떠오르게 한다. 다른 두 사람은 우아하고 우울한 디도체를 쓰고(둘 다 영국인이다), 어느 작가는 신문 칼럼처럼 가늘고 긴 텍스트를 가운데에 정렬한다

(학구적인 느낌의 조지아체로). 어떤 작가들은 글자 크기를 무려 18포인트로 하는 반면 다른 작가들은 자그마한 10포인트를 더 편안해한다. 출판 과정에서 사라지는 별나고 세세하며 내밀해 보이는 개인적인 특징도 많다. 도형 기호로 구분한 문단, 세심하게 디자인을 넣은 제목, 거대한 인용 부호, 가운데로 정렬한 대화, 가운데로 정렬하지 않은 문단, 문단 구분이 없는 글. 이토록 개성 넘치는 지면 배치와 그 미묘한 효과들이 사라지는 것은 아쉽다. 그럼에도, 남아 있는 것들이 만족스럽기를 희망한다.

스물세 편의 이야기들로 안내하기 전에 한 가지 기술적 문제, 즉 '예술로서의 소설'을 이야기할 때 일반적으로 천박하다고 여겨지는 문제에 대해 잠깐 언급하려 한다. 돈 말이다. 이 책은 인세 수익을 전액 기부하는 '자선 문집'이다. 이는 하나의 '이야기'가 좁든 넓든 한 사람이 차지하는 공간만큼 팽창하는 가스와 같다는 사실을 너무나 잘 알고 있는 편집자가 그럼에도 불구하고 작가들에게 인세 없이 책에 원고를 달라고 부탁해야만 했다는 뜻이다. 이야기를 시작할 때는 그것을 완성하기까지 얼마나 긴 시간이 걸릴지 알 수 없다. 두 시간, 며칠, 넉 달, 혹은 더 걸릴 수도 있다(특히 그래픽 노블 작가들의 경우가 그렇다). 본 프로젝트 역시 그러했다. 대가 없는 노동에 시간—때로는 긴 시간—을 내준 모든 작가들에게 감사를 전한다. 전통적으로 작가들은 무보수로 글을 쓰는 일에 비판적이다(조지 엘리엇은 한때 '돈을 위한 글쓰기의 유혹으로부터 나를 구해줄 돈, 그 이외의 어떤 것도 내 책에 대한 대가로 받고 싶지 않다'라고 말했다). 하지만 맨 처음 글을 쓰던 순간처럼, 글쓰기가 단지 글쓰기로 존재할 뿐, 독특한 유형의 직장은 아니던 때처럼 다시 한번 글을 쓰는 일에도 특별한 장점이 있을지 모른다. 억지로 장편소설 한 편을 만들어야 하거나, 특정 잡지의 입맛에 맞게 손질하거나, 집세를 지불하는 이들의 무리를 기쁘게 하는 방식으로 고안할 필요가 없는, 쓰기 외에는 어떤 것과도 관련이 없는 작품을 쓰는 일은 해방적이다. 『타인들의 책』에서 여러분은 일찍이 발을 들여놓은 적 없는 풍경들 속을 돌아다니며, 다채로운 외형뿐 아니라 예상 밖의 스타일과 여러 가지 태도를 시도하는 작가들을 발견할 수 있을 것이다. 이 이야기들을 기꺼이 추천한다. 아울러 이야기들의 순서에는 특별한 원칙이 없음을 알리는 바다. 독자들 역시 저마다 원하는 순서대로 읽어도 좋다.

이 프로젝트로 인한 인세 수익의 수혜자는 창작적·해설적 글쓰기 재능을 지닌 6세 이상 18세 이하의 학생들을 지원하고, 학생들의 글쓰기를 장려하는 교사들을 돕는 비영리단체 '826 뉴욕'(자세한 활동 정보는 www.826nyc.org 참조)이다.

『타인들의 책』은 현실의 사람들을 위해 일하는 가상의 인물들을 만들어내는 현실의 사람들을 보여준다. 이는 가상의 인물들이 자신의 역할을 다하는 보기 드문 예다.

제이디 스미스

조지 손더스

강아지

Soleil
Judge
Gladys
Frank
Gideon
Parks-Schultz
Justin M. Damiano
J. Johnson
Hanwell Snr
Nigora
ROY SPIVEY
Donal Webster
Cindy
Lélé
Stubenstock
Puppy
Magda
Mandela
Judith Castle
RHODA
THE
MONSTER
Theo
Perkus
Tooth
JORDAN
THE LIAR
WELLINGTON
Newton Wicks
LINT
Gordon

벌써 두번째로 마리는 완벽한 옥수수밭 위의 눈부신 가을햇살을 가리켰다. 완벽한 옥수수밭 위의 눈부신 가을햇살에 그녀는 이번에도 흉가가 떠올랐다. 실제로 본 적 있는 흉가가 아니라, 완벽한 무엇무엇 위의 눈부신 가을햇살을 볼 때면 때때로 그녀의 마음속에 등장하는 (근처에 묘지가 있고, 울타리 위에 고양이 한 마리가 있는) 가공의 흉가. 그녀는 확인하고 싶었다. 만일 아이들에게도 찬란한 무엇무엇을 볼 때마다 떠오르는 가공의 흉가가 있다면 지금 그것을 생각할 것이고, 그러면 그녀와 아이들은 마치 친구처럼, 자동차 여행을 떠난 대학 친구들처럼 다 같이 동일한 경험을 하겠지, 대마초 없이도, 하하하!

하지만 틀렸다. 마리가 세번째로 "와, 얘들아, 밖을 보렴" 하고 말하자 애비는 "네, 엄마, 알아요. 옥수수잖아요"라고, 조시는 "지금은 안 돼요, 엄마. 빵을 발효시키고 있거든요"라고 대답했다. 그래도 그녀는 괜찮았다. 아무렇지 않았다. 조시가 사달라고 했던 게임인

〈브라 뽕 넣기〉보다야 〈고귀한 제빵사〉가 더 나았으니까.

하긴, 누가 알겠는가? 아이들의 머릿속에 가공의 장면 같은 건 전혀 없을지도. 아니면 아이들의 그것은 그녀의 머릿속에 있는 것들과 전혀 다를지도 모른다. 바람직한 현상이다. 어쨌거나 아이들은 독자적인 작은 존재니까! 당신은 그저 보호자일 뿐이다. 당신이 느끼는 것을 아이들이 느껴야 할 이유는 없다. 당신은 그저 아이들의 느낌을 지지하면 되는 것이다.

그렇지만, 와, 옥수수밭은 정말이지 장관이었다.

"얘들아, 엄마는 저런 밭을 볼 때마다 어쩐지 흥가가 생각난단다." 마리가 말했다.

"빵칼! 빵칼!" 조시가 소리쳤다. "멍청한 기계 같으니! 내가 고른 건 저거라고!"

핼러윈 이야기를 하자면, 그녀는 작년에 옥수숫대로 만든 기둥 때문에 쇼핑카트가 뒤집힌 일을 기억하고 있다. 세상에, 그 광경에 어찌나 웃었던지! 아, 가족의 웃음이란 참으로 값지다. 그녀의 어린 시절에는 없던 그것. 아빠는 지나치게 무뚝뚝했고 엄마는 지나치게 창피해했다. 만약 그녀의 어린 시절에 그런 일이 벌어졌다면 아빠는 절망적으로 카트에 발길질을 하고, 엄마는 큰 걸음으로 얼른 아빠에게서 멀찍이 떨어져 립스틱을 덧발랐을 것이다. 그동안 마리는 자신이 브래디라고 이름 붙인 흉측한 플라스틱 군인 인형을 신경질적으로 물어뜯었을 테고.

반면 이 가족 안에서는 웃음이 권장되었다! 어젯밤 조시가 '게임보이'로 마리의 엉덩이를 쿡 찌르는 바람에 그녀는 짜고 있던 치약을 거울에 흩뿌렸고 마리와 아이들은 구치와 함께 바닥을 뒹굴며 웃었다. 그리고 조시가 그리움이 가득한 목소리로 "엄마, 구치가 강아지였을 때 기억나요?"라고 말하자 애비는 울음을 터뜨렸다. 겨우 다섯 살인 애비는 구치가 강아지였던 시절을 몰랐으니까.

그리하여 이 '가족의 임무'가 생겨나게 되었다. 로버트는 어떠냐고? 아, 로버트에게 신의 축복이 있기를! 한 남자가 있다. 그에게 이 '가족의 임무'는 문제될 게 없을 것이다. 그녀는 자신이 돌발적으로 새로운 뭔가를 집에 가져올 때마다 "워 워!"라고 말하는 그의 모습을 사랑했다.

"워 워!" 집에 돌아온 로버트는 이구아나를 발견하고는 말했다. "워 워!" 집에 돌아온 로버트는 이구아나의 철창 안으로 들어가려고 애쓰던 페럿을 발견하고는 말했다. "동물원의 행복한 주인이 된 것 같군!"

그녀는 로버트의 쾌활함을 사랑했다. 신용카드로 하마를 사서 (페럿과 이구아나도 신용카드로 샀다) 집에 데려와도 그는 그저 "워 워!"라고 말할 것이다. 그러고는 그 생명체가 무엇을 먹고, 몇 시간을 자며, 대체 이 귀여운 녀석의 이름을 뭐라고 지어야 하느냐고 묻겠지.

조시는 그의 제빵사가 베이킹 모드일 때면 언제나 그러듯이, 뒷좌석에서 바보-바보-바보 하는 소리를 내며 각양각색의 '배고픈 주민들'을 물리치면서 빵 반죽을 오븐에 넣으려 애쓰고 있었다. 배고픈 주민들 가운데는 위장이 거대한 여우도 있었고, 쿵 하고 제빵사의 머리를 바위로 맞히는 데 성공할 때마다 부리로 빵 반죽을 찍어

훔쳐가는 초현실적인 개똥지빠귀도 있었다. 여름 내내 마리는 조시가 자는 틈틈이 〈고귀한 제빵사〉의 사용설명서를 탐독하며 이런 것들을 익혔다.

그리고 그건 효과가 있었다. 정말 그랬다. 요즘 조시는 혼자서만 있으려는 경향이 덜했고, 게임을 하는 조시의 뒤로 다가가 "와, 우리 아들이 호밀흑빵도 만들 줄 아는지는 몰랐네"라거나 "얘, 톱니 모양 칼날을 써봐. 더 빨리 잘릴 거야. '창문 빗장 걸기' 하면서 해봐"라고 하면 조시는 게임기를 조종하지 않는 손을 뒤로 뻗어 사랑스럽게 그녀를 찰싹 때렸다. 어제는 그러다가 잘못해서 그녀의 안경을 떨어뜨렸고 둘은 한참을 웃었다.

마리의 어머니라면 그녀가 아이들을 버릇없게 키운다고 서슴없이 말할 것이다. 하지만 버릇없는 아이들이 아니었다. 제대로 사랑받은 아이들이었다. 적어도 마리는 중학교 댄스파티가 끝난 뒤 아이를 두 시간 동안 눈보라 속에 혼자 세워두지 않았다. 적어도 그녀는 술에 취해 아이에게 "넌 대학에 갈 만한 머리가 못 돼"라고 쏘아붙이지 않았다. 적어도 그녀는 아이를 벽장 안에(벽장이라니!) 가둔 채 문자 그대로 도랑 파는 인부를 거실에서 접대하지 않았다.

오, 하느님, 세상은 얼마나 아름다운지요! 가을의 빛깔들, 저 반짝이는 강물, 90번 고속도로 위에 성城처럼 서 있는 반쯤 개조된 맥도널드를 겨냥한, 끝이 둥근 화살 같은 저 납빛 구름.

이번에는 다를 거라고 그녀는 확신했다. 아이들은 이 애완동물을 스스로 돌볼 것이다. 강아지는 비늘로 뒤덮여 있지도 않고 물지도 않으니까. ("워 워!" 이구아나에게 처음으로 물렸을 때 로버트는 말했다. "네가 이 문제에 대해 할말이 있나보구나!")

주님, 감사합니다. 렉서스가 옥수수밭 사이를 질주하는 동안 마리는 생각했다. 당신은 제게 너무도 많은 걸 주셨습니다. 역경과 그것을 극복할 힘을 주셨고, 은총과 그 은총을 널리 퍼뜨릴 새로운 기회를 매일 주셨지요. 그리고 그녀는 세상이 좋은 곳이며 마침내 그 속에서 자신의 자리를 찾았다고 느낄 때면 때때로 그러듯이 마음속으로 외쳤다. "워 워, 워 워!"

켈리는 블라인드를 젖혔다.

좋아. 멋져. 지금까지 정말 완벽하게 풀리고 있어.

그곳에는 그애가 할 수 있는 일이 무척 많았다. 뒷마당은 온 세상이 될 수 있었다. 그녀가 어렸을 때 그녀의 뒷마당이 온 세상이었던 것처럼. 그녀는 나무 울타리에 난 구멍 세 개로 '엑손'(첫번째 구멍)과 '엑시던트 코너'(두번째 구멍)를 볼 수 있었다. 세번째 구멍은 사실 구멍 두 개로 이루어져 있었는데, 그것들을 잘 활용하면 두 눈이 이상하게 엇갈리면서 '맙소사, 기분이 죽여줘' 놀이를 할 수 있었다. 사팔눈을 뜨고 비틀거리며 "피스 맨, 피스Peace man, peace"*라고 말하면서.

보가 좀더 자라면 상황이 달라질 것이다. 그때쯤이면 그애에게도 자유가 필요하겠지. 하지만 지금은 그저 죽지 않는 게 우선이다. 멀리 떨어진 '테스터먼트'에서 그애를 발견한 적도 있었다. 그

---

* 1960년대 히피들이 입버릇처럼 자주 하던 말.

곳은 90번 고속도로 건너편이었다. 보는 어떻게 고속도로를 건넜을까? 그녀는 답을 알고 있었다. 쏜살같이 뛰어서. 그애는 그렇게 길을 건넜다. 한번은 '하이타운 플라자'에서 생판 모르는 사람이 전화를 걸어오기도 했다. 브릴 박사조차 이렇게 말했다. "켈리, 이걸 통제하지 못하면 이 아이는 죽고 말 겁니다. 아이가 약은 먹고 있나요?"

먹을 때도 있고 안 먹을 때도 있었다. 약을 먹으면 아이는 이를 갈고 갑자기 주먹을 내리치곤 했다. 그런 식으로 접시를 여러 장 깼고, 식탁 유리를 깨는 바람에 손목을 네 바늘 꿰맨 적도 있었다.

오늘은 약을 먹을 필요가 없었다. 안전하게 마당에 있었으니까. 그녀가 완벽하게 문제를 해결했으니까.

아이는 거기서 자신의 양키스 헬멧에 가득 채운 자갈을 나무에 던지며 피칭 연습을 하고 있었다.

아이가 고개를 들어 그녀를 보더니 키스를 보내는 시늉을 했다.

착한 녀석.

이제 그녀가 걱정해야 할 것은 강아지뿐이었다. 그녀는 전화를 건 여자가 정말로 와주기를 바랐다. 강아지는 예뻤다. 한쪽 눈가가 갈색인 귀여운 흰색 강아지. 여자가 오기만 한다면 분명 데려가고 싶어할 것이다. 그녀가 강아지를 데려가면 지미는 난처한 일을 피할 수 있다. 지난번 새끼 고양이들을 처리하는 일을 지미는 싫어했었다. 만일 아무도 강아지를 데려가지 않는다면 그가 강아지를 처리할 것이다. 그는 그래야만 할 것이다. 그는 어떤 일을 해야 한다고 말하고서 하지 않아버릇하면 아이들이 약에 빠지게 된다고 생각했기 때문이다. 게다가 그는 농장에서, 아니 농장 근처에서 자랐고 농장에서 자란 사람이라면 누구나 아픈 동물이나 잉여 동물에 대해 해야 할 일을 한다는 사실을 알고 있었다. 강아지는 아프지는 않았지만 잉여였다.

지난번 지미가 새끼 고양이들을 처리했을 때, 제시와 몰리는 그를 살인마라고 불렀고 보는 신경이 잔뜩 곤두섰다. 지미는 "얘들아, 아빠는 농장에서 자랐어. 해야 할 일은 해야만 하는 거야!"라고 소리를 질렀다. 나중에 그는 침대에 누워 울면서, 연못까지 가는 내내 자루 속에서 고양이들이 얼마나 울었는지, 자신이 농장에서 자라지 않았더라면 하고 얼마나 바랐는지 이야기했다. 그녀는 "농장 근처겠지"라고 말할 뻔했다(그의 아버지는 코틀랜드 외곽에서 세차장을 운영했다). 그는 가끔 그녀가 너무 건방지게 굴 때면 그녀의 팔을 세게 꼬집었고, 그 꼬집은 곳이 손잡이라도 되는 양 그녀를 끌고 침실을 돌아다니며 말했다. "방금 당신이 뭐라고 했는지 잘 못 들은 것 같군."

그래서 그날 침실에서는 이렇게만 말했다. "여보, 당신은 해야 할 일을 했어."

그러자 지미가 말했다. "그렇겠지. 애들을 바르게 키우는 건 정말 쉽지 않아."

그런 다음, 그녀가 건방을 떨어 그의 인생을 힘들게 하는 일은 없었으므로, 둘은 침대에 누워서 계획을 세웠다. 집을 팔고 애리조나로 가서 세차장을 살까, 애들한테 〈재미있는 읽기 놀이〉를 사줄까, 토마토를 심을까 같은 것들. 그리고 그들은 한바탕 뒹굴었고

(그녀는 어째서 이 일을 기억하는지 알 수 없었다), 그는 그녀를 꼭 끌어안은 채 그녀의 머리카락에 대고 재채기처럼 혹은 금방이라도 울 것처럼 절망적인 코웃음을 터뜨렸다.

그의 이러한 행동 때문에 그녀는 자신이 특별하다고, 그가 자신을 믿고 있다고 느꼈다.

그리하여 오늘밤 그녀가 하고 싶은 일은? 강아지를 팔고, 아이들을 일찍 재우는 것. 자신이 강아지 일을 잘 처리했음을 지미가 알게 되고, 지미와 함께 빈둥거리다가 침대에 누워 계획을 세우는 것. 그가 또 자신의 머리카락에 대고 그 코웃음을 터뜨리는 것.

어째서 그 코웃음이 자신에게 그토록 큰 의미가 있는 건지 그녀는 전혀 알 수 없었다. 그것은 '그녀라는 경이'의 기이한 면 가운데 하나일 뿐이었다. 하하하.

밖에서 보가 갑자기 궁금해하며 깡충깡충 뛰었다. 전화했던 여자가(좋았어, 가자) 지금 막 차를 세웠기 때문이려나?

그렇다. 게다가 비싼 차다. 그녀가 광고에 '싸게 드림'이라고 쓴 것이 괜한 짓이었다는 뜻이다.

애비가 꺄악 소리를 질렀다. "너무 예뻐요, 엄마, 데려갈래요!" 강아지가 구두상자 속에서 흐릿한 눈으로 위를 올려다보는 동안 집주인 여자는 터덜터덜 걸어가더니 깔개에서 하나, 둘, 셋, 네 개의 개똥을 뜯어냈다.

와, 이런, 정말 최고의 현장학습인걸, 하하. 마리는 생각했다(쓰레기, 곰팡이 냄새, 백과사전 한 권이 들어가 있는 물 없는 수족관,

엉뚱하게도 지팡이사탕 모양 풍선이 삐져나와 있는, 책장 위의 파스타 냄비). 누군가는(식탁 위의 스페어타이어 하며, 구석의 옷더미 위에서 흐리멍덩한 쾌락의 표정으로 다리를 벌리고 앉은 채 엉덩이를 끌고 있는, 집안에서 똥을 싸는 것으로 추측되는 침울한 어미개 하며) 혐오감을 느끼겠지만 마리는(싱크대로 달려가 손을 씻고 싶은 충동을 싱크대 안에 농구공이 있다는 등의 이유로 억제하면서) 사실 이것이 아주 슬픈 일임을 깨달았다.

제발 아무것도 만지지 마, 제발 만지지 마. 그녀는 조시와 애비에게 말하면서도 내심 민주적이고 포용적인 자신의 모습을 아이들에게 보여주고 싶었다. 나중에 반쯤 개조된 맥도널드에서 아이들 모두 깨끗이 씻으면 될 것이다. 단 제발, 제발 손을 입에 가져가지 말고 절대로 눈을 비비지 말아다오.

그때 전화기가 울렸고 주인 여자는 주방으로 터벅터벅 걸어들어가 조심스럽게 들고 있던, 키친타월에 싸인 똥을 조리대 위에 올려놓았다.

"엄마, 강아지 데려갈래요." 애비가 말했다.

"제가 하루에 두 번쯤 꼭 산책시킬게요." 조시가 말했다.

"'쯤'은 안 돼." 마리가 말했다.

"하루에 두 번 꼭 산책시킬게요." 조시가 말했다.

그렇다면 좋다, 괜찮다, 그들은 백인 쓰레기의 개를 입양할 것이다. 하하. 개 이름은 제크로 하고, 작은 옥수숫대 파이프와 밀짚모자를 사줄 것이다. 그녀는 강아지가 깔개에 똥을 싸고 어쩔 수 없어요라는 듯 자기를 올려다보는 걸 상상했다. 아니다. 그녀라고 완벽한 곳에서 왔던가? 모든 것은 변화 가능했다. 그녀는 다 자란 강아지가 친구 몇몇을 접대하며 영국식 악센트로 말하는 모습을 상상했다. 내가 태어났던 집도, 음, 뭐랄까, 가장 훌륭한 가정이라고는 할 수 없었지……

하하, 와, 생각이란 놀랍군. 끊임없이 이런 것들을 쏟아내다니……

마리는 창가로 다가가 인류학적인 태도로 블라인드를 젖히다가 충격에 휩싸였다. 충격이 너무나 큰 나머지 손에서 블라인드를 놓쳤고, 스스로를 깨우려는 듯 머리를 흔들었다. 조시보다 겨우 몇 살 더 어려 보이는 소년이 벨트와 쇠줄로 나무에 묶여서, 그러니까 뭔가로…… 자신이 보았다고 생각한 것을 봤을 리 없다고 확신하며 그녀는 다시 블라인드를 젖혔다……

소년이 뛰자 쇠줄이 풀렸다. 이제 소년은 우쭐거리며 그녀를 돌아다보면서 뛰고 있었다. 쇠줄이 끝까지 다 풀리면서 소년을 홱 잡아당기자 소년은 총이라도 맞은 것처럼 쓰러졌다.

소년은 몸을 일으켜 앉더니 욕을 퍼부으며 쇠줄을 이리저리 휘저었다. 그러고는 물그릇 쪽으로 기어가 그걸 들고 마셨다. 개밥그릇에 담긴 물을.

조시가 창가에 있는 그녀의 곁으로 다가와 섰다. 그녀는 아이가 보게 놔두었다. 이제 아이는 수업과 이구아나와 닌텐도가 세상의 전부가 아님을 알 것이다. 짐승처럼 묶인 이 흙투성이의 모자란 소년 역시 세상의 일부임을.

그녀는 벽장에서 나와 어지럽게 널린 어머니의 속옷과 도랑 파는 인부의 것인 오렌지색 경고 깃발이 잔뜩 걸린 쇠줄을 발견했던 날을 떠올렸다. 혹독하게 추운 날 중학교 앞에서 기다렸던 일을 떠올렸다. 눈발은 더 굵어졌고, 그녀는 이백까지 다 세면 그 먼길을 걸어서 돌아가겠노라고 매번 다짐하며 이백을 세고 또 세었다.

아, 얼마나 간절히 바랐던가. 그녀의 어머니에게 맞서고, 어머니를 잡아 흔들며 "등신 같으니, 이앤 당신 아이야. 당신 아이를 당신은……"이라고 말해줄 단 한 명의 올바른 어른을.

"자, 강아지 이름은 뭐라고 하실 건가요?" 주인 여자가 주방에서 나오며 물었다.

립스틱이 약간 번진 그녀의 살진 얼굴에서 잔인함과 무식함이 그대로 뿜어져나왔다.

"죄송하지만 강아지는 데려가지 않을 거예요." 마리가 차갑게 말했다.

애비가 목청이 찢어져라 소리를 질렀다. 하지만 조시가—나중에 그애를 칭찬해줘야 할 것이다. 〈이탈리아 빵〉 확장팩이라도 사주거나—낮은 목소리로 애비에게 뭐라고 했고, 둘은(베이킹시트 위의 크랭크축 같은 것을 지나, 빨간 고추 일부분이 떠 있는 녹색 페인트 통을 지나) 쓰레기장 같은 주방을 걸어나갔다. 주인 여자가 허둥지둥 쫓아오며 말했다. 잠깐만, 잠깐만요. 공짜로 드릴 테니 데려가세요. 그녀는 정말로 그들이 강아지를 데려가기를 원했다.

아니, 지금은 강아지를 데려갈 수 없을 것 같다고, 제대로 돌볼 수 없는 것을 소유해서는 안 된다는 생각이 든다고, 마리는 말했다.

"아." 주인 여자가 문간에서 무너지듯 앉으며 말했다. 강아지는 그녀의 한쪽 어깨 위에서 버둥거렸다.

밖으로 나와 렉서스에 탄 애비는 작게 흐느끼기 시작했다. "정말로, 나한테는 완벽한 강아지였어요."

사실 괜찮은 강아지였다. 하지만 마리는 이러한 상황에 조금도 기여하고 싶지 않았다.

그런 일은 절대 없을 것이다.

소년이 울타리 쪽으로 다가왔다. 그애에게 눈짓 한 번으로 말할 수 있다면. 인생이 언제나 이런 것은 아니란다. 네 인생은 언제고 불현듯 멋지게 피어날 거야. 그럴 수 있어. 나도 그랬거든.

그러나 비밀스러운 눈짓, 수많은 의미를 담은 눈짓 속의 미묘한 어쩌고저쩌고는 다 헛소리일 뿐이다. 헛소리가 아닌 건, 아동복지국으로 거는 전화다. 그녀는 그곳에서 일하는 린다 벌링을 알고 있었다. 그 칼같이 정확한 여성은 저 살진 어머니의 둔한 머리가 어질해질 만큼 잽싸게 이 불쌍한 아이를 채갈 것이다.

켈리는 소리쳤다. "보, 금방 올게!" 그러고는 강아지를 안지 않은 팔로 옥수숫대를 후려치며 옥수수와 하늘 외에는 아무것도 없는 곳까지 걸어갔다.

강아지는 너무나 작아서, 땅에 내려놓아도 움직이지 않았다. 킁킁거리고 몸을 뒤집어 누울 뿐.

뭐, 자루에 갇힌 채 익사하든 옥수수밭에서 굶어죽든 무슨 상관이랴. 이렇게 하면 지미가 그 일을 하지 않아도 될 것이다. 그에게 걱정거리는 이미 충분했다. 처음 만났을 때 머리카락이 허리까지 늘어져 있던 소년은 이제 걱정으로 쪼그라든 늙은이가 되었다. 돈이라면 육십 달러를 감춰둔 게 있다. 그녀는 그중 이십 달러를 그에게 주면서 말할 것이다. "정말 좋은 사람들이 강아지를 사 갔어."

돌아보면 안 돼, 돌아보면 안 돼. 그녀는 마음속으로 말하며 옥수수밭을 가로질러 달렸다.

그런 다음 그녀는 걷기 운동을 하는 것처럼, 날씬해지려고 매일 밤 걷는 여자처럼 틸백 도로를 따라 걸었다. 물론 그녀는 날씬함과는 거리가 멀었고, 그녀도 이를 알고 있었다. 걷기 운동에 청바지와 끈 풀린 등산화 차림이 적절치 않다는 것도 알고 있었다. 하하! 그녀는 바보가 아니었다. 그저 잘못된 선택을 했을 뿐이다. "켈리, 넌 똑똑한데도 스스로에게 이롭지 않은 방향으로 기우는 경향이 있어." 그녀는 캐롤 수녀님의 말을 떠올렸다. 네, 그래요, 수녀님 말씀이 맞았어요. 그녀는 마음속으로 대답했다. 하지만 뭐 어때. 알 게 뭐야. 형편이 좀 나아지면 꽤 근사한 테니스화를 사서 걷기 운동을 시작하고 날씬해질 수 있을 텐데. 야간학교도 다닐 것이다. 날씬한 몸으로 말이다. 의술의 힘을 빌릴지도 모르고. 그녀가 정말로 날씬해지는 일은 결코 없을 것이다. 하지만 지미는 있는 그대로의 그녀를 좋아했고, 그녀는 있는 그대로의 그를 좋아했다. 그것이 아마 사랑일 테다. 누군가를 있는 그대로 사랑하면서 더 나은 사람이 되도록 돕는 것.

바로 지금 그녀가 지미를 돕고 있는 것처럼, 그의 삶이 더 편안해질수 있도록 무언가를 죽여서, 그가…… 아니다. 그녀는 그저 걷고 있었다. 도망치고 있었다……

강아지를 죽인다라는 말을 머릿속에서 밀어내며 그녀는 이런 말을 머릿속에 집어넣었다. 화창하고 아름다운 날. 와, 나는 이 화창하고 아름다운 날이 정말 좋아⋯⋯

아까 뭐라고 했더라? 괜찮은 말이었는데. 사랑이란 누군가를 있는 그대로 좋아하면서 더 나은 사람이 되도록 돕는 것.

마찬가지로 보는 완벽하지 않았지만 그녀는 그애를 있는 그대로 사랑했고, 그애가 더 나아지도록 도우려 애썼다. 지미와 그녀가 그애를 계속 안전하게 돌본다면 그애는 아마 나이가 들면서 편안해질 것이다. 편안해지면 언젠가 가정을 꾸릴 수도 있을 것이다. 그애는 마당에 조용히 앉아 꽃을 보고 있었다. 야구방망이를 두드리며, 꽤 행복하게. 아이가 고개를 들고 그녀를 향해 야구방망이를 흔들며 특유의 미소를 지었다. 어제 아이는 절망에 빠져 침대에서 비명을 지르며 하루를 마감했었는데. 오늘 아이는 꽃을 보고 있다. 누가 그런 생각을, 어제보다 나은 오늘을 만들어내는 그런 생각을 하는 사람은 누구인가? 누가 그런 생각을 할 만큼 그애를 사랑하는가? 누가 세상 그 누구보다 그애를 사랑하는가?

그녀.

그녀였다.

조너선 사프란 포어

로다

Soleil
Judge
Gladys
Frank
J. Johnson
Justin M. Damiano
Gideon
Parks-Schultz
Hanwell Snr
Nigora
ROY SPIVEY
Donal Webster
Cindy
Lélé
Stubenstock
Puppy
Magda
Mandela
Judith Castle
THE
RHODA
MONSTER
Theo
Perkus
THE LIAR
JORDAN
Tooth
Newton Wicks
WELLINGTON
LINT
Gordon

쿠키 좀 먹거라. 몸에 좋은 거야. 네 문제가 뭔지 아니? 네 문제
는 네 아내가 너무, 그러니까, 그애가 똑똑하다는 거야. 내가 이런
말 한다고 기분 나빠하지 않았으면 좋겠구나. 그렇다고 내가 그랬
던 것처럼 무식한 사람과 결혼하라는 말은 아니란다. 그저 조금
덜 똑똑한 배우자를 얻는 게 낫다는 말이지. 내가 세상을 알잖니.
네게 밥을 잘 안 해주는 것도 그애가 너무 똑똑해서란다. 내가 상
관할 일은 아니다만.

그래도 이렇게 너를 볼 수 있어서 다행이구나. 슈퍼모델을 해도
되겠어! 생각만 해도 흐뭇해. 네 남동생은 갈수록 가슴에 살이 찌
는데 넌 아직도 머리숱이 그대로구나. 한번 만져보자꾸나. 정말이
지 멋지고 풍성한 머리카락이야. 정말 잘생겼어! 얼마나 멋있는지!
내 기쁨이야! 건강해야 한다. 정말 케네디처럼 멋진 머릿결이야.
그 머릿결을 뽐내면서 건강하게 살거라.

마실 것 좀 주련? 지하실에서 음료수를 갖다주마. 지하실에서

음료수 좀 가져오겠니? 뭐라도 좀 마시거라. 부탁이야. 날 위해서 마셔다오. 냉장고에 오렌지주스가 있어. 원한다면 데워서 주마. 빵 한 조각 먹겠니? 뭐가 좋겠니? 내가 장담하는데, 넌 잘생겼어. 정말이야. 참 잘 생겼어! 너만 보면 모든 걸 다 잊게 돼. 어젯밤에 우려낸 티백이 있는데 아직 마실 만할 거야.

네 시간을 뺏고 싶지는 않지만 내 심장 검사 얘기부터 한 다음에 네 일을 하자꾸나. 네 사촌 대니얼 말이다. 녹음기는 잘 돌아가고 있니? 브라운 대학에 있는 네 사촌 대니얼이 어젯밤에 전화를 했어. 지금 녹음되는 거지? 두 과목에서 B학점을 받고 나머지는 모두 A학점을 받았다더라. 그리고 검둥이가 아닌 여자애랑 사귀고 있다는구나. 여자애 전공은…… 뭐라더라? 미국말로 뭐라고 하는지 기억이 안 나네. 어쨌든 그 여자애의 학점은 모르지만 가족은 필라델피아에 살고, 개혁파인 베트 다윗* 신자라는구나. 내가 상관할 바는 아니지. 아버지는 변호사고 어머니는 뭘 하는지 모르겠어. 여자애가 살이 좀 찌긴 했는데 그것 말고는 참 괜찮아. 지금까지 네 번 만났다는구나. 저기 냉장고에다가 그애 사진을 붙여놨다.

내가 처음으로 봤던 검둥이 얘기를 해주마. 대니얼 생각을 했더니 검둥이들 생각이 나서 말이다. 대니얼이 한때 검둥이 애랑 사귀었잖니. 기억나니? 대니얼의 인생이니 별말 안 했다만 내겐 사망선고 같은 일이었단다. 난 대니얼에게 말했어. 원한다면 누구와도 사랑에 빠질 수 있는데 왜 피를 섞으려 하느냐고.

---

* 필라델피아를 중심으로 한 유대교 개혁파.

1950년에 우리가 건너왔을 때 난 검둥이가 뭔지도 몰랐다. 아무도 말해주지 않았지. 아무도 나를 앉혀놓고 "그런데 말이야, 이곳엔 검둥이들이 있단다"라고 말해주지 않았어. 나는 네 어머니 손을 잡고 배에서 내렸고 네 할아버지, 네 진짜 할아버지는 짐을 찾고 계셨다. 그때 내가 처음으로 본 사람이 검둥이였어. 나는 그 사람이 병에 걸린 줄 알았다. 내가 검둥이에 대해 뭘 알았겠니? 그후로 검둥이가 또 나타나고 또 나타났어. 마치 녹색 인간을 본 것 같았지. 더 긴 팔, 더 두꺼운 입술, 그리고 너도 알지, 검둥이 머리 말이다. 우리가 식료품점을 했던 K 거리는 검둥이가 득시글거리는 동네에 있었단다. 정말이지 검둥이들 천지였어. 당시 우리 형편으로는 어쩔 수 없었지. 일 센트보다 작은 동전이 있었다면 우리는 그거라도 모았을 거야. 돈으로 행복을 살 수는 없다지만 그렇다고 행복이 전부는 아니란다. 내 말은, 검둥이들에게 반감이 있는 건 아니지만 대니얼이 괜찮은 여자를 만나서 기쁘다는 거야. 개혁파라도 말이야. 내가 공짜 충고를 하나 해주마. 화장실에 간 후에 손을 씻어야 한다면 뭔가 잘못된 거다. 소변에만 해당되는 얘기야.

우리 가게를 털었던 검둥이들을 우린 전부 알고 있었어. 이게 내가 마지막으로 하는 검둥이 이야기가 될 거야. 그들은 마스크를 쓰고 들어오곤 했지. 한번은 내가 말했어. "지미, 돈이 필요하면 그냥 부탁을 해. 야단법석 떨 필요가 없다고." 그러자 그가 부탁을 하더구나. "돈 좀 주실래요, 로다?" 나는 내 눈에 흙이 들어가기 전에는 안 된다고 했지. 그는 내 머리에 총을 갖다 댔어. 나는 지금 냉장고에 냉장식품을 넣어야 하니까 쏘려거든 지금 쏘라고 했고. 그는 말했지. "나 지금 장난하는 거 아니에요, 로다." 나도 말했단다. "지금 누가 장난한댔어?" 사실을 말하자면, 그곳 검둥이들은 우리를 정말 좋아했어.

내 심장 검사에 대해 얘기하마. 쿠키 좀 먹으렴. 네 시간을 빼앗지는 않을 거야. 지하실에 아이스바가 있어. 네 아비 말로는 아무것도 나오지 않았다는구나. 제발 부탁이니 나를 생각해서라도 콜라 좀 마시렴. 강요하는 건 아니야. 난 네 아비에게 다시 한번 확인해달라고 하지 않았다. 이 할미를 봐서 한 모금이라도 마시지 않겠니? 심장 검사 결과가 괜찮다고 하면 그래, 믿어야지. 이런 말을 한다고 기분 나빠하지 않았으면 좋겠구나. 넌 완벽하지만 난 세상을 알아. 내 인생은 스필버그가 꽤 근사한 영화로 만들 수도 있을 만한 것이었다고, 호로비츠 박사에게 말했어. 그는 나를 알게 되어 영광이라고 했지. 박사에게 카드를 한 장 보내야겠어. 그가 언제 쉰 살이 되는지 모르겠지만, 쉰 살 생일 축하카드가 한 장 있거든. 이 일이 끝나면 은행까지 좀 태워주겠니? 슈퍼마켓에도? 그리고 다른 슈퍼마켓에도? 그런 다음에 빵집에도 좀? 거기 가면 나한테 물건값을 잘 깎아주는 착한 동양 여자애가 있단다. 얼굴은 못생겼지만, 뭐 내가 상관할 바는 아니지. 네 아비라면 나를 택시에 태울 거야. 네 아비는 나를 인색하다고 여기지만 인색한 건 그애야. 여기까지 날 만나러 오지도 않으니까. 돈을 손아귀에 꽉 쥐고 있는 건 좋단다. 네가 내 말을 믿지 않으면 누가 내 말을 믿겠니.

그건 그렇고 토마토 자른 것 좀 먹으련? 가끔 아프지 않은 아침도 있단다. 불평하는 건 아니야. 세상엔 아픈 것보다 더 나쁜 일들이 있으니까. 그런 머릿결을 보고 어떻게 내가 널 싫어할 수 있겠니! 너는 잘 몰랐겠지만 네가 아기였을 때, 내가 미국 알파벳 노래를 부르며 널 재우곤 했단다. 네가 두 살쯤 됐을 때는 나보다 말을 더 잘했어. 그게 나한테는 노벨상이었단다! 넌 내 다이아몬드고 진주였지! 나의 복수고!

하지만 나는 아파. 이 말을 해야겠구나. 통증은 손가락 끝에서 시작돼. 마치 작은 짐승들이 깨무는 것 같지. 그러다가 점점 퍼지면서 종국에는 가슴까지 온단다. 검사 결과는 아무 문제가 없다고 나오지만 그런다고 내 가슴 통증이 없어지기라도 하겠니? 넌 누구말을 믿니? 이제 내 몸은 글렀어. 내가 뭘 기대했지? 치질이 있지만 앉거나 일어설 땐 괜찮단다. 하지만 대변을 볼 땐 앉아 있는 것조차 힘들어. 사적인 질문 하나 해도 되겠니? 네 저축채권의 일련번호 목록을 갖고 있어? 내가 상관할 일이 아니란 건 안다.

네 동생은 어떻게 지내니? 그 아인 아주 잘하고 있어. 그앤 훌륭해. 그런데 조금 외로운가보더라. 내게 매일 전화를 한단다. 그애는 그애대로 내가 외롭다고 생각하는 거지. 결혼은 언제 한다던? 괜찮은 여자를 만나야 할 텐데. 참으로 똑똑한 아이야! 못할 일이 없을 거다. 머리가 빠지고 있긴 하지만 괜찮아. 누구나 나이는 먹는 거니까. 난 널 생각할 때마다 어쩔 줄을 모르겠다. 넌 정말 잘생겼어! 난 이 집에서 조금 외롭단다. 내가 네 시간을 빼앗았구나. 녹음기는 돌아가고 있니? 넌 내가 죽어가고 있다고 생각하지. 괜찮다. 아무 말 하지 않아도 돼. 안다. 난 너희가 전부 내게 거짓말하고 있다는 걸 알아. 사람들이 녹음기를 꺼내드는 때는 학교 숙제를 할 때 아니면 사람이 죽을 때지. 헌데 넌 프린스턴 대학을 졸업한 지 구 년이나 됐잖니.

그러니 내게 하나만 약속해다오. 가까이 오너라. 조금 더 가까이. 너도 알다시피 이 할미가 네게 부탁 같은 건 한 번도 한 적이 없지만, 지금 한 가지 부탁하마. 제발, 무슨 일이 있어도, 살면서 어디를 가든 얼마나 돈을 많이 벌든, 세상 무슨 일이 있어도, 부탁이니 독일 차는 사지 말거라.

그래, 네가 하고 싶은 이야기가 뭐라고?

데이비드 미첼

주디스 캐슬

Soleil Judge Gladys Frank J. Johnson Justin M. Damiano
Gideon Parks-Schultz Nigora
Hanwell Snr
ROY SPIVEY Cindy Lélé
Donal Webster Stubenstock
Magda Mandela
Puppy **Judith Castle**
RHODA
THE Theo Perkus Tooth
MONSTER JORDAN
THE LIAR WELLINGTON
Newton Wicks LINT Gordon

"여보세요? 주디스 캐슬 씨?"

"네, 전데요."

"제 이름은 리오 던바입니다. 올리버의……"

"올리버의 동생이군요! 당신 얘기 많이 들었어요, 리오!"

"어…… 저도요, 주디스 씨. 저기, 저는……"

"완전 감격이라고요?"

"네?"

"올리가 당신에게 얘기했을 텐데요. 이 아담한 아줌마에 대해. 지금 감격하고 있단 말이죠?"

"저기, 주디스 씨, 저는…… 그러니까, 좋지 않은 소식을 전해드려야 할 것 같습니다."

"아, 알아요! 안 그래도 지금 어쩔 줄 몰라하고 있답니다."

"당신도…… 안다고요?"

"물론이죠, 뉴스마다 나오는 걸요."

"뭐라고요?"

"국철 파업이 말 그대로 전국적 뉴스잖아요, 리오! 라임 레지스에서 올리와의 관계를 완성시키려는 바로 그 주말에 망할 열차 기관사들이 파업에 들어간다니! 다시 70년대로 돌아가게 될 거라구요. 내 말 명심해요. 물가 폭등, 〈토요일 밤의 열기〉, 거만한 아랍인들까지. 이런 것들은 돌고 돌거든요. 하지만 그 어떤 악질 노조도 당신 형과 내 사이를 방해할 순 없을 거예요. 난 운전을 하긴 하지만, 고속도로에서는 편두통이 도져요. 올리가 분명히 얘기했겠죠. 당신이 차로 나를 데리러 올 건가요, 아님 그이가?"

"주디스 씨, 제가 전하려는 소식은 조금 다른 겁니다만."

"말해보세요, 그럼."

"실은 올리버 형이…… 죽었습니다, 주디스 씨…… 주디스 씨? 듣고 계십니까?"

"그치만 우리가 묵을 스위트룸을 이미 예약했어요. 디럭스 더블로요. 호, 호, 호텔 엑스칼리버의 여직원이 내 신용카드 번호를 받아 적었어요. 완전히 확정됐다고요. 올리버한테 어제 얘기했어요. 그때 올리는 죽지 않았었어요. 아픈 데도 없었는데."

"뺑소니 사고였습니다. 형은 냉동 완두콩을 사러 나간 뒤 다시는 돌아오지 못했어요. 응급구조원의 말이 형은…… 응급구조원 말로는 형이 땅으로 떨어지기 전에 사망했을 거라고 합니다."

"하지만 이건…… 말도 안 돼요……"

"우리도 믿을 수가 없습니다."

"이건…… 그러니까…… 당신 형…… 장례식은 언제죠?"

"장례식이요?"

"올리와 나는 연인이었어요, 리오! 내가 어떻게 장례식에 가지 않을 수 있겠어요?"

"그게…… 죄송하지만 장례식은 벌써 끝났습니다."

"벌써요?"

"오늘 아침에, 아주 조촐하게요. 제가 형의 유골을 코브에 뿌렸어요."

"어디서요?"

"코브요. 라임 레지스에 있는 해안제방 말입니다."

"아. 코브. 그랬군요. 올리가 나를 거기 데려가겠다고 약속했었죠…… 일몰을 보러요. 내일 저녁에. 일몰. 오. 정말이지 이건…… 너무…… 너무…… 죽었다고요?"

"죽었습니다."

"적어도 제가 가서 도와드릴 일이 있을 거예요."

"주디스 씨, 정말 천사 같은 분이시군요. 형도 당신을 더할 나위 없이 좋게 이야기했습니다만, 솔직히 말씀드려서 그러시지 않는 게 좋겠습니다. 모든 일이 너무…… 힘들어요. 이해하시죠? 친척들과 예전 형수에게 소식을 전해야 하고, 정리해야 할 사업에, 변호사들…… 산더미 같은 서류…… 보험, 유언장, 위임장…… 셀 수가 없어요…… 정말이지 끝도 없군요……"

커밀라는 그애의 아빠와 그리고 그의 '좀 친한 여자'와 함께 포르투갈에서 휴가를 보내고 있다. 나는 커밀라의 음성사서함에 내

비극의 골자를 남겼다. 토마토 화분에 물을 주며 마음을 가라앉히다가 진딧물 몇 마리를 발견했다. 그 불쾌한 미물들은 진딧물 퇴치제에 흥건히 젖었다. 다음은 내 테라스를 점령한 개미들 차례였다. 크기와 모양이 제각각인 돌들이 깔린 바닥 위가 마치 쉼표가 가득 들어 있던 깡통이 터진 것처럼 개미 시체들로 뒤덮일 때까지 나는 주전자에 물을 끓이고 또 끓였다. 순간 〈에비타〉 앨범이 거슬리는 음량으로 울려퍼지는 유리온실 속에 앉은 나 자신을 발견했다. 올리는 앤드루 경이 괜찮은 작곡가라고 인정했다. 그가 내게 남긴 마지막 말 가운데 하나였다. 〈어나더 슈트케이스 인 어나더 홀〉이 나왔을 때 갑자기 멈출 수 없이 눈물이 흘러내렸다. 이번 주말은 새로운 시작이 될 터였다. 올리의 스튜디오를 구경하고, 그의 가족을 만나고, 바닷바람이 커튼을 어루만지는 동안 사랑을 나누고. 수없이 많았던 활기 없는 소개팅과 박살당한 희망들 끝에 마침내 몇 가지 흠이 개선될 여지가 있는 남자가 나타난 것이었다. 살찐 배는 빨리 걷기로 집어넣고, 콧수염은 요령 있게 구슬려 밀어버리게 하고. 뮤지컬 몇 편으로 '일렉트릭 포크' 취향을 몰아내고. 올리와 내가 지적으로 동등했다는 사실은 놀라운 일이 아니었다. '소울메이트 솔루션'은 별 볼 일 없는 늙은이를 회원으로 받지 않으니까. 우리가 배스에서 만났을 때, 그는 자신이 아담한 아줌마에게 육체적으로 엄청나게 매혹되었음을 숨기지 못했다. 쉰을 넘긴 대부분의 영국 여자들은 씨를 맺고 시들어가지만, 나를 포함한 나머지 여자들은 피폭지의 장미꽃처럼 피어나기 시작한다.

획 방향을 틀어 내 사브를 병원의 마지막 주차 공간에 집어넣자, 자신에게 우선권이 있다고 생각했던 어느 플래시 해리엇*은 격분했다. 그러거나 말거나. 서점은 열려 있었지만 실망스럽게도 생명체라고는 하나도 보이지 않았다. 위니프레드는 창고에서 발작적으로 재채기를 하느라 바빴고, 그래서 나는 카운터를 맡아 아침에 온 우편물을 하나하나 확인하기 시작했다. 청구서 세 통, 세금 고지서 한 통, 토요일 근무를 희망하는 유망주들이 보낸 이력서 두 통, 피지의 대저택을 상품으로 주는 복권에 당첨됐음을 알리는 편지 한 통―모든 뻔한 신용사기에는 그 누구도 돈을 거저 주지 않는다는 사실을 이해하지 않으려는 수많은 얼간이가 존재한다―그리고 피난처를 찾는 자들의 영혼의 수용소인 '그레인지 오버 샌즈'에서 배리가 보내온 엽서 한 장. 오스트레일리아 사람 하나가 들어와『넘버원 여탐정 에이전시』를 달라고 했고, 나는 퍼스에서 왔다는 밀리와 금세 수다를 떨며 '알렉산더 맥콜 스미스 박스 세트'를 사게 만들었다. 그녀가 나가자 위니프레드가 얼굴을 내밀었다. 위니프레드는 마치 근시에 레즈비언에 채식주의자에 웨일스 동종요법을 신봉하는 곰돌이 푸 같은 여자다.

"주디스! 무슨 일로…… 오셨어요?"

"'넘버원 여탐정 에이전시 박스 세트'부터 재주문해요. 꽃가루 알레르기가 여전히 기승인가봐요?"

"하지만…… 아시잖아요, 주디스, 그러니까…… 그게, 사실

---
* 캐런 월리스의 동화책에 등장하는 소녀 명탐정 캐릭터.

은……"

"그게, 사실은 뭐요, 위니프레드?"

"……여기서 일 안 하시잖아요…… 이제는. 이렇게."

"동네가 휴가객으로 넘치는데 배리가 하릴없이 놀러갔으니 업무를 훤히 꿰고 있는 누군가 한 사람은 있어야죠. 조금 전 손님이 만약 그 집시들 중 하나였다면─아, 요즘은 '여행자들'이라고 부른다죠?─지금쯤 가게가 다 털렸을 거예요. 생각해봐요."

"하지만…… 배리는 아마…… 당신에게 돈을 줄 생각이…… 없을 텐데요."

"내 옷차림이 다음주 집세를 걱정하는 사람 같아 보여요?"

"주디스…… 사실은 배리가, 만약 당신이 오면 나더러……"

"올리버가 죽었어요, 위니프레드." 갑자기 내 입에서 이 말이 튀어나왔다. "내…… 내 남자친구요. 죽었어요."

위니프레드는 한 걸음 뒤로 물러났다. "오, 주디스!"

"내 소울메이트가." 흐느낌이 나를 통째로 삼켜버렸다. "뺑소니 사고로."

"오, 주디스!"

"정말이지, 견디기 힘든 아이러니예요. 올리는 내일 나를 자기 식구들에게 소개하려고 했어요. 나한테 화석 찾는 법도 가르쳐주고. 코브에서 함께 아이스크림을 먹고. 우리 관계를 완성하고. 이런…… 끔찍한 소식을…… 누구한테 얘기해야 할지 몰라서……"

"오, 주디스. 앉으세요. 제가 차 한잔 갖다드릴게요."

"삼십 분 뒤에 연극 모임에 가야 하지만 동정심으로 내 이야기를 들어줄 사람에게 잠시 시간을 낼 순 있겠죠…… 그럼 얼그레이로 부탁해요, 레몬 한 조각 띄워서. 너무 번거롭지 않다면 말이에요."

나의 '아마추어 연극협회'는 10월에 앤드루 경의 〈오페라의 유령〉을 상연할 예정이라 요즘 리허설이 한창이다. 연출가 로저는 테리 놀런의 아내인 준 놀런에게 주인공을 맡겼다. 라이온스클럽 회원들도 모두 함께한다. 아주 화기애애하다. 준 놀런이 지닌 오페라풍의 우아함이란 개 조련사 정도에 불과하다는 사실은 무시하자. 나는 단역을 거절하고 무대연출에 집중했다. 남들은 영광을 위해 싸우라지. 내 일은 생색도 안 나고 정신없이 바쁘기만 하다. 올리에게도 말했지만, 이 바보가 그 일을 하지 않는다면 일주일 안에 이곳 전체가 무너질 것이다.

내 작은 극장의 문을 열었을 때, 다시 눈물이 차올랐다. 올리는 〈오페라의 유령〉 첫 공연 날 밤에 나를 보러 오겠다고 했었다. 여러분, 이쪽은 아주 가까운 친구인 올리버 던바 씨예요. 도싯에서 스튜디오를 운영하고 있지만 무려 뉴욕에서 전시회를 열었답니다. 어머, 이 사람이 겸손해서 그래요! 올리의 사진은 아주 인기가 많답니다.

주방에서는 침묵이 부풀어올랐다. 밖에서 고개를 끄덕이는 부들레이아 위에서 나비들이 야단이었다. 아름다운 7월, 하지만 누군가 창문 열쇠를 원래 자리에 놓아두지 않은 탓에 나는 환기를 시킬 수 없었다. 나는 케겔 운동을 한 세트 하기 시작했다. 근처 어딘가에서 자동차 경보음이 불치의 편두통처럼 울리고 또 울리고 또 또 또 또 울렸다. 하느님 맙소사, 나는 자동차 경보음 하나 제대로 설정하지 못하는 사람들을 경멸한다. 나는 접대용 미소를 짓는 전남편의 '좀 친한 여자'를 경멸한다. 나는 크림을 넣은 간 요리를 경멸한다.

도대체 다들 어디에 있는 거지?

"준, 도대체 다들 어디에 있는 거예요?"

"누구세요? 그리고 도대체 누구가 어디에 있느냐는 거죠?"

무슨 여배우가 '누가'와 '누구'도 구분 못하는 건지.

"주디스지 누구겠어요. 핸드폰 화면에 발신자 이름이 뜨지 않나요? 당신에게 신기술 공포증이 있는 줄은 몰랐네요, 준. 어떻게 하는 건지 알려줄게요. 그럼 도대체 누가 당신과 통화하려고 하는지 항상 알 수 있어요."

"어떻게 하는 건지 아주 잘 알고 있어요, 고마워요, 주디스. 당신 번호는 저장이 안 되어 있거든요, 좀 특이한 이유로."

"어쨌거나, 지금 극장에 있는데 한 사람도 회의하러 안 나왔어요. 만일 사람들이 이런 정도의 노력으로 이 뮤지컬의 명성에 걸맞은 공연을 할 수 있다고 생각하는 거라면……"

"회의는 어제였어요."

"미안하지만, 지금 뭐라고 했어요?"

"회의는 어제였다고요."

"언제부터 〈오페라의 유령〉 회의가 목요일이 됐죠?"

"지난 회의부터요. 나딘이 이번주 금요일에 못 온다고 해서 재니스가 목요일로 바꿨잖아요. 기억 안 나요?"

"사람들이 혼동하는 것도 놀랍지 않네요, 툭하면 날짜가 바뀌니……"

"다른 사람들은 아무도 혼동하지 않았어요, 주디스."

준 놀런이 이토록 '왕재수 부인'만 아니었어도—테리는 사과주보다는 재향군인병의 발병으로 더 유명한, 헤리퍼드에 있는 사과주 공장의 임원이다—나는 절대 그 말을 그냥 넘기지 않았을 것이다.

"그게, 실제로 내가 정신이 좀 없어요. 내 애인이 죽었거든요. 사실은 충격을 받았다고 하는 편이 맞겠네요."

"저런." 그 말에 왕재수 부인의 말투가 바뀌었다. "어쩌다가…… 그런 일이 일어났어요, 주디스? 아주 가까운 사이였나요?"

"뺑소니 사고였어요. 경찰이 이 살인자를 계속해서 쫓고 있답니다. 정말이지, 올리와 내가 얼마나 가까웠는지는 아무도 모를 거예요. 가깝다는 말로는 다 표현이 안 되죠. 우리는 하나였어요, 준. 하나요. 나의 일부가 영원히 떨어져나간 느낌이에요."

준 놀런이 마침내 나를 놓아주었는데, 이 바보는 쓸데없이 준비한 커피 쟁반까지 치우고 극장 문을 잠근 다음 다시 병원 주차장 쪽으로 향했다. 자동차 경보음은 아직도 요란하게 울리고 있었다. 병원 밖에 젊은 부부가 서 있었다. 이렇게 말하면 정겹게 들리겠지만 이 가족은 내 가슴을 철렁 내려앉게 만들었다. 여자는 열여섯 살정도에 뚱뚱하고, 스포츠를 좋아하는 매춘부 같은 옷차림으로 한손에는 갓난아기를, 다른 손에는 커다란 소시지롤을 안고 있었다. 남자는 열한 살쯤 되어 보였는데, 입술에 징을 박았고 안색은 라이스푸딩 같았으며, 범죄자처럼 생긴 이마 위로 머리카락 몇 올이 흘러내린 채였다. 마치 저가항공이 대중화된 이후로 유럽의 노천카페들을 어지럽히고 있는 영국 망나니들 중 하나를 삼분의 이로 축소한 모형 같았다. 병원 바로 밖에서, 자기 애 바로 옆에서 아빠인 소년이 담배를 피우고 있었다. 다른 날 아침이었다면 그냥 지나쳤겠지만, 온 우주가 리오를 통해 내게 생명의 취약성에 대한 메시지를 막 보낸 참이지 않은가.

"어떻게 감히 아기 옆에서 담배를 피워요!"

어린 아빠는 무표정한 눈으로 나를 쳐다보았다.

"폐암 얘기도 못 들어봤어요?"

욕설을 내뱉는 대신, 그는 숨을 한번 들이쉬더니 자기 애를 향해 몸을 굽혀 그 불쌍한 아기의 얼굴 정면에 대고 담배 연기를 내뿜었다.

저 가족이 대영제국의 미래란 말인가?

그렇다고? 그렇다면 우생학은 재고되어야 마땅하다.

케어홈* 한 채가 병원 주차장을 염탐하듯 서 있다. 내가 한동안 친하게 지낸 아로마테라피스트 이본은 케어홈에 들어온 사람들이 평균적으로 일 년 반밖에 버티지 못한다고 말했다. 노인들은 그곳으로 옮겨지고 나면 시들었다. 엘리자베스 여왕이 몇 년 전에 이 건물을 개관했다. 나는 무슨 일이 있어도 여왕과 악수를 하겠다는 결심을 실행에 옮겼다. 사진 속에서 그녀는 나를 향해 미소 짓고 있다. 여왕의 국민들 전부가 여왕이 불쌍한 다이애나의 암살을 계

---

* 장애인과 노인을 위해 생활 편의를 고려하여 설계한 주택.

획했다고 생각하는 건 아니라는 나의 확언에 감사하며. 분명 에든버러 공은 뭐든지 할 수 있는 사람이라고 생각해요. 이 말도 빼먹지 않았다. 신하는 군주에게 바른 말을 할 의무가 있으니까.

건물관리인 같은 사람이 뻣뻣한 얼굴을 하고 내 사브를 들여다보고 있었다. 나는 문제의 경보가 내 차에서 울리고 있음을 깨달았다.

나는 사무적인 목소리로 "실례합니다"라고 말하며 그를 옆으로 슬쩍 밀어냈다.

건물관리인은 묵직한 목소리를 높이며 내게 물었다. "이거 당신 차요?"

나는 대꾸 없이 차 문을 열고 경보를 해제했다.

"이거"—갑작스러운 고요 속에서 그는 고함을 지르고 있었다—"이거 당신 차냐고요?"

"내가 차량절도범처럼 보여요?"

"무려 삼십 분 동안 이 빌어먹을 경보가 울렸소. 저기 있는 사람들 전부"—그는 살날이 일 년 반도 안 남은 창백하고 흐릿한 얼굴들을 둘러싼 케어홈의 창문들을 가리켰다—"조용하게 생각을 할 수가 없었잖소!"

"저기서 그렇게 생각을 많이 할 사람은 없을 것 같은데요. 당신은 댁의 눈 앞에서 자동차에 손을 대는 도둑들한테나 좀더 신경쓰지 그래요?"

"하, 도둑이 있었다고는 전혀 생각하지 않소만!"

그러거나 말거나. "오, 그러니까 우리가 망나니들 같은 건 얼씬도 않는 오아시스에 살고 있다는 건가요? 저기 병원 옆에 있는 작

은 깡패 녀석 안 보여요? 저애가 그런 게 아니라고 어떻게 확신하
죠? 비켜주세요. 난 바쁘다고요."

고맙게도 단번에 시동이 걸렸다.

나는 후진해 궁지에서 빠져나왔다.

집으로 가는 대신 블랙스완그린으로 향했다. 집 쪽으로 방향을
돌릴 뻔도 했다. 아버지와 매리언은 내가 일요일쯤에나 올 거라
고 생각하고 있었다. 하지만 우주는 내게 사랑하는 이들을 소중히
하라고 말했으므로, 나는 앞으로 앞으로 나아갔다. 세인트 가브리
엘 교회의 첨탑과 그곳의 거대한 미국삼나무 두 그루가 과수원 너
머에서 점점 더 가까이 다가올 때까지. 필립과 나는 예배가 끝난
후 부모님이 담소를 나누는 동안 교회 근처의 묘지를 탐험하곤 했
다. 그게 언제였더라? 엄마가 아직 바깥 출입을 할 수 있던 때니까,
1970년대 말의 일이다. 필립은 첨탑의 밑부분에서 좁은 틈을 발견
했었다. 검은 틈. 죽은 자들의 땅으로 가는 문이라고 필립은 내게
말했다. 그 틈은 살짝 열려 있었다. 외로워, 외로워, 외로워라고 우는
소리를 필립은 들었다고 했다. 맹세코 들었노라고.

순간 올리만이 그 뺑소니 살인자의 유일한 희생자가 아니라는
생각이 들었다. 내가 되었을 주디스 던바-캐슬 부인 역시 살해되
었으므로.

이런, '던바-캐슬'은 '내셔널 트러스트'*의 소유지 이름 같잖아.

주디스 캐슬-던바는 오십대였으나 사십대라고 해도 믿을 수 있
을 여성이었다. 그녀는 자신에 대해 만족했고, 만족감은 최고의 미

용사다. 나뿐 아니라 모두의 눈을 속인 유기농 식품점 주인 매브도 말하지 않았나. 올리와 나는 돈을 합쳐서 차머스 근처에 널찍한 집을 샀을 것이다. 던바 가족은 나를 기꺼이 받아들였을 테지. 올리의 피를 쪽쪽 빨아먹었던, 남자나 등쳐먹는 그 패트리샤라는 년과는 다르게 말이다. 리오는 올리의 들러리를, 커밀라는 내 들러리를 서주었을 것이다. 올리의 장성한 아들은 샴페인 잔에 얼굴을 묻고 기쁨의 눈물을 흘렸겠지. 전 아주머니를 새어머니로 생각하지 않아요, 아주머닌 내가 한 번도 가져보지 못한 큰누나예요. 올리가 아담한 아줌마를 만나기 전까지 궁지에 몰려 있었다는 사실을 올리의 친구들이 하나둘씩 누설하는 동안 실내악단이 우리를 위해 〈지저스 크라이스트 슈퍼스타〉를 연주했을 것이다.

까치들이 무언가를 노리며 세인트 가브리엘 교회의 지붕 달린 문 위에서 어정거렸다.

내 키가 아버지의 집을 둘러싼 너도밤나무 산울타리보다 컸던 적이 있다. 이제 그 울타리는 간이차고만큼이나 높다. 어린 시절의 추억이 깃든 장소로 돌아오면 모든 것이 너무나 작아졌음을 발견하게 되는 법이지만, 블랙스완그린에서는 도리어 내가 작아진 느낌이 든다.

"아빠! 여기 숨어 계셨네요!"

---

* 자연적 · 역사적으로 의미 있는 곳을 소유 · 관리하며 일반인에게 개방하는 영국의 민간단체.

"내가 내 온실에 왜 '숨어' 있겠니?" 아버지는 선인장 앞에 몸을 구부리고 앉아 전용 붓으로 선인장을 쓸어주고 있었다. 아버지는 크리켓 라디오 중계를 껐다. "일요일에나 온다더니."

"그냥 지나던 길이었어요. 저 때문에 라디오를 끄실 필요는 없는데."

"듣기가 괴로워서 끈 거다. 스리랑카를 상대로 139 대 8이라니. 스리랑카에."

"꽃이 아주 멋지네요, 아버지."

"이거 말이냐? 멕시코인들은 '불사조 나무'라고 부른다지. 미국 놈들은 '파란 달'이라고 부르고. 나는 이걸 빌어먹을 시간 낭비라고 부른다. 육 년 동안 야단법석을 떨어서 얻는 거라고는 이 케케묵은 연보라색 꽃과 고양이 깔개 냄새뿐이야."

"아버지도 참!"

"거기 노끈을 사십오 센티미터로 좀 잘라다오."

"넵. 매리언 씨는 집에 없나봐요?"

"독서 모임에 나갔다. '넵'이라고 말하기엔 네 나이가 너무 많지 않냐?"

"독서 모임이요? 질리 쿠퍼의 신간이 나왔나요?"

"아이슬란드인의 작품을 읽는다더라. 할도르 락슬레스*라던가."

"'할도르 락슬레스'라니. 세상에."

"내가 견딜 수 있는 유일한 작가는 윌버 스미스야. 나머지는 전

---

* 아이슬란드 작가 할도르 락스네스의 잘못.

부 빌어먹을 게이들이지. 사십오 센티미터라고 했잖니. 그건 육십 센티미터는 되겠다."

"주방 창턱에 딸기 한 바구니 올려놨어요."

"난 딸기 먹으면 두드러기 난다. 있다가 점심 먹고 갈 거지?"

엄마는 아버지가 집보다 온실을 더 사랑한다고 불평하곤 했다. 이웃집 아이들이 던지며 놀던 프리스비와 배드민턴 셔틀콕은 온실에 너무 가까이 떨어졌다는 죄목으로 압수되곤 했다. 그애들이 똘똘 뭉쳐 나를 괴롭히는 것으로 불만을 표출하던 것쯤, 아버지는 전혀 개의치 않으셨고, 그 어떤 비단결 같은 귀부인도 아버지가 비타민과 제초제를 쏟아부어 매끄러워진 푸른 잔디만큼 보살핌을 받지는 못했을 것이다. 나는 필립이 잔디 깎는 법을 배우던 날을 기억한다. 이건 남자들의 일이야, 주디스. 여자들은 선천적으로 직선을 만들지 못한다고. 얘기 끝났다. 어느 못난 여자라면 아직도 쓸쓸해할 것이다.

"필립의 생일 카드가 도착했나요, 아버지?"

"필립은 애들레이드에 있는 사무실이 제대로 돌아가도록 틀을 잡아야 해." 아버지는 핀셋을 쥐고 외과의사 같은 섬세한 손길로 축 늘어진 선인장 가지를 대나무 부목에 묶었다. "나는 그애를 일을 마무리짓는 사람으로 길렀다. 카드나 꽃배달 사이트나 끔찍한 장식 매듭으로 여기저기를 들쑤시는 사람이 아니라."

"그래서 이번 여름에 안 올 거래요?"

"필립은 그 사업의 책임자야." 아버지는 계량컵에 선인장 영양제를 담았다. "일에서 손 놓고 쉬기에는 너무 큰 책임을 지고 있다고."

"하여간. 필립 캐슬 부인이 등장할 기미는 여전히 없고요?"

"도대체 그걸 내가 어떻게 알겠니, 주디스? 그애가 결혼을 한다면 네가 제일 먼저 알게 될 거다. 너한테는 글로벌한 정보망이 있으니까."

"그냥 물어보는 거예요, 아버지. 그냥 물어본 거라고요. 집 앞에 CCTV 달아놓으신 거 봤어요."

"뒤쪽에도 달았다. 옛목사관에 도둑이 들었어. 그레이하운드 잡종개를 두어 마리 기르고 싶었지만—일단은 물고 허락은 그다음에 받도록 훈련시키는 거지, 로디지아에 계신 내 아버지처럼 말이다—매리언이 허락하지 않았어. 매리언과 내가 노르웨이 카약 여행을 예약했으니 9월에는 네가 정원에 물을 줘야 할 게다."

"제가 그때도 이곳에 있다면 기꺼이 도와드릴게요."

아버지가 의미심장한 눈으로 나를 바라보았다.

나는 잠자코 있었다. 절대로 아버지가 상대를 위협하게 놔두면 안 된다. 그랬다간 누구든 엄마 꼴이 날 테니까. "교회 경작지가 개발되는 것 같던데요."

"'개발'이라고? 말도 꺼내지 마라. 옛날에 여긴 진짜 마을이었어. 요즘은 아무 '아일랜드인 투기꾼'이나 지방의회의 썩어빠진 인간들에게 몇 푼 찔러주면, 하룻밤에 집을 열두 채는 쓰러뜨릴 수 있다지. 한 집당 칠십만 파운드에 말이다. 아, 매리언이 왔구나. 차 소리가 들려."

"어쩜 그런 일이!" 내가 식기세척기에 그녀의 금장 식기들을 포개어 쌓는 동안 매리언은 커피를 따랐다. "앞날이 창창한 사람이! 정말 불쌍한 사람이구나. 주디스도 정말 불쌍하고."

"그와 함께 나도 죽었어요. 내 심정이 그래요."

"사진작가라고 했었지?"

"하!" 아버지가 커피에 비스킷을 적셨다. "그 뻔한 소리."

"아주 존경받는 사진작가였어요. 그 사람 갤러리는 라임 레지스에 있고요. 아버지, 라임 레지스에 뭐 재밌는 게 있나요?"

"아니, 전혀."

매리언은 엄마라면 결코 하지 못했을 방식으로 아버지를 노려보았다. "경찰이 머지않아 그 운전자를 꼭 잡아낼 거야, 그렇지?"

"경찰이 그 질편한 엉덩이를 잘도 움직이겠다." 아버지가 일어서며 웅얼거렸다. "공항이 폭파되는 게 아니라면 말이지. 요즘은 그래."

"담당 경사 말이 비 때문에 증거가 다 씻겨나갔대요." 나는 다시 앉아서 매리언의 훌륭한 커피를 홀짝였다. 그녀는 교체할 필요가 없더라도 매년 커피머신을 바꾼다. 엄마는 살면서 딱 한 번 여과식 커피메이커를 사용했다. 엄마는 필터를 세 장이나 넣었고, 주방 바닥에는 물난리가 났다. 엄마는 그 일 때문에 사흘 밤을 내리 울었다.

매리언은 아버지와 결혼한 뒤 사방에 깔린 주목나무 마룻장을 수리했다. 아프리카풍의 벽난로에는 그녀가 후원하는 아프리카 어린이 가운데 한 명이 행복은 목적지가 아니라 삶의 방식이다라는 글귀를 수놓은 벽걸이 천이 걸려 있다. 파리가 두 눈을 빨아먹고 있지 않은 한, 나는 그것이 사실이라고 생각한다. 어느 못난 여자는,

주디스 캐슬 53

아버지가 어떻게 집에서 엄마의 흔적이 사라지도록 놔뒀는지, 그 모습에 화가 날 것이다. 이제 엄마의 유령이 집에서 무얼 알아볼 수 있겠는가? 테일러네 집에 뒤지지 않으려고 여러 해 전에 설치한 알프스풍 암석정원, 선인장과 온실은 물론, 서랍장 위에서 사십 년을 보내며 파랗게 바랜 엄마와 아버지의 신혼여행 사진, 아버지가 엄마의 광장공포증을 낫게 하겠다는 부질없는 희망으로 만든 정자, 아래층 화장실의 한기. 이것들은 엄마의 구역이다. 나는 오랫동안 이 집의 위층에 올라가지 않았다. 그리고 싶은 생각도 없다. 매리언과 아버지의 성생활은 의심할 바 없이 나름대로 초현대식인 더블 매트리스 위에서 이루어진다. 두 사람은 정말로 성생활을 한다. 나는 이런 것들을 감지할 수 있다.

"너와 그 사람의 약혼이 공공연한 비밀이었다면," 매리언은 말했다. "올리의 가족들은 분명 네가 장례식에 오기를 원할 거야."

"그 사람들은 나 없이 그를 묻을 생각은 꿈에도 하지 않을 거예요. 올리의 남동생은 그이의 전처보다 내게 먼저 그 끔찍한 사건을 얘기해줬다니까요."

"그래서, 장례식은 언제니?"

아버지가 부엌 라디오를 켰다. "……발표에 따르면 철도 노조가 개선된 상여금 체제와 2년간 4.9퍼센트라는 임금 인상안을 받아들이면서, 이번 주말 철도 이용객들에게 혼란과 불편을 야기할 뻔한 파업을 피할 수 있게 되었습니다. 당국은……"

아버지는 크리켓 경기를 찾아 다이얼을 이리저리 돌리며 두서없이 툴툴거렸다.

하지만 우주는 이미 크고 분명하게 말했다.

"내일 기차를 탈 거예요. 동이 트자마자."

액스민스터 역의 택시 기사는 담배꽁초를 튕겨서 버린 다음 내 여행가방을 더러운 택시 안으로 던져넣었다. "기운 내요, 자기. 별일 없을 테니." 나는 이미 '일'은 일어났다고 차갑게 대꾸했다. "저는 남편을 묻으러 여기 온 거예요. 그이가 백혈병과의 긴 싸움에서 졌거든요." 내 말은 즉각적인 마법을 일으켰다. 시시껄렁한 지역 라디오 방송이 꺼졌고 '자기'라는 말이 쏙 들어갔으며 적절한 존중의 분위기가 생겨났다. 가랑비를 뚫고 나를 라임 레지스까지 태워다주는 동안 그는 교양 있는 대화를 시도했다. 자기 아들이 다니는 학교와 교육기준청 위원회에 대해, 분노한 주민들의 반대로 취소된 보안 수준이 낮은 감옥 건설 예정지에 대해, 한때 베니 힐이 소유했던, 온갖 사건이 벌어진다는 소문이 돌았으나 지금은 키가 거대한 레이란디 삼나무들로 가려진 어느 빅토리아풍 대저택에 대해. 나는 정중하게, 하지만 최소한으로만 답했다. 미망인은 수다스러워서는 안 되는 법인데다 케겔 운동을 끝까지 해야 했으니까.

"당신을 위해 날씨가 좋아지기를 바랍니다." 택시비를 낼 때 그가 말했다. "부인."

호텔 엑스칼리버에서도 마찬가지였다. "출장인가요, 관광인가요?" 되새김질을 하는 듯한 도싯 액센트로 그 발랄한 인간이 물었다. "둘 다 아니에요." 나는 용감하고 위엄 있게 말했다. "저는 이곳에 남편을 묻으러 왔어요. 이라크요. 그 이상은 말씀드릴 수가 없어요." 순식간에 그녀는 진정한 접수 담당자로 변신했다. 그녀는 회의장에서 멀리 떨어진 곳에 조용하고 넓은 방이 있는지 확인했다. 하 이것 봐라, 방이 있었다. "추가 요금 없어요?" 나는 확인했다. 그녀는 유쾌하게 놀랐다. "그런 건 꿈도 꾸지 않습니다, 부인! 이 방이 더 편안하실 거예요, 어……" 그녀는 내 서류를 재빨리 살폈다. "캐슬-던바 부인. 지금 방에서 쉬실 건가요? 방으로 차를 보내드릴 수 있는데요." 잠깐 걷고 싶군요, 라고 대답하자 그녀는 내게 우산을 건넸다. 우산꽂이에는 '메이드 인 차이나' 제품이 여럿 있었지만—분명 건망증 있는 손님들이 남기고 갔을 것이다—그녀는 튼튼한 처칠풍의 까만 우산을 골라주었다.

그렇다, 라임 레지스에는 조잡한 고물 상자들도 즐비하지만 진실로 진귀한 것들이 담긴 진열장도 존재한다. '건달 선장 식당'과 '허황한 꿈 실내오락실' 사이에는 '페이의 화석과 헨리 제프리스 골동품 지도 가게'가 아늑하게 자리잡고 있으니 말이다. 실버 가에 있는 꽃집에서 다홍색 장미 열두 송이를 샀다. 파운드 가의 보석가게에서는 진주 목걸이 하나가 내 눈을 사로잡았다. 395파운드가 적은 돈은 아니지만 영혼의 동반자를 묻는 일이 매일 일어나는 건 아니니까. 게다가 흥정해서 35파운드를 깎았다. 나는 늙은 가게 주인에게 곧바로 착용할 수 있도록 가격표를 잘라달라고 부탁했다. "아주 잘 어울리십니다, 부인." 그는 말했다. 가게에서 일하는 모든 사람들이 이렇게 말한다면 영국은 훌륭한 나라가 될 것이다.
　그리고 나는 코브로 갔다.

이 오래된 석벽은 곡선을 그리며 바다를 향해 나아가다 두 갈래로 갈라진다. 하나는 수수한 항구를 품고 있고 다른 하나는 바다 쪽으로 돌진한다. 주디스 캐슬-던바는 한 무리의 독일인 연금 수급자들을 사정없이 헤치며 바다 쪽의 석벽을 따라 걸었다. 그녀는 그들의 엉덩이를 걸어차서 짠물 속으로 빠트렸다. 아니 실은 그렇게 했다고 너무도 생생하게 상상한 나머지 그들의 비명과 게르만 민족 특유의 푸짐한 풍덩! 소리가 그녀의 귀에 들려왔다. 멈춰야 할 때를 결코 알지 못했던 모차르트의 레퀴엠보다 더 장엄한 앤드루 경의 〈레퀴엠〉이 그녀를 위해, 올리버 던바의 영혼을 위해 바다 위에 울려퍼졌다. 옅은 안개가 그녀의 외투에 물방울로 맺혔다. 그녀는 끝에 다다랐다. 주디스 캐슬-던바는 슬픔을 가눌 길 없는 눈물의 하늘 때문에 오늘은 잘 보이지 않는 프랑스 쪽을 바라보았다. 슬픔을 가눌 길 없는 눈물의 하늘. 주디스 캐슬-던바는 붉은 장미 한 송이를 장례의 바닷속으로 던져넣었다. 그리고 또 한 송이, 또 한 송이, 또 한 송이가 심해로 가라앉았다. 고이 잠드소서. 이 남편 잃은 여인은 마치 영화 속에 있는 듯한 묘한 기분을 느낀다.

갈매기들은 그녀의 친구다. 눅눅한 관광객들, 낚시꾼들, 동네 불량배들과 마약중독자들, 지루해하는 부자 독일인들, 악의에 찬 준놀런들, 두유빛 피부의 위니프레드들과 구릿빛 피부의 매리언들, 저가 요트를 탄 휴가중인 해군 장성들…… 그들은 궁금해하며 쳐다본다. 저 여인은 누구일까? 그녀의 슬픔은 왜 저토록 깊은 것일까? 그녀는 오늘부터 오랫동안 저들의 기억이라는 작은 만에 계속 정박하게 될 것이다. 이 여인은 다른 영역 안에서 움직인다. 메릴 스트리프가 있는 곳과 같은 영역. 평범한 사람들은 잠깐 엿볼 수 있으나 결코 들어가 살 수는 없는 영역.

시내의 가장 위쪽 외진 곳에 있는 올리버 던바 스튜디오는 여느 때처럼 영업중이었다. 초인종이 나를 맞이했다. 올리가 여기서 일하는 동안 매일 소리를 들었을 초인종이. 바로 이곳에서. 나는 반드시 이 물건을 손에 넣어 내 집 현관문에 달아야 한다. 안으로 들어가니 한 남자가 전화 통화를 하고 있었다. 리오! 나는 목소리로 그를 알아보았다. 리오는 올리보다 좀더 살집이 있었지만, 던바가 특유의 육감적인 눈과 제러미 아이언스 같은 골격을 지녔다. 입고 있는 검은색 옷은—그는 분명 몇 주를 애도 기간으로 보낼 것이다—그와 잘 어울렸고, 이러한 때에도 스튜디오를 계속 열다니 참으로 용감하다고 나는 생각했다. 분명 던바 가족은 서로 힘을 합치고 있는 것이다. 나의 조심스러운 질문에도 올리는 리오의 아내나 여자친구에 대해 한 번도 말하지 않았었고, 리오의 열 손가락 어디에도 반지는 없었다. 리오는 귀와 남자다운 어깨 사이에 수화기를 긴 채 미안하다는 듯이 미소 지으며 내게 편하게 있으라는 몸짓을 했다. 우리 사이에 전기가 통한 것이다. 나는 이런 것들을 감지할 수 있다. 왜 아니겠는가? 그는 죽은 내 애인의 형제다. 나는 가족의 일원이다. 우산을 접어 양동이 안에 세워둔 뒤 리오를 방해하지 않으려고 옆에 딸린 갤러리 안으로 들어갔다. 뭐, 시의회 건물에서 할 웨딩 촬영을 논의하는 통화는 엿들을 가치가 없었다. 올리와 나라면 환상열석* 안에서 결혼했을 텐데.

갤러리의 벽에는 인물사진들이 걸려 있었다. 어떤 얼굴들은 창문이고 다른 얼굴들은 가면이다. 이 웃음들을 포착하기 위해 올리는 어떤 농담을, 어떤 상냥한 말들을 했을까? 무엇이었든 그것들은 소중한 올리보다 더 오래 살았고, 내 소중한 남자의 유머와 친절은 이 인물사진들 속에서 우리 모두보다 더 오랫동안 살아남을 것이다. 금강혼식을 기념하는 부부, 양탄자 위의 아기들, 편안한 포즈의 자매와 그보다 뻣뻣한 자세로 모여 있는 대가족, 손주들로 에워싸인 여성 가장들, 빛나는 신혼부부, 당돌하고 유연한 청년들, 그리고 이곳 도싯에도 존재하는 시크교도 가족. 어떻게 두 사람의 얼굴이 자식들의 얼굴로 합쳐지는지, 대단한 기적이지 않은가.

내가 내린 결론에 의하면, 가족은 세 가지 유형으로 나뉜다.

첫째, 서로의 인생에 관여하는 가족.

둘째, 각자의 인생을 서로에게 보고만 하는 가족.

셋째, 그것조차 하지 않는 가족.

내 생각에 우리 캐슬가 사람들은 두번째 유형이다. 필립은 세번째 유형을 목표로 하고 있지만 그건 그애가 알아서 할 일이고. 하지만 나의 헛된 소망은 첫번째 유형인 가족의 일원이 되는 것이다. 친밀함을 갈망한다는 죄로 사람을 밀어내지 않는 가족의 일원이 되는 것! 내 딸 커밀라조차 런던에 있는 그애의 집을 방문하겠다고 하면, 안 돼요 엄마, 이번주는 별로예요, 또는 미안해요, 시니드가 이번

---

* 거대한 선돌들을 둥글게 줄지어 배치한 유적으로, 유럽 대서양 연안 유적지에서 많이 발견된다.

주말에 파티를 열거든요, 또는 나중에 여름에 오세요 엄마, 지금 당장은 일이 미친듯이 많아요라고 한다. 그리하여 8월이 되면 그애는 자기 아빠와 그리고 그의 '좀 친한 여자'와 함께 포르투갈로 떠나버린다. 내 기분이 어떻겠는가? 이 바보는 서점에서, 연극협회에서, '영국 원예협회'에서 열심히 활동한다. 그래서 내가 얻는 건? 나를 '참견쟁이'라고 부르는 준 놀런 따위다. 물론 그러거나 말거나지만. 필요한 사람이 되기를 바라는 게 무슨 죄란 말인가? 누군가의 소중한 이들에게 그들이 들어야 할 입바른 소리를 해주는 것이?

예상대로 결혼을 했다면 모든 게 달라졌을 것이다. 모든 것이. 올리와 그의 누이들과 여기 있는 리오, 그리고 그들의 배우자들, 그리고 아기들까지 주말마다 부모의 집에 모일 것이다. 나는 평화 중재자, 비포장 갓길, 막역한 친구, 해결사가 될 것이다. 정말이지, 주디스, 당신이 없었다면 우린 어떻게 살았을까요.

"기다리시게 해서 정말 죄송합니다." 리오가 말했다. "정말이지 어쩌나……"

전화가 울렸다.

"또 시작이군요!" 리오가 속눈썹이 긴 두 눈을 굴리며 물었다. "받아도 될까요?"

"그러세요." 자신감으로 가득찬 주디스 캐슬-던바의 목소리는 마거릿 대처의 허스키한 목소리를 생각나게 한다. 마음에 든다. "일이 아주 많은가봐요."

"정말 실례가 많군요, 이렇게 친절하신 분께."

"괜찮아요." 나는 내 진주들을 만지작거리며 그가 아담한 아줌마의 정체를 눈치챘을까 생각했다. "씩씩하게 견디고 계시네요."

리오는 장난꾸러기처럼 웃으며 특유의 남자다운 방식으로 전화를 받았다. 나는 바닥 계단에 앉아 케겔 운동을 조금 했다. "짐보!" 리오가 이번에는 목소리를 죽이더니 낮게 말하며 몸을 돌렸다. "올리는 여기 없어, 아니……"

아직 그 끔찍한 소식을 듣지 못한 지인이 있는 게 틀림없었다.

"형은 하루이틀 전화를 못 받아." 리오는 작게 말했지만 내 청력은 완벽했다. "인터넷에서 만난 여자야, 맞아. 그래, 내 말이, 그거 무지 수상하잖아? 어쨌든 둘이 만났어, 딱 한 번, 고작 일주일 전에. 그래, 배스에서. 그러다 그 여자의 마수에 걸려든 거지…… 아니, 그 여자 말로는 '사십대 중반'이라는데, 올리가 보기엔 '육십대 중반' 같다고…… 그런 건 아니었어. 딱 한 번 만난 다음에, 그래, 그 여자가 자기 맘대로 호텔 엑스칼리버에 방을 잡았어. 무려…… 했던 말 그대로야, 농담 아니고…… '관계를 완성시키기 위해서'라나! '관계를 완성시키기 위해서!' 그 장단을 어떻게 맞춰, 안 그래? 그래서 형이 나한테 무릎 꿇고 빌었잖아, 그 여자한테 전화해서 자기가 죽었다고 해달라고. 농담 아니야! 그렇게 하지 않으면 그 여잘 떼낼 수가 없다고…… 뭐?…… 몰라…… 비참한 폐경기 할망구겠지. 사랑받고 싶어서 필사적인, 누가 자신을 사랑해줄 것 같으면 필사적으로 게걸스럽게 아무나 물고 늘어져서 다들 도망가는 거지! 뭐?…… 그게 제일 웃긴 부분이야! 원래는 깔끔하게 복잡할 것 없이 심장마비가 왔다고 말하려 했는데, 막상 닥치니까, 그래,

그 뺑소니 운전자 이야기가 나와버렸어…… 그만 웃어! 그랬더니, 아니나 다를까 그 '호르몬 대체요법' 여사께서 장례식의 주인공 역할을 요구하잖아. 그래, 그래서 나는 형을 이미 화장했고 내가 형의 재를 코브 앞바다에 뿌렸다고 했지…… 이봐, 짐보, 끊어야 돼. 손님이 기다리거든. 올리가 나중에 '로드 넬슨'으로 갈 거야. 자세한 무용담은 형한테 직접 들어. 응. 끊어."

쉿쉿거리며 내리는 빗속에서 아이스크림 밴이 느릿느릿 지나갔다.

아이스크림 차가 왔음을 알리는 차임벨 소리는 유명한 팝발라드였다. 사랑, 그리고 로빈 후드에 관한 노래.

저 노래 제목이 뭐였더라? 어느 해 여름, 차트 정상에 오른 곡인데.

어느 길고 뜨거웠던 여름, 커밀라가 어렸을 때.

아, 다들 아는 노래인데.

글쓰기 인생

제이미 존슨은 1955년 에식스 주 사우스엔드에서 태어났다. 케임브리지 대학교에서 영어를 전공하고 〈TLS〉 〈문학평론〉 〈인디펜던트〉 〈모조〉에 기고했다. 이것은 그의 첫 책이다. 현재 런던 북부에 살고 있다.

제이미 존슨은 섹스 중독에 대한 회고록 『질리지가 않아』의 저자로, 이 작품으로 〈가디언〉 신인상 최종 후보에 오른 바 있다. 1955년 에식스 주 사우스엔드에서 태어났고 〈에스콰이어〉 〈플레이보이〉 〈너츠〉에 기고했다. 현재 에식스에서 아내와 두 자녀와 함께 살고 있다. 『만족(은 없다)』는 그의 첫 소설이다.

제임스 존슨은 매년 존 던의 시를 다시 읽는다. 지금까지 두 권의 책을 썼으며, 〈가디언〉 신인상 최종 후보에 올랐다. 현재 〈TLS〉 〈문학평론〉 〈인디펜던트〉에 기고하고 있다. 에식스 대학교의 객원 작가로, 슈베리니스 외곽에서 아내와 네 자녀와 함께 살고 있다. 『너무나 건조한 재』는 그의 두번째 소설이다.

짐 존슨은 시인 존 던의 말년을 그린 역사소설이자 존 던 상 후보에 오른『너무나 건조한 재』를 비롯해 성인들을 위한 책을 여러 권 썼다. 잉글랜드 북동부에 있는 하틀풀에서 아내와 다섯 자녀, 고양이 두 마리와 개 한 마리, 로물루스와 레무스라는 이름의 게르빌루스 쥐 두 마리, 금붕어 딜런과 함께 살고 있다. 이 작품은 그가 쓴 첫 동화책이다.

애니 그린은 인기 책 시리즈『코끼리 엘비스』의 일러스트레이터이자 화가다. 그녀 역시 잉글랜드 북동부에서 뱀을 비롯해 덩치 큰 야생동물들과 함께 살고 있다. 그린은 '양귀비'라 이름 붙인 낡은 2CV를 몬다.

J. 토머스 존슨은 여러 권의 책을 썼다. 바텐더, 벌목꾼, 나이트클럽 경비원, 진주 채취인, 경찰견 훈련사, 프로레슬러, 사립탐정, 네팔 여행가이드, 암살자 그리고 영국 여러 대학의 상주 작가로 일했다. 그는 어린 시절부터 알래스카의 황무지를 사랑했다. 현재 반려자인 일러스트레이터 애니 그린과 잉글랜드 북동부의 하틀풀 외곽에서 살고 있다.

지미 존슨에 대해 알려지지 않은 다섯 가지

1) 그가 자신의 돈으로 처음 산 싱글 앨범은 〈험한 세상의 다리
가 되어〉였다!

2) 학창 시절 그와 가장 친했던 친구의 삼촌은 '스타라이트 보컬
밴드'에서 베이스를 연주했다!

3) 그는 이즐링턴에서 열린 '스크린 온 더 그린' 영화제의 상영
작인 〈섹스피스톨즈〉의 표를 샀지만 가지 않았다!

4) 그에게는 아이팟이 있다. 하지만 자녀들이 대신 음악을 다운
로드해줘야 한다!

5) 『존슨의 팝 선집』은 그의 여덟번째 책이지만 길버트 오설리
번을 언급한 것으로는 첫번째 책이다!

브라이언 브리튼은 레딩, 밀월, 레이턴 오리엔트, 사우스엔드 유나
이티드, 월솔, 트랜미어 로버스, 하틀풀에서 선수생활을 했다. 한때
'상위 두 개 리그에서는 뛴 적 없는 최고의 수비수'로 불렸다. 브리
튼은 미래의 잉글랜드 인터내셔널에서 '최소 여섯 점'을 득점했다
고 주장한다.

지미 존슨은 전업 작가다. 『외국인 호모 소년들』은 그의 열두번째 책이다. 하틀폴―을 응원하고―에서 살고 있다.

감사의 말: 주 전능하신 하느님(당신과 우리를 위해 당신이 하시는 모든 일을 사랑합니다), 샤론 오즈번(짱!), 사이먼 코웰(당신을 거의 용서했어요!), 데이비드와 빅토리아, 웨인과 콜린, 엄마 아빠, 아기 브루바, 니컬라 브레이스웨이트를 제외한 '바넷 포시'의 모든 분들, 부시에 있는 '핑크 코코넛'의 모든 분들. 그리고 오즈번 씨 보세요! 내가 책을 썼어요! 내가 학교를 떠날 때 당신이 했던 그 모든 말에도 불구하고! 정리를 도와준 짐 존슨―최고의 남자―에게 깊은 감사를 전합니다.

벤델라 비다

솔레유

Soleil
Gideon
Judge
Gladys
Parks-Schultz
Frank
Justin M. Damiano
J. Johnson
Hanwell Snr
Nigora
ROY SPIVEY
Donal Webster
Cindy
Lélé
Stubenstock
Magda
Mandela
Puppy
Judith Castle
RHODA
THE MONSTER
theo
Perkus
Tooth
JORDAN
THE LIAR
WELLINGTON
Newton Wicks
LINT
Gordon

"솔레유가 올 것 같아." 가브리엘의 어머니가 수화기를 내려놓으며 말했다. 가브리엘은 식탁을 차리고 있었고 그녀의 아버지는 샐러드드레싱을 만들고 있었다.

"소, 소, 소, 솔레유 말이지." 가브리엘의 아버지가 말했다.

"그러지 마." 가브리엘의 어머니는 이렇게 말하면서도 웃었다. 그녀가 은행에 있는 동안 종일 발라두었던 오렌지색 립스틱은 건조한 입술 주름에 몇 개의 세로선만을 남긴 채 지워지고 없었다.

"그, 그, 그, 그러지 마." 그가 말했다.

어머니가 가브리엘을 쳐다보며 말했다. "솔레유는 말을 더듬거든."

솔레유라는 이름이 가브리엘의 기억 구석구석에서 일화들과 특징들을 마구잡이로 수집하기 시작했다. 솔레유는 어머니가 하와이에서 대학을 다니던 시절의 룸메이트가 아닌가? 가브리엘은 솔레유가 실크해트를 쓰고 수상스키를 타는 사진을 본 적이 있었다. 모자 때문에 그녀의 키는 백팔십 센티미터가 넘어 보였고, 가브리엘은 그녀가 마술사 같다고 생각했다.

"그 여자 아직도 손 모델이야?" 가브리엘의 아버지가 물었다.

순간 가브리엘은 다른 기억을 떠올렸다. "솔레유 아줌마가 엄마의 쓰레기를 뒤지곤 했다면서요?"

"지금은 손 모델 안 해. 그리고 쓰레기 일은 딱 한 번이었어." 그녀의 어머니가 거북하다는 듯이 말했다. "솔레유 말로는 일 때문에 뒤진 거였대." 그녀의 어머니는 남편과 함께 미소를 지었다. "내 생각엔 솔레유가 네 아빠를 짝사랑했던 것 같아."

가브리엘은 아버지를 쳐다보지 않았다. 이유를 댈 수는 없지만 아버지의 반응은 가브리엘을 당황스럽게 하거나 화나게 만들 것이 분명했기 때문이다. 가브리엘은 아버지가 다시 말더듬이 흉내를 내지 않기를 바랐다. 가브리엘은 솔레유를, 그리고 장애를 지닌 모든 사람들을 안쓰럽게 생각했다. 학교에서 가브리엘과 가장 친한 친구인 멜라니는 오른쪽 발가락이 네 개뿐이었다. 가브리엘은 최근 샌들을 신어도 된다고 멜라니를 설득하는 데 성공한 터였다.

"솔레유는 지금 어디 살아?" 아버지가 물었다.

"글쎄, 나도 모르겠어." 어머니가 천천히 말했다. "아마 텍사스일 걸? 아직까지 친구들 집이나 남자들 집을 전전하는 것 같기도 하고."

"하." 아버지가 감탄하듯이 말했다.

솔레유는 7월의 어느 화요일 저녁 가브리엘의 집에 도착했다.

가브리엘의 부모님은 둘 다 직장에 있는 시간이었지만 미리 가브리엘에게 솔레유를 맞이하고 새 수건과 간단한 식사를 챙겨주라고 일러두었다.

"안녕, 예쁜이." 솔레유가 집안으로 들어서며 말했다. "너 잭을 꼭 닮았구나."

잭은 가브리엘의 아버지다. 가브리엘은 어떻게 솔레유가 그토록 빨리 판정을 내렸는지 알 수 없었다.

"고맙습니다." 가브리엘은 대답하고 솔레유의 얼굴을 살펴보았다. 그녀의 눈은 너트맥 색깔이었고, 넓은 두 뺨은 너무도 편평해서 마치 유리판에 눌린 것 같았다. 머리카락은 갈색으로, S자가 여러 개 매달린 듯한 앞머리 외에는 직모였다.

"와, 여긴 베르사유 궁전보다 거울이 더 많네." 솔레유가 주위를 두리번거리며 말했다. "너네 부모님은 부자구나."

심판하는 말처럼 들렸다. "별로 그렇지 않아요." 가브리엘이 말했다.

"별로 그렇지 않다는 게 무슨 뜻이야?"

"모르겠어요. 그 문제에 대해 별로 생각해본 적이 없어서요."

"그 문제에 대해 생각해본 적 없다는 게 바로 부자라는 뜻이야."

가브리엘은 자신의 가족이 부자도 가난뱅이도 아님을 알고 있었다. 그녀는 부모님이 어서 돌아와 솔레유가 돈 얘기를 그만두게 되기를 바랐다. "돈 얘기를 해도 되는 곳은 은행뿐이야." 가브리엘의 어머니는 종종 말했다. 어머니가 은행에서 일하는 건 아마 그 때문인 것 같다. 그녀는 고참 금전출납계원이었다.

"주방에 먹을 게 있어요." 가브리엘이 말했다. "부모님은 두 시간 뒤에나 돌아오실 거예요."

"농담하는 거니?" 솔레유가 말했다.

가브리엘은 자신이 무슨 농담을 했다는 건지 알 수 없었다.

"난 주방에서 사람을 기다리며 산타크루즈의 밤을 헛되게 보내지 않을 거야. 나가서 한잔하자. 근처에 이탈리안 레스토랑 있니?"

그들은 바에 앉았다. 가브리엘은 그때처럼 자신의 자세와 나이를 의식한 적이 없었다. 그녀는 열한 살이었고 옷깃에 긴 나비매듭이 달린 연보라색 코듀로이 원피스를 입고 있었다. 솔레유는 캐미솔 위에 진홍색 벨벳 재킷을 입었는데, 왼쪽 옷깃에는 조그만 전기심장이 꽂혀 있었다. 이 심장 모양의 핀은 연속해서 두 번 빠르게 깜박거린 후 잠시 멈췄다가 다시 두 번 깜박였다.

몇 분 안 되어 남자 둘이 가브리엘과 솔레유가 앉은 바 의자 근처에 섰다. 화장실에 갔다가 돌아오니 두 남자 중 한 명이 가브리엘의 자리에 앉아 있었다. 가브리엘은 솔레유의 어깨를 두드렸다. "종업원이 그러는데 내가 미성년자라서 우리가 테이블 자리에 앉아야 한대요." 거짓말이었다. 가브리엘은 두 사람만 앉을 수 있는 창가의 테이블 자리를 가리켰다.

"만나서 반가웠어요, 신사분들." 솔레유는 이렇게 말하고 남자들을 향해 영문 모를 경례를 한 다음 가브리엘을 따라 테이블로 갔다. 솔레유는 전채요리를 주요리로 주문했고, 저녁식사를 하는 동안 가브리엘에게 결혼(그녀는 스물네 살 때 석 달 동안 결혼생활을 했다), 에인 랜드를 읽으면 좋은 점들(저자의 이름을 정확하게 발음하는 것만으로 사람들을 움츠러들게 할 수 있다고 솔레유는 주장했다), 그리고 여자가 데오도란트를 써야 하는지 말아야 하는지에 관한 중대한 결정에 대해 이야기했다.

"난 한 번도 데오도란트를 쓴 적이 없어. 냄새 맡아봐." 솔레유가 말했다.

"지금요?"

"아니." 그녀가 눈알을 굴리며 말했다. "십 년 뒤에."

가브리엘은 그녀 쪽으로 몸을 굽혔다.

"무슨 냄새 같아?"

"달콤한 딸기 냄새 같아요." 가브리엘은 말했다. 그것은 사실이었다. 솔레유에게서는 정말 딸기 냄새가 났다. 하지만 땀냄새도 났다. 불쾌하지 않고, 프랑스식도 아닌…… 무언가가 발효되는 듯한 희미한 냄새였다.

"네 냄새도 달콤해, 브리." 솔레유가 말했다. 저녁을 먹는 동안 솔레유는 가브리엘의 의향도 묻지 않고 그녀를 브리라고 부르기 시작했다. 가브리엘은 그 이름이 정말 좋았다.

"고맙습니다. 정말 친절하세요." 가브리엘의 말은 마치 다른 사람의 말처럼 들렸다.

"생각보다 시간이 많이 지났네." 솔레유가 말했다. 그들은 종종 걸음을 걸어 가브리엘의 집으로 향했다. "너희 엄마랑 아빠가 화가 많이 났을까?"

"몰라요." 가브리엘이 대답했다. "손님이 그렇게 자주 오시는 편이 아니라서요."

가브리엘의 부모는 주방에서 서로를 마주보며 앉아 있었다. 어머니의 한쪽 발이 아버지의 무릎 위에 놓여 있었고 아버지는 그 발을 마사지하는 중이었다.

"어머, 왔구나." 가브리엘의 어머니가 말했다. 마치 제자리에 놔두지 않은 선글라스를 발견한 듯한 말투였다.

"오늘 오래 서 있었대요." 가브리엘의 아버지가 아내의 발에 다시 구두를 신기며 설명했다.

"우와, 너," 솔레유가 말했다. "신데렐라 같아."

가브리엘의 어머니는 미소를 지으며 일어섰고 솔레유가 그녀를 안았다. 그런 다음 솔레유는 가브리엘의 아버지를 몇 초쯤 더 길게 안았다. 결국 그가 몸을 떼낼 때까지.

"환영해요." 그는 쉰 듯한 목소리로 말했다.

가브리엘의 어머니는 솔레유를 위아래로 훑어보았다. "너 정말 좋아 보인다."

"고마워, 도로시." 솔레유가 말했다. 이번에는 솔레유가 그녀를 칭찬해주기를 모두가 잠시 기다렸지만 솔레유는 그러지 않았다.

거실에서 가브리엘의 아버지와 어머니는 언제나처럼, 마치 버스를 탄 것처럼 이인용 안락의자에 나란히 앉아 같은 방향을 바라봤다. 가브리엘과 솔레유는 팔걸이가 없는 의자에 앉았다. 가브리엘은 아버지가 왜 재킷을 입었는지 이해할 수 없었다. 가구점을 운영하는 아버지는 가게에서 옷을 차려입지 않았다. 그는 여자들의 큰 잔에 와인을 따라주었다.

가브리엘의 아버지가 태국 음식점에 전화를 걸어 지나치게 큰 목소리로 주문을 하는 바람에 아무도 이야기를 나눌 수 없었다. 솔레유는 자신의 긴 손가락 중앙에 보석이 오도록 반지들을 만지작거렸다.

아버지가 전화를 끊고 가브리엘을 쳐다보았다. "네가 좋아하는 쌀 요리를 시켰단다."

가브리엘은 "들었어요"라고 하고 싶었지만 그러지 않았다. 이미 분위기는 충분히 경직돼 있었으니까.

"부탁 하나 해도 될까?" 가브리엘의 어머니가 솔레유에게 말했다.

"뭐든지." 솔레유가 심드렁하게 말했다.

"그 핀 좀 꺼줄래?"

"이거? 내 심장 불빛인데."

심장 두근거리는 침묵이 흘렀다.

"당신의 심장 불빛을 꺼주오." 가브리엘의 아버지가 노래했다. 그는 걸핏하면 그런 식으로 노래를 불렀다.

"불빛이 깜박이는 걸 보면 공황 발작을 일으킬 때가 있어서 그래." 가브리엘의 어머니가 말했다.

"지난주에도 그랬어요." 가브리엘이 거들었다. "구급차를 보고요."

솔레유는 불빛을 끄지 않았다. 대신 재킷을 벗었다. 그녀의 얇은 캐미솔 아래로 레이스 브라의 무늬가 보였다. 묘하게 삼각형 같은 그녀의 가슴은 보통 크기였다. 가브리엘은 솔레유의 팔에 왁싱을 해서 털이 없다는 사실을 알아차렸다. 아버지의 시선은 솔레유의 이마에 고정되어 있었다.

어른들은 하와이에 대해 이야기했지만 하와이를 떠난 다음 무엇을 하며 살았는지는 이야기하지 않았다. 가브리엘의 아버지가 와인을 가지러 주방으로 사라졌을 때 어머니는 몸을 앞으로 숙이며 말했다. "솔, 널 당황시키려는 건 아닌데, 말 더듬던 것은 어떻게 고쳤어?"

솔레유의 기다란 입술 양끝이 아주 잠깐 떨렸다가 멈췄다. "말을 더듬다니?"

"그것 때문에 불평하곤 했잖아. 미네소타에 있는 시설에 갈 거라고 말하면서. 거기 가면 사람들이 네……"

"다른 사람이랑 나를 헷갈린 것 같네." 솔레유가 말했다.

가브리엘의 아버지가 양 손에 와인병을 들고 돌아왔다. "레드 와인, 화이트 와인?" 월척이라도 되는 듯 그가 와인병 두 개를 들어올리며 물었다.

"레드 와인." 두 여자가 동시에 말한 다음 웃었다.

"봐, 가브리엘." 솔레유가 말했다. "네 엄마랑 나는 그렇게 다르지 않아."

가브리엘의 어머니는 뭐라고 반박하려다가 잔에 남은 와인을 다 마시고는 남편을 향해 빈 잔을 들어올렸다.

"두 사람이 자연스러웠던 것 같니?" 그날 밤 늦게 솔레유가 물었다. 솔레유는 가브리엘 방의 침대에서, 가브리엘은 그 밑의 바퀴 달린 작은 침대에서 잤다. 가브리엘의 집에는 손님용 침실이 없었다. 가브리엘이 자기 가족을 부자라고 생각하지 않는 또하나의 근거였다.

"무슨 뜻이에요?" 가브리엘이 물었다.

"그러니까, 네 부모님이 연극하는 것 같지 않냐고."

"뭐하려요?" 가브리엘은 이렇게 물었다가 다시 고쳐 물었다. "누구를 위해서요?"

"나 때문에. 자기들이 얼마나 사랑에 빠져 있는지 보여주려고 말이야." 솔레유는 가브리엘 반의 어떤 남자애가 그러듯이 '사랑'에 으르렁거리는 듯한 강세를 실어 '사랑에 빠져'라고 말했다.

"아뇨." 가브리엘이 사실대로 말했다. "평소랑 똑같았어요."

솔레유는 몇 초 뒤에 잠이 들었다. 마치 스캔들이나 사기의 조짐만이 그녀를 깨어 있게 할 수 있다는 듯이. 가브리엘은 일어나서 솔레유를 바라보았다. 블라인드 사이로 미끄러져 들어오는 달빛이 두 사람의 몸을 비췄다. 솔레유는 한쪽 다리를 침대 밖으로 축 늘어뜨린 채 독살당한 사람처럼 엎드려 잤다.

목요일이 되자 솔레유가 지루해한다는 사실이 분명해졌다. 솔레유는 머리 위에 물컵을 올린 채 걸어다녔고, 꽃병의 꽃을 뒤집어 꽂았다. "덴마크에서 플로리스트에게 배운 거야." 솔레유는 말했다. 그녀는 배우지 않은 것이 없었다. 양초 만들기, 태극권, 포르투갈어. 심지어 저마다 다른 곳에서 배웠다고 했다.

그날 오후 솔레유는 자신과 가브리엘과 그녀의 어머니가 소위

'여자들의 휴가' 삼아 주말 동안 타호 호수에 가야 한다고 결정했다. 그곳에 호숫가에서 카페를 하는 케이티라는 친구가 있다고 했다.

"케이티를 좋아하게 될 거야." 솔레유는 말했다. 그녀는 뒷마당에서 일광욕을 하던 참이다. "그앤 자유로운 영혼이야. 아주 섹시하지."

가브리엘은 잔디 위 그녀 옆에 앉아 있었다. "아줌마 친구들은 다들 예쁜가봐요? 우리 엄마도 그렇고, 케이티라는 분도……" 가브리엘은 솔레유를 시험해보는 중이었다. 가브리엘은 어머니가 매력적이라는 사실을 알고 있었다. "네 엄마는 미인이야." 아버지가 즐겨 하는 말이었다. 그러고는 노래를 부르곤 했다.

솔레유는 망설였다. 가브리엘은 곧바로 자신이 꺼낸 말을 후회했다. "너희 엄마 귀엽지." 코에 주름을 잡으며 솔레유가 말했다. "하지만 섹시하지는 않아. 너희 엄마한테 그런 분위기는 없어."

"주말 동안 잭을 혼자 둘 순 없어." 그날 저녁 가브리엘의 어머니는 잘라 말했다. 그들은 거실에 앉아 있었고 솔레유가 타호 호수 계획을 설명한 참이었다.

"잭도 같이 가면 되지." 솔레유가 말했다.

"그이는 못 갈 것 같은데." 가브리엘의 어머니가 별다른 설명 없이 그렇게 말했다. 그녀는 솔레유의 방문으로 힘들어하는 것 같았고, 솔레유가 온 날부터 매일 밤 일찍 잠자리에 들었다.

솔레유와 어머니 모두 그 계획을 단념한 듯했지만 가브리엘은 이를 구제하려고 안간힘을 쓰는 자신을 발견했다.

"엄마가 못 가면 나랑 솔레유 아줌마만이라도 가면 안 돼요?" 가브리엘이 물었다.

"생각해볼게." 어머니가 말했다.

그때 가브리엘의 아버지가 상상 속의 파트너와 함께 왈츠를 추며 거실로 들어왔다. "무슨 일이야?" 그들의 표정을 보고 아버지가 물었다. 그는 왈츠 동작을 멈추었다. "정상회담이라도 했어?"

가브리엘은 아버지에게 여행 계획을 이야기한 뒤 가게 해달라고 졸랐다. "미혼 여성이 어떻게 자립해야 하는지 보고 싶어요." 가브리엘이 말했다. 최근에 이혼한 역사 선생님 터윌리거 씨의 말을 빌린 것이었다.

"괜찮은 계획 같은데." 그녀의 아버지가 말했다.

가브리엘은 아버지를 보며 미소 지었다. 그리고 어머니를 쳐다보지 않으려고 애썼다. 그녀는 어머니가 일어나 거실에서 걸어나가는 소리를 들었으면서도 아버지만 쳐다보았다. 어머니의 하이힐이 원목 바닥에서 무거운 소리를 냈다.

"도로시?" 아버지가 어머니를 불렀다.

"오늘 저녁에 뭘 먹을지 냉장고 속을 확인하고 있어." 어머니가 대답했다. 하지만 가브리엘은 발소리를 듣고서 어머니가 주방이 아닌 서재에 있다는 사실을 알 수 있었다.

금요일, 솔레유는 딱 붙는 흰색 셔츠와 흰색 바지를 입었다. 팬티 라인은 전혀 보이지 않았다. 팬티를 입지 않았을 수도 있다고 가브리엘은 생각했다. 흰색 옷은 뼈대가 굵고 키가 큰 솔레유를 더 커 보이게 했다. 그녀는 한 척의 작은 배 같았다.

솔레유의 밴도 흰색이었다. "난 이 차가 싫어." 밴을 타고 도로로 진입했을 때 솔레유가 말했다. "하지만 일 때문에 필요하지."

가브리엘은 자신이 솔레유가 무슨 일을 하는지 모른다는 사실을 깨달았다. 솔레유는 직업을 가진 사람처럼 보이지 않았다.

"아줌마는 무슨 일을 하세요?" 가브리엘이 물었다.

솔레유가 웃었다. "뭐가 그리 진지해? 출입국 심사원이니?"

가브리엘은 고개를 저었다. 솔레유가 또 웃었다.

"난 골동품 수집가야. 코카콜라 제품 전문이지."

"아, 오래된 병 같은 거요." 가브리엘이 지나치게 성급하게 말했다.

"병 말고." 솔레유가 말했다. 가브리엘은 그녀의 눈가 피부가 팽팽하게 당겨진 것을 보았다. "나는 20년대의 아름다운 거울과 오래된 자동판매기를 수집해서 코카콜라 컨벤션에서 팔아. 얼마나 많은 사람들이 그런 것들을 좋아하는지 넌 모를 거야. 미네소타에 살 때는 돈을 정말 많이 벌었어."

"미네소타에서 사셨어요?" 가브리엘이 물었다.

"응." 솔레유가 대답했다. 가브리엘은 약간 말을 더듬는 기색, 반복되는 '으'를 감지했다.

광고판이 '너트 하우스'라는 이름의 식당이 곧 나올 거라고 알려주었다. "미네소타에 내 옛 애인들이 몇 명 살고 있을 거야." 솔레유가 말했다. 그러고는 가브리엘을 쳐다보며 아주 심각한 표정을 지었다. "누가 너를 벨기에로 초대한다면 절대 가지 않겠다고 약속해줘."

"거기서 좋지 않은 일이라도 있었어요?" 가브리엘이 물었다.

"아니, 거기선 아무 일도 없었어. 그게 문제지. 벨기에는 그런 곳이야."

"이런 젠장." 솔레유가 외치는 소리에 가브리엘은 잠에서 깼다.

"왜요?"

"케이티 집에 거의 다 왔는데 장을 안 봤지 뭐니. 다른 사람 집에 머물 때는 그래야 하거든. 그 집 냉장고를 채워줘야 해."

"아." 가브리엘은 말했다. 자신의 어머니의 주방에 아무것도 가져오지 않았었는데.

둘은 통나무집처럼 생긴 식료품점에 들렀다. 솔레유가 쇼핑카트를 빼냈다.

"카트까지 필요해요?" 가브리엘이 물었다.

"주말 내내 먹을 걸 사야 하니까. 와인만 들어도 네 팔이 부러질 걸?" 솔레유가 말했다.

가브리엘은 카트의 한쪽 귀퉁이에서 갈색 물건을 발견했다. 네모났다. 지갑이었다. 가브리엘이 넘겨준 지갑을 솔레유는 재빨리 휙휙 넘겨보았다. "헨리 샘 스튜어트. 파란 눈에 뚱뚱함. 타호 호수의 네바다 주 쪽에 살고 있음." 그녀는 가브리엘을 쳐다보았다. "이게 무슨 뜻인지 알겠니?"

"이 사람은 도박꾼이다."

"아니." 솔레유가 말했다. "네가 후한 사례금을 받을 거라는 뜻이야."

"이 사람은 도박꾼이니까요."

"아냐, 그만해. 이 사람이 먼 곳에 살기 때문이야, 브리. 이 사람은 우리의 수고를 아주 고마워할 거야."

솔레유는 식료품과 함께 지도를 샀다. 그들은 다시 밴에 올라타 헨리 샘 스튜어트를 찾아 떠났다. 지갑은 두 사람 사이의 컵 홀더 위에 놓여 있었다.

"우리가 얼마나 받게 될까요?"

"네가 받는 거지. 네가 지갑을 찾았으니까." 솔레유가 말했다. "내 생각에 오십 달러면 사례금으로 적당할 것 같아."

"오십 달러요!" 가브리엘은 그 돈을 어디에 써야 할지 떠오르지 않았다. 솔레유에게 선물을 사줄 수도 있을 것이다.

헨리 샘 스튜어트의 집까지는 한 시간이 넘게 걸렸다.

"거의 다 왔어." 그 남자의 집이 있는 거리로 들어서며 솔레유가 말했다. "내 립스틱 좀 줘봐."

솔레유는 거울을 보지 않고도 길고 얇은 입술에 립스틱을 바를 수 있었다. 그녀는 거무스름한 자두색을 선호했다. 가브리엘은 머리카락을 귀 뒤로 넘겼다.

"흠." 집 앞에 차를 세우며 솔레유가 말했다.

"왜요?"라고 물었지만 가브리엘도 솔레유가 보고 있던 것을 보았다. 집은 허물어져가고 있었다. 그들은 차에서 내렸다. 현관문으로 올라가는 나무 계단이 두 사람의 발밑에서 주저앉을 것처럼 삐걱거렸다.

헨리 샘 스튜어트가 문을 열었다. 그는 면허증에 있는 사진과 놀랄 만치 똑같았고, 번쩍이는 파란색 조깅용 반바지에 흰색 터틀넥 스웨터를 입고 있었다. "무슨 일이시죠?" 그가 말했다.

"안녕하세요." 솔레유가 말했다. "아마 당신에게 필요할 걸 가지고 왔는데요."

"그런 것 같군요." 솔레유의 가슴을 쳐다보며 그가 말했다.

"당신 지갑이요"라고 말한 솔레유는 가브리엘을 향해 손을 내밀었다. 가브리엘은 솔레유의 손에 지갑을 올려놓았고 솔레유는 그것을 다시 헨리의 손에 올려놓았다.

"이런. 이걸 어디서 찾았소?" 그가 말했다. "잃어버린 줄도 몰랐소."

"식료품점에서요." 솔레유가 말했다.

"호수 반대편에 있는 거요." 가브리엘이 거들었다.

"아, 고마워요, 숙녀분들." 그가 말했다. 그는 두 사람을 향해 모자 벗는 시늉을 했다.

"그게 다예요?" 솔레유가 말했다.

"들어오시겠소?" 그가 말했다. 그의 시선은 솔레유의 입술에 가 있었다.

"됐어요. 그저 이 꼬마 숙녀에게 줄 사례금이 어디 있는지 궁금해서요."

"사례금?"

"네, 누군가 지갑을 찾아주면 보통 그렇게 하잖아요."

"난 거지들이 싫소." 헨리 샘 스튜어트가 말했다. "당신이 그렇게 강요하지 않았다면 사례금을 줬을지도 모르지만."

"나한테 사례금을 달라는 게 아니에요. 여기 있는 브리한테 주라는 거예요. 너무 정직해서 당신의 싸구려 지갑에서 돈을 빼내지 않은 이 열한 살짜리 소녀한테."

"고맙다, 브리." 그가 가브리엘에게 말했다. "때로는 친절 그 자체가 보상이란다. 너희 엄마는 아직 그걸 모르시나보구나?"

가브리엘은 솔레유를 쳐다보았다. 그녀의 머리카락은 흐트러졌고 두 눈은 게슴츠레했다. 그녀는 아름다웠다.

"당신이 지금 이애한테 뭘 가르치는지 알아요?" 솔레유가 말했다. "남들에게 신세 진 것이 없다고 생각하는 사람들을 난 참을 수가 없어요. 무슨 세상이 이따위야? 이 아이의 주소를 적어줄 테니, 당신이 제대로 된 사람이 되면 아이에게 사례금을 보내줘요."

솔레유는 가방에서 종이 한 장을 꺼냈다. "브리, 네 주소가 어떻게 되지?"

헨리 샘 스튜어트는 문을 닫고 들어가버렸다.

솔레유는 두 주먹을 꽉 쥐고 고개를 들어 하늘을 보며 고함지르는 시늉을 했다. 그런 다음 마음을 가다듬고 종이에 가브리엘의 주소를 적어 문 밑으로 밀어넣었다.

"머저리!" 솔레유는 소리쳤다.

가브리엘은 거실 창문 너머로 케이티를 처음 보았다. 케이티는 바닥깔개를 두드리듯, 허리를 굽혀 금발 머리카락의 끝 부분을 맹렬하게 빗질하고 있었다.

솔레유는 문에 노크를 한 다음 집안으로 들어갔다. 케이티가 몸을 바로 세웠다. 그녀의 얼굴은 분홍색이었고 머리카락은 거대했다.

솔레유와 케이티는 서로의 뺨에 키스했다. 이어 케이티가 가브리엘의 양 뺨에 키스했다. 코가 작고 금빛으로 태닝을 한 케이티는 예쁜 여자의 분위기를 풍겼다.

"먹을 걸 좀 사왔어." 솔레유가 말했다.

"넌 언제나 최고의 손님이야." 케이티가 말했다.

"언제나 손님이긴 하지."

"아직 정착 안 했어?"

"잡을 테면 잡아봐."

"진토닉 마실래?"

솔레유는 손뼉을 치는 것으로 대답을 대신했다.

"브리?" 솔레유가 물었다. "콜라 마실래?"

한 시간 뒤 솔레유와 케이티는 취했다. 전축에서는 로드 스튜어트의 노래가 흘러나왔고, 케이티와 솔레유는 옷가지들을 입어보며 녹색 카펫이 깔린 거실을 춤추듯 돌아다녔다. 가브리엘은 몸을 간지럽히는 격자무늬 천 소파에 앉아 있었다. 케이티와 솔레유가 가브리엘에게 맡긴 임무는 옷 심사였다. 그날 밤 그들은 호수의 디너보트 크루즈를 탈 계획이었다.

"우린 백만 달러짜리로 보여야 돼." 솔레유가 말했다.

"종이 한 장 차이야." 케이티가 덧붙였다. "백만 달러짜리로 보이는 거랑 백만 달러가 들어가게 보이는 건 말야."

솔레유가 웃었다. 가브리엘은 이해할 수 없는 농담이었다. 솔레유와 케이티는 오페라에 입고 가면 알맞을 듯한 옷들을 입고 모델 흉내를 냈다. 달나라에서나 입을 것 같은 옷도 걸쳐보았다. 마침내 그들은 옷핀으로 브라끈을 고정해야 하는 드레스를 골랐다. 케이티의 치맛단은 높았고 솔레유의 네크라인은 낮았다. 나란히 선 두 사람을 보면서 가브리엘은 그들이 미친듯이 가위를 휘두른 이들 같다고 생각했다.

"이제 우리가 널 꾸며줄 차례야." 케이티가 말했다.

"당연하지." 솔레유는 이렇게 말하고는 가브리엘을 케이티의 침실로 세게 밀어넣었다. 가브리엘이 겁먹을 만큼.

케이티가 따라 들어왔다. 케이티와 솔레유는 옷장 거울에 비친 가브리엘의 모습을 바라보며 섰다.

"넌 아이보리색이 아주 잘 어울릴 것 같아." 케이티가 말했다. "피부가 진짜 올리브 빛깔이야."

"얘 아빠의 피부색이 그래." 솔레유가 말했다.

"잭?" 케이티가 목소리를 낮추며 물었다.

솔레유가 입술을 꽉 다문 채 고개를 끄덕였다. 가브리엘은 두 여자의 얼굴을 쳐다보았고 그들의 술 취한 두 눈 사이로 스쳐간 심각한 표정을 읽었다. 꼭 돌덩이를 삼켜 위장으로 내려보내는 듯한 느낌이 들었다.

"내가 너라면 다리를 뽐낼 거야." 케이티가 다시 가브리엘에게 집중하며 말했다. "딱 좋은 옷이 있어."

케이티는 옷장 서랍에서 아이보리색 슬립을 꺼내 가브리엘의 머리 위로 씌웠다.

솔레유는 한쪽 눈을 감고 가브리엘을 살펴보았다. "장신구를 하나 걸쳐서 이걸 드레스로 입었다는 걸 분명히 하는 게 좋겠어. 잠시만 기다려봐." 그녀는 방을 나갔다.

"너 꼭 내가 프랑스 그림에서 본 여자애 같다!" 케이티가 말했다. "양동이를 떨어뜨린 소녀의 그림이었는데……"

"자." 솔레유가 뭔가를 들고 들어오며 말했다. 전기 심장핀이었다. 솔레유는 그것을 슬립 위, 가브리엘의 진짜 심장 바로 위쪽에 달고 전원을 켰다.

"어때?" 케이티가 물었다.

가브리엘은 거울을 빤히 쳐다보았다. 자신이 보고 있는 어떤 것에도 집중할 수 없었다. 유령 같은 형체와 반짝이는 불빛이 보였다. 거울 속의 그녀는 전혀 자신 같지 않았고, 그 순간에는 이 사실이 큰 위로가 되었다. 그녀의 목구멍 속 돌이 사라졌다.

"얘 좀 봐." 솔레유가 말했다. "끝내주게 예쁘다."

"얘가 들 양동이가 있다면 좋았을 텐데." 케이티가 말했다.

그들은 선착장에 늦게 도착했다.

"당신들 없이 떠나려던 참이었소." 표 받는 남자가 말했다. 그는 청바지에 멜빵을 메고 있었다. 가브리엘은 주위를 둘러보았다. 승객들은 모두 테니스나 등산을 하다가 온 것처럼 보였다. 속옷을 드레스로 입은 사람이 또 있을까?

뱃고동이 울리고 배가 움직이기 시작했다. 솔레유와 케이티는 마치 이 주짜리 크루즈 여행이라도 떠나는 양 물가에 있는 사람들 두세 명에게 손을 흔들었다.

저녁 뷔페에서 가브리엘은 좋아하는 음식들을 지나쳐 빠르게 걸어서 아무도 자신의 옷에 주목할 수 없도록 얼른 의자들이 있는 곳으로 갔다. 그녀는 식당 안쪽 구석의 빈 테이블을 발견하고 그곳에 앉자고 제안했다.

"뭐? 안 돼, 여기가 나아." 케이티가 댄스플로어 근처의 테이블을 가리키며 말했다. 이미 댄스플로어에는 무늬 있는 셔츠를 입은 남자 두 명이 올라가 있었다.

"당신들 오늘밤 운이 좋아." 케이티와 솔레유와 가브리엘이 자리에 앉는 동안 케이티가 그 남자들에게 말했다. 그들의 이름은 키스와 피터였다. 두 사람 다 손에 힘을 주어 악수했고, 피부는 짙게 그을려 있었다. 해가 지고 호수 위로 냉기가 돌자 가브리엘은 재킷이 있었으면 했다. 가브리엘의 어머니라면 딸을 위해 하나 챙겨왔을 것이다.

챙 넓은 멕시코 모자를 쓴 남자가 장미꽃을 들고 테이블마다 돌아다녔다. 키스가 한 송이를 사서 가브리엘에게 주었다.

"정말 주시는 거예요?" 가브리엘이 물었다. 가브리엘은 키스가 자기 아버지처럼 고양이 같은 녹색 눈을 지녔다는 사실을 알아차렸다.

"그래. 싹트기 시작한 장미를 위한 장미야." 키스가 말했다.

"향기가 참 좋아요." 가브리엘이 말했다. 사실은 그렇지 않지만.

솔레유는 키스가 마치 한 잔 가득 부은, 흘리고 싶지 않은 와인인 양 그를 뚫어지게 바라보았다.

저녁을 먹은 뒤 키스는 솔레유와, 피터는 케이티와 춤을 췄다. 가브리엘은 배의 가장자리로 가서 호수와 달을 바라보았다. 모든 것이 평소 모습처럼 보였다. 극적으로 보이는 것은 아무것도 없었다. 그녀는 장미를 들어올려 손가락으로 가지를 잡고 돌렸다.

"넌 꽃을 받기엔 너무 어려." 누군가가 말했다. 가브리엘이 뒤를 돌자 비옷을 입은 늙은 여자 두 명이 보였다.

"열다섯 살은 되고 나서 꽃을 받아야 해." 다른 한 명이 말했다. "특히 장미는 말이야."

가브리엘은 솔레유가 하던 대로 하늘을 처다보며 소리지르는 시늉을 하고 싶었다. 하지만 그녀는 소리지르는 시늉을 할 줄 몰랐다. 그녀는 한마디도 하지 못했다. 그 여자들로부터 벗어난 가브리엘은 테이블 의자에 앉아 댄스플로어를 바라보며, 자신이 태어나 처음으로 후회라는 말의 의미를 이해했다고 생각했다. 가브리엘은 그 여자들에게 아무 말도 하지 못한 것을 후회했다. 헨리 샘 스튜어트가 솔레유를 그녀의 어머니로 착각했을 때 느낀 낯간지러운 자긍심을 후회했다.

음악이 끝나자 피터는 케이티의 양 어깨에 손을 얹고 그녀를 테이블 쪽으로 밀었다. 솔레유는 키스의 손을 잡아끌고 키스는 장난치듯 저항했다. 〈문 리버〉가 연주되자 키스는 솔레유를 빙빙 돌리려고 했다. 솔레유가 두 바퀴를 돌자 키스는 그녀를 밑으로 내렸다가 올렸다. 음악과 어울리지 않는 춤이었지만 솔레유는 설레는 표정이었다. 그 순간 가브리엘은 여덟 살의 솔레유가 두 손을 하늘 높이 든 채 자전거를 타고 언덕을 내려오는 모습을 상상했다.

피터와 케이티는 어색하게 테이블 앞에 앉았다. 피터는 유리컵에 물을 따라 케이티 쪽으로 민 다음 그녀 앞에 있는 와인잔을 치웠다.

"그 할머니들이 뭐래?" 키스와 함께 테이블로 돌아오며 솔레유가 물었다. 가브리엘은 여자들이 한 말을 일러주었다.

"어떤 사람들은……" 솔레유는 말했다. 모두 그녀가 말을 마치기를 기다렸지만 솔레유는 그저 냅킨을 다시 접을 뿐이었다.

"할망구들!" 키스가 말했다. "못하고 사는 인간들은 질투가 심하단 말이야."

"사실 브리가 하고 사는 것도 아니잖아." 케이티가 말했다. "그런데도 질투를 해."

다들 웃었다. 가브리엘도 억지로 웃었다. 그러지 않으면 그 농담이 자기를 겨냥한 게 될 것 같았다.

보트가 부두에 도착할 때쯤 알코올이 케이티와 솔레유에게 서로 다른 방식으로 영향을 끼쳤음이 분명해졌다. 솔레유는 시끄러웠고 케이티는 조용했다. 피터와 키스는 모두를 태워 케이티의 집으로 차를 몰았다. 가브리엘은 그 밤이 어서 끝나기를, 케이티와 솔레유가 다음날 일어나 술에서 깨고 평상시 옷차림으로 돌아오기를 바랐다.

"안녕히 가세요. 고맙습니다." 키스의 차가 케이티의 집 앞에 섰을 때 가브리엘이 말했다.

다들 또 웃었다.

"이분들도 들어가서 밤술 한잔 할 거야." 키스가 차 주위를 돌며 차문을 하나하나 여는 동안 솔레유가 말했다.

그들은 모두 케이티의 거실로 몰려갔다. 갑자기 그들 모두의 팔과 다리, 냄새와 새된 소리를 수용하기에는 거실이 너무 작다는 생각이 들었다. 어른들도 똑같이 느낀 것이 분명했다. 잠시 후 키스와 솔레유는 서로 쫓아가는 시늉을 하며 손님방으로, 피터와 케이티는 휘청거리며 큰 침실로 들어갔다.

가브리엘은 그 가려운 거실 소파에서 잤다. 아니, 자려고 노력했다. 온갖 소음이 집을 가득 채웠다. 문들이 닫히고 변기 물이 내려가고 침대가 애들 장난감처럼 끽끽 소리를 냈다.

다음날 아침 가브리엘은 현관에서 들려오는 솔레유의 목소리에 잠이 깼다. "정말 와플 만들어주지 않아도 돼?"

가브리엘은 일어나 앉아 열린 창문 밖을 바라보았다.

"괜찮아, 예쁜이." 키스가 말했다. "얼른 튀어야 하거든."

현관 가장자리에서 키스는 솔레유에게 거칠게 키스한 다음 자기 차를 향해 걸어갔다. 그는 돌아보지도 않고 손을 흔들며 작별인사를 했다.

솔레유는 다시 집안으로 들어왔다. 그녀의 눈이 가브리엘의 눈과 마주쳤다.

"뭐, 뭐, 뭐, 뭘 보니?" 그녀가 말했다.

가브리엘은 문밖으로 달려나가 키스의 차로 갔다. "잠시만요." 그녀가 소리쳤다.

"여, 일어났구나." 키스가 안전벨트를 매며 말했다. 그의 셔츠 맨 윗단추가 기다란 실에 매달려 덜렁거렸다. "좋은 아침이야, 야영객."

"종이랑 펜 있어요?"

그는 운전석 수납함에서 메모 패드와 펜을 꺼내 가브리엘에게 건넸다. 메모지 위쪽에는 스키 타는 남자가 그려져 있었다. 말풍선에 적힌 말은 '인생은 즐거워'였다.

"전 여기에 살아요." 가브리엘이 주소를 적으며 말했다. "솔레유는 이번 주말이 지나면 우리집에서 지낼 거예요."

"알았어요, 파트너." 종이를 마치 영수증처럼 받아들며 키스가 말했다. "대단히 감사합니다."

가브리엘은 그가 왜 그런 식으로 말하는지 이해할 수 없었다. 그녀는 다시 집으로 걸어갔다. 솔레유는 거실에 서 있었다. 창문으로 지켜보고 있었던 게 분명했다. "뭘 한 거니?" 그녀가 힐난조로 말했다.

"그 사람한테 제 주소를 줬어요."

"뭐하러?" 솔레유가 말했다.

"이번주에 어디서 아줌마를 만날 수 있는지 가르쳐주려고요."

"어, 어, 어째서 그 사람이 날 만나야 하는데?"

"사과하러요." 가브리엘이 말했다.

솔레유는 손가락에 힘을 주며 주먹을 쥐었다. 그녀는 천장을 향해 비명 지르는 시늉을 했다. 벽에 대고도 했다. 마침내 그녀는 이상하리만치 흐릿하고, 젖은 땅처럼 어두운 눈으로 가브리엘을 바라보며 말했다. "철 좀 들어."

토비 리트

괴물

Soleil | Judge Gladys | Frank | Justin M. Damiano

Gideon | Parks-Schultz | J. Johnson

Hanwell Snr | Nigora

Roy Spivey | Cindy | Léle

Donal Webster | Stubenstock

Magda Mandela | Puppy | Judith Castle

THE MONSTER | RHODA | Theo | Perkus Tooth | JORDAN

THE LIAR | WELLINGTON | Newton Wicks | LINT | Gordon

괴물은 자신이 무엇인지 몰랐다. 어떤 괴물인지, 가끔씩은 괴물이기는 한 건지조차 알 수 없었다. 괴물은 긴 시간처럼 느껴지는 기간 동안 거울이나 물웅덩이를 보지 않고 살아왔다. 거울은 없었고 물웅덩이는 본능적으로 피했다. 피조물 가운데는 다른 괴물, 또는 그가 다른 괴물일 거라고 추측한 것들도 있었다(괴물은 괴물의 본질에 대해 철학하지 않았다. 벗어날 기준이 없으니 모두가 괴물일 수 있었다). 만일 괴물이 물어봤다면 이 다른 괴물들은 그들이 아는 몇 안 되는 단어와 개념—괴물, 피조물, 태양, 나무, 과일, 똥, 좋아, 나빠, 위, 아래—을 사용하여 괴물의 모습을 설명해주었을 것이다. 그러나 괴물은 어떤 이유 때문에, 물웅덩이를 꺼리듯이를 꺼렸다. 어떤 괴물이 다른 괴물을 묘사하는 말을 엿듣고 그들이 그렇게 해준다는 사실을 알게 되었을 뿐이다. 괴물이 엿들은 말은 '괴물 위 위 좋아 과일, 아래 아래 나빠 똥'이었다. 그래서 괴물은 자신에 대한 것을 대부분 만져서 알아냈다. 괴물의 머리 양옆에

괴물 99

는 부드럽고 축 처진 것이 두 개 자라 있었고, 길고 구부러진 등의 아래쪽 부분은 과일 껍질처럼 거칠었다. 괴물은 자신의 발을 볼 수 없었다. 거대한 배가 가로막고 있었기 때문에. 괴물이 자신을 탐구하려고 할 때마다 손은(괴물에겐 분명 손이 있었다) 무언가 다른 것들에 가닿는 것 같았다. 문자가 없었으므로 괴물은 이러한 변화나 그전의 상태라고 추측되는 것에 대해 기록할 수 없었다. 예를 들어 괴물은 먼 과거의 언젠가 자신이 더 작았다거나 두 다리가 아닌 네 다리로 걸었노라고 희미하게 느끼고 있었다. 괴물은 기억력이 그다지 좋지 않았지만 지금 자신이 내려다보는 것들을 옛날에는 올려다봐야 했으며, 지금 눈높이에 있는 것들을 잡으려면 발끝으로 서서 몸을 쭉 펴야 했다는 생각에 혼란스러웠다. 관찰하고 움켜쥐는 건 대부분 과일, 나무에 달린 과일이었다. 물론 괴물이 셀 수 없이 재발견한 바에 따르면 나무들도 자랐다. 그러나 이보다는 덜 빈번하게 발견한 바에 따르면 모든 피조물이 같은 속도로 자라는 것은 아니었다. 자신이 나머지 피조물보다 빨리 자라고 있다는 것은, 자신이 크다는 것에 대해 괴물이 가장 좋아하는 설명 가운데 하나였다. 네 발을 모두 써서 걸었다는 기억은 기만적일 수도 있었다. 원한다면 지금도 그럴 수 있으니까. 괴물은 피곤할 때면 땅에 등이 닿을 때까지 몸을 낮추었다. 거대한 배 때문에 이런 자세로밖에 누울 수 없었다. 또한 배 때문에 괴물은 자신의 성별을 추측만 할 수 있었다―사교에서 얻은 추측이었다. 성적인 의도로 보이는 것, 즉 성적으로 표현하려는 의도를 가지고 자신에게 가장 많이 접근하는 괴물들의 종류를 통해서 말이다. "위 위 좋아 과일 아래 아래 좋아 좋아 태양 피조물 과일." 그러나 우리의 괴물은 쾌락이나 번식에 관심이 없었다. 후자는 자신의 본성에 대한 의심 때문에, 전자는 자신의 괴로움 때문에 망설였다. 밤이면 괴물은 별들 아래서 잠을 잤다. 세상에는 별이 많았다. 괴물은 종종 존재의 절대적인 확신에 관한 꿈을 꾸었다. 나는 이것이다. 이것은 나다. 잠에서 깨는 것, 잠에서 깼다는 사실과 그것의 질은 언제나 실망스러웠다. 아침의 분노에도 불구하고 괴물은 거의 항상 피조물의 세상에 관대했다. 괴물은 아무것도 죽이지 않았다. 괴물이 무언가를 해쳤다면 그것은 우발적인 일이었다(단, 자해할 때를 제외하고). 괴물은 선의 가치를 알았고 끊임없이 그것을 지향했다. 아름답거나 멋진 시각적 이미지가 아닌 이러한 인식이 괴물이 생각하는 자신의 진정한 혈통이었다. 누군가 괴물에게 쓸데없이 잔인해지지 말라고 가르쳤고, 그것이 어머니였다. 누군가 괴물에게 부적절하게 오만하지 말라고 경고했고, 그것이 아버지였다. 그들이 어떤 종류의 피조물이었는지 괴물은 끝내 기억하지 못했다. 아마도 괴물이 수많은 낮과 밤을 보냈기 때문일 것이다. 괴물에게 극도로 결여된 모든 것 가운데 가장 불안한 건 정확한 시간관념이었다. 괴물은 낮이 있다는 것을 알았다. 낮이 반쯤 끝나갈 무렵에는 밤이 있다고 믿었다. 괴물은 잠에서 깬 직후, 꿈을 꾸었던 시간이 이제 막 시작된 시간과 다른 방식으로 지나갔음을 알았다. 잠자기 직전에 괴물은 기쁨을 느꼈다. 무언가가 좋은 방향으로 바뀔 것이었으므로. 한가지 확실한 경험은 고통이었다. 우연히 또는 온 힘을 다해 나무에 머리를 부딪쳤을 때 괴물은 자신이 고통을 겪었음을 분명하게 알 수 있었다. 날카로운 것에 찔린 듯한 첫 느낌과 그후의 둔탁한 통증은 몸의 부분들을 서로 연관지어 인지하는 데 도움을 주었다. 괴물은 이러한 행위, 자신에게 잔인해지고 그것의 해로움에 오만해지는 것이 나쁜 짓인지 궁금했다. 한동안 괴물은 이 문제를 잊어버렸지만, 보통은 한낮에, 분간할 수 없는 시간 덩어리를 마주하면, 특정한 지식에 대한 괴물의 열망은 점점 커져서 견딜 수 없는 고뇌가 되었다. 만약 고통의 고통이 아니라 고뇌의 고통에 만족할 수 있었더라면, 괴물은 삶의 모든 것을 만족할 수 있었을 텐데. 물론 이런 생각은 괴물의 능력을 벗어난 것이었지만. 괴물은 자신이 가장 잘 아는 세상의 구역들을 돌아다니면서 특정한 특징들이 정체성임을 깨달았다. 나무들은 언제나 달랐다. 혹은 나무'들'이 아니었다. 괴물이 자는 곳에서 때로는 가까이에 때로는 멀리에 한 그루의 나무만이 존재하거나, 또는 여러 그루가 있다 해도 서로 너무 떨어져서 한 번에 한 그루만 보였기 때문에 괴물이 다른 나무를 찾으러 충분히 멀리까지 걸어갔을 쯤이면 첫번째 나무의 특징들을 잊어버렸고, 따라서 비교할 수 없었다. 그 나무 혹은 나무들에는 형형색색의 맛있는 과일이 달려 있었다. 괴물은 아침이면 빛나는 과일을 만지기 위해 몸을 뻗었고, 어느새 그것의 절반을 입속에 넣는 자신을 발견했다. 먹는 일은 언제나 새로웠지만 괴물은 그것이 예전에도 있었던 일임을 알고 있었다. 그 행위가 어머니처럼 편안하고 위안이 되는 느낌을 주었기 때문이다. 씹는 느낌은 반복적인 것 같았으므로, 씹기는 예전부터 반복된 행위였다. 머리를 박고 난 직후를 제외하고 이때가 아마도 우리의 괴물이 행복에 가장 가까이 가는 때였을 것이다. 배설도 예기치 않게 일어났다. 그러나 보이지 않는 밑부분, 배 아래쪽에서 일어나는 일인 관계로 괴물은 그것에 그다지 관여하지 않았다. 과일들이 빛나고 땅과 떨어져 있으며 매력적인 것과 마찬가지로, 똥은 탁하고 발밑에 있으며 혐오스러웠다. 본능이든 아니든 괴물은 나무, 가장 가까이에 있는 나무로부터 조금 떨어진 곳에서만 그것을 내보냈다. 저절로 일어나는 그 약간의 힘주기가 끝나면 괴물은 대개 쳐다보지도 않고 걸어가버렸다. 자신의 똥이 궁금해졌다 해도 역시 배 때문에 가까이에서 관찰할 수 없었다. 어쨌거나 위에서는 보이지 않았다. 괴물은 그 탁하고 둥글고 냄새나는 것들을 향해 누운 채 굴러가볼 수도 있었겠지만, 그렇게 하기 전에 탁하고 냄새나는 것에는 그런 노력을 할 가치가 없다는 느낌에 사로잡혔다. 둥근 물체에 반감이 있는 것은 아니었다. 과일은 아주 좋아했다. 때때로 희망적일 때 괴물은 자신의 배를 크고 둥근 과일이라고 생각했다. 하지만 그만큼 자주, 절망적일 때 자신의 둥근 배는 똥 같았다. 어쨌거나 배는 똥이 나오는 곳이었으니까. 하지만 괴물은 이 사실을 잊어버릴 수 있었다. 나무에는 잎도 달려 있었다. 잎들이 괴물에게 가르쳐준 교훈이 있다면, 쓸모없음 그리고 쓸모 있음에 대한 것이었다. 가끔 괴물은 뜻하지 않게 과일과 함께 이파리를 몇 개 먹었다. 잎들은 맛이 나쁘지 않았다. 괴물이 그럴 수 있는 것처럼 오만하지도 잔인하지도 않았다. 하지만 쓸모가 없었다. 괴물은 나무에서 먼 곳, 똥이 있는 곳을 향해 잎들을 뱉어냈다. 잎들은 머리 위의 태양이 지나치게 뜨거울 때 쓸모 있어졌다. 이때는 나무 몸통 옆의 그늘만이 유일하게 좋은 장소였다.

여러 괴물들이 모이곤 했다. "태양 아래 나무 아래 좋아." 잎들은 비가 와서 물웅덩이가 생길 때도 쓸모 있었다. 그럴 때 잎들은 너무 춥지 않도록 해주었다. 어느 날 괴물은 길을 떠났다. 물론 진정한 자신을 찾아 떠난 것도 아니고, '이 나무에서 멀리 떨어진' 자아를 향한 긴 여행을 위해 과일을 비축하는 일도 없었다. 그런 일은 없을 것이다. 이런 종류의 어느 날은 결코 오지 않을 터였다. 어느 날은 계속 어느 날일 터였다─전날과 아주 비슷하고 다음날과 거의 구별되지 않는 어느 날. 괴물에게는 이야기가 없다. 괴물이라는 것 자체가 이야기라고 할 수 없다면.

로이 스피비

Soleil Judge Frank
Gideon Gladys J. Johnson
Parks-Schultz Justin M. Damiano
Hanwell Snr Nigora
ROY SPIVEY
Cindy Léle
Stubenstock
Magda Judith Castle
Mandela RHODA
THE Theo Perkus
MONSTER JORDAN Tooth
THE LIAR WELLINGTON
Newton Wicks LINT Gordon

나는 비행기에서 유명인 옆에 앉은 적이 두 번 있다. 첫번째 유명인은 뉴저지 네츠의 제이슨 키드였다. 내가 어째서 일등석을 타지 않았느냐고 묻자 그는 사촌이 유나이티드 항공에서 일하기 때문이라고 대답했다.

"그러면 더더욱 일등석을 타야 하지 않나요?"

"좀 춥군요." 그는 통로 쪽으로 두 다리를 뻗으며 말했다.

나는 더 캐묻지 않았다. 내가 스포츠 스타의 사정을 어떻게 속속들이 알겠는가? 우리는 남은 비행시간 내내 말을 하지 않았다.

두번째 유명인의 이름은 밝힐 수 없다. 신인 여배우와 결혼한 할리우드의 우상이라는 건 알려주겠다. 그리고 이름에 V자가 들어간다. 그게 다다. 더는 말해줄 수 없다. 스파이를 떠올려보라. 오케이, 거기까지. 이제 정말 끝이다. 나는 그를 로이 스피비라고 부를 것이다. 이는 그의 이름 철자의 순서를 바꾼 말과 비슷하다.

내가 좀더 자신감 넘치는 사람이었다면 초만원인 비행기의 좌석을 자진해서 포기하지 않았을 테고, 일등석으로 업그레이드 받아 그의 옆자리에 앉지도 못했을 것이다. 그것은 내가 만만한 사람이라서 받은 보상이었다. 그는 처음 한 시간 동안 잠을 잤다. 그렇게 유명한 사람의 허술하고 텅 빈 얼굴을 보는 건 놀라운 경험이었다. 그는 창가에, 나는 통로 쪽에 앉았는데 마치 내가 그를 보살피는 듯한, 눈부신 조명과 파파라치로부터 그를 지켜주는 듯한 기분이 들었다. 잘 자요, 작은 스파이, 잘 자요. 사실 그는 작지 않았지만 모든 사람은 잠을 잘 때 어린아이가 된다. 나는 언제나 만난 지얼마 되지 않았을 때 남자들에게 잠든 내 모습을 보게 만든다. 그러면 그들은 나를 연약하고 돌봐줘야 할 사람으로 인식한다. 내 키는 비록 백팔십 센티미터도 넘지만 말이다. 거인의 약한 모습을 볼수 있는 남자는 자신이 진정한 남자임을 안다. 곧 그는 작은 여자들을 보면 이상함을 느끼고, 마침내 키가 큰 여자를 좋아하게 된다.

로이 스피비가 몸을 뒤척이더니 잠에서 깼다. 나도 자고 있었다는 듯이 재빨리 눈을 감았다가 천천히 떴다. 아, 그는 아직 완전히 눈을 뜨지 않았다. 나는 다시 눈을 감았다가 천천히 떴다. 그도 천천히 눈을 떴다. 우리의 눈이 마주쳤다. 우리는 마치 단 하나의 잠에서, 평생을 꿔온 꿈에서 깨어난 것 같았다. 나는 키가 큰 것 말고는 특별할 게 없는 여자이고 그는 특별한 스파이, 아니 사실은 그냥 배우, 아니 사실은 그냥 남자, 어쩌면 그냥 소년일 뿐이었다. 이것이 내 키가 남자들에게 작용하는 다른 방식이자 더 흔한 방식이었다. 그들의 어머니가 되는 것.

그후 두 시간 동안 우리는 모든 것에 대해 구체적인 대화를 나누며 쉬지 않고 이야기했다. 그는 그의 아내, 아름다운 M씨의 사적이고 세세한 얘기를 들려주었다. 그녀가 그토록 힘들어하고 있음을 어느 누가 알았겠는가?

"맞아요, 타블로이드에 나오는 이야기는 다 사실이죠."

"정말요?"

"네, 특히 아내의 섭식장애는."

"그럼 외도는요?"

"외도는 아니에요. 당연히 아니죠. 블로이드를 믿으면 안 돼요."

"블로이드?"

"우리는 타블로이드를 블로이드 아니면 탭이라고 불러요."

식사가 나오자 마치 우리가 한 침대에서 아침을 먹는 것 같았다. 내가 화장실에 가려고 일어서자 그는 "날 떠나는군요!"라고 농담을 했다.

나는 대답했다. "돌아올게요!"

통로를 걸어갈 때, 대부분의 승객들, 특히 여자들이 나를 뚫어져라 쳐다보았다. 이 날아다니는 작은 마을에서 소문은 빨리 퍼졌다. 아마 그곳에는 블로이드 기자도 몇 명 있을 것이다. 적어도 블로이드를 읽는 사람은 몇 명 있었다. 우리가 큰 소리로 이야기했던가? 내 생각에 우린 속삭였는데. 나는 소변을 보는 동안 거울을 쳐다보며 그가 지금껏 말을 나눈 사람 가운데 내가 제일 못생긴 게 아닐까 생각했다. 나는 블라우스를 벗어 겨드랑이를 씻으려 했지만 그토록 작은 화장실에서는 어려운 일이었다. 나는 손에 물을 받아 겨드랑이 쪽으로 튀겼고 물은 치마 위로 떨어졌다. 물에 젖으면 훨씬

색이 짙어지는 천으로 된 치마였다. 내가 자초한 실제상황이었다. 나는 재빠르게 움직였다. 치마를 벗어 물이 담긴 세면대에 푹 담근 다음 비틀어 짜서 다시 입었다. 그리고 두 손으로 구겨진 것을 폈다. 치마는 이제 한층 진한 색깔이 되었다. 나는 진한 색 치마가 아무에게도 닿지 않도록 조심하면서 통로를 지나 자리로 갔다.

로이가 나를 보더니 소리쳤다. "돌아왔군요!"

나는 웃었고 그는 말했다. "치마는 왜 그래요?"

나는 자리에 앉아 겨드랑이부터 시작해 사건의 전모를 설명했다. 그는 내 말이 끝날 때까지 조용히 듣고 있었다.

"그래서 겨드랑이는 씻었나요?"

"아뇨."

"지금 겨드랑이 냄새 나요?"

"그럴 거예요."

"내가 맡아보고 말해줄게요."

"싫어요."

"괜찮아요. 이것도 연예 활동의 일부니까."

"정말요?"

"그럼요. 자."

그는 몸을 굽혀 내 셔츠에 코를 갖다댔다.

"냄새나네요."

"이런. 뭐, 씻으려고 노력은 했어요."

그는 일어서서 내 앞을 지나 통로로 가더니 짐칸을 이리저리 뒤졌다. 극적으로 다시 자리에 앉은 그의 손에는 분무기가 하나 들려 있었다.

"페브리즈예요."

"아, 들어본 적 있어요."

"금방 마르면서 냄새를 없애주죠. 팔 들어봐요."

나는 양팔을 들어올렸고 그는 아주 집중하면서 양팔 밑에 세 번씩 페브리즈를 뿌렸다.

"마를 때까지 팔을 들고 있는 게 좋아요."

나는 양옆으로 팔을 뻗었다. 한 팔은 통로까지 나갔고 다른 팔은 그의 가슴을 가로질러 손이 창문을 눌렀다. 순간 내 키가 얼마나 큰지 분명해졌다. 키가 아주 큰 여자만이 이런 날개폭을 감당할 수 있다. 그는 자신의 가슴 앞에 있는 내 팔을 잠시 응시하다가 으르렁거리면서 물더니 웃었다. 나도 웃었다. 하지만 그가 어떤 뜻으로 내 팔을 물었는지 알 수 없었다.

"왜 그랬어요?"

"당신이 좋다는 뜻이에요!"

"알았어요."

"나를 물고 싶어요?"

"아니요."

"나를 좋아하지 않아요?"

"좋아하지만, 안 할래요."

"내가 유명해서 그래요?"

"아니에요."

"유명하다고 해서 다른 모든 사람들한테 필요한 게 내게 필요없는 건 아니에요. 자, 아무데나 물어봐요. 어깨를 물어요."

그는 재킷을 살짝 뒤로 젖히고 셔츠 위에서부터 단추 네 개를 풀어 햇볕에 그을린 우람한 어깨를 드러냈다. 나는 몸을 기울여 아주 재빨리 그것을 살짝 물었다. 그런 다음 내 자리의 〈스카이몰〉 카탈로그를 집어들어 읽기 시작했다. 일 분 뒤 그는 셔츠 단추를 채우고 자기 자리의 〈스카이몰〉 카탈로그를 천천히 집어들었다. 우리는 족히 삼십 분 정도 그 책자를 보았다.

그동안 나는 내 인생을 생각하지 않으려고 애썼다. 내 인생은 우리보다 한참 아래쪽에, 오렌지핑크색 벽토로 치장한 아파트 안에 있었다. 나는 이제 그곳으로 돌아갈 일이 없을지도 모른다는 느낌이 들었다. 그의 어깨의 소금기가 내 혀끝을 아리게 했다. 다시는 거실 한가운데 서서 이제는 무엇을 할까 생각할 일이 없을지도 모른다. 가끔 나는 먹거나, 나가거나, 청소를 하거나, 잠을 잘 정도의 의욕도 내지 못해서 길게는 두 시간까지 마냥 거실에 서 있곤 했다. 방금 유명인사를 깨물고 또 그에게 물린 사람에게는 그런 종류의 문제가 있을 것 같지 않았다.

나는 공기 중에 있는 벌레들을 빨아들이는 진공청소기에 대해 읽었다. 자동으로 가열되는 수건걸이와 열쇠를 숨길 수 있는 가짜 바위도 살펴보았다. 비행기가 하강하기 시작했다. 우리는 안전벨트를 매고 테이블을 접어올렸다. 그 순간 로이 스피비가 나를 보며 말했다. "안녕."

"안녕." 나도 말했다.

"안녕, 정말 즐거운 시간이었어요."

"나도요."

"내가 번호를 하나 적어줄 건데, 평생 비밀로 해주었으면 해요."

"알았어요."

"이 전화번호가 다른 사람 손에 들어가면 나는 사람을 시켜서 번호를 바꿔야 하고, 그건 정말이지 골치 아픈 일이에요."

"알았어요."

그는 〈스카이몰〉 카탈로그의 한 쪽에 번호를 적어 그 부분만 찢어낸 다음, 그것을 내 손바닥에 대고 눌렀다.

"이건 내 아이 보모의 개인 전화예요. 여기로 전화하는 건 그녀의 남자친구와 아들뿐이죠. 그러니 언제고 전화를 받을 겁니다. 어느 때든 연락할 수 있어요. 그녀는 내가 어디에 있는지 알 거고요."

나는 번호를 보았다.

"번호가 하나 빠졌어요."

"알아요. 마지막 번호는 그냥 외워줬으면 해요. 괜찮죠?"

"알았어요."

"4예요."

우리는 비행기 앞쪽을 향해 고개를 돌렸다. 로이 스피비가 살며시 내 손을 잡았다. 나는 여전히 종이를 쥐고 있었기 때문에 그 역시 나와 함께 그것을 쥐었다. 소박하고 따뜻한 느낌이었다. 그와 손을 잡고 있는 한 그 어떤 나쁜 일도 일어날 수 없을 것이다. 그가 손을 놓을 때 내게는 4로 끝나는 번호가 남을 것이다. 나는 평생 이런 번호를 기다려왔다. 쉽게 그은 선처럼 비행기가 우아하게 착

류했다. 그는 내가 짐칸에서 기내용 가방을 내리는 걸 도와주었다. 터무니없이 친밀해 보이는 동작이었다.

"사람들이 밖에서 나를 기다리고 있어서 제대로 작별인사를 할 수 없을 거예요."

"알아요. 괜찮아요."

"아니, 괜찮지 않아요. 우스꽝스러운 일이죠."

"그래도 이해해요."

"좋아요, 내가 어떻게 할지 말해줄게요. 공항을 떠나기 직전에 당신한테 다가가 말할 거예요. '여기 직원이세요?'라고."

"괜찮아요. 정말 이해한다니까요."

"아니, 이건 내게 중요한 일이에요. 내가 '여기 직원이세요?'라고 하면 당신은 당신 대사를 하는 거예요."

"내 대사가 뭔데요?"

"'아니요'예요."

"알았어요."

"그럼 난 당신의 말뜻을 알아들을 거예요. 우리는 그 은밀한 의미를 아는 거죠."

"알았어요."

우리는 마치 우리보다 중요한 건 아무것도 없다고 말하는 듯이 서로의 눈을 들여다보았다. 그의 목숨을 구하기 위해 부모님을 죽일 것인가, 나는 자문했다. 열다섯 살 때부터 해온 질문이었다. 답은 항상 그렇다였다. 하지만 머지않아 남자들은 떠나갔고 부모님은 여전히 내 곁에 있다. 이제 나는 그 누구를 위해서도 부모님을 죽이지 않는 쪽으로 기울고 있었다. 외려 부모님의 건강을 걱정했다. 하지만 이번에는 그렇다고 대답할 수밖에 없었다. 그래, 그럴 것이다.

우리는 비행기와 현실 사이에 놓인 터널을 걸어갔다. 그는 내 쪽을 쳐다보지 않고 미끄러지듯 멀어져갔다.

짐 찾는 곳에서 나는 그를 찾지 않으려고 애썼다. 떠나기 전에 그가 나를 찾을 것이다. 나는 화장실에 갔다. 가방을 찾았다. 식수대에서 물을 마셨다. 치고받고 노는 아이들을 바라보았다. 마침내 나는 모든 사람들을 천천히 살폈다. 그들 중 아무도 그가 아니었다. 그 누구도 그가 아니었다. 하지만 그들은 모두 그의 이름을 안다. 그림을 잘 그리는 사람이라면 기억만으로 그를 그릴 수 있을 것이다. 다른 사람들도 맹인에게 그의 모습을 설명할 수 있을 것이다. 그가 어떻게 생겼는지 모르는 사람은 맹인뿐일 것이다. 맹인이라 하더라도 그의 아내 이름 정도는 알 것이고, 그녀가 연보라색 탱크톱과 그에 어울리는 핫팬츠를 샀던 부티크의 이름까지 아는 맹인도 있을 것이다. 로이 스피비는 어디에서도 찾을 수 없었지만 어디에나 있었다. 누군가 내 어깨를 두드렸다.

"실례합니다만 여기 직원이세요?"

그였다. 진짜 그가 아니기는 했지만. 그의 두 눈에는 목소리가 없었다. 그의 눈은 침묵하고 있었다. 그는 연기를 하고 있었다. 나는 내 대사를 말했다.

"아니요."

그때 내 뒤에서 예쁘고 어린 공항 직원이 나타났다.

"제가 여기 직원이에요. 제가 도와드릴게요." 그녀가 열띤 목소리로 말했다.

아주 잠깐 멈칫했다가 그는 말했다. "좋아요." 나는 그가 어떤 말을 꺼낼지 기다렸지만 직원은 내가 무례한 구경꾼이라도 되는 양 나를 노려보더니, 자신이 나 같은 사람들로부터 그를 지켜주고 있다는 듯 눈알을 굴리며 그를 쳐다보았다. 나는 소리치고 싶었다. "그건 암호였어! 거기엔 비밀스러운 뜻이 있다고!" 하지만 그 말이 어떻게 들릴지 알고 있었기에 나는 자리를 비켰다.

그날 저녁 나는 거실 한가운데에 서 있었다. 저녁을 만들어 먹은 참이었고 청소를 할까 생각했다. 하지만 빗자루를 가지러 가던 도중에 충동적으로 멈춰 선 채 거실 중앙의 텅 빈 공간과 시시덕거렸다. 나는 내가 다시 시작할 수 있을지 알고 싶었다. 물론, 어떤 답이 나올지는 알고 있었다. 거기에 오래 서 있을수록, 거기에 더 오래 서 있어야 했다. 복잡하고 기하급수적인 문제였다. 나는 아무것도 안 하는 것처럼 보였지만 사실은 물리학자나 정치가만큼 분주했다. 나는 내 다음 행보를 계획하는 중이었다. 언제나 내 다음 행보가 아무것도 하지 않는 것이라고 해서 문제가 쉬워지는 것은 결코 아니었다.

나는 청소할 생각을 버리고 그저 적당한 시간에 잠자리에나 들수 있기를 바랐다. 나는 M씨와 함께 침대에 누워 있는 로이 스피비를 생각했다. 이어 그 번호를 기억해냈다. 나는 옷 주머니에서 그것을 꺼냈다. 그는 분홍색 커튼 사진 위에 번호를 적었다. 그 커튼은 우주왕복선용으로 고안된 천으로 만들어졌으며, 빛과 열의 변화에 따라 투명도가 달라졌다. 나는 소리내지 않고 그 번호를 모두 읽은 다음, 비어 있는 마지막 번호를 큰 소리로 말했다. "사." 위험하고 금지된 느낌이 들었다. 나는 소리쳤다. "사!" 그러고는 편안하게 침실로 들어갔다. 잠옷을 입고, 이를 닦고, 침대에 누웠다.

살면서 나는 여러 번 그 번호를 이용했다. 전화번호 말고 '사'만. 남편을 처음 만났을 때 그와 관계를 하는 동안 나는 "사"라고 속삭이곤 했다. 너무 고통스러웠기 때문이다. 그때 거기에 나를 확장해주는 작은 효력이 있음을 알았다. 아버지가 폐암으로 돌아가셨을 때 나는 "사"라고 속삭였다. 딸이 멕시코시티에서 오직 신만이 알 일을 하다가 문제가 생겼을 때, 전화로 그애에게 내 신용카드 번호를 불러주면서 나는 속으로 '사'라고 말했다. 한 숫자를 생각하면서 다른 숫자를 말하는 건 헷갈리는 일이었다. 남편은 내 행운의 숫자를 두고 농담을 하지만 나는 한 번도 그에게 로이 이야기를 한 적이 없다. 남자가 얼마나 쉽게 위협을 느끼는지 잊어서는 안 된다. 남자들이 꼭 대단한 미인을 두고 난투극을 벌이는 건 아니다. 고등학교 동창회에서 내가 한때 짝사랑했던 선생님을 언급하자, 그날 밤 선생님과 남편은 호텔 주차장에서 몸싸움을 벌였다. 남편은 인종문제 때문이었다고 했지만 나는 알았다. 어떤 일들은 말하지 않고 내버려두는 편이 낫다.

오늘 아침 나는 보석함을 청소하다가 분홍색 커튼이 그려진 작은 종잇조각을 발견했다. 오래전에 잃어버렸다고 생각했는데 아니었다. 그것은 그곳에, 말린 카네이션과 무겁기만 한 팔찌 몇 개 밑에 접혀 있었다. 나는 "사"라고 속삭이지 않은 지 오래되었다. 이제 나는 행운이라는 것을 생각하면 조금 지친다. 들뜬 기분이 나지 않을 때 찾아오는 크리스마스처럼.

나는 밝은 창가로 가서 로이 스피비의 손글씨를 살펴보았다. 이제 그는 늙었다. 우리 모두가 그랬다. 하지만 그는 여전히 일을 하고 있었다. 그는 자신의 텔레비전 프로그램을 진행했다. 이제 더는 스파이가 아니었고, 악동 열두 명의 아버지 역할을 했다. 이제야 그때 내가 완전히 핵심을 놓쳤음을 깨달았다. 그는 내가 전화해주기를 바랐던 것이다. 나는 창밖을 내다보았다. 남편이 진입로에서 진공청소기로 차 안을 청소하고 있었다. 나는 침대 위에 앉아 그 번호를 무릎 위에 올려놓고 한 손에 전화기를 들었다. 나는 성인이 된 후로 언제나 나를 지켜준, 그 보이지 않는 번호를 포함해 모든 전화번호를 눌렀다. 결번이었다. 당연한 일이다. 그 번호가 아직도 그의 보모의 개인 전화번호일 거라는 생각은 사실 말도 안 된다. 로이 스피비의 자녀들은 오래전에 다 자랐다. 보모는 아마 다른 사람 밑에서 일하고 있을 것이다. 어쩌면 일이 잘 풀려 간호학교나 경영대학원을 나왔을지도 모른다. 그녀에게는 잘된 일이다. 나는 번호를 내려다보며 해일처럼 밀려오는 상실감을 느꼈다. 이제는 너무 늦었다. 나는 너무 오래 기다린 것이다.

남편이 자동차 매트를 보도 위에 쳐서 터는 소리가 들렸다. 우리 집 늙은 고양이가 밥을 달라고 내 다리에 몸을 비볐다. 하지만 나는 일어날 수 없을 것 같았다. 몇 분, 거의 한 시간이 지나갔다. 날이 어두워지기 시작했다. 남편은 아래층에서 음료를 만들고 있었고 나는 일어나려 하고 있었다. 마당에서 귀뚜라미들이 울었고 나는 일어나려 하고 있었다.

조너선 레섬

퍼쿠스 투스

Soleil Judge Gladys Frank J. Johnson Justin M. Parmiano

Gideon Parks-Schultz

Hanwell Snr Nigora

ROY SPIVEY Cindy Lélé

Donal Webster Stubenstock

Puppy Magda Mandela Judith Castle

THE RHODA

MONSTER Theo

THE LIAR JORDAN WELLINGTON

Newton Wicks LINT Gordon

Perkus Tooth

나는 퍼쿠스 투스를 사무실에서 처음 만났다. 그가 일하는 사무실은 아니었다. 비록 당시에는 그 사실을 분명하게 알지 못했지만. (내 경우 이렇게 헷갈리는 일이 드물지 않다.)

어느 평일 오후, 52번 스트리트와 3번 애비뉴가 만나는 곳에 위치한 크리테리온 컬렉션 본사에서 있었던 일이다. 나는 크리테리온에서 고가로 재발매한 DVD 가운데 〈도시는 미로다〉라는 1950년대의 '잃어버린' 필름 누아르의 해설을 녹음하러 본사에 갔었다. 나는 그 영화를 연출한 망명 감독 고故 폰 레오폴트 드레스덴의 목소리 연기를 맡았다. 나는 크리테리온의 천재적인 큐레이터들이 준비하는 보충 다큐멘터리 작업의 일환으로, 드레스덴의 인터뷰와 기사에서 추려낸 진술들을 읽기로 되어 있었다. 이 큐레이터들 가운데 두어 명을 디너파티에서 만났었다. 그들이 이 프로젝트에 나를 끌어들이며 한아름 안겨준 참고자료들을 대충 훑어보았다. 그들은 내게 자신들이 흥분하는 이유를 이해시키려고 아직 작업중인 재구성 필름도 주었다. 열정 때문에 내가 이 일을 한다고 말하기는 어려웠다. 드레스덴이라는 이름을 그때 처음 들었으니까. 하지만 애호가들의 열의에 전염되어 그 영화를 좋아하게 되었다. 나는 더는 스스로를 현역 배우라고 생각하지 않았다. 이것은 사라져가는 과거의 명성, 연기 같았던 아역 스타 전성기의 배기가스에 따라붙은 유일한 일거리였다. 정말이지 별난 청탁이었다. 어쨌거나 나는 크리테리온 내부의 작업 과정이 궁금해졌다. 제니스가 멀리 있던 그 시절의 나는 파티, 뜬소문, 중매를 서거나 대타로 나가는 밀회 같은 피상적인 일에 지나치게 의존하면서 지냈다. 일터는 나를 매혹시켰다. 그곳은 내가 현실 세계라고 즐겨 생각했던 것들에 의해 맨해튼의 허울이 밀려나는 장소였다.

나는 혼잡하고 허물어져가는 크리테리온 건물의 기술동 내 음향실에서 드레스덴의 말을 녹음했다. 음향효과 담당자가 앉아서 헤드셋으로 내게 신호를 주었던 음향실의 밖에서는, 역시 복원전문가가 앉아 화면을 들여다보며 마우스 커서를 움직이면서, 나체의 히피들이 진창을 신나게 뛰어다니는 장면의 필름 스크래치와 얼룩을 디지털 프레임마다 부지런히 지우고 있었다. 그는 〈나는 알고 싶다(엘로우)〉를 복원하고 있다고 했다. 그런 다음 이 일에 나를 참여시킨 프로듀서 수전 엘드리드에게 다시 불려갔다. 내가 디너파티에서 만난 사람이 수전과 그녀의 동료였다. 영화적 디테일의 세계에 열정을 지닌, 허물없고 포용적인 그들에게 나는 금세 편안한 호감을 느꼈다. 수전은 나를 자신의 사무실로 데려갔다. 조그만 창문이 하나 있고, 선반에는 크리테리온의 구조를 기다리는 다른 잃어버린 영화들의 VHS 테이프가 잔뜩 쌓인 동굴 같은 곳이었다. 수전은 사무실을 누군가, 내가 파티에서 본 동료가 아닌 다른 사람과 함께 쓰고 있는 듯했다. 그는 휘어진 선반들 밑에 앉아 한 손에 노트를 든 채 먼 곳을 응시하고 있었다. 사무실은 두 사람이 쓰기에 너무 작아 보였다. 크리테리온의 화려한 명성과 이렇게 내가 무대 뒤에서 언뜻 본 절약과 임기응변의 장면들은 어울리지 않았지만, 그러면 안 된다는 법도 없지 않은가? 수전은 내게 퍼쿠스 투스를 소개하고, 서명할 청구서를 건네주고는 곧바로 다른 회의에 불려갔다.

그날 처음 봤을 때, 그는 내가 얼마 후 알게 될 '생략적' 상태에 들어가 있었다. 나중에 퍼쿠스 투스가 설명이 필요한 그 단어, 생략에서 파생된 '생략적'의 말뜻을 직접 알려주었다. 일종의 중간 공백, 우울한 것도 우울하지 않은 것도 아닌, 생각을 끝내거나 시작하려고 애쓰지 않는 도취 혹은 기억상실의 상태. 그저 그 사이. 정지 버튼을 누른 상태. 나는 빤히 쳐다보았다. 거북이 같은 자세와 더할 수 없이 느슨한 몸가짐, 벗겨지고 있는 이마와 고풍스러운 옷차림—끝으로 갈수록 통이 좁아지는 양복, 사정없이 구겨지고 광택이 사라진 실크, 닳아빠진 테니스화—때문에 나는 그의 나이가 지긋한 줄 알았다. 그가 움찔하며 마치 보이지 않는 펜으로 무언가를 받아쓰듯 펼쳐져 있던 노트를 한 손으로 문질렀을 때 그의 창백하고 청년다운 특징들을 발견한 나는 그가 사십대일 거라고 추측했지만, 이 역시 열댓 살은 더 많게 본 것이었다. 그즈음 한동안 퍼쿠스 투스가 햇빛을 쬐지 않은 탓도 있었다. 사실 그는 삼십대였고 나보다 나이가 많지 않았다. 내가 그를 나이들었다고 오해한 것은 그가 중요한 사람이라고 생각했기 때문이다. 그가 고개를 들었을 때 나는 통제되지 않는 담갈색 눈 하나가 송아지 같은 눈꺼풀 밑에서 코 쪽으로 쏠리는 것을 보았다. 가로지르는 그 눈은 우스운 농담이 되어, 분별력 있는 퍼쿠스 투스의 전반적인 분위기가 주는 신뢰성을 훼손하고 싶어했다. 그의 다른 쪽 눈이 그러한 책략을 무시하며 나를 향했다.

"당신이 그 배우로군요."

"네."

"그러니까, 나는 해설을 맡고 있어요. 〈도시는 미로다〉의."

"아, 그렇군요."

"다른 영화들도 맡고 있죠. 〈어느 자정의 전주곡〉······ 〈저항하는 여자들〉······ 〈불경스러운 도시〉······ 〈반향언어 〉······"

"전부 필름 누아르인가요?"

"이런, 세상에, 아니에요. 헤어초크의 〈반향언어〉 본 적 없어요?"

"네."

"제가 그 영화의 해설을 썼는데, 아직 발매되지는 않았어요. 전 아직도 엘드리드를 설득하려고······"

나중에 안 일이지만, 퍼쿠스 투스는 모든 사람들을 성으로 불렀다. 유명하거나 체포된 사람들을 부를 때처럼. 그의 정신의 풍경은 서사시였다. 이스터 섬의 머리들처럼 높이 치솟은 형상이 사방에 흩어져 있는. 그때 수전 엘드리드가 돌아왔다.

"그러니까," 그는 그녀에게 말했다. "여기 어딘가에 〈반향언어〉

테이프가 있지 않나요?" 그는 두 눈으로, 성한 왼쪽 눈과 종잡을 수 없는 오른쪽 눈으로 그녀의 선반들을, 라벨에 휘갈겨 쓴 불협화음 같은 제목들을 쳐다보았다. "이분이 보면 좋겠는데."

수전은 눈썹을 추켜올렸고 그는 움츠러들었다. "그게 어디 있는지 모르겠네요." 그녀가 말했다.

"그럼 됐어요."

"퍼쿠스, 내 손님을 괴롭히고 있었던 거예요?"

"무슨 뜻이죠?"

수전 엘드리드는 내게로 몸을 돌려 서명한 서류들을 정리했고, 나는 그녀와 작별인사를 했다. 그런 다음 엘리베이터를 탔을 때, 퍼쿠스 투스가 고풍스러운 중절모를 정수리에 냅다 꽂으며 닫히는 문 사이로 급하게 뛰어들었다. 엘리베이터는 미드타운의 건물들 뒤쪽에 달린 수많은 엘리베이터와 마찬가지로 작고 덜컹거렸다. 식기 운반용 승강기보다 약간 나은 정도였다. 우리는 방금 같은 사무실에 있지 않았던 척을 할 수가 없었다. 성치 않은 눈을 약간 움직이며 퍼쿠스 투스는, 불친절하지도 미안해하지도 않는 초승달 같은 눈초리로 나를 바라보았다. 고전적인 옷차림을 하고 있었지만 말쑥한 레트로 추종자와는 거리가 멀었다. 셔츠 깃은 지저분하고 쭈글쭈글했으며, 녹색과 회색이 섞인 스니커즈는 건물관리인의 양동이 속에서 고개를 빼꼼 내민 바짝 마른 스펀지 같았다.

"그러니까," 그가 다시 말했다. 퍼쿠스의 이 '그러니까'—모든 말을 할 때 아까 하던 이야기를 마저 한다는 듯이 시작하는 그의 습관—는 어느 모로 보나 강압적이지 않았다. 오히려 백일몽에서 움쩔하며 깨어나, 머릿속에서 자신을 충동하는 소리가 상대방의 목소리라고 생각하는 것 같았다. "그러니까, 난 아무것도 빌려주지 않는 사람이지만 당신한테는 내가 갖고 있는 〈반항언어〉를 빌려줄게요. 당신은 이 영화를 봐야 해요."

"그렇군요."

"일종의 에세이 영화예요. 헤어초크는 이 영화를 모리슨 루그의 〈노웨어 니어〉라는 영화의 세트장에서 찍었죠. 알다시피 루그의 영화는 완성되지 못했어요. 〈반항언어〉에서 헤어초크는 루그의 세트장에서 말런 브랜도에게 여러 번 인터뷰를 시도해요. 인터뷰를 하기 싫었던 브랜도는 헤어초크가 자신을 궁지에 빠뜨릴 때마다 그가 하는 말을 앵무새처럼 따라했어요…… 그러니까, 반항언어죠……"

"그래요." 나는 당황해서 말했다. 그후로도 나는 투스의 휘몰아치는 상세한 설명 때문에 종종 같은 상황에 처했다.

"이 영화는 〈노웨어 니어〉를 조금이라도 볼 수 있는 유일한 방법이기도 하죠. 모리슨 루그는 〈노웨어 니어〉를 파기해버렸고, 〈반항언어〉에서 재현된 장면들이 아이러니하게도 그 영화에서 유일하게 남은 부분이에요."

'아이러니하게도'라니, 어째서? 하지만 나는 감히 질문할 엄두를 내지 못했다.

"놀라운 이야기네요." 나는 말했다.

"루그의 자살이 가짜일지 모른다는 건 아시겠죠."

나는 거짓으로 고개를 끄덕였다. 문이 열리고 우리는 휘청거리며 인도로 나갔다. 모든 출입구에서 우리는 우왕좌왕했다. "먼저 가시죠." "이런……" "먼저 가세요." "죄송합니다." 우리는 서로의 얼굴을 쳐다보았다. 10월 중순의 수요일, 맨해튼 거리의 인파 속에서 우리는 고립되었다. 퍼쿠스의 말하는 태도가 형식적으로 변했다. 나를 괴롭히려던 것이 아님을 뒤늦게 알려주고 싶어하는 듯했다.

"그럼, 가보겠습니다."

"뵙게 되어 반가웠습니다." 나는 오래전부터 '만나다'라는 말 대신 '보다'라는 막연하고 모호한 말을 쓰고 있었다. 셀 수 없이 많은 사람들이 예전에 나와 실제로 만난 적 있다고 말하는 데 시달리면서 생긴 버릇이었다.

"그러니까……" 그가 천천히 발걸음을 멈추고 망설였다.

"네?"

"테이프를 가지러 오시려면……"

나는 어떤 시험에서 탈락하고 있었던 건지도 모른다. 확신할 수는 없었지만. 퍼쿠스 투스는 초자연적인 지식을 다루었으며 비밀스러운 캘리퍼스로 측정하고 있었다. 내가 언제 그와 나 사이에 있는, 내게는 보이지 않고 퍼쿠스에게는 보이는 경계선을 넘은 것인지 나는 결코 알 수 없을 터였다.

"명함을 주시겠어요?"

그는 노려보았다. "내가 어디에 사는지 엘드리드가 알아요." 그의 자존심이 끼어들었고, 그는 가버렸다.

내가 수전 엘드리드에게 건 전화처럼, 인생을 완전히 바꾸어놓는 전화 통화에는 무언가 그럴듯한 이유가 있어야 할 것 같았다. 하지만 그날 오후 크리테리온의 접수원에게 전화를 걸어 처음에는 퍼쿠스 투스를 찾았다가 그런 사람은 모른다는 말에 수전 엘드리드를 연결해달라고 한 내게 박차를 가한 것은, 변덕 삼분의 이와 죄책감 삼분의 일이 섞인 칵테일에 지나지 않았다. 맨해튼의 자원봉사자, 그게 나였다. 이를 인정하는 편이 나을 것이다. 나는 〈반향언어〉가 궁금했던 것일까? 아니면 모리슨 루그의 날조된 자살, 아니면 퍼쿠스 투스의 흥미로운 강렬함과 소강상태, 미끄러지는 오른쪽 눈의 시선이 궁금했던 것일까? 전부 다거나 아무것도 아니거나. 이것이 유일한 답이다. 그때 나는 이미 퍼쿠스 투스를 흠모하고 있었고, 나라는 존재의 낯선 다음 단계로 나아가기 위해서는 그의 우정이 필요하다는 사실을 이미 감지하고 있었던 것 같다. 나도 모르는 사이에 빨려들어간 기이한 소용돌이로부터 나를 끌어올리기 위해서. 첫 만남 이후 나는 너무도 빨리 그를 흠모하고 필요로 하게 되었기에, 수전 엘드리드의 사무실이나 엘리베이터에서 이와 같은 감정이 어느 정도까지 불가사의하게 진행되고 있었는지는 무척 알기 어려웠다.

"당신의 사무실 동료 말이에요." 내가 말했다. "접수계에서 그의 이름을 모른다고 하더라고요. 아마도 내가 이름을 잘못 들었……"

"퍼쿠스요?" 수전은 웃었다. "그는 여기서 일하지 않아요."

"그분이 해설을 쓴다고 하던데요."

"두어 개 쓰긴 했죠. 하지만 여기서 일하지는 않아요. 그냥 가끔씩 와서 자리를 차지해요. 난 퍼쿠스의 베이비시터라고나 할까요. 이

제는 그가 와 있는지 눈치도 못챌 때가 있어요. 그 사람이 그럴 수
있다는 거 저번에 봤죠? 그가 당신을 귀찮게 하는 게 아니면 좋겠
는데."

"아니…… 아니에요. 실은 그분 연락처를 알고 싶어요."

수전 엘드리드는 내게 퍼쿠스 투스의 전화번호를 알려준 다음
잠시 말을 멈추었다. "그 사람이 누군지 아는 거죠?"

"아뇨."

"실은 아주 대단한 평론가예요. 뉴욕대 시절에 나와 친구들은 그
를 숭배했죠. 처음 그를 해설가로 고용하게 됐을 때 나는 경외감에
빠졌어요. 그가 그토록 젊다는 게 충격이었죠. 나는 그의 포스터들
을 보며 성장했다고 생각했으니까요."

"포스터요?"

"그는 포스터에 방론을 써서 맨해튼 도처에 붙였어요. 날카로운
비평, 시사, 미디어 루머, 공공미술에 대한 글이었죠. 그 포스터들
자체가 일종의 공공미술이었던 것 같아요. 다들 그걸 아주 신비롭
고 중요하게 여겼죠. 그후 〈롤링 스톤〉이 지면을 대폭 할애해 그의
글을 실었어요. 그는 말하자면 헌터 톰프슨과 폴린 케일을 오 분쯤
합쳐놓은 것 같았어요. 말이 되는 소리인지 모르겠지만."

"그렇군요."

"어쨌거나 요점은 그가 일종의…… 편집증 비슷한 것 때문에 여
러 사람의 인내심을 바닥나게 했다는 거예요. 그와 일하기 전까진
잘 몰랐죠. 그러니까, 나는 퍼쿠스를 아주 좋아해요. 난 단지 당신이
나 때문에 시간을 낭비했다고, 또는 어떤 식으로든…… 계략에 걸

려들었다고 생각하는 일이 없기를 바랄 뿐이죠."

사람들은 터무니없이 방어적이 되곤 한다. 은퇴한 배우의 시간이 아주 귀중하다고 여기는 것처럼. 물론 이것은 딴 세상 일 같은 제니스의 일정 때문에 받는 간접적인 영향이었다. 나는 숨 한 번 쉴 시간도 낼 수 없는 여자와 공개적으로 사랑에 빠져 있었다. 그녀는 시간을 넘어선 곳, 또는 그 누구의 롤로덱스*도 따라잡을 수 없는 곳에 머물고 있으며 그녀의 모든 호흡은 여압 탱크로 측정되고 있다. 우주 비행사인 그녀가 나를 위해 시간을 낸다면 나 역시 그만큼 특별한 대접을 받아야 했다. 하지만 실상은 전혀 달랐다.

"고맙습니다." 나는 말했다. "절대 걸려들지 않도록 할게요."

알고 보니 퍼쿠스 투스는 내 이웃이었다. 그의 아파트는 우리집에서 여섯 블록 떨어진 이스트 84번가에 있었다. 별 볼 일 없는 상점들 뒤쪽의 특색 없는 토끼굴들, 현관 안내인은 고사하고 로비도 없는 건물들 가운데 하나였다. 아래층에 있는 가게 '브랜디네 피아노 바'는 수없이 지나치면서도 눈길 한 번 주지 않았을 만큼 외관이 촌스러운 나이트클럽이었다. 브랜디의 손님들, 제발 이웃을 배려해주세요!라고 애원하는 출입구의 작은 표지판이 그간 소음과 담배 연기 때문에 경찰서로 걸렸을 숱한 항의 전화들을 암시했다. 맨해튼에 산다는 건 서로 그 속에 숨겨진 세상들을 보고 끊임없이 놀라는 일이다. 이를테면 텔레비전 케이블과 담수와 증기열과 배출되는 하수와 전화선과, 인도를 뒤집어엎는 인부들이 정기적으로 비

---

* 회전식 명함 정리기.

틀어 열어서 햇빛을 향해 그리고 불안한 눈으로 지나다니는 우리를 향해 노출시키는, 한 창자 구멍 속에서 동거하는 다른 모든 선들과 같은 것에. 우리는 그저 현대적 설비와 같이 질서 있는 것에 의지해 살아가는 척할 뿐이다. 퍼쿠스 투스의 현관 벨이 울리기를 기다리면서, 위층으로 올라가면서, 내 내면의 지도가 이곳의 현실을 받아들이려고 확장되는 것을 느꼈다. 큼직한 장기판처럼 생긴 복도 바닥의 모자이크와, 관리인이 뿌린 살균제에서 풍기는 신물나는 시트러스 향, 길게 늘어선 찌그러진 놋쇠 우편함들, 현관 벨과 나의 부츠 끄는 소리 때문에 경계 태세를 취한 개가 위층 어느 집의 문 뒤에서 울부짖는 소리로 이루어진 그곳의 현실을. 나는 무엇이든 몸으로 익히기 전에는 그것이 존재한다는 사실을 잘 믿지 못한다.

퍼쿠스 투스는 내가 들어갈 수 있을 만큼만 문을 열었다. 들어가니 바로 주방이었다. 퍼쿠스는 비록 맨발이었지만 고풍스러워 보이는 또다른 양복을 입고 있었다. 이번에는 초록색 코듀로이 소재였다. 이것이 내가 그 집에서 유일하게 발견한 격식이었다. 그곳은 보헤미안의 작은 동굴이었다. 주방은 빌트인 가스렌지가 있는 싱크대 하나와 욕실 문 옆 벽감에 밀어넣은, 스티커가 덕지덕지 붙은 냉장고 외에는 주방다운 점이 없었다. 싱크대 위쪽, 열려 있는 수납장에는 책이 가득 들어 있었다. 주방 조리대는 CD 플레이어와, 케이스 안에 있거나 밖으로 꺼내진 수백 개의 CD들 차지였는데, 대부분 그 위에는 마커로 쓴 손글씨가 남아 있었다. 온수 파이프는 끽끽거렸다. 그 너머 다른 방들의 창문에는 커튼이 쳐져 있어서 한

낮인데도 실내가 어두침침했다. 어차피 바깥에는 환기통로나 포장된 골목길만 보이겠지만.

그리고 수전 엘드리드가 말했던 인쇄물들이 있었다. 주방과 어두운 방들에 책 선반이 없는 모든 벽에는 퍼쿠스 투스의 유명한 포스터들이 액자 없이 압정으로 고정되어 있었다. 종이는 노랗게 바래갔고, 만화가나 아티스트의 멋진 손글씨 같은 서체는 아웃사이더 아티스트가 강박적으로 휘갈겨 쓴 글씨 혹은 담당 의사가 논문에서 재사용한 정신분열증 환자의 기록처럼 변하고 있었다. 나는 그 포스터들을 알아보았고, 기억해냈다. 십여 년 전 공사장 안내판에서, 지하철 광고물 위에서, 다운타운의 모든 곳에서 가장자리 시야를 통해 어쩔 수 없이 보게 되었던, 이 도시의 시각적 불협화음을 이루는 여러 구성요소 중 하나였다.

퍼쿠스는 내가 문을 닫을 수 있도록 뒤로 물러섰다. 맨발에 양복을 입고 방 한가운데서 오도 가도 못하는, 불쾌한 무언가가 자기 쪽으로 튕겨져 오기를 기다리는 듯 방어적으로 손바닥을 펼친 퍼쿠스를 보니 예전에 보았던 에드바르트 뭉크의 그림 하나가 떠올랐다. 크게 뜬 눈에 구레나룻이 있는, 자신의 옷 안으로 쪼그라든 화가의 자화상이었다. 다시 말하자면, 이번에도 퍼쿠스 투스가 나이에 비해 늙어 보였다는 뜻이다. (나는 부분적으로라도 양복을 입지 않은 퍼쿠스를 한 번도 보지 못했다. 더러운 흰색 티셔츠에 양복바지를 입은 적도 있다. 그는 절대 청바지를 입지 않았다.)

"비디오테이프를 갖다줄게요." 그가 말했다. 내게 도전이라도 받은 듯한 말투였다.

"좋아요."

"어디 있는지 찾아야 하니까 좀 앉으세요." 그는 작은 식당에서 보았을 법한, 리놀륨이 덮인 작은 식탁에서 의자를 하나 끌어냈다. 의자는 식탁과 어울렸고, 이는 수집가의 흥미를 끌 만한 세트였다. 퍼쿠스 투스는 전형적인 수집가 타입이었다. "여기." 그는 완벽하게 마감된 마리화나 담배를 그것이 대기하고 있던 재떨이 가장자리에서 집어들어 입에 문 다음, 끝부분에 불을 붙이더니 망설임 없이 내게 건넸다. 동류끼리는 알아보는 모양이다. 내가 담배를 빨아들이는 동안 그는 다른 방으로 들어가 VHS 테이프 하나와 운동화와 공처럼 말린 흰 양말 한 켤레를 들고 나왔다. 그는 내가 건넨 마리화나 담배를 받아서 집중하며 이 센티미터 정도 피웠다.

"뭐 먹으러 가지 않을래요? 난 오늘 온종일 집안에 있었거든요." 그는 발목까지 올라오는 운동화의 끈을 묶었다.

"좋아요."

퍼쿠스 투스에게 있어 밖이란 보통 멀지 않은 곳임을 나는 그때 처음 알았다. 그는 2번가 모퉁이에 있는 '잭슨홀'이라는 화려한 햄버거 가게에서 끼니를 해결하길 좋아했다. 그곳은 붉은 비닐가죽으로 된 통통한 소파 자리마다 그의 주방에 있는 리놀륨 식탁과 비슷하지만 더 새것 같고 더 모조품 같은, 빛나는 크롬 테이블이 놓인 소굴이었다. 오후 네시라 우리 말고는 사람이 거의 없었고, 주크박스에서 시끄럽게 흘러나오는 인기가요가 우리의 어리벙벙하고 몽롱한 대화를 덮었다. 오랜만에 마리화나를 피운 터라 모든 것이 낯설어 보이기 시작했다. 연기 자욱한 공기 중으로 망설이며 받은 신호들, 온 우주가 퍼쿠스 투스의 방랑하는 안구처럼 정처없이 표류했다. 웨이트리스는 퍼쿠스를 알아보는 것 같았지만 그는 그녀에게 인사를 하지도 메뉴판을 받지도 않고 디럭스 치즈버거와 코카콜라를 주문했다. 별 수 없이 나도 같은 것을 시켰다. 퍼쿠스는 크리테리온 사무실에서처럼 이곳에서도 무심하게, 애매모호하게 있는 것 같았다. 마치 그곳에서 태어났지만 아직 그 사실을 깨닫지 못했다는 듯이.

식사 중간에 퍼쿠스는 베르너 헤어초크 또는 말런 브랜도 또는 모리슨 루그에 대한 방론을 멈추더니 지금까지 나를 어떻게 생각하고 있었는지 이야기했다. "그러니까, 오늘날까지 당신은 귀엽다는 사실 때문에 잘 지내온 것 아닌가요, 체이스?" 리놀륨 테이블에 팔꿈치를 댄 상태에서 그의 거미 다리 같은 손가락들은 육즙이 흘러내리는 핏빛의 잭슨홀 버거를 높이 떠받치며 자신의 표정을 가리는 동시에 무릎으로부터 충분한 거리를 확보하여 그의 말쑥한 옷을 보호했다. 한쪽 눈은 내게 고정되어 있었고 다른 쪽 눈은 기어다녔다. 내 얼굴 위로 수술용 메스가 돌아다니는 것 같았다. "당신은 변하지 않았어요. 꿈꾸는 어린아이 같죠. 그게 당신 매력의 비밀이에요. 그들은 당신을 사랑해요. 마치 아직도 당신이 텔레비전에 나오는 것처럼 당신을 바라보죠."

"누가요?"

"부자들. 맨해튼 사람들. 무슨 뜻인지 알잖아요."

"그래요." 내가 말했다.

"당신은 맨해튼에서 제일 슬픈 남자인 거죠." 그가 말했다. "집에 오지 못하는 그 우주인 때문에."

"그래요."

"그 사람들은 그 점을 흠모하는 거예요."

"그런 것 같아요."

"그러니까, 당신은 눈과 귀를 계속 열고 있어야 해요." 그는 말했다. "당신은 배우는 위치에 있으니까."

뭘 배우는데요? 내가 묻기 전에 다시 화제가 바뀌었다. 퍼쿠스의 장광설은 몬테 헬먼, 이베이, 그레일 마커스의 『립스틱 자국』, J. 에드거 후버의 에로틱한 비밀들을 두고 벌어진 마피아의 협박(그로 인해 거짓 냉전 공포가 확대되었고 우리 시대의 모든 풍경이 영향을 받았다), 블라디미르 마야콥스키와 미래주의자들, 쳇 베이커, 모르쇠주의, 줄리아니 행정부가 타임스스퀘어의 신성한 더러움에 저지른 파괴 행위, 〈그너펫 쇼〉의 천재성, 프레더릭 엑슬리, 관람이 불가능한 자크 리베트의 열세 시간짜리 영화 〈아웃 원〉, 상업성으로 인한 예술 전반의 타락, 히치콕에 대한 슬라보예 지젝의 말, 프란츠 마플롯이 쓴 G. K. 체스터턴의 전기, 무함마드 알리에 대한 노먼 메일러의 말, 그래피티와 우주 프로그램에 대한 노먼 메일러의 말, 반체제 아이콘 브랜도, 섹슈얼한 성자 브랜도, 망명중인 나폴레옹 브랜도 등을 쭉 훑었다. 내가 알거나 모르는 이름들. 들어본 적은 있으나 무관심했던 다른 이름들. 메일러는 반복해서 등장했고 브랜도는 그보다 더 자주 등장했다. 이 원기 왕성하고 위험한 한 쌍이 퍼쿠스 투스의 중요한 우상인 것 같았다. 이는 펜슬 정장바지를 입은 퍼쿠스를 대조적으로 한층 더 연약하고 무해하게,

불안해 보이게 만들 뿐이었다. 어쩌면 그는 스스로 몸집을 키우기 위해, 자신이 선택한 벗인 노먼과 말런의 관심을 끌겠다는 바람으로 허리둘레를 늘리기 위해 잭슨홀 햄버거를 먹었는지도 모른다.

그는 웨이트리스에게 자신의 갤런 사이즈 콜라를 리필했고, 우리의 오후가 저녁으로 바뀔 때쯤에는 블랙커피를 들이부었다. 이제 우리의 대화에서 마리화나의 몽롱함은 포커 전투기에 관통당한 뭉게구름처럼 카페인 잔치에 자리를 양보했다. 내가 〈뉴요커〉를 읽었던가? 이 질문에는 위험한 긴박함이 있었다. 그가 우려한 것은 특정 작가나 기사가 아닌 글꼴이었다. 그 잡지의 외관이 전의식前意識의 차원에서 내포하는 의미와—그의 설명에 따르면—조판과 레이아웃이 변증법적 사고에 새기는 인장. 퍼쿠스에 따르면 〈뉴요커〉를 읽는 것은 당신이 언제나 동의하는 것이 〈뉴요커〉가 아니라—훨씬 실망스럽게도—당신 자신이라는 사실을 발견하는 행위다. 나는 이해하려고 열심히 노력했다. 이 지점이 수전 엘드리드가 내게 경고했던 편집증인 것 같았다. 〈뉴요커〉의 글꼴은 퍼쿠스 투스의 정신을 지배했고 심지어 공격하고 있는지도 몰랐다. 자신을 방어하기 위해 종종 그는 〈뉴요커〉의 기사들을 단순한 쿠리어체로 다시 쳐서 출력했다. 그 잡지의 억압적인 맥락을 해소하려는 것이었다. 내가 그의 집에 들어섰을 때, 바닥 깔개에 앉아 〈뉴요커〉 한 권을 가위로 마구 잘라 재배치하면서 그 잡지가 자신의 머릿속에 거는 주문을 떨쳐내려고 애쓰던 그를 발견한 일도 있다. 또 한번은 그가 내게 물었다. "그러니까, 〈뉴요커〉의 필진은 어떻게 〈뉴요커〉의 필진이 되는 걸까?" 순수한 불안을 감추고 있는, 기만적으로 무심한 '그러니까'. 그것은 답이 있는 질문이 아니었다.

이 이야기를 하고 있는 나는 혼란스럽다. 첫 만남에서 우리는 그렇게 많은 이야기를 나눴던 걸까? 적어도 〈뉴요커〉에 대해서는 그랬다. 줄리아니가 42번가를 디즈니에 경매한 일. 꿈을 질식시키는 관료기관 NASA에 대한 메일러의 발언. 마피아의 노예가 되어 빨갱이들을 거짓 선전에 이용해 미국인의 정신에 자기검열을 주입한 J. 에드거 후버. 이러한 변종들 틈에서도 언제나 기발하고 흥미롭게 도출되는 주제가 있었다. 즉 인간의 어떤 자유는 의식 자체의 차원에서 관점의 영향을 받아왔다는 것이다.

자유는 좁아지고, 걸러지고, '기억상실당했다'. 퍼쿠스 투스는 이 표현을 설명 없이, 마피아가 살해나 말살을 의미하는 것처럼 사용했다. 가장 중요한 것들은 모두 이러한 지각 살해 계획에 희생되었다. 게다가 비난은 언제나 모두를 향했다. 용의자들을 잡아들일 때는 자기 자신부터 시작해야 한다. 그 자신을 비롯한 모두의 공모가 퍼쿠스 투스의 의심할 바 없는 유일한 신념이었다. 가장 나쁜 것은 자기가 아는 것을 안다고 확신하는 것. 이는 〈뉴요커〉의 서체가 초래하는 실수였다. 일상생활의 지평선은 집단적 몽상이며, 그 밑에 중대한 것, 핵심이 있었다. 이쯤에서 햄버거 값을 내고 아파트로 돌아갔다. 우리는 간이 식탁 앞에 앉았고, 그는 마리화나에서 씨를 빼낸 다음 담배를 하나 더 말았다. 그 마약은 상표명으로 보이는 만성이라는 글자가 무지개 색깔로 레이저 인쇄된 라벨이 붙은 작은 플라스틱 상자에서 나왔다. 우리는 새 마리화나 담배를 끝까지 쉴 새 없이 피워대며 대화를 이어나갔다. 퍼쿠스는 이제 잭슨홀에서와는 달리 자유롭게 몸짓을 섞어가며 말했다. 절대 얼굴이 붉어지지도 않았고, 흥분했음에도 호흡이 가빠지거나 간질환자들처럼 혀를 깨무는 일도 없었다. 과열된 말은 무자비한 냉정함과 함께 전달되었다. 그의 양복—비록 구김이 가기는 했지만—의 재단 상태처럼. VHS 테이프와 CD에 적힌 강박적으로 깔끔한 글씨처럼. 퍼쿠스 투스의 한쪽 눈은 기묘할지는 모르나, 그의 도덕관념이나 그가 자신의 이야기를 듣는 사람의 회의를 얼마나 주의깊게 측정하고 미세하게 조정하는지 얕잡아보지 말라는 경고처럼 작용했다. 이 미세한 조정은 퍼쿠스나 다른 이들의 정신이 온전하다는 표시였다. 대인관계 속 설득의 현실정치였다. 그 눈은 기이했으나 그의 다른 모든 것은 거의 강철 같았다.

퍼쿠스는 CD를 샅샅이 뒤져서 내게 들려주고 싶었던 음반이자 나는 들어본 적 없는 피터 블레그바드의 〈(섬싱 엘스) 이즈 워킹 하더〉를 찾아냈다. 내 귀에 이 음악은 '살인을 하고 교묘히 빠져나간' 이들에 대한 불만으로 비틀린, 일관성 없는 성난 블루스로 들렸다. 그는 마치 음악 때문에 짜증이 난 것처럼 몸을 돌려 사납게 말했다. "그러니까, 알다시피 난 록음악 평론가가 아니에요."

"네." 이 부분은 내가 쉽게 인정할 수 있었다.

"사람들은 〈롤링 스톤〉에 기고했다는 이유로 나를 록 평론가라고 하겠지만 나는 음악에 대해서 글을 쓴 적이 거의 없어요." 사실 그의 방에 걸려 있는 인쇄물들은 대중가요에 대한 언급으로 가득한 듯했으나 그 모순을 지적하기는 망설여졌다.

그는 내 마음을 읽은 것 같았다. "설사 그런 글을 쓰더라도 난 그런 언어는 쓰지 않아요."

"아."

"그 사람들, 록 평론가들 말이에요. 그들이 실제로 어떤지 알고 싶어요?"

"아, 그럼요. 어떤데요?"

"초 고기능 자폐증 환자들이죠. 아, 뭐 진단을 받았다거나 했다는 뜻은 아니지만 그것이 그들에 대한 나의 진단이에요. 그들은 아스퍼거 증후군이에요. 그러니까, 이를테면 데이비드 번이나 앨 고어처럼. 똑똑하지만 사회 부적응자들이죠."

"어, 그걸 어떻게 알죠?" 내가 아는 한 나는 아스퍼거 증후군 환자는 고사하고 록 평론가도 만난 적이 없었다. (어느 파티에서 한번 데이비드 번을 본 적은 있지만.) 하지만 나는 퍼쿠스 투스가 부적응자들을 맹비난하는 말이 이상하게 느껴질 만큼 이미 그를 알고 있었다.

"문제는 그들이 말하는 방식이에요." 그는 내 쪽으로 몸을 가까이 내민 채 자신의 주장을 펼쳤다. "그들은 모음을 입 앞쪽으로 더 가깝게 해서 거센소리로 발음하죠."

"저런."

"자기들끼리 모여서 말할 때 보면 더 심하게 그래요. 그건 자기 강화예요. 록 평론가들은 서로를 위로하기 위해 모이죠. 절대 그런 말을 입 밖에 내지는 않지만 말이에요. 그들은 자기네가 전문가라고 생각해요." 알고 있는지는 모르지만 퍼쿠스는 말을 하면서 계속 모음을 입 앞쪽에서 거센소리로 발음하고 있었다. "그들은 나무만 보고 싶은 못 봐요."

"자키킹화 전문카들." 나는 실제로 시도해보았다. "나무만 포고 숲은 못 봐요." 나는 가장 깊숙한 본능에 따른 모방자다. 어쨌든 반항언어라고 적힌 VHS 테이프가 우리 사이에 놓여 있었다.

"맞아요." 퍼쿠스가 진지하게 말했다. "휘파람을 불면서 말하는 사람들도 있어요."

"휘파람을 풀어요?"

"바로 그거예요."

"우리가 록 평론가가 아니라는 게 천만다행이네요."

"두말하면 잔소리죠." 그는 말고 있던 마리화나 담배에 고무풀을 붙인 다음 바코드를 스캔하듯이 기묘한 쪽 눈 밑에서 돌려가며 검사했다. 만족한 그는 담배에 불을 붙였다. "그러니까, 나는 자가치료를 하고 있어요." 그는 설명했다. "마리화나를 피우는 건 두통 때문이에요."

"편두통인가요?"

"군발성 두통. 편두통의 일종이죠. 머리 한구석이 그래요." 그는 손가락 두 개로 두개골을 가볍게 두드렸다. 물론 아픈 것은 오른쪽이었다. 그의 일탈적인 눈을 향해 끌려가는 두통. "군발성 두통이라는 이름은 주기적으로, 일 주나 이 주간 매일 같은 시간에 발생하기 때문에 붙여졌어요. 시계나 수탉 울음소리처럼 말이죠."

"괴롭겠군요."

"그래요. 거기다 보는 것에도 영향을 미쳐요. 한쪽에 맹점이 생기죠." 그는 다시 오른손을 흔들었다. "시야의 한가운데에 얼룩이 생기는 것처럼."

수수께끼 하나. 방랑하는 한쪽 눈으로 맹점을 가로지르면 어떻게 될까? 하지만 우리는 절대 그의 눈을 언급한 적이 없었기에 나는 미적대다가 대신 이렇게 물었다. "마리화나가 도움이 되나요?"

"편두통 같은 걸 겪을 때의 문제는 반만 살아 있다는 느낌이 든다는 거예요. 이 무덤 같은 세상을 걸어가는데, 모든 것은 멀리에 있고 둔하고 죽은 것처럼 느껴지죠. 마리화나는 나를 세상으로 다시 끌어당겨주고, 음식과 섹스와 대화에 대한 욕구를 되살려줘요."

음식과 대화의 증거는 있었지만, 퍼쿠스 투스의 성욕은 당분간 내게 불가사의로 남을 터였다. 이날은 퍼쿠스의 주방 식탁에, 검게 그을린 재떨이와 탄내 나는 커피포트에, 곡과 곡 사이 고요한 순간에 끼익 소리를 내는 오래된 CD 플레이어에, 햄버거와 콜라에 대한 강렬한 욕구가―종종 그랬듯―우리를 덮칠 때면 찾아간 잭슨홀의 구석 소파 자리에 내가 굴복하고 만 수많은 오후와 밤의 첫번째 날이었다. 곧 이런 날들은 모두 행복하게 뭉뚱그려졌다. 제니스가 떠난 그 서글픈 해에 퍼쿠스 투스는 나와 가장 친한 친구였던 것 같다. 퍼쿠스는 진기한 것이었고 나는 진기한 것을 찾는 사람이었다고 생각하지만, 그도 분명 나를 자신의 수집품에 추가했을 것이다.

나는 〈반항언어〉를 보았다. 브랜도가 자신을 인터뷰하려는 사람을 고문하는 방식은 재미있었지만 전체적인 영화의 깊이는 가늠할 수 없었다. 나는 필요한 맥락을 몰랐던 것 같다. 테이프를 돌려주며 이렇게 말하자 퍼쿠스는 얼굴을 찌푸렸다.

"〈발생기〉 봤어요?"

"아뇨."

"〈숨는 모든 것〉은요?"

"안 봤어요."

"체이스, 모리슨 루그의 영화 중에 뭐라도 본 게 있나요?"

"내가 알기론 없는데요."

"어떻게 살아남았어요?" 그가 퉁명스럽지 않게 말했다. "당신 주위에 무슨 일이 일어나는지도 모른 채 어떻게 세상을 살고 있는 거예요?"

"그래서 당신과 함께 있잖아요. 당신이 내 두뇌예요."

"아, 당신의 외모와 내 두뇌라면 대성공일지도 모르겠네요." 그가 보가트를 흉내내며 농담했다.

"바로 그거예요."

무언가가 그의 내면을 환하게 밝혔다. 그는 맨발로 의자 위에 올라가 작은 원숭이처럼 춤을 추며 즉흥적으로 노래를 불렀다. "내가 당신의 두뇌라니 아주 큰일이군요…… 당신은 뇌를 잘못 골랐어!" 퍼쿠스의 작고 뻣뻣한 몸과, 우아하게 점점 가늘어지는 V자형 이마 선에 섬세한 이목구비가 자리한, 마치 도끼날 같은 야성적인 머리에는 어떤 아름다움이 있었다. "당신의 뇌는 약에 취했어요, 당신의 뇌는 불타고 있어요……"

이 미치광이 같은 경고와는 무관하게, 퍼쿠스는 나를 교육시키겠다고 생각한 일에 착수했다. 그는 테이프와 DVD를 잔뜩 안겨주고는 내게 앉아서 필수 자료들을 시청하라고 했다. 퍼쿠스의 아파트는 기록된 경이들을 소비하기 위한 장소였다. 주방 식탁도, 평면 텔레비전 앞의 내려앉은 의자도. 투스의 음악의 전당에는 쳇 베이커, 니나 시몬, 닐 영 같은 이들의 불법복제 또는 미공개 음반들이 있었고, 심야에 방송해준 희귀한 필름 누아르를 녹화한 저화질 테이프들도 있었다. 이 보물 가운데는 1981년 〈형사 콜롬보〉의 구십 분짜리 에피소드를 녹화한 테이프도 있었다. 폴 마주르스키가 연출하고 존 카사베츠가 아내를 살해한 오케스트라 지휘자 역을 맡아, 후줄근하기로 이름난 형사로 열연한 피터 포크를 돋보이게 만든 작품이었다. 그리고 카사베츠의 버릇 없는 두 아이로 몰리 링월드와 내가 출연했다. 이 TV 영화는 마주르스키가 극장 상영작 〈태풍〉을 연출할 즈음 단숨에 만들어낸 것이다. 카사베츠와 링월드는 출연했지만 안타깝게도 나는 출연하지 않은. 이는 배우로서의 나의 운, 즉 텔레비전은 되지만 대형 스크린은 안 된다는, 내가 언제나 부딪혔던 천장을 집약적으로 보여준다.

카사베츠는 퍼쿠스의 성스러운 영웅들 중 하나였기에, 그는 이 영화가 하는 것을 알고 어느 심야 재방송을 녹화했던 것이다. 이 테이프에는 O. J. 심슨이 공항 따위에서 전력질주하는 모습을 비롯해 80년대 중반의 오래된 광고들이 손상되지 않고 그대로 담겨 있었다. 나는 이 〈형사 콜롬보〉 에피소드를 첫 방송날 이후로는 본 적이 없었고, 그것은 익숙한 뱃멀미 같은 기분을 느끼게 했다. 마주르스키, 포크, 카사베츠와 링월드가 내게 가족 같지는 않았지만—나는 그들을 잘 알지 못했다—그럼에도 나는 홈비디오를 보는 듯한 기분이 들었다. 또한 그것은 나를 이상한 느낌으로 이끌었다. 어떤 의미에서 나는 퍼쿠스를 만나기 전 이미 이십 년 동안 그의 아파트 안에 있었던 것 같은 느낌. 그의 문화적 지식과 그 속에서 그가 찾아낸 기이하게 공감각적인 연결고리 덕분에, 우리가 함께 그 테이프를 보는 이 순간이 운명처럼 느껴졌다. 마치 열두 살의 내가 미래의 친구 퍼쿠스 투스와의 내밀한 친교 형식으로, 이 잊혀도 좋고 실제로 잊힌 텔레비전 프로그램 속에서 존 카사베츠와 함께 연기를 한 것 같았다.

물론 퍼쿠스는 카사베츠의 소맷자락을 끌어당기는 부루퉁한 아이들에게는 거의 관심이 없었다. 그의 관심은 위대한 감독과 피터 포크의 장면들에 있었다. 카사베츠가 연출한 영화들이나 일레인 메이의 〈미키와 니키〉에서 그들이 보여줬던 위대한 공동 작업을 상기시키는 일말의 천재성을 찾아 퍼쿠스는 그 TV 영화를 샅샅이 뒤졌다. 그는 내가 세트장의 아역 배우로서나 현재의 시청자로서 생각해본 적도 없는 시시콜콜한 사항들을 경건하게 읊조렸다. 물론 그는 자신의 흥미를 끄는 문화 은하계의 사변적 관련성들을 늘어놓기도 했다.

예를 들면 이렇다. "이 유감스러운 TV 영화는 머나 로이의 마지막 출연작이에요. 〈그림자 없는 남자〉의 머나 로이 알죠? 1920년대의 무성영화 수십 편에도 출연했었죠." 나의 침묵은 그로 하여금 내가 이 난해한 이야기를 이해했을 거라고 생각하게 만들었다. "1958년의 〈외로운 사람들〉에도 몽고메리 클리프트, 로버트 라이언과 함께 출연했고요."

"아."

"너새네이얼 웨스트의 소설을 영화화한 거였죠."

"아."

"물론 별 볼 일 없는 영화지만."

"음." 나는 퍼쿠스가 느끼는 것이 내게도 느껴지기를 기다리며 포크와 함께 나오는 나이든 여인을 골똘히 쳐다보았다.

"몽고메리 클리프트는 브루클린의 프로스펙트 공원에 있는 퀘이커교도 묘지에 묻혀 있어요. 그가 거기 있다는 사실, 아니 프로스펙트 공원에 묘지가 있다는 사실조차 아는 사람이 거의 없죠. 십대 시절 밤에 몰래 여자친구와 그곳에 가서 울타리를 기어올라가 주위를 둘러봤지만 그의 무덤을 찾지는 못했어요. 부두교에서 쓸 법한 닭 머리와 불에 탄 다른 제물들밖에 없었죠."

"굉장하네요."

나는 퍼쿠스의 이야기에 반쯤만 집중하면서 내 어린 시절의 자아, 열두 살 아이로 모습을 바꿔 카사베츠가 연기한 악랄한 지휘자 소유의 저택 복도에 출몰하는 유령을 바라보았다. 퍼쿠스의 수집품 보관소는 마치 모퉁이를 돌아 예기치 않게 자신을 발견하는, 거울이라는 음모를 발견하게 되는 곳 같았다.

퍼쿠스는 계속해서 연결점들을 찾아냈다. "피터 포크는 바로 저 시기에 〈그 머펫 무비〉에도 출연했어요."

"정말요?"

"네. 말런 브랜도도 나왔었죠."

마리화나도 늘 함께했지만 커피야말로 퍼쿠스 투스의 뮤즈였다. 퍼쿠스는 나를 보는 동시에 그 혼란스러운 눈으로 자신의 소중

한 커피잔을 지켜보는 것처럼 보였다. 그것은 결함이라기보다 자바산 커피를 도둑맞지 않으려는 일종의 보안 시스템이나 진화론적 방어책인 듯했다. 한번은 그의 집에 혼자 남겨졌을 때 사방에 흩어진 종이 가운데서 가사의 일부를 발견하기도 했다. 내가 본 퍼쿠스의 글 중 유일하게 비평적 해석이 아닌 것이었다. 미완의 예언적 송시인 그 글은 다음과 같았다. "오 카페인! / 이 시대의 악령 스크린 / 네 얼굴 속에서 나는 보았네 / 내 얼굴 속에서 / 내 얼굴을 통해……" 물론 그 종이에는 그의 머그잔이 만든 둥근 자국이 여러 개 찍혀 있었다.

나는 궁극적으로 그 글을 탄생시킨 기억상실 상태가 편두통의 발병으로 방해받는 장면, 퍼쿠스가 군발성 두통에 굴복할 때 그의 손에서 떨어지는 펜을 상상하지 않을 수 없었다. 이렇게 상상할 수밖에 없었던 것은 어느 날 우연히 그의 집에 들렀을 때 갓 발병한 두통에 사로잡힌 그를 발견했기 때문이다. 그는 내게 집으로 오라는 이메일을 쓰고 난 뒤 급습당한 모양이었다. 문은 열려 있었고, 그는 차가운 수건으로 두 눈을 덮은 채 양복바지와 누렇게 변한 티셔츠 차림으로 소파에 누워 나를 불렀다. 내게 앉으라고, 걱정하지 말라고 했지만 시든 목소리는 그의 여윈 가슴 속으로 맥없이 끌려내려갔다. 나는 그가 반쪽짜리 삶, 예전에 군발성 두통을 처음 묘사하면서 아주 정확하게 일깨워준 바 있는 죽은 자들의 땅에서 내게 말하고 있음을 단번에 이해했다.

"이번 건 지독하네." 그가 말했다. "언제나 첫째 날이 제일 안 좋아. 빛을 볼 수가 없어."

"두통이 언제 올지 알 수는 없는 거야?"

"한두 시간 전에 경고성 기미가 있어." 그가 쉰 목소리로 말했다. "세상이 오그라들기 시작하지……"

내가 욕실 쪽으로 가자 그가 말했다. "들어가지 마. 토했어."

그때 내가 했던 행동이 나답지 않았음을 인정해야겠다. 나는 욕실로 들어가서 퍼쿠스의 토사물을 치웠다. 그뿐 아니라 주방의 싱크대에서 수세미를 찾아내, 시리얼이 떠 있는 물로 반쯤 채워진 그릇과, 커피가 얇은 고리 얼룩을 남기고 증발한 컵들의 난장판으로 뛰어들었다. 퍼쿠스가 소파에 누워 수건 밑에서 무겁게 숨을 쉬는 동안 나는 조용히 그의 주방에서 서툰 솜씨로나마 그럭저럭 물건들을 가지런하게 정리했다. 갑자기 내가 감독해야겠다고 생각한 그 혼란과 너저분함 속으로 그가 빠져들지 않기를 바랐다. 너무도 무력해 보였기에 그가 소파에서 조금이라도 움직이는 모습을 상상할 수가 없었다. 그는 다른 사람들도 온다고 했지만 그때까지 나는 다른 사람이 있는 퍼쿠스의 아파트를 본 적이 없었다. 식탁에는 마리화나가 어지럽게 널려 있었다. 반은 금속 거름망으로 걸러져 있었고 나머지는 아직 씨가 붙어 있는 다발이었다. 나는 마리화나를 모두 펑키 멍키— 그의 또다른 거래상의 상표명이었다—라고 적힌 플라스틱 상자 안에 쓸어담고, 퍼쿠스가 완성한 마리화나 담배들을 그가 그런 용도로 쓰던 민트사탕 통 안에 담았다. 그러다 점점 더 강박에 사로잡힌(실제로 내 아파트는 늘 깔끔했지만 그때까지 내가 퍼쿠스의 너저분한 집 때문에 초조함을 느낀 적은 한 번도 없었는데도) 나는 사방에 흩어져 있는 CD들을 재배치하고 그것들을 원래의 케이스에 집어넣기 시작했다. 이렇게 꾸물거리며 일하는 것은 아마도 내가 스스로를 안정시키는 방식, 또다른 유형의 자가치료였을 것이다. 우연히 목격한 퍼쿠스의 두통이 나를 서글프고 자의식 강한 상태로 만든 것이 분명했으나 퍼쿠스는 아주 조그만 신음소리를 낼 뿐 내게 아무 말도 하지 않았다. 그러나 내가 한참을 달그락거리며 CD들을 정리하자 그가 말했다. "샌디 불을 찾아줘."

"뭐?"

"샌디 불…… 기타리스트야…… 곡들이 아주 길어…… 이 상태라면 그 곡들을 견딜 수 있어…… 그러면 이 지끈거림 외에 들을 게 생길 거야……"

나는 그 CD를 찾아 플레이어에 넣었다. 음악은 참기 힘들만큼 저음이 지속되는 사이키델릭한 단조곡으로, 병실보다는 하렘에 더 어울릴 것 같았다. 하지만 나는 정말 음악이나 두통에 대해서 아는 것이 별로 없었다.

"이제 가……" 퍼쿠스가 말했다. "난 괜찮을 거야."

"뭐 좀 먹을래?"

"아니…… 이럴 땐 못 먹어……"

퍼쿠스가 주먹만한 잭슨홀 햄버거를 먹을 수 없다는 사실을, 나는 인정해야만 했다. 야채 한 접시나 수프 한 그릇 정도는 필요하지 않을까 생각했지만 엄마 노릇을 할 수는 없었다. 그래서 조명을 어둡게 낮추고, 그 으스스한 음악을 퍼쿠스의 희망대로 크게 틀어놓은 채 그곳을 나왔다. 상실감에 빠져 한가한 시간 속으로 풀려난 내가 낯설었다. 퍼쿠스와 보내는 오후들에, 그리고 그 오후가 밤으로 바뀌는 방식에 의지하고 있었던 것이다. 밖이 환한 것이 너무 이상했다. 이런 건 내 기억에 없었다. 나는 늘 기분좋게 멍한 머리로 그의 아파트 로비를 지나, 표지판을 무시하고 아파트 앞 인도에서 담배를 피우며 시끄럽게 떠드는 '브랜디네 피아노 바'의 단골들 사이로 들어갔었다. 그럴 때면 바 안에서 경쾌한 피아노 소리와 사람들이 드문드문 노래를 따라 부르는 소리가 거리로 흘러나왔다. 지금은 정적이 흘렀고, 바 의자들은 전부 테이블 위에 뒤집혀 있었다. 내가 생각할 수 있는 것은 부은 눈꺼풀에 수건을 얹고 소파에서 미동도 없이 누워 있는 퍼쿠스뿐이었다.

그다음에 퍼쿠스를 보았을 때 나는 그가 생략적 상태로 바뀌는 경향이 어떤 식으로든 군발성 두통과 관련이 있지 않느냐고 묻는 실수를 저질렀다. 그전 주에 그는 스스로 '생략적'이라고 부르는, 득도에 가까운 상태로 바뀔 수 있는 자신의 능력을 자랑했었다. 그곳으로 모험을 떠날 때 그가 어떻게 예기치 못한 차원들, 세계 속의 세계들을 발견하게 되는지를. 자신이 가장 자랑스러워하는 글의 대부분은 이 다채로운 생략적 지식을 엿보면서 탄생했다고 설명했다.

"둘은 관계가 없어." 그가 말했다. 우리는 잭슨홀의 소파 자리에 앉아 있었다. 그의 돌아가는 쪽 눈이 튀어나왔다. "두통은 죽음과 같은 상태야. 모든 가능성들이 닫혀버린…… 그때의 나는 내가 아니야…… 그 누구도 아니야. 하지만 '생략'은 나의 것이야, 체이스."

"난 그저 혹시 그 둘이 같은 동전의 양면이 아닐까 궁금했을 뿐

이야……" 또는 같은 두개골이 바깥을 응시하는 두 가지 방법이거
나, 라고 나는 생각했지만 말하지는 않았다.

"나로서는 설명조차 할 수 없어. 완전히 다른 거야."

"미안해." 그가 진정하기를 바라며 나는 무심코 말했다.

"뭐가 미안해?" 화가 나서 대꾸하는 그의 입 밖으로 햄버거 한
조각이 튀어나왔다.

"내 말은…… 아무것도 아니야."

"생략은 열려 있는 창문 같은 거야, 체이스. 또는 예술 같거나. 그
건 시간을 정지시켜."

"그래, 네가 말했었지." 씹힌 쇠고기 덩어리가 나 말고는 누구의
눈에도 띄지 않게 그의 냅킨 옆에 놓여 있었다.

"반면에 두통, 그건 적이야."

"그래." 그는 나를 설득시켰다, 별로 힘들 것도 없는 일이다. 이제
나는 내가 아는 동양인 치료사에게 가보라고 그를 설득하고 싶었
다. 그 치료사는 첼시의 사무실들에서 시술을 하는데, 여섯 달 넘
게 예약이 잡혀 있었다. 부유하고 유명한 맨해튼 사람들의 화려한
스트레스와 퇴폐적인 병을 침술로 다스려주는 매력적인 한의학의
대가였다. 나중에 퍼쿠스의 화가 가라앉으면 시도해보겠다고 다짐
했다. 나는 그가 자신의 생략을 유지하기를, 완전히 그리고 전적으
로 유지하기를 너무도 간절히 바랐다. 그가 그것을 두통 없이 유지
하기를 바랐다. 하나가 다른 하나의 대가일지도 모른다는 내 강한
의심과는 상관없이. 나는 이기적이게도 그렇게 바랐다. 그때 나는
깨닫기 시작했기 때문이다. 퍼쿠스 투스—그의 이야기, 그의 아파

트, 내가 그와 크리테리온에서 우연히 마주치고 전화를 건 때부터 열렸던 그 공간—는 나의 생략이었다. 나의 생략은 타고난 것은 아닐지도 모르지만, 어쨌거나 나는 그의 안에서 그것을 발견했다. 그의 방론 속에서, 그의 열정 속에서, 그의 갑작스럽고 기발한 혼잣말 속에서 퍼쿠스는 나를 세계 속의 세계로 데려갔다. 그리고 나는 그가 편두통의 무덤 같은 세계 속에서 질식당하지 않기를 바랐다.

제이디 스미스

핸웰 시니어

Soleil Judge Gladys Frank J. Johnson Justin M. Damiano
Gideon Parks-Schultz
Hanwell Snr Nigora
ROY SPIVEY Donal Webster Cindy Lélé Stubenstock
Magda Mandela Judith Castle
PUPPY RHODA
THE MONSTER Theo Perkus Tooth
JORDAN
THE LIAR WELLINGTON
Newton Wicks LINT Gordon

죽은 핸웰 시니어는 핸웰의 아버지다. 핸웰처럼 그도 시시하게 살았다. 사람이 그랬다는 것이 아니라—그 불쾌한 표현을 빌리자면, 그는 '대단한 성격'이었다—어설픈, 거의 허깨비 같은 그의 역사가 그랬다는 뜻이다. 핸웰에게조차 그는 일종의 신기루 같았다. 즐거움이라고는 없는 신기루. 무책임하고 무모한 사람은 잔인한 사람보다 여러 면에서 더 나쁘다. 그런 사람들을 겪어본 이들은 이해할 것이다. 잔인함은 정당하게 대항하여 마침내 퇴치할 수 있지만, 걱정거리에 대한 자유분방한 무심함은 얘기가 전혀 다르다. 그런 아버지를 둔 사람은 분명히 배우게 된다. 슬픈 자립심과 잔혹할 정도로 침묵하는 마음. 살아가는 것 자체에 대한 망설임을.

핸웰 시니어는 마치 혜성처럼 어쩌다 한 번씩 핸웰을 보러 왔다. 그는 핸웰이 태어나던 날 분명 그곳에 있었고, 그로부터 육 년 뒤 브라이튼의 해변에서 핸웰의 양 겨드랑이를 잡고 들어올려 부두다리 위에서 흔들었다. 핸웰 시니어는 그날 밤 가족들과 떨어져서 시간을 보냈다. 그는 피시 앤드 칩스를 실컷 먹으라는 관대한 생각으로 가족들에게 돈을 약간 주었다. 그럴 만한 액수는 아니었다. 매력 넘치는 사내. 구식처럼 들리지만 당시 사람들은 '사내'라는 말을 썼다. 제일 먼저 잔을 들어올려 마지막에 내려놓는 지나치게 싹싹하고 의좋은 친구였지만 결코 술꾼이나 무능력자는 아니었다. 자신보다 훨씬 형편 나쁜 사람들의 약점을 이용해 유리한 위치에 서려고 그들과 함께 노래하는 종류의 사람이었다. 집에는 이 펜스를 넣으면 퀄런이 나오는 기계가 있었다. 마치 술집처럼. 그리고 자기 아내와 가장 가까운 이웃인 과부 수 보이드를 향한 시선. 수, 수, 당신을 너무 사랑해요. 그 시절 인기 있던 발라드의 곡조에 맞춰 그는 수의 허리를 안고 뒷문에서 대문까지 왈츠를 추었고, 핸웰 부인은 창가에서 무력하게 웃었다.

몸집이 큰 남자였다. 핸웰보다 훨씬 컸다. 그러고 나서 나중에, 어쩌면 그해, 어쩌면 그다음 해의 11월 5일, 일 페니짜리 폭죽들을 선물로 들고 컴컴한 뒷문에서 나타났다. 그는 머무르며 핸웰과 함께 폭죽에 불을 붙이지 않고 다시 사라졌다. 그때나 지금이나 영국에 흔해빠진 후렴구처럼 '담배를 사러 가서 다시는 돌아오지 않았다'. 다만 핸웰 시니어는 간헐적으로 돌아오는 사람이었고, 이 사실은 앞서 말했듯이 상황을 더 악화시켰다. 반바지 차림으로 폭죽을 든 핸웰을 어둠 속에 세워둔 채 떠난 것. 이 일은 결코 잊히지 않았다. 사라지지 않는, 1920년대 말의 흔적. 그것은 핸웰 시니어가 아무 관심도 기울이지 않았을, 광대역 통신망이나 도깨비처럼 그에게는 비현실적일 그의 한 자손에 의해 여기에 기록된다. 다른 많은 것들이 사라져갈 때 이런 것들이 살아남는 과정은 누구도 설명할 수 없다. 이 주제에 대해서는 다량의 감상적인 헛소리가 기록돼 있다. 핸웰 자신은 과학적인 설명을 신봉했다. 그는 과학에 대해서 전혀 아는 것이 없었다. 막연히 뇌의 화학작용으로 일어나는, 움직이는 영상들을 저지하는 화학적인 폭발을 떠올렸다(그는 사진 필름을 약간 다루어본 적이 있기에 이러한 유추를 한 것이다). 이 '폭발들'은 무작위로 일어나며, 일어나는 그 순간에는 관찰할 수 없다. 물론 이를 글로 쓰는 것 역시 일종의 '폭발'이다. 슬프고 부차적이며 기생적인 종류이기는 하지만.

삼십대 중반에 핸웰 시니어는 벌목으로 돈을 벌어보겠다며 캐나다로 갔다. 비록 아버지가 시켜준 건 아니었지만 핸웰은 배가 떠나기 전에 짧고 스릴 넘치게 그 안을 구경할 수 있었다. 한 승무원이 두꺼운 놋쇠 난간 위에 초를 올려놓아, 핸웰은 가로로 긁힌 자국들이 불빛 아래에서 어떻게 질서정연한 동심원처럼 변하는지 보았다. 삼 년 뒤 이번에도 핸웰 시니어는 돈 한푼 없이 돌아왔다. 다만 그는 이제 카우보이들처럼 한 손으로 담배를 말 수 있었다. 핸웰은 거기에 별로 감탄하지 않았다. 그후 핸웰 시니어는 버스안내원이 되었다. 그러다 전쟁이 일어났고, 전쟁에서는 정말로 아예 돌아오지 않았다. 구급차를 몰던 중산층 여자에게 빠져서였다. 핸웰의 막사에 한 번 나타나기는 했다. '빌'이라는 새 이름과 아일랜드인의 허세와 함께. 섬뜩한 광경이었다. 핸웰 시니어에게 말은 아무것도 보장하지 않았고 어떤 닻으로도 쓸 수 없었으며 세상사와 아무런 관계가 없었다. 이 같은 경향이 더 어두워지고 심해지면 '사이코패스'라고 부른다. 그는 극동지역에서 가져온 추잡한 사진을 몇 장 꺼냈고, 케리 주를 배경으로 하는 재미있고 그럴듯한 일화들을 늘어놓았다. 모르는 사람들은 그런 행동이 구리철사 같은 머리카락과 가운데로 몰린 두 눈에 아주 잘 어울린다고 생각할 것이다. 핸웰은 차라리 자신이 그와 모르는 사람이기를 바랐다. 그때 핸웰은 아버지의 또다른 기만적인 인격에 그저 속으로 움찔할 수밖에 없었고, 아직 친해지지 못한 젊은 군인들 모두와 빌이 친구가 되는 동안 남들처럼 웃는 척을 했다. "네 아버지는 좋은 분이시구나! 생기 넘치고 재미있네!" 긍정적인 평가였고, 어쩌면 사실일 것이다 (핸웰은 관대하게 해석하려고 무척 애썼다). 그의 아들이 아니라면. 그의 아들이 아니라면. 두 시간 뒤 빌은 크리스마스처럼 명랑하게 그곳에서 걸어나갔다. 그리고 핸웰은 십이 년 동안 그를 보지 못했다.

1956년 8월이었다. 핸웰은 아버지가 켄트 주의 잘 알려지지 않은 동네에서 작은 사업을 하며 정착했다는 이야기를 들었다. 별다른 기대 없이―또는 자신이 아는 한 아무런 기대 없이―핸웰은 자전거에 올라탔다. 이번에는 핸웰이 나타날 터였다. 당시 런던에서 켄트까지 달리는 것은 그에게 일도 아니었다. 그는 젊었다. 갓 가정을 꾸린 그는 그렇게 생각하지 않았지만, 상대적으로 말하자면 그랬다. 그때 그는 또하나의 가족이 숨어서 그를 기다리고 있다는 사실을, 아직은 생기지 않았지만 그의 미래에 휘감겨 있음을 알지 못했다.

　찌는 듯이 더운 8월 어느 날. 핸웰은 오래된 플라스틱 등유통으로 물통을 만들어 자전거 가로대에 끈으로 묶었다. 시대를 조금 앞선 발명품이었다. 그는 새로 닦인 A20 도로를 타고 맹렬하게 달렸다. 마을 쪽 공기가 더 맑은 것 같아 가능한 대로 방향을 바꾸며 샛길로 마을들을 통과했다. 내가 쓴 '산울타리'라는 표현은 시적인 게 아니라 오직 역사적 정확성을 기하기 위함임을 분명히 하고 싶다. 산울타리는 빽빽하고 가시가 많았으며, 거기에 두 번 걸린 그의 셔츠는 팔꿈치 쪽이 너덜너덜해졌다. 그는 다짐했다. 내가 긴 글을 쓸 때 똑같이 굳게 다짐하듯이. 어느 지점까지 가기 전에는 멈추지 않겠다고. 그는 목적지에 도착한 다음에야 식사를 할 것이다. 일 마일 더, 한 장章 더, 일 마일 더, 한 장 더. 그 마을은 작은 골짜기 안에 있었다. 핸웰은 황홀감을 느끼며 커브길을 돌아 마을로 들어가 공용 녹지에서 멈추었다. 마을은 그게 전부였다. 근처에는 구조물이 두 개 있었다. 창가 화분에서 라벤더 무더기가 예쁘게 자라는, 붉은 벽돌로 지은 술집과 녹지 다른 쪽에 요란하게 페인트칠을 한 피시 앤드 칩스 밴 한 대. 핸웰은 희망을 품을 정도로 어리석지 않았다. 그는 자전거에서 내려 안장을 왼손으로 아주 살짝 누르면서 안정감 있게 끌며 녹지의 가장자리를 돌았다. 네시였고, 밴의 셔터는 내려져 있었다. 그는 금색 테두리를 한 집시풍의 붉은 글자들 쪽에 자전거를 기대어 세웠다. 핸웰의 최고급 피시 앤드 칩스. 그는 잔디밭으로 가서 나무 밑에 앉아 크리켓 경기장과 연못 근처의 습지를 바라보았다. 그는 녹색이 주는 다양한 가르침을 흡수하지 못했다. 하지만 냄새는 맡았다. 잎이 타들어가고 누추한, 그 여름의 마지막 장미꽃들의 향기. 그 꽃들을 따서 누이에게 주자. 1931년.

아이린 핸웰의 숙녀용 향수 제조법

장미 여섯 송이 (훔친 것으로, 꽃잎을 뗄 것)
수돗물
빈 우유병
향기가 발산되도록 꽃잎을 주먹 안에서 으깬다. 병 속에 넣는다. 물을 붓는다.

핸웰의 발에서 악취가 났다. 그는 신발을 벗었다. 그의 집에는 아픈 아내가 있었다. 그가 뭔가를 해줄 수도, 이해할 수도 없는 방식으로 아팠다. 햇볕을 쬐며 이곳에 앉아 있는 지금, 팽팽하게 긴장된 그의 등 근육이 몇 달 만에 처음으로 풀어졌다. 그는 드러누웠다. 척추가 한 마디 한 마디씩 흙 속으로 눌리며 그를 풀어헤쳤다. 거꾸로 본 풍경은 여자들의 다리가 있는 세상이었다. 밑으로 기어들어가 안전하게 숨을 수 있을 만큼 넓은, 새로 나온 그 종 모양 치마들이 마음에 들었다. 그는 자신이 좀더 기다렸다가 결혼했다면, 다른 사람과 결혼했다면 하고 바랐다. 그는 생각했다. 이곳에 머무르면 어떨까? 태양이 나를 삼키고, 내 눈꺼풀 아래 오렌지색의 황홀한 빛이 내가 보는 것이 아닌 나 자체가 되도록. 구부러진 줄기 끝에 달린 데이지 한 송이와, 장미 향기와, 술집 벤치에서 뒤

집어진 친구와 함께 뒤집어진 런치메뉴를 먹고 있는 뒤집어진 아가씨가 모든 법칙과 세상의 중심이 되도록. 약간의 시간과 페인트만 있으면 핸웰의 최고급을 핸웰 & 핸웰로 바꿀 수 있지 않을까?

참고: 나는 여러분을 위해 핸웰의 생각을 내가 보기에 설득력 있게, 그리고 최대한 긍정적인 방향으로 재구성했다. 소설 『미들마치』를 보면, 사람의 자비심은 정확히 제 집 문에서 멀어지는 만큼 커진다는 오래된 격언을 떠올리게 된다. 이는 디지털 녹음기를 들고 임종의 침상 옆에서 꾸물거리는 모든 예의바른 손자들과 증손자들을, 또는 새벽 세시에 온라인 족보 사이트에서 자신들의 조상을 미친듯이 추적하는 손자들과 증손자들을 생각나게 한다. 그들은 열렬하게 고인과 곧 고인이 될 사람의 삶과 생각을 재구성하고 싶어하지만, 자기 어머니에게서 걸려오는 전화는 자주 차단할지 모른다. 나는 그런 세대다. 나는 내 가족을 위해 무슨 일이든 할 것이다. 그들과 만나는 것만 빼고.

위에서 언급했듯 당시는 1956년이었다. 그곳에는 태양밖에, 핸웰과 태양밖에 없었다. 잔디가 길게 자란 좁은 땅에 누운 핸웰은 꿈속에서 대화를 나누었다.

핸웰 시니어: (핸웰 옆에 누우며) 나를 찾아냈구나.

핸웰: 그래요, 앨프. 그러면 안 되나요?

핸웰 시니어: 자, 한 대 피우렴. 너무 앞서가지 말고.

핸웰: ('시니어 서비스' 담뱃갑에서 한 개비를 꺼내며) 고마워요.

핸웰 시니어: 그래, 어떻게 지내니? 보다시피 난 잘 지내고 있어.

핸웰: 그렇군요, 정말로, 정말 그렇네요. 그러니까 조지 엘리엇의 위대한 소설과 아주 비슷하게……

핸웰 시니어: 실없는 소리 마라, 얘야. 넌 항상 그래. 네가 아닌, 한 번도 되어본 적 없는 사람인 척하는 거 말이다. 넌 한 번도 그런 책을 읽은 적이 없어. 뭔지 모를 것들을 얘기하는 모양새를 보면 다들 네가 대학을 나왔다고 생각하겠어.

핸웰: (슬프게) 우린 그래머스쿨*의 교복을 살 돈이 없었어요. 나는 중학교 입학시험을 통과했지만 형편이 안 됐죠.

핸웰 시니어: (눈물이 나도록 웃으며) 또 그 케케묵은 이야기나? 이런, 이런. 그 얘긴 너무 오래됐잖니? 난 차라리 까놓고 말할 거야. 만사가 잘 흘러가도록 말이야. 너 좋을 대로 해, 핸웰, 정말로.

핸웰: (노래하며) 나는 밤색 말을 배에 태웠어…… 삽으로 배를 저었지…… 그날 내 사랑에게 준 장미 한 송이.

핸웰 시니어: 너, 여려졌구나.

"이거 누구 자전거야?"

핸웰은 일어나 앉아, 특별히 놀라지는 않았지만 약간 소심하게 인사를 나누었다. 그리고 튀김기에서 처음 나온 감자튀김을 먹겠느냐는 제안을 받아들였다.

"요 어딘가에 접이식 탁자가 있어……"

* 영국의 7년제 중등학교.

핸웰은 자질구레한 집기와 밴 뒤쪽에 쌓인 허름한 가구들이랑 씨름하는 핸웰 시니어를 지켜보았다. 술로 장식된 갓이 달린 키 큰 램프와 코트 걸이가 서로 몸을 기댄 채 핸웰가의 문장처럼 누워 있었다. 그를 위해 물건들을 깨끗하게 관리했을지 모를 구급차 운전기사 번티는 지난해에 죽었고, 그녀의 돈으로 이 작은 사업체를 산 것이었다. 어쩌면 그녀는 채소 요리도 만들어주고 그의 음주도 감시했을 것이다. 끔찍할 정도로 부푼 살이 굳건히 자리잡고, 코와 두 뺨 아래의 혈관이 터져서 퍼지고, 오렌지색 구레나룻이 흰머리와 뒤섞여 제멋대로 자란 건 최근의 일일지도 몰랐다. 충격이었다. 역사적으로, 핸웰 시니어는 핸웰보다 신체적으로 우월했다. 내 등에 앉아봐요. 어서, 앉아보라니까! 난 끄떡없다고! 대개 여자에게 그렇게 말했고, 그래서 여자가 부처처럼 자리를 잡고 앉으면 그는 한 번 또는 두 번, 때로는 다섯 번까지 팔굽혀펴기를 하곤 했다. 이제 그는 돌아서서, 작은 탁자를 거꾸로 들어 거대한 배로 받치고 있었다. 무엇보다도 그 물렁한 배가 여자들에게 버림받은 남자라는 사실을 말해주고 있었다.

"다 됐다." 그의 살찐 엉덩이가 탁자 위를 눌렀고, 주철로 된 탁자 다리는 잔디 속에 파묻혔다. "음식을 서서 먹는 건 말도 안 되지."

그는 작은 의자를 두 개 가져왔고 핸웰은 하나를 건네받아 앉았다. 한동안 핸웰 시니어는 뜨거운 기름 앞에서 바삐 움직이며 자신의 외아들이 먹기에 적당하지 않은 감자가 튀김기에 들어가지 않도록 골라냄으로써, 함께 앉는 게 내키지 않는 자신의 마음을 꽤 자연스럽게 드러냈다. 요란한 튀기기가 끝났을 때, 핸웰은 아버지가 자신을 쳐다보지 못한다는 명백한 사실을 깨달았다. 그들은 녹지 너머의 초원을 계속 바라봤다. 핸웰 시니어는 자신의 신념을 접고 결국 밴에 기대어 서서 땅에 젖은 고깔 모양 신문지를 든 채 감자튀김을 하나하나 오랫동안 씹었다. 그는 핸웰이 말을 하면 핸웰의 건너편을 쳐다보았지만 절대 핸웰을 똑바로 보는 법은 없었다.

그날의 대화에 대해 핸웰은 거의 아무것도 기억하지 못했다. 그전에 꿈에서 둘이 나눈 대화만큼이나 비현실적이라 생각했기 때문이다. 가망은 없어 보이지만 내심 고대했던 고백(그게 말이지, 아들아…… 사실 난 정말 후회하고 있단다……)을 들으려고 핸웰이 애쓰는 동안, 현실적이고 굵은 공기의 물결 속에서 핸웰 시니어는 땀을 흘리며 수에즈 사업과 아라비아 놈들과 세상의 다른 일들에 대해 장황하게 이야기했다. 가장 비정치적인 남자, 자신이 매일 보고 대화하고 먹이고 씻기고 또는 사랑을 나누는 사람들이 세상 그 자체이자 세상을 구성하는 전부인 남자 핸웰로서는 이해할 수 없는 이야기였다. 마침내 화제가 핸웰의 주변 사람들, 핸웰의 아내와 딸들에게로 넘어갔다. 핸웰은 쭈뼛거리며 현재 자신이 처한 어려움을 설명하면서, 의사가 사용했던 신중하고 젠체하는 표현들을 활용했다('정신적 동요'와 '히스테리 성향'). 핸웰 시니어는 뒷주머니에서 손수건을 꺼내 뒷목의 때를 닦았다. 핸웰은 즉각 알아차렸다. 어딘가 고장난 여자와 결혼하는 것이 핸웰가의 전형적인 성향이라고 아버지가 생각한다는 사실과, 부둣가에서 치켜올려졌을 때 웃지 않고 울먹인 어린 자신을 향해 아버지가 드러냈던 것과 거의 똑같은 냉소적 혐오를 그가 지금도 느꼈다는 사실을.

"글쎄, 내 생각은 이렇다." 제대로 된 것을 선택하고 세상의 이치를 아는 데 부족한 핸웰의 능력을 논하는 강의를 마치며 그는 말했다. 그런 다음 '여자'라는 더 일반적인 주제로 넘어갔다. 적어도 핸웰의 문제가 핸웰 혼자만의 잘못은 아닐 거라는 양해를 가능하게 하는 주제였다. "여자들은 역사를 다시 써. 남자가 자기 자신이 되도록 내버려두질 못하지. 네가 누구인지가 아니라 네가 무엇이 될 것인지, 무엇이 되어야 하는지, 무엇이 될 수 있을지만 말해야 해. 여자들이 그 모든 것에 대가로 제공하는 건 그들이 생각하는 반만큼도 좋지 않아. 내 경험으로는 분명 그랬다. 하지만 어쩌면 너는 더 나았을 수도 있어. 신은 아시지, 요즘 여자들은 내가 젊었을 때보다 훨씬 예쁘단 말이야……"

그들이 앉은 자리와 이십 미터 정도 떨어진 곳에서 여름 원피스를 입은 젊은 여자 둘이 서로 도와가며 물구나무를 서고 있었다. 핸웰 시니어는 팔꿈치로 핸웰의 배를 슬쩍 찔렀고, 핸웰은 그 동작에서 어머니에 대한 암묵적인 모욕을 강렬하게 느꼈다. 어머니는 여전히 살아 있고, 여전히 이마쪽 머리에—이제는 하얗게 센—플래퍼웨이브를 했으며, 똑같이 무거운 종 모양 펠트 모자와 완벽하게 테가 둥글고 두꺼운 '해럴드 로이드' 안경을 썼다. 그는 아무 말도 하지 않았다. 그가 감자튀김을 먹는 동안 금발머리에 연약해 보이는 여자는 갈색머리 여자의 사랑스럽고 굵은 두 발목이 도착할 것에 대비하며 몸을 긴장시켰다. 십 년 전 그들에게는 불가능했을 정도로 영양상태가 좋은 여자였다. 갈색머리 여자의 몸이 너무 무리하는 바람에 그녀의 가슴이 노란색 면 원피스에 착 달라붙으며 다리가 뒤로 넘어갔고, 빳빳한 속치마가 금발머리 친구의 좁은 두 어깨를 덮었다. 두 핸웰은 두 여자가 웃으며 같이 부들부들 떨다가 결국 쓰러져 풀밭 위의 사람 더미가 되는 모습을 바라보았다. 곧 핸웰 시니어는 빈 종이원뿔 두 개를 모아 손으로 그것들을 흠뻑 젖은 공처럼 찌그러뜨리고, 차를 마시는 시간이라 사람들이 주전부리를 원할 거라며 셔터를 올려야겠다고 말했다. 핸웰은 다시는 그를 보지 않았다.

1986년의 어느 날, 이제는 기록보관소만이 기억할 그날, 핸웰이 주방에서 요리를 하고 있을 때 전화벨이 울렸다. 그는 직접 만든 반죽으로 자신의 두번째 가족의 어린아이들을 위해 피자를 만들고 있었다. 토핑은 묽고 싱겁고 신선한 토마토소스에 올린 앤초비와 블랙 올리브였다. 어찌나 알싸하고 맛있는지 숟갈로 떠먹고 크러스트는 다 버려도 좋을 피자였다. 나만 그랬을 수도 있다. 나는 내 감정을 지나치게 일반화해 적용한다.

"네, 알겠습니다. 감사합니다…… 알려주셔서 고맙습니다." 핸웰은 평소보다 좀더 고상한 목소리로 말했다. 그는 전화기를 내려놓고 방을 나갔다. 피자가 완성되자 다시 들어왔는데, 창백했지만 침착했다. 그는 자신의 아버지가 죽었다고 말했다. 우리—어머니, 오빠, 나—로 하여금 한순간 사람 한 명을 창조하고 다음 순간 그를 죽여 없애라고 요구하는 말이었다. 핸웰은 우리에게 마음의 준비를 할 어떤 말도 하지 않았다. 그는 아버지의 죽음이 임박했음을 몇 주 전부터 알고 있었지만 가보지 않았다. 이십 년 후, 핸웰의 아들은 핸웰이 세상을 떠날 때 그에게 가지 않을 것이다. 나는 일할 때 종종 "나는 패턴을 믿지 않아"라는 말을 한다. 핀 위의 나비는 자신이 얼마나 예쁜 광경을 만들어내는지 전혀 모른다.

"그는 한 번도 정착하지 않았어." 핸웰이 말했다. "그리고 이제 그는 길 끝에 다다랐어." 보르헤스가 즐겨 사용했을 법한 기묘한 메타포였다. 우리는 브라이튼 부두를 생각하며 그것을 문자 그대로 해석했다. 우리에게 브라이튼은 핸웰의 영역이자 핸웰가 사람들이 일반적으로 죽는 장소였다. 어렸을 때 나는 꿈을—한 번도 잊은 적이 없다!—꾸었다. 유대인들이 죽은 자 위에 돌을 얹듯 차갑고 납작한 브라이튼의 자갈들이 내 몸을 덮었다. 내가 완전히 묻힐 때까지, 아무것도 모르는 가족들이 내 위로 소풍을 올 때까지 내 시체 위로 자갈이 쌓이고 또 쌓였다. 나는 이제 브라이튼의 암반이 되었으므로. (내 꿈속 논리에 따르면) 핸웰들이 잉글랜드에 존재했던 때부터 그랬던 것처럼. 영국에는 늘 핸웰들이 있었다. 그러나 나는 여자 핸웰이고, 결혼하면서 이름을 잃었다.

A. L. 케네디

프랭크

Soleil | Judge | Frank
Gideon | Gladys
Parks-Schultz
Hanwell Snr | Nigora
ROY SPIVEY | Cindy | Lélé
Stubenstock
Judith Castle
RHODA
PUPPY | Magda Mandela | Theo Perkus
THE | Donal Webster
MONSTER | JORDAN Tooth
THE LIAR | WELLINGTON
Newton Wicks | LINT | Gordon
Justin M. Damiano
J. Johnson

극장은 작았다. 깜깜한 벽과 어두컴컴한 출입구로부터 열두 줄 아래는 텅 빈 스크린이다. 스크린은 그를 빤히 쳐다보기 시작했다. 매달려 있는 결핍 같았다. 이렇게 작은 곳에서 어떻게 돈을 벌까? 매진된다고 해도 무슨 수로?

더욱이 매진도 아니었다. 오히려 그 반대였다. 사실 이곳에 다른 사람은 아무도 없었다. 문 쪽에 있던 소년은 오직 그를 위해 불을 켜야 했다. 낙담한 프랭크는 혼자서 영화를 보겠다고 고집부리지 말걸 그랬다고, 발코니와 아마도 도금한 쇠시리가 있을, 더 극장 같고 전문적일 위층의 큰 상영관으로 가는 게 나을 뻔했다고 생각했다. 그곳에서는 삼십 분 뒤에 코미디 영화가 상영될 예정이었다.

아니면 차를 몰아 복합상영관으로 갈걸 그랬다. 그가 해안을 돌아서 오던 길의 마지막 번화가에 복합상영관이 하나 있었다. 거대한 유리와 금속으로 이뤄진 고층건물은 마치 공항의 일부처럼 보였다. 그곳에는 관람객들이, 남아돌 만큼의 관람객들이 있을 것이다.

하지만 이것은 추측일 뿐 복합상영관도 비었을지 모른다. 바, 즉 석식품을 파는 매점, 화장실, 통로까지 어쩌면 모두 텅 비어 있을지도. 프랭크는 자신이 그러기를 바라는 것 같은 기분이 들었다.

표를 찢고 남은 부분을 받아든 뒤 출입구를 통과할 때 그는 아무 말도 하지 않았다. 사과하지도 불안함을 내비치지도 않았다. 그저 꽤 상냥해 보이는 어둠 속으로 발을 들여놓았다. 더 젊은 남자는 그를 어둠 속에 남겨놓고 가버렸다.

의자 네 개를 지나가면 통로가 나왔고 다시 네 개를 지나가면 끝이었다. 상영관은 그의 거실보다도 별로 넓지 않았다. 그곳은 프랭크에게 버스 한 대를, 미지의 장소로 미끄러져가는 넓적하고 느릿느릿한 차 한 대를 생각나게 했다.

그는 곧바로 좌석을 고르지 않고 고독을 즐기며 잠시 돌아다녔다. 온 극장이 그의 것이라니, 마치 어린아이가 상상하고 즐거워할 만한 일이었다. 그는 나중에 다른 사람이 나타나지 않는다면 여기저기 옮겨다니고, 조금쯤 난동을 부리고, 누구라도 전화를 걸어오면 받을 수 있도록 전화기를 켜두겠다고 생각했다.

그때 뒤쪽에서 투덜거리는 남자들의 대화, 추위에 대한 모호한 불평에 이어 한바탕 웃음소리, 그리고 발소리가 들렸다. 묵직한 발소리가 다가오고 더 부드러운 종류의 슥슥 움직이는 소리가 나더니 침묵 속으로 사라졌다. 프랭크는 '더 부드러운 발소리'가 문 쪽에 있던 아이라고 확신할 수 있었다. 흐트러진 자세와 제멋대로 닳은 더러운 컨버스 올스타 운동화—무관심한 가정과 흐트러진 환경의 산물. 소년은 다시 한번 소리 없이 가까이 왔다가 로비로 되돌아나간 듯했다. 소리로 판단하자면 그랬지만 물론 확신할 수는 없었다.

적어도 한 사람은 여전히 그곳에서, 여전히 어슬렁거렸고, 이 사실은 잠시 그를 불안하게 만들 지경이었다. 극장 안에 혼자 있는 프랭크, 그것은 괜찮았다. 극장 안의 수많은 사람들 속에 혼자 있는 것, 그것도 괜찮았다. 하지만 자신과 등뒤에 낯선 이가 한두 명만 있는 상태에서 불이 꺼지고 사운드트랙에 다른 모든 소리가 묻히는 것, 그건 좋지 않을 수 있다. 바보 같은 생각이지만 그는 그렇게 생각했다.

잠시 동안은.

그후 그는 자신이 느끼는 짜증에 집중했다. 그의 적절한 프라이버시가 깨졌기 때문이다. 방금까지 그것은 아주 멀리, 검은 벽까지 뻗어나갔었다. 가만히 쳐다보니 벽들은 서서히 녹아내려 검정색 카펫 속으로 사라졌고, 플러시 천을 씌운 의자들의 칙칙한 붉은 빛, 자신의 피부와 움직임, 초조한 삶에 대한 감각으로 방황하는 사람만 남았다.

하지만 괜찮았다. 다가온 이는 아무도 없었다. 프랭크가 추측하기에, 묵직한 발소리는 멀어지더니 좀더 심사숙고한 또 한바탕의 웃음과 함께 영사실 속에 갇혔다. 그후 규칙적으로 덜거덕거리는 소리가 나기 시작했고 프랭크는 이것이 릴 끝에서 헐거운 필름이 내는 소리일 거라 생각했지만, 어째서 그것이 계속해서 덜거덕대기만 하는지는 알 수 없었다.

덜거덕 소리가 계속되는 동안 그는 기다렸다. 그의 두 발과 손가락들이 차가워지기 시작했다. 한 명의 손님은 난방을 누릴 자격이 없는 모양이었다. 그에게 정말로 그것이 필요하다고 해도 말이다. 필요하다고 해서 곧 얻을 수 있는 것은 아니었다. 천장 근처의 작은 통풍구들이 가끔씩 숨을 쉬며 속삭였다. 통풍구를 건드리는 바깥의 바람 때문일 것이다. 밤은 벌써 저 밖에서 으르렁거리며 악화되기 시작했다. 굵어진 빗줄기가 도로, 그리고 밤의 근저에 있는, 치아와 생각을 괴롭히는 쓰라림 위를 경중경중 뛰어다녔다. 그의 정강이에서 온기가 빠져나갔다. 바지는 흠뻑 젖었고 그가 몸을 쑤셔넣은 코트는 바지보다 아주 약간 덜 축축했을 뿐이었다.

프랭크는 모자를 썼다.

고정되지 않은 필름이 덜거덕거리는 소리가 계속 이어졌다. 낄낄대는 웃음소리와 뒤이은 기침소리도 들리는 듯했다. 프랭크는 모자 때문에 아주 조금 따뜻해진 느낌이 드는 머리에 집중했다. 좋은 모자였다. 제대로 된 트위드 천으로 만든 고급 플랫 캡. 남자에게는 모자가 있어야 한다는 것이 그의 생각이다. 일정한 나이가 지난 남자에게 모자란 자신에게 어울리며 무게를 실어주고 얼굴을 돋보이게 하는 부가물이다. 트레이드마크라고까지 할 수 있다. 사람들은 그의 모자가 의자 뒤나 코트걸이에 걸려 있거나 책상 모서리에 놓여 있는 것을 보고 무의식적으로 생각할 것이다. 프랭크가 왔나보군. 저건 그의 모자야. 프랭크의 오래된 친숙한 모자. 시간이 흘러 작은 감정적 전이가 일어나면서 그를 좋아하는 사람들은 그의 모자 역시 좋아하게 될 것이며, 모자를 통해 무언가를, 그의 분위기와 스타일에 대한 감각을 보게 될 것이다. 그리고 그들은 기뻐할 것이다.

프랭크 자신의 전이는 대부분 부정적인 것이었다. 예를 들어, 그는 자신의 여행가방을 매우 혐오했다. 오늘 저녁 여행가방은 낯선 집에 있는 경비견처럼 그의 호텔방 안 침대 옆에서 웅크린 채로 기다릴 것이다. 여행가방은 그가 어디에서 자든지 잘 꾸려진 채 늘 그의 침대 옆에 있었다. 그가 자신의 시간으로 그것을 채워 떠나야 할 때를 위해, 그가 옮겨지고 온갖 장애물 위로 들어올려지기를 바라는 방식으로 그것을 운반할 때를 위해.

자신만을 위해 그 가방을 쓰게 되리라는 생각은 꿈에도 하지 않았다. 모두에게서 자신의 날들을 훔쳐 달아나게 되리라는 생각은 꿈에도 하지 않았다.

그의 잘못이 아니다. 그는 이렇게 되기를 원하지 않았다. 그녀가 그의 등을 떠밀었다.

그는 주방에서 수프를 만들고 있었다. 그는 금요일마다 자신과 그녀 모두를 위해 푸짐한 야채수프를 끓였다. 콩, 잎채소, 감자, 셀러리, 렌틸콩, 토마토, 파스타 약간, 제철 채소, 그가 구할 수 있는 최상의 것들로. 수프는 매주 조금씩 달랐다. 양배추를 덜 넣거나, 버터넛스쿼시를 약간 첨가하거나, 타마린드 페이스트의 양을 늘렸다. 그러나 메뉴는 언제나 수프였다. 집에 있는 금요일 저녁이면 그는 요리를 했다. 그녀를 위해서. 그는 마음속으로 그것이 하나의 공물이라고 생각했다. 내가 여기 있어. 이건 내가 주는 거야. 나에 대한 증거이자 믿을 수 있는 사랑의 징표로 말이야. 어쩌면 그녀는 와인을 따고, 그가 칼질하는 모습을 바라볼 것이다. 그가 편안한 리듬으로 칼을 움직이고, 양파와 마늘은 열을 받아 부드러워지고, 온 집안에서 가정적이고 위안을 주는 냄새가 나기 시작할 것이다. 그런 다음 그는 그녀에게 미소를 짓고, 껍질을 벗겨 잘게 썬 재료들을 팬에 넣은 뒤 질 좋은 육수를 부을 것이다.

그는 바라볼 사람 없이, 칼질을 하며 부엌에 있었다. 그는 날카롭고 균형이 잘 잡혀 있으며 단단하고 쓰기 편한 프랑스제 칼들을 가지고 있었다. 그녀의 귀가가 늦어져서 혼자 요리를 시작했다. 칼날이 미끄러졌다. 호박을 썰 때는 조심해야 한다. 호박은 단단해서 언제든 손이 미끄러지며 사고가 날 수 있다. 그러나 그는 주의를 기울이지 않았고, 합당한 대가를 치렀다.

그는 주방에 혼자 있었다. 우습게도 상처를 보기 전까지는 고통을 느끼지 못했다. 왼손 약지 첫마디뼈가 거의 드러날 만큼 깊은 자상. 피.

그는 주방에 있었고, 손을 들어올려 찬찬히 피를 살펴보았다. 피는 금세 흘러내려 그의 손목에 모이더니 돌로 된 타일 바닥으로 떨어지며, 느린 속도와 수직하강의 산물인 크고 대칭적인 원형 핏방울들을 남겼다. 너울거리는 불꽃 같은, 반짝이는 가느다란 선들이 각각의 핏방울을 후광처럼 둘러쌌다. 타일 바닥은 꽤 매끄러웠음에도 그의 체액이 가느다란 액체 돌기들을 내밀도록 교란시켰다. 유리라면 더 좋았을 것이다. 그가 자신의 손가락을 유리 위로 가까이 가져간다면 완벽한 작은 원들이 생길지도 모른다. 그를 떠난 피는 당연히 둥근 형태를 이루고, 충격을 받은 각 핏방울의 너비는 그 구의 지름과 일치한다. 그건 확실했다.

그는 피와 함께 주방에 있었다. 그는 핏방울들이 두 발에 집중적으로 떨어지도록 놓아두었다. 핏방울들이 모이고 뛰어 점점 더 복잡한 형태를 이루면서 심각한 출혈처럼 느껴지기 시작했다. 일 밀리리터에 이십 방울 정도, 그리고 아주 심하게는 아니지만 상처를 입은 채 싸우지도 도망가지도 않고 서 있는 누군가의 이야기를 들려주고 있었다.

그는 주방에 있었고, 프랑스식 창문까지 자신의 흔적으로 길을 냈다. 굽도리에 있는 콘센트의 작은 플라스틱 덮개가 조그만 얼룩들로 뒤덮였다. 어린아이가 손가락을 넣지 못하도록 하는 흰색 장치였다. 물론 그런 덮개가 있어야 할 이유는 없었다. 그들의 집에는 필요하지 않았다. 그들이 상상할 수 없는 위험, 불가능한 위험에 대한 보호장치가.

그는 주방에서 유리에 비친 상에 피로 표시를 했다. 이어 몇 밀리리터쯤 흐르도록 가만히 있다가 팔을 공중에 들어 이리저리 휘둘렀다. 핏방울들은 미끄러져 내려가다가 운동과 방향, 중력에 의해 왜곡된 채로 말라붙고, 피는 문들의 검은 유리에 부딪쳐 끊긴 곡선들을 그렸다. 그는 주먹을 쥐었다가 손을 오목하게 오므려 흐르는 피를 조금 받았다. 그러고는 자신의 유령 같은 얼굴과 바깥의 밤의 정원, 바람에 흔들리는 겹겹의 흐릿한 관목들과 피보다 가늘고 덜 흥미로운, 흩어지는 가랑비에 그 피를 털어버렸다. 어깨 너머로, 팔 밑으로 털어냈으며 손의 상처가 걱정스럽게 느껴질 때까지 손목에서 쾌감을 느끼려 애썼다. 이어 그는 주먹으로 온 이마를 축축하게 문지른 후 다른 손바닥으로 그 주먹을 살며시 쥐었다. 그러는 동안 그의 생리작용은 예측 가능한 방식으로 작용하여, 빨라진 심박수가 그의 피를 내뿜고 육체의 증거를 축적했다. 이 피를 읽어라. 그러면 아마도 올라갔다가 떨어지는 칼날을, 또는 희생자와 공격자의 충돌을 보게 될 것이다. 타격과 공포와 분노, 충격을.

그는 주방에 있었고, 그녀가 들어왔다. 그녀가 현관문을 여는 소리도, 그녀가 가방을 떨어뜨리고 코트를 벗고 복도를 따라 걷다가 멈춰서는, 평소와 다름없는 작은 소음들의 조합도 전혀 듣지 못했다. 그는 목소리를 듣고서야 그녀가 온 것을 알았다.

"맙소사, 프랭크. 뭐하는 거야? 대체 무슨 짓이야?"

그는 그녀를 향해 몸을 돌려 미소를 지었다. 그녀를 봐서 기뻤다. "미안해, 수프가 아직 안 됐어. 아마……" 그는 시계를 힐끔 본 뒤 계산했다. 그래야 그녀가 시간을 어떻게 보낼지 생각할 수 있을 테니까. 그녀는 식사를 하기 전에 목욕을 하고 싶어할 수도 있었다. "아홉시쯤이면 될 거야. 마실 것 좀 줄까?" 그는 집중을 방해하는, 오른쪽 눈썹 근처의 물기를 느꼈다.

"대체 무슨 짓이냐고."

그는 다시 미소를 지었다. 그것은 몇 초 전에는 그가 슬퍼 보였을지도 모른다는 뜻이었다. "알아. 하지만 아홉시가 그렇게 늦은 시간은 아니잖아." 그는 사과하고 그녀의 기분이 어떤지 알아내야 했다. 그래야 그들의 저녁시간이 잘 흘러가는 데 도움이 될 것이다. 사람들에게 신경쓰는 시간은 결코 헛되지 않다. "배가 많이 고프지 않다면 말이야. 배 많이 고파?" 그녀의 머리카락은 헝클어져 있었고, 아마 축축했을 것이다. 차에서 내려 현관까지 오는 사이에 갑자기 나빠진 날씨가 그녀의 머리카락을 흩뜨린 것이다. 그녀의 안색은 평소보다 창백했지만 두 뺨은 추운 듯 강렬한 색이었다. 정장은 초콜릿색, 블라우스는 금속성의 파란색이었는데, 그에게 언제나 낯설지만 매우 사랑스럽게 느껴지는 조합이었다. "당신 피곤해 보여." 정장은 꼭 맞았다. 그의 두 손이 향하고 싶어하는 곳에 그녀의 실루엣이 있었다. "목욕하고 싶어? 시간이 있을 거야. 일단 준비만 다 되면 망칠 일은 없으니까." 그녀의 몸매는 변하지 않았다. 어쩌면 그들이 처음 만났을 때보다 더 늘씬하고 빛이 나는 것 같았다. "유기농 큰뿌리 셀러리를 좀 샀어. 운이 좋았지." 그는 웬일인지 숨이 약간 가쁘고 두 팔이 무거운 것 같았다.

"내가 누굴 데려왔으면 어쩔 뻔 했어. 사람들이…… 당신을 보면 어떡하려고."

"난……" 손가락이 지금 자신을 정말로 비통하게 만들고 있다는 사실을 떠올린 것은 바로 이때였다. 말할 수 없이 고통스러웠다. 그는 혼란스러웠다. "난 당신이 누굴 데려올 거라는 생각은 못했어."

어느 순간 그녀는 그가 싱크대 옆에 두고 키우던 작은 백리향 화분을 들어올려 그의 머리를 향해 집어던졌다. 그는 머리를 젖히며 피했으므로 화분은 뒤쪽 벽에 부딪혀 부서졌고, 이어 타일 바닥으로 떨어져 한 번 더 부서졌다. 토탄과 갈색 도자기 파편이 생각보다 넓게 흩어졌고, 백리향은 고통을 표현하듯 흙덩어리 틈으로 뿌리를 보이며 그의 발치에 떨어졌다. 하지만 백리향은 강인한 식물이다. 그는 백리향이 결국 고난을 극복하고 살아남을 거라고 생각했다.

"괜찮아. 내가 치울게." 프랭크는 빗자루와 쓰레받기가 베란다에 있는지 계단 밑 수납장에 있는지 기억나지 않았다. "괜찮을 거야." 그는 그것들을 어디서 마지막으로 보았는지 생각해낼 수 없었다.

"괜찮지 않아. 잘되지 않을 거라고." 그녀는 그를 향해 걸어왔다. 때때로 그의 흔적을 밟으며, 구두에 그의 핏자국을 묻히며. 그러기를 반복하며 마침내 충분히 가까이 온 그녀는 오른손을 들어올려―그녀는 오른손잡이가 아니었다―그의 이마를, 왼뺨을, 입술을 문질렀다. 그의 피가 그녀의 손가락에 묻었다는 뜻이었고, 프랭크는 부드럽게 그 사실을 알아차렸다. 그가 여행이나 일터에서 막 돌아왔을 때 그녀가 두 눈을 바라보며 그러듯이 그의 눈을 사로잡는 동안 말이다. 이것은 그녀가 그를 들여다보는 방식이었다. 그의 마음을 확인하며 그가 여전히 예전의 그 남자인지 확신하는 듯한.

그렇게 처다본 후 그녀는 그를 철썩 때렸다. 세게. 그의 턱 양쪽을. "괜찮지 않아." 그러고는 부엌을 나가 위층으로 갔다. 그는 심란해 따라가지 않았다. 머리를 흔들자 치아에서 금속 맛이 났다. 자신이 더이상 예전의 그 남자가 아니라는 사실을 받아들여야 할지도 모른다는 느낌이 들었다.

그가 예전에 특별한 사람이었다는 뜻은 아니다.

그리고 오늘 저녁 그는 한층 더 별 볼 일 없는 사람이 된 것 같았다. 극장 안에 아무리 앉아 있어도 영화를 볼 수 없는 남자.

덜거덕 소리가 멈추더니 영사실이 조용해졌다. 조금 전에 몇 번쯤 알 수 없는 탁 하는 소리가 난 뒤, 고요함과 주시당하고 있다는 느낌이 남았다. 프랭크는 영사기사가 영화를 준비하지 않기로 마음먹고, 프랭크가 포기하고 가버리기를 기다릴 거라고 거의 확신했다.

하지만 그런 일은 없을 것이다. 프랭크는 그가 원해서 값을 치른 것을 얻을 것이다. 머리 위에서, 증폭된 사운드의 묵직한 웅웅거림이 천장에서 새어나오고 있었다. 다른 영화가 시작된 듯했다. 그러나 그는 위층에도 영화를 보는 사람이 아무도 없을 거라는 의심이 들었다. 로비에서 사람 소리라고는 전혀 듣지 못했기에.

삼십 분이 지났다. 그 코미디 영화가 시작했다는 것은 그가 이곳에 삼십 분 동안 갇혀 있었다는 뜻이다.

그는 모자를 벗어 다시 썼다.

삼십 분을 기다리도록 내버려두는 것은 무례하고 짜증스러운 일이었다. 조금이라도 시간이 더 지체되면 화를 내며 불쾌감을 표출해도 무방하리라.

그는 기침을 했다. 한 발을 앞쪽 의자의 등받이에 올리고 나머지 발도 올린 다음 다리를 꼬았다. 양 어깨를 의자 깊숙이 파묻었다. 자신이 완전히 자리를 잡았고, 서두르지 않으며, 기꺼이 모든 일에 필요한 시간을 주겠다는 의사를 표시하는 행위였다. 그다음 단계에는 갈등, 화, 예측하기 어렵고 불쾌한 변수들이 포함될 것이다.

그제야 모터가 윙 하는 소리를 내며 돌아갔고, 조명은 더욱 어두워지더니 완전히 꺼졌다. 화면이 작동되고, 건너뛰고, 흐릿한 인증서가 뜨고 이리저리 움직인 뒤, 초점이 제대로 맞춰지고 그의 영화, 그가 선택한 오락거리의 제목이 나타났다. 로고 하나가 조용히 떠올라 제 모습을 보여준 다음 다른 로고와 또다른 로고로 바뀌었다. 풍경이 고요하게 나타나 제 모습을 보여주었다. 자연 그대로인 듯한 갈색 잎 무더기들, 이른 새벽 나무 사이의 옅은 안개 가닥들. 꽤 매력적이었다. 조용히 화면이 바뀌고 한 남자의 얼굴이 나왔다. 수십 년 전 매력적이고 인기 있던 배우로, 요즘은 집사나 늙은 범죄자, 할아버지, 삼촌 역할을 주로 했다. 그는 조용히 어린 소녀를 보았고, 조용히 입술을 움직였으나 말을 하지 못했다. 그는 소녀에게 충고를 하려는 것 같았다. 뭔지 모르지만 중요한, 아마도 인생을 구원할 수도 있을 충고. 그러나 그는 목소리가 나오지 않았다.

영화는 소리가 없었다. 프랭크는 지금까지 그것이 예술적 효과라고 생각했지만 사실은 실수였다. 아마도 고의적인 실수일 것이다.

그는 계속 지켜보았다. 외국에서 가끔 영화를 보러 갔을 때, 그는 그럭저럭 줄거리를 이해했다. 그런 식으로 혼자서 즐겁게 시간을 보낼 수 있었다.

하지만 이것은 복잡한 예술 영화였다. 무슨 생각을 하는지 거의 알 수 없는 인물들이 침착하게 아주 많은 이야기를 나누는 것 같았다. 여자아이가 사라지자 그는 뭐가 뭔지 알 수 없게 되었다.

그래서 그는 일어났다. 의자 시트가 작은 소리를 내며 접혔다. 그는 보이지 않는 바닥의 경사면을 따라, 보이지 않는 벽과 그곳에 숨어 있는 문을 향해 성큼성큼 걸었다.

밖으로 가보니 영사실에는 분명하게 명패가 붙어 있었고, 그것이 아니더라도 살짝 열린 문 때문에 아주 쉽게 찾을 수 있었다. 그곳에 사람은 없었고 영사기 혼자 그르렁거리고 있었다. 강렬한 빛줄기가 작은 유리창을 넘어 뻗어나가 극장을 가로질러 스크린에 펼쳐지며 약해졌다. 그것은 언제나 아주 뚜렷하게 보였다. 저 흔들리는 한 줄기의 빛. 잠시 프랭크는 빛을 저렇게 그림 같은 상태로 유지하려면 영사기사가 연기를 피우거나 가루를 흩날리거나 증기를 발생시켜야 하는 건 아닐까 생각했다.

로비에는 지저분한 신발을 신은 소년이 졸린 표정으로 기둥에 기대어 있었다.

"소리가 안 나와요."

"뭐라고요?"

"소리가 안 나온다고요."

소년은 다시 한번 뭐라고요라고 말하려다 프랭크의 표정을 보고 입을 다문 것 같았다.

"소리가 안 나온다고 했어요." 프랭크는 화를 내지도 뭔가를 하려고 하지도 않았다. 단지 생각했다. 누구도 도울 수 없고, 뭘 묻는다고 해도 그것은 중요하지 않아. 누구도 도울 수 없고 나는 그 이유를 모르니까. 그는 다시 말했다. "아무 소리도 안 들려요. 일반적으로 나는 들을 수 있어요. 그런데 지금은 들을 수 없네요. 영화 소리 말입니다. 다른 건 다 들리는데 영화 소리만 안 들려요. 그러니 내가 아니라 영화에 문제가 있는 것 같네요."

소년은 그를 빤히 쳐다보았지만 신체적으로 강해 보이거나 섣불리 움직일 것 같지는 않았다.

프랭크는 자신이 침착한 상태이며 위험에 처한 것이 아니라고 생각했다. 그는 계속해서 자신의 의견을 피력했다. "영화에 문제가 있어요. 영화는 나오는데 소리가 들리지 않는다고요." 그리고 지금껏 그가 무엇을 했는지 설명하기 위해 덧붙였다. "방금 전에 영화가 시작되었는데, 소리가 나지 않았어요." 이 말은 그를 바보처럼 보이게 할 수도 있었다. 정상적인 사람이 춥고 어두운 극장 안에서 삼십 분 넘게 영화가 시작되기를 기다리겠는가?

"소리가 안 나와요?" 소년의 말투는 프랭크가 까다롭고 비합리적이라고 말하는 것 같았다.

프랭크는 까다롭고 비합리적인 사람이 되고 싶다고 생각했다. 그가 예전의 자신이 아니라면, 마땅히 어떤 사람이 되고 싶은지 선택할 수 있어야 하지 않겠는가. "소리가 안 나옵니다." 프랭크는 마른침을 삼켰다. "어떻게 좀 해주시죠."

이것은 긴박한 상황이 아니었다. 그는 긴박한 상황일지도 모른다고 생각했지만, 아니었다. 그의 잠재적 적수는 그저 어깨를 으쓱하고는 말했다. "가서 영사기사를 찾아볼게요."

"그래요, 그래야지요." 프랭크는 덧붙였지만 필요 없는 말이었다. 소년은 이미 돌아서서 로비에 깔린 카펫 위로 발을 질질 끌며 가버렸기 때문이다.

이제 무슨 조치가 취해질 것이다.

프랭크는 의자들로 이루어진 작은 섬 위에 앉았다. 의심의 여지 없이 짧은 기다림을 위한 곳이다. 다른 이들이 오기를 기다리는 사람들, 모여드는 일행, 나들이, 가족, 큰 그림과 큰 소리와 안전하고 즐거운 어둠을 기다리며 잔뜩 흥분한 아이들. 더 큰 상영관으로 들어가는 문은 열려 있어서 스크린의 일부가, 여배우의 거대한 턱과 입이 보였다. 일부 좌석에는 다른 사람들, 관람객들도 있었다.

또는 관람객 모형일 수도 있겠지만 그럴 가능성은 적었다. 그들은 분명 살금살금 기어들어갔을 것이다. 아니면 그가 오기 훨씬 전에 도착했을 것이다. 어느 쪽이든 그는 그들이 오는 소리를 듣지 못했고 그들이 저기 있을 것이라고 예상하지도 못했다.

이건 놀라운 일이었다. 프랭크는 자신의 기민함과 관찰력을 자랑스러워했기에 그들이 그토록 완벽하게 그를 따돌렸다고 생각하고 싶지 않았다. 개인적으로는 걱정스러운 정도의 일이지만 직업에는 재앙과 같은 사태일 것이다. 물론 당시에 그는 일을 쉬고 있었다. 그에게 쉬라고 말했던 모든 사람들은 상황을 잘 알았고 좋은 의도로 말한 것이었다. 그에게는 휴식이 필요했다. 하지만 언젠가 그는 돌아갈 것이고, 그때는 빈틈없는 감각이 필요할 것이다.

전문가. 그게 그의 일이었다.

"당신이 할 수 있는 다른 일들이 있어."

그녀는 이해하지 못했다. 전문가에게는 반드시 수행해야 할 임무가 있는 것이다.

"생각해야 할 다른 일들이 있어."

그녀는 그가 본 방들을 상상조차 하지 못했다. 탁한 붉은 빛에, 기다란 자국과 털과 이물질이 있는 벽으로 된 방들. 질질 끌리고, 액체가 고이고, 두꺼워진 바닥들. 발자국, 손자국, 몸싸움, 살점과 공포와 튐과 할큄과 얼룩과 출혈과 손톱과 이와, 사람이 아닌, 아니어야 할, 온전하고 완전한 사람에 못 미치는 모든 것.

보이지 않는 방. 그는 그것을 만든다. 모든 것이 그에게 필요한 것─의도, 방향, 위치의 조짐들. 잘못된 허점. 누가 어디서, 무엇을,

얼마나 자주, 얼마나 빨리, 얼마나 힘들여, 얼마나 완벽하게 희망 없이 했는지. 정확히 어떻게 된 것인지—을 넘어 사라질 때까지 그가 생각하고 생각했던 그 방들.

보이지 않는.

그때 그의 마음이 부서지며 침묵으로 떨어졌다. 그가 있는 로비는 상관없는 것이 되었다. 무감각이 머리 한가운데서부터 퍼져나가며 아무것도 들리지 않는 완전한 결핍으로 그를 가득 채웠다. 그는 생각들을 다시 따라가려고 애썼지만 그것들은 갈라지고, 갈가리 찢기고, 알 수 없는 곳으로 그를 떨어뜨렸다. 그는 예전의 그가 자신에게서 완전히 떠나버렸음을 알 수 있었다. 이제 이곳에 남은 것은 뭐가 됐든 공중에 뜬, 사고가 정지된 존재였다.

시간이 얼마나 흘렀는지는 알 길이 없었다. 두려움을 움켜쥐고 느끼려고 하기에도 충분치 않은 크고 무감각한 공간. 어쩌면 미친. 어쩌면 이것이 그일지도 모른다. 부서지거나 미친. 부서지고 미친.

이어 흐느낌, 원래보다 더 가늘고 애처로운 그의 목소리가 흘러나왔다. 그의 정신은 위안이라도 얻은 듯, 그것을 환영하는 듯했다.

누구도 돕지 않아.

가벼운 두통이 이는 듯했다.

누구도 전혀 돕지 않아. 나는 그저 집에 있고 전구는 꺼지고 천장은 금이 가고 전기로 작동되는 모든 것은 정상이 아니고—결함이 많아—나는 고객센터에 전화를 걸지만 그들은 돕지 않고, 온갖 사람들에게 전화를 걸어도 그들은 돕지 않아. 나는 몇 시간 동안 전화를 하지만 조금이라도 의미 있는 대답을 듣지 못해, 무슨 말인지 알아들을 수 없어. 매일, 끊임

없이, 고장나는 것들이 있어. 나는 그것을 멈추고 싶고 멈출 수 있겠지만 누구도 돕지 않고 나는 혼자서는 해낼 수 없어.

피가 났던 그날 저녁처럼, 어떻게 그가 그런 상황을 혼자서 처리할 거라고 기대한단 말인가.

그는 할 수 있는 모든 일을 했다. 부엌에서 기다렸고 그녀가 먹을 수 있도록 수프를 약한 불에 올려놓았다. 단지 그것이 요점이 아니었을 뿐이다.

그의 손가락이 더 중요한 디테일이었다. 그는 손가락을 수돗물로 씻은 다음 구급상자에 있던 접착붕대로 감았다. 욕실에 있는 그녀를 방해하지 않으려고 복도 찬장에 있는 구급상자를 이용했다.

욕실, 그것은 그의 손가락보다 더 중요했다. 그는 그녀가 욕실에 있을 거라고 짐작했다. 온수가 흐르고 있었기 때문에. 그는 보일러 소리로 그것을 알 수 있었다. 아마도 그녀는 욕실에서 목욕용 오일을 붓고, 뜨거운 김을 즐기고, 들어가기에 알맞은 온도를 맞추고 있었을 것이다. 그는 몰랐지만. 그는 한 번도 그녀가 목욕하는 모습을, 그 디테일을 본 적이 없다.

욕실이 그의 손가락과 관련이 있었던 이유는 그가 그녀를 피해 아래층에서 상처를 감았기 때문이다. 상처를 제대로 처치하지 못한 것 같았다. 상처를 봉합하려면 더 나은 단계를 밟았어야 했는지도 모르겠다. 결국 꽤 뚜렷하게 흉터가 남았다. 누구라도 그의 손을 자세히 들여다보면 그 흉터가 보일 것이다. 일종의 식별 표식.

이어―중요한 디테일 하나―그는 셔츠가 피투성이이며, 위층으로 올라가 셔츠를 갈아입어야 함을 알아차렸다. 그것은 그가 계획을 수정하여 위층으로 가서 그들의 침실로 몰래 들어간 다음 낡은 스웨터를 아무거나 꺼내 재빨리 입어야 한다는 뜻이었다.

침실 안 그녀의 냄새. 그녀를 안거나, 그녀가 없을 때 그녀의 베개 위로 몸을 굴려 누우면 나는 것과 같은 냄새. 프랭크는 자기 아내들을 안는 남자들을 봐왔다. 그들의 턱 끝이 그녀들의 어깨 위에 닿는 방식. 거기에는 이런 웃음이 존재할 것이다. 두 눈을 감은 채 웃는, 특별히 젊어 보이는 방긋한 웃음. 그것은 언제나 그로 하여금 더없는 행복이라는 말을 떠올리게 했다.

그 외의 모든 상황에서는 그가 좋아하지도 사용하지도 않는, 부드러운 한 단어.

침실로 올라가는 것은 위험했다. 그녀도 거기 있을지 몰랐으므로. 베개를 베고 쉬고 있거나, 옷을 벗고 그녀가 보여주고 싶지 않아하는 종류의 강렬한 감정을 느끼며. 그는 욕실을 지나갈 때 욕실 문에 조심스럽게 귀를 기울여 그녀가 욕조 물을 휘젓는 소리를 들었다. 오르내리는 물, 무언가를 매만지는 움직임.

어쨌든 그것은 강조해야 할 또하나의 요점이었다. 그것은 잊혀서는 안 된다. 문 옆에 기대어 그가 볼 수 없는 움직임을 듣고, 아내의 어깨와 언뜻 보인 가슴 옆면과 뺨과 도드라진 갈비뼈와—아내는 언제나 날씬했다—위로 아래로 빠르게 쫓아다니다 사라지는 어렴풋한 물빛을 상상하던 그 순간.

스웨터를 입고 난 뒤 허기를 느낀 프랭크는 주방으로 내려가 자신이 구워놓은, 스펠트 밀로 만든 촉촉한 발효빵을 자르고—스펠트 밀은 구하기가 조금 힘들었지만 애쓴 가치가 있었다—수프를 조금 떴다. 그러나 한 스푼 떠먹은 수프는 짜고 이상했고, 완전히 힘이 빠진 두 팔과 목구멍이 그를 방해했다. 결국 그는 수프를 버리고 말았다.

그녀가 화난 것을 모르지 않았다.

그는 그녀를 잘 알고 이해했다.

그녀는 아무도 집에 데려오지 않았고 그들에게는 아이들이, 아이가 없었다. 그를 본 것은 그녀, 그녀뿐이었다. 그들은 부부였고, 결혼한 지 오래되었고, 따라서 그것은 괜찮았어야 했다. 물론 그녀의 감정이라는 것이 존재했으며, 이는 고려되어야 한다. 그녀는 목욕을 하고, 감정을 지닌 채 위층에 있었다. 의심할 바 없이, 그가 할 수 있었을, 어떻게든 했어야 하는 가장 중요한 생각은 그녀에게 감정이 있다는 사실일 것이다. 그녀가 그의 수프나 빵, 모자를 싫어했고, 끔찍한 일들이, 숨 한 번 들이쉴 사이에 일어난 사고였고, 실수였고, 부주의였던, 그가 그녀만큼, 꼭 그만큼 상실했음을 의미했던 끔찍한 일이 그의 탓이라 여기는 감정.

그는 그녀에게 가서 말하고 싶었다. 나는 예전에 가까이에서 이런 걸 본 적이 있어. 어떻게 한 인간이 쓰러지고 내면이 부서지게 되는지를. 먼저 두 눈이 죽어. 이어 마지막으로 빛이 떠올랐다가 떠나버리면서 얼굴이 꺼져버리고 다시는 원래대로 돌아오지 않아. 그들은 우리 건물로 걸어들어오는데, 그들이 무슨 생각을 하고 우리가 그들에게 무슨 말을 하든 그들 마음속에는 한 사람이, 그들에게 인사하고 그들의 세상을 되돌려줄, 살아 있고 다치지 않은 한 사람이 있어. 이어 우리 안내원들이 그들을 특별한 방으로, 메아리가 치는 그 방으로 데려가고, 그들은 없는 것, 없는 사람, 돌아올 수 없는 것, 고깃덩어리 같은 형상, 부상을 봐. 그들 중 일부는 울고, 일부는 차와 비스킷 한 접시를 들자는 조용한 권유를 받아들여. 그건 모든 것을 아늑하고 자연스럽게 보이도록 하려고, 마치 삶은 계속된다는 듯이 우리가 준비한 거야. 왜냐하면 그러하니까, 그것이 사실이니까. 삶은 우리를 집어들어 우리로 하여금 그것을 먹게 하고, 우리가 닳아 없어질 때까지 계속해서 내몰아. 그들 중 일부는 조용하고 내향적이야. 일부는 사무실에 있는 나한테까지 목소리가 들려. 그들은 연인, 사랑, 죽은 사랑, 죽은 자아 때문에 울부짖어. 그리고 그들의 아이들 때문에 울부짖어. 그들은 자신들의 고통을 받아들이지 못해. 그들은 머물 수 없기에 결국 우리를 떠나. 밖으로 나가 존재로 추락해. 우리의 도시는 찢어진 날들 속에서 이리저리 뛰어다니는 사람들로 가득하고, 다른 도시들도 모두 그래. 우리의 세상은 무늬를 이루며 엉긴 슬픔으로, 슬픔의 무늬로 가득해. 그리고 이 이상으로, 나는 당신이 슬프다는 것을 알아. 당신의 날들이 피를 흘리고 있다는 것도 알아. 내가 당신을 슬프게 만든다는 것도 알아. 어떻게 하면 그러지 않을 수 있는지 모르겠지만, 부탁이니 더이상은 슬픔을 들이지 말아줘. 더는 그러지 말아줘. 이 이상 슬픔이 늘어나면 나는 숨을 쉴 수 없을 거야. 나는 죽게 될 거야.

나도 그애가 그리워.

당신만큼 그애가 그리워.

당신의 손을 잡고 함께 집에 올 수 없는 사람.

내가 다칠 때 옆에서 걱정해줄 수 없는 그 소녀.

"이제 괜찮을 거예요."

프랭크는 소년의 운동화를, 일부러 땅에 끌고 다니는 청바지의 바짓단을 보았다. 고개를 숙인 채 자신의 손가락 사이로 그것을 보았다. "네?" 이 말은 질문이 아닌 하나의 진술, 하나의 고백처럼 들렸다. 그는 자신의 목을, 속수무책으로 흐르는 땀을 문질렀고, 다시한번 분명하고 정확하게 말했다. "네?"

"영사기사가 지금 막 돌아왔어요. 들어가서 기다리세요."

아, 어떻게 하는 건지 알아. 지금껏 하고 있었으니. 기다리기. 할 수 있어. 달인의 경지에 올랐으니까.

프랭크는 자신의 분노가 최고조에 달했다가 가라앉는 동안 침을 삼켰다. 이 발작적인 감정들은 결코 오래가지 않았다. 하지만 예전보다 덜 빈번해졌다. 이는 걱정스러운 일일 수 있다. 증오의 용량이 더 커진 것.

"괜찮으세요?"

프랭크가 몸을 바로 세우며 올려다보았을 때, 소년은 조금 혐오스럽다는 표정으로 쳐다보고 있었다. "아니. 적어도, 그래요. 난 괜찮아요. 두통이 왔을 뿐이에요."

일어서기까지 엄청나게 긴 시간이 걸리는 것 같았다. 프랭크는 무거운 공기 속으로 자신을 밀어올리면서 넘어지거나 휘청거리지 않으려고 노력했다. 그는 소년보다 키가 컸고, 소년을 제압해야 했다. 하지만 그러는 대신 프랭크는 고개를 끄덕이고, 두 손으로 모자를 쥐고―이 속에는 애원하는, 시대착오적이면서 불안을 일으키는 무언가가 담겼다―기계적으로 한 걸음씩 발을 옮겨 다시 상영관 입구로, 그 속으로 흔들리듯 걸어갔다.

어둠은 위안이었고 평화로웠다. 어둠이 그를 둘러싸고, 그의 등을 끌어안고, 그의 앞에 펼쳐져 그가 완만한 경사를 조용히 걸어내려가 새 좌석을 찾도록 해주자 그는 곧 더 차분하고 건강한 기분을 느꼈다.

영화가 연기된 건 사실 다행이었다. 이렇게 그의 저녁은 집어삼켜질 것이다. 그후 호텔로 들어가 침대로 직행한다. 더블 침대. 오직 그 한 사람. 어느 한쪽을 골라야 할 필요가 없다. 그녀 쪽, 그의 쪽. 그는 원하는 곳에 누울 것이다.

그녀는 왼쪽을 선호했다. 그는 오른쪽에 있는 침실 문과 어떻게든 관련이 있을 거라고 추측했다. 무엇이든 위협은 오른쪽에서 들어올 테고, 오른쪽에 있는 그와 만나게 될 것이다. 프랭크는 그녀가 그로 하여금 잠자는 자신을 지키도록 하고 있다고 생각했다. 어느 쪽이 비든 완벽하게 행복했던, 개어놓은 담요처럼 침대 발치에서 쉬는 것도 개의치 않았을 프랭크. 어느 쪽인가는 중요하지 않았다. 그는 신경쓰지 않았다.

사실 그녀는 프랭크가 보호해주기를 바라지 않았다. 그녀의 선택은 그와는 아무런 관계가 없었다. 실제로, 예전 침실에는 문이 다른 쪽에 있거나 누군가 기어올라 들어올 수 있는 창문이 있었다. 이것들도 고려해야 한다. 현재 침실의 창문은 왼쪽에 있다. 그럼에도 그녀는 언제나 왼쪽에 누웠다. 왼손잡이였기 때문이다. 왼쪽에 있어야 그녀가 책, 물잔, 독서등에 손을 뻗기가 더 쉬웠던 것이다.

그녀는 그들의 마지막 밤에 책을 읽지 않았다. 적어도 그는 그렇게 생각했다. 그는 부엌에서 수프와 함께 그녀를 기다렸고 그녀는 결코 내려오지 않았다. 그는 피를 씻고 화분을 다시 심고 그녀

의 욕조에서 흘러나오는 물소리와 층계참 위에서 계단 쪽으로 오
지 않는 그녀의 벌거벗은 발자국 소리를 들었다. 그후 그는 첫번째
청소가 완벽하지 않다는 생각이 들어 주방을 철두철미하게 문질
렀다. 조리대와 바닥을 닦고, 냉장고를 비운 뒤 닦아내고 정리했다.
찬장도 정리해야 했다. 그 일은 상당히 시간이 걸렸다. 마침내 그
는 수프를 용기에 담고, 냄비를 씻고, 용기를 쳐다보고, 수프를 쓰
레기통에 버리고, 용기를 씻었다.

일을 마무리했을 때는 새벽 두시였다.

침대로 미끄러지듯 들어갔을 때 그는 그녀가 자고 있기를 바랐
다. 그것이 최선이었으므로.

"뭐 하고 있었어?" 그녀는 잠들지 않았을 뿐 아니라, 불을 켜지
않은 채 반듯하게 누워 있었고, 그에게 "뭐 하고 있었어?"라고 묻기
위해 기다리고 있었다.

"난…… 청소했어."

"당신 뭐가 문제야."

프랭크는 그녀에게 답할 수 없었다. 몰랐으니까. 그래서 그저 이
렇게 말했다. "나는 사람들이 왜 분수나 바다를 쳐다보는지 알아.
그것들이 멈추지 않기 때문이야. 물은 계속 움직이고, 파도는 밀려
갔다가 다시 돌아오고 그걸 반복해. 그건 마치……" 그는 그녀가
자세를 바꾸는 소리를 들었고 그녀가 앉았지만 그에게 손을 뻗지
는 않았음을 느꼈다. "오디오에 있는 버튼 같아. 작은 개인용 플레
이어엔 항상 반복 버튼이 있어. 앨범뿐 아니라, 한 곡만 반복할 수
도 있지. 그들은 사람들이 한 곡을 되풀이해서 듣고 싶어할 거라고

예상한 거야. 그렇게 해서 그 삼사 분을 머물 수 있도록, 그 시간을 머릿속에서 그대로 유지하고, 되돌리고, 다시 접을 수 있도록 말이야. 그들은 사람들이 그것을 원하리란 걸 알아. 나도 원해. 딱 삼사 분만 다시 돌아오기를." 자신이 하는 말을 들으면서 두려움을 느낀 그는 말을 멈췄다. 그때 그녀의 호흡이 이상하게, 크게, 고르지 않게 변했다. 울기 전에 하는 행동이었다. 그래서 그는 다시 말하기 시작했다. 그녀가 우는 건, 그녀가 울 거라는 생각조차 그는 견딜 수 없었기 때문이다. "나는 일 초를, 삼사 초를 원해. 딱 그만큼만. 나는 모든 것이 돌아오기를 원해. 멈추지 않기를, 나는 아무것도 멈추지 않기를 원해." 그때는 그도 울고 있었다. 참을 수 없었다. "나는 그애가……" 그녀가 그를 때리면서 그의 문장이 끊겼다. 그녀는 그의 가슴을 주먹으로 친 다음 그의 눈을 때려 회색의 파열과 더 많은 고통을 유발했다. 그는 결국 그녀의 두 손목을 잡았고, 그녀와 거의 싸우다시피 했다. 그녀의 정수리가 그의 턱 끝에 부딪히며 충격을 주었다.

그후 그들은 휴식을 취했다. 그의 머리는 그녀의 배 위에 있었고 둘 다 여전히 너무도 크게, 너무도 격하게 울고 있었다. 그 소음 때문에 그의 머릿속에서 무언가가 뜯겨나갔다. 하지만 그것조차 결국에는 지나갔다. 침묵이 흘렀고 그는 그녀에게 키스하려 했으나 그녀는 허락하지 않았다.

바로 그때 그는 그의 가방을 들고 그 방을, 그 집을, 그 도시를, 그 삶을 떠났다.

나도 그애가 보고 싶어.

프랭크의 뒤에서 영사기가 털털거리며 움직이더니 윙 하는 소리를 내며 돌아갔다. 이번에는 빛이 소리와 함께 스크린으로 돌진했다. 그는 손으로 주머니 속을 더듬어 전화기를 꺼내 전원을 껐다. 이제 그는 그것이 언제 울리지 않았는지를, 계속 울리지 않는다는 것을 알 수 없을 것이다.

프랭크는 고개를 들어 오프닝 타이틀을 보았다. 안개, 나무들, 어린 소녀에게 말하는, 그의 딸에게 말하는 늙은 남자의 얼굴. 그러는 동안 세상은 믿을 수 없고 쓰라리게 변했다. 필름은 계속 돌았고 그는 영화가 끝나리라는 것을 알고 있었다. 영화가 끝나면 자신은 오직 그것이 다시 시작되기만을 원하리라는 것을 알고 있었다.

A. M. 홈스

신디 스투벤스톡

Soleil Judge Frank Justin M. Damiano
Gideon Gladys J. Johnson
Parks-Schultz
Hanwell Snr Nigora
ROY SPIVEY Donal Webster Lélé
Cindy
Stubenstock
Magda Mandela Judith Castle
Puppy RHODA
THE Theo Perkus
MONSTER JORDAN Tooth
THE LIAR WELLINGTON
Newton Wicks LINT Gordon

신디 스투벤스톡은 갖고 있던 것을 팔고 더 비싼 것을 사는 중이다. 그녀는 최근 경매에서 거스키* 두 점과 유스케이바게**의 초기 작품, 그리고 남편의 보너스를 털어낸 뒤, 런던 현지와 통화하며 '벽난로 위에 걸면 아름다워' 보일, 희귀한 피카소 동판화의 입찰가를 높이고 있었다.

"피어오르는 연기에 이제껏 없던 의미를 부여합니다." 수수께끼 같은 영국인 경매인은 낮은 목소리로 중얼거렸다.

이제 신디와 그녀의 스카즈데일 여성단체—별칭 점심을 오래 먹는 숙녀들—는 티터보로 공항의 활주로 위에서 이 비행기에서 저 비행기로 배회하고 있다.

---

* 안드레아스 거스키(Andreas Gursky, 1955). 독일의 사진작가로 일상 속 산업화의 모습을 대형 사진에 담아내는 작업을 한다.
** 리사 유스케이바게(Lisa Yuskavage, 1962). 미국의 화가로 여성의 몸을 주제로 한 작품을 주로 그린다.

"이렇게 비행기가 많은 적은 없었는데." 누군가 말한다.

"우리가 꼭 두 대에 나눠 타야 할까?"

"우린 여섯 명이고 난 붐비는 데 있는 게 싫을 뿐이야. 거기다 먼저 돌아오고 싶어지면 어떡해?" 다들 그런 기분을 이해한다는 듯이 고개를 끄덕인다.

"어딘가에 갇힐 생각을 하니 신경이 곤두서네. 파랑이나 노랑이 가진 사람 없어?"

"나한테 아티반*이 있어."

"나 좀 줘."

"우린 마이애미에 가는 거야. 열대우림이나 암울한 페루가 아니고. 언제든 원한다면 상용 비행기를 탈 수 있어. 제트블루에 전화만 하면 돼." 여자들 중 하나가 말한다.

'상용 비행기'라는 말을 그렇게 쉽고 거침없이 말할 수 있다는 사실에 놀라 다른 여자들이 겁에 질리고 경악하고 충격을 받은 채 그 여자를 바라본다. 전용기를 타는 것은 그들이 그들인 것에 대한 특전 가운데 하나다. 그래서 그들이 그토록 참고 견디는 것이다. 공항 검색이 없으니까.

"곧 그것도 바뀔 거야. 모든 곳에 향기 나는 개들을 풀어놓을 거래."

"냄새나는 개들이 아니라 냄새 맡는 개들이야. 향기 나는 개들은 비누, 버베나, 바닐라, 마추픽추 같은 향이 날 거고."

---

* 노란색 작은 정제형 수면제의 상표명.

"넌 왜 항상 나를 지적하니? 난 이제 할머니야. 날 좀 내버려둬."

"너 마흔여덟이다. 할머니는 아니지."

그리고 침묵이 흐른다.

"어느 비행기지? 그이는 늘 웃돈을 주고 새 걸로 바꾸거든. 그래서 난 우리 비행기를 맨날 못 찾아."

"쟤는 새 걸로 바꾼다고 표현하네. 남편은 부분 소유권이라고 하고." 여자들 중 하나가 속삭인다.

"G4, 팰컨, 사이테이션, 호커, 리어제트가 모두 '리어제트'였을 때 기억나? 리어제트라는 말에 무언가 의미가 있던 때 말이야."

"저기 휠체어 탄 대머리 남자 누구지? 낯이 익은데…… 만난 적 있는 사람인가?"

"필립 존슨 아냐?"

"필립 존슨은 이 년 전에 죽었어."

"정말?"

"응."

"안 됐네."

"율 브리너 아니야?"

"그냥 암환자야."

"여기서 뭐하는 거지?"

"'천사 비행편'을 타고 집으로 가시는 겁니다." 어느 지상근무 요원이 말한다. "너무 아파서 여행하기 어려운 사람들을 위해 비행편을 기부하는 분들이 계세요."

"어머, 나라면 절대 그렇게 못할 거예요. 비행기에 아픈 사람을 태울 순 없잖아요. 그러니까, 균이라도 옮으면 어떡해요?"

"암은 전염되지 않는 걸로 알고 있습니다만."

"그건 모르는 일이죠." 그녀는 손으로 머리를 쓸어넘긴다. 아침에 예방 차원으로 젤 대신 퓨렐*을 바른 머리였다.

무리는 나뉘었다. 신디의 사교계 자매인 샐리 스투벤스톡과 요가 강사인 그녀의 '친구' 타샤는 자기들끼리 비행기를 타기로 한다. "우리만의 시간을 보내고 싶어서요." 타샤가 말한다.

"일만 피트 상공에서 나한테 개 자세를 시키고 싶은가봐." 샐리가 말한다.

"상스러워." 누군가가 속삭인다.

"무슨 상관이야. 너한테 시키는 것도 아닌데."

"여자가 남자보다 키스를 잘해. 이건 사실이야."

"그걸 어떻게 알아?"

"언젠가 밤에 월리스(이름이 남자 같은 이상한 여자) 월링포드가 나한테 키스했거든."

"취해서?"

"아닐걸. 굉장한 키스였어."

"남자보다 나아?"

그녀는 고개를 끄덕인다. "더 부드럽고 사려 깊어."

---

* 손 소독제의 상표명.

신디 스투벤스톡이 손가락으로 귀를 막고 큰 소리로 흥얼거린다. "난 그런 거 알고 싶지 않아. 알고 싶지 않아…… 아…… 하."

대화가 멈춘다. 그들은 비행기에 올라탄다. 조종사가 문을 당겨서 닫은 후 잠근다. 여자들은 이 자리 저 자리에 앉아본다. 그들은 편안한 자리를 찾을 때까지 기내를 돌아다닌다. 모피 코트는 모두 모아서 한자리에 놓아둔다.

"넌 어디서 잘 거야? 롤리, 델러노, 빌트모어?"

"핑키랑 폴리네 집에서 잘 거야."

"정말?" 신디가 묻는다.

그녀의 친구가 고개를 끄덕인다.

"난 다른 사람 집에서 자본 적 없어." 신디 스투벤스톡이 고백한다. "어떻게 그래? 거기 가면 어떻게 해? 체크인은 어떻게 하고?"

"저녁 먹거나 칵테일 마시러 가는 거랑 비슷해. 문을 두드리고, 누군가가 나오기를 기대하는 거지."

"가방 들어주는 사람은 있어? 팁은 주고? 만약에 잠이 안 오면, 일어나서 걷고 싶어지면 어떡해? 개인 화장실은 있어? 난 남편이랑 같이 있다 해도 개인 화장실이 없는 곳에서는 못 자. 소변볼 때 물을 내려야 하는 거야? 누군가 그 소리를 들으면 어떡해? 너무 스트레스 받을 것 같아."

"자라면서 누구네 집에 자러 가본 적 없어?"

"딱 한 번 있는데 집이 그리워져서 아버지가 날 데리러 왔어. 한밤중이었던 것 같은데 부모님은 그 일로 날 놀리곤 하셨어. 열한시밖에 안 됐었다고."

"난 남의 집에 갈 때면 깨끗한 시트를 한 장 가져가." 다른 여자가 끼어든다.

"침대를 다시 정리해?"

"아니, 그걸로 몸을 친친 감아. 호텔 담요를 포함해서 제때 세탁되는 담요가 얼마나 드문지 알아? 같은 담요를 썼을 수백 명의 사람들을 생각해봐."

"오늘 저녁은 뭐 먹을 거야?" 누군가 묻는다.

"울피스의 커다란 콘비프 샌드위치. 난 그것 때문에 마이애미에 가는 거야. 매번 탈이 니는데도 어쩔 수가 없어. 그걸 먹으면 우리 조부모님이랑 어린 시절이 생각나거든."

"너 채식주의자인 줄 알았는데?"

"맞아."

"그건 그렇고 네가 사려던 브라이스 마든 그림은 어떻게 됐어?"

"아직 대기중이야. 인터뷰를 다 못했거든."

"몇몇 갤러리에서는 이제 신원 조회를 해. 한 군데는 예비 고객의 자산, 취미, 수집 목적부터 해서 온갖 걸 물어보고, 그다음엔 자택을 방문한대."

"그렇다니까. 우린 아직 자택 방문 절차가 남아 있는데, 씨씨가 요즘 개조하는 일 때문에 너무 바빠서 갤러리 사람을 아무도 집에 들이지 못할 거래."

"뭘 하는데?"

"낮부터 밤까지 검은색 그림을 죄다 흰색 그림으로 바꿔 걸고 있어. 머더웰이랑 스틸을 팔았고, 라이먼이랑 리히터에, 화이트리드의 책장을 들여오는 중이야."

"대단하네. 아주 편안한 느낌이겠어. 아무런 색깔이 없다면."

"넌 런던에서 르누아르를 샀다며?"

"우리한텐 좋은 한 해였어. 너무 좋아서 그거랑 하고 싶을 정도야."

"우린 로스코를 샀던 날 그 앞에서 섹스를 했어."

"좋은 시절이었지……"

"폴락을 샀을 때도."

"그거 굉장히 큰 작품이었지."

"꽤 컸지."

"방이 워낙 커서 다 상대적이야."

"우리 다 같이 아트투어 갔을 때 그 사람들이 몇 점 만져보게 해준 거 기억나? 스탠리는 〈비너스의 탄생〉을 쓰다듬고 흥분했잖아."

"스탠리? 맹인 안내마? 아님 네 남편 말이니?"

"사람 스탠리. 그이는 아주 수치스러워했어."

"난 귀엽다고 생각했는걸."

"스탠리는 이번 주말에 어디 가?"

"사람 스탠리는 골프를 칠 거고 맹인 안내마 스탠리는 치아 세척을 받을 거야. 그래서 협회에서 나한테 스틱을 줬어." 그녀는 흰색 막대기를 들어 보였다. "이게 나한테 무슨 도움이라도 될 거라는 듯이 말이야. 난 전시회 일로 안내원을 만나야 해. 젊은 큐레이터야."

"세상에, 말 스탠리가 네 부모님이 네 아들한테 보낸 조랑말 인형에 올라타려 했던 게 기억났어……"

"우리 다 거기 있었지. 하누카 파티에."

"우리 아들은 그 일 때문에 괴로워했다구. 스탠리가 조랑말에 '뛰어오르려고' 하는 광경을 보고서 말이야. 그앤 올라탄다고 하지 않고 뛰어오른다고 했었는데, 너무 귀여웠지."

"그런 거…… 동물 인형을 좋아하는 사람들도 있어. '플러시'라고 부른대."

"무슨 말인지 모르겠는데."

"섹스 파티 말이야!"

"거기에 동물 인형들을 초대한다고?"

"동물의 행동방식 얘기가 나와서 말인데, 우리 아직 이륙 준비 안 됐어?"

"죄송합니다, 스투벤스톡 부인." 조종사가 말한다. "근처에 군용기가 있어서 영공이 폐쇄됐습니다."

"아, 또 대통령님께서 납신 거야? 여길 뜨게 돼서 진짜 다행이다. 그 사람은 항상 교통을 방해하잖아."

"영공이 개방되면 세번째로 이륙합니다."

"우린 보통 래리의 비행기로 다녀. 그 사람은 비행할 때마다 실내장식을 새로 하거든. 행선지에 따라 다른 작품들로 말이야. LA용 작품, 바젤용 작품, 베네치아용 작품."

"너한테 뭔가를 팔려고 그러는 거지."

"아니, 그건 아닌 것 같아. 항상 물어보는데, 우리가 원하는 것마다 파는 게 아니라고 하던걸."

"그게 그 사람 수법이야. 그런 식으로 너를 낚는 거라고."

"새라랑 스티브가 워홀 때문에 걱정한다는 얘기 들었어?"

"아니, 왜?"

"그 집 워홀 작품들이 워홀 게 아니래. 커널 거리의 싸구려 루이비통 같은 모조품이래."

"그 사람들 앤디가 그 작품들에 사인하는 폴라로이드 사진을 갖고 있잖아. 앤디랑 스티브가 같이 서 있고 앤디는 사인을 하는 사진."

"사인이야 어디든 할 수 있지. 사인한다고 그 사람 작품이라는 뜻은 아니야."

"그 집은 말 그대로 그 작품들에 돈을 묻어둔 건데."

"글쎄, 스스로 할 수 없는 일을 예술품이 해주기를 바라서는 안된다는 말도 있잖아."

"VIP 파티에는 초대받았어?"

"VIP 파티는 좋은 파티가 아니야. 진짜 파티에는 초대장이 없어. 그저 어디서 하는지만 알면 되지."

"난 수지한테 내 옆자리에 예술가만 안 앉는다면 저녁식사에 가겠다고 했어. 그 사람들한텐 무슨 말을 해야 할지 모르겠다구."

"난 항상 배가 고픈지 물어보는데 그 사람들은 도통 이해를 못하더라." 신디가 말한다. "젊은 예술가들 대부분이 육식을 하더라고.

예술가들이 새싹이랑 자기들이 갖고 다니는 봉투에 든 '풀' 같은 것만 먹던 때 기억나? 이제 그 사람들은 전부 고기를 먹어. 모두 데이미언 이후의 일이지."

"어째서?"

"기억 안 나? 데이미언 허스트*의 첫 대작은 사실 아주 작은 거였어…… 그의 아버지 목에 걸렸던 스테이크 조각. 젊은 데이미언이 하임리히 구명법을 써서 스테이크가 입 밖으로 튀어나왔고, 아버지는 다시 숨을 쉴 수 있었어. 데이미언은 그 스테이크 조각을 학교에서 가져온 포름알데히드 병에 넣고 '나는 아버지의 목숨을 구했다—이제 우리는 어떻게 될까'라는 제목을 붙였지."

"그런 얘기는 처음 듣네."

신디 스투벤스톡은 어깨를 으쓱한다. "유명한 얘기야. 내가 알기로 그 작품은 지금 런던의 사치 갤러리에 있어."

---

* 데이미언 허스트(Damien Hirst, 1965). 영국 출신의 현대미술가로 다이아몬드를 박은 해골 작품으로 유명하다.

하이디 줄라비츠

글래디스 파크스슐츠 판사

Soleil | Judge | Frank | J. Johnson
Gideon | Gladys | Justin M. Damiano
Parks-Schultz
Hanwell Snr | Nigora
ROY SPIVEY | Cindy | Lélé
Donal Webster | Stubenstock
Magda | Judith Castle
Mandela | RHODA
Pupa | THE | Theo | Perkus
MONSTER | JORDAN | Tooth
THE LIAR | WELLINGTON
Newton Wicks | LINT | Gordon

인생의 마지막 땅거미가 질 무렵, 판사 글래디스 파크스슐츠는 초록색 벨벳 안락의자에 앉아서 『선미 쪽 문제』라는 지루한 항해 미스터리 소설을 읽고 있다. 아니, 읽지 않는 쪽에 가깝다. 안락의자는 참나무들이 늘어선 긴 진입로가 내려다보이는 커다란 창문 쪽을 향해 있다. 가장 멀리 있는 참나무 너머로 바다, 그리고 불 켜진 집이 있는, 수평선에 뜬 섬이 보인다.

그녀의 뒤에는 닫힌 문이 있다.

이렇듯 지켜보기 좋은 위치에서도 우리는 글래드 파크스슐츠를 볼 수 없다. 그녀는 왕좌 같은 의자에 가려져 있다. 글래드 파크스슐츠라는 이름으로 보건대 그녀는 그 미스터리 소설만큼이나 지루하고, 건성으로 쾌활한 척하는 다부진 체격의 여자일 것이다. 단조롭고 둥근 얼굴은 눈사람처럼 몸통 바로 위에 얹혀 있을 것이다. 이름으로 보건대 그녀는 무뚝뚝하고 지나치게 격식을 차리는 성격일 것이다. 우리는 단조로운 인사치레를 큰 소리로 내뱉어 뜻하지 않게 아이들을 겁주는 그녀를 떠올린다. 설사 이러한 생각에 약간의 진실밖에 없다 하더라도 이를 반박하는 것은 의미가 없다. 우리는 글래드 파크스슐츠를 볼 수 없고, 오직 그녀의 이름을 우리의 머릿속에서나 들을 수 있을 뿐이다. 그 이름은 우리 머릿속에 있는 그녀에게 아둔한 형상을 새겼다.

글래드 파크스슐츠는 미스터리 소설—사랑, 요트 여행, 선실, 칼—에 몰두하려고 계속 애써보지만 그럴 수가 없다. 크리스마스 햄 때문에 일어난 말다툼으로("어떻게 햄을 주실 수가 있어요?" 딸 실비아는 물었다. 정당한 물음이었다. 실비아는 채식주의자였고 그녀의 어머니는 이 사실을 고의적으로 잊어버렸다) 글래드 파크스슐츠는 이미 익숙한 오그라든 기분, '엉망이 된 휴일'의 상태에 빠져버렸다. 그녀는 이런 기분에 어울리게 다른 크리스마스의 장면들, 자신이 유일하게 본 베리만의 영화인 〈파니와 알렉산더〉의 장면들을 머릿속에 떠올린다. 이 영화를 본 유일한 이유는 영화를 전공하고 심리학을 부전공하는, 자칭 베리만 전문가인 실비아가 지난해 크리스마스 선물로 주었기 때문이다("이게 엄마 취향에 더 맞을 거예요." 실비아는 말했다. 무비판적인 말투라고는 할 수 없었다). 그렇다 해도 괜찮았다. 글래드는 괴로움을 수반하지 않는 문화생활을 선호했다.

창밖에는(오직 그녀만이 창에 희미하게 비친 자신의 모습을 볼 수 있다) 나무가 늘어선 진입로가 먼 곳의 한 점까지 뻗어 있다. 원근법의 속임수라고 글래드 파크스슐츠는 생각한다. 햇빛이 꺼져가는 이맘때에 흐릿하게 비친 상 속에서 그녀의 얼굴은 누군가 실제로 보았을 얼굴보다 길고 홀쭉해 보인다. 글래드 파크스슐츠는 (앞으로 이십여 쪽밖에 남지 않은) 책을 펼친 채로 무릎 위에 올려놓는다. 항해 끝에 작은 만에 닻을 내리고 자그만 배로 노를 저어 한적한 해변까지 가서는, 살금살금 숲을 가로질러 오두막에 있는 여자의 남편을 칼로 찔러 죽이려 하는 비겁한 한 쌍의 연인에게 그녀는 정나미가 떨어져버렸다. 그 남편이 오두막에 혼자 있는 이유 자체가 자기반영적으로 어리석다. 그는 미스터리 소설을 마무리짓고 있는 작가다. 그녀는 이 남편에게 이 책에 대해, 그가 쓰고 있는 책이 아니라 그가 등장하고 있는 책에 대해 묻고 싶다. 무슨 미스터리 소설이 맨 끝에 가서야 죽은 사람이 나오느냐고. 그녀는 지방법원 판사다. 아직 발생하지 않은 범죄에는 관심이 없다. 그녀는 대부분 소설들의 왜를 혐오한다. 이것이 그녀가 미스터리 소설만 읽는 이유다. 미스터리 소설에는 왜라는 감정적인 고민이 존재하지 않으며—여자가 바람을 피웠다, 남자가 여자의 돈을 원했다—오직 결과와 복잡하게 설명되는 어떻게가 있을 뿐이다.

한편 글래드는 실비아와 그녀가 대학에서 만난 남자친구, 아들 로드와 그가 대학에서 만난 여자친구가 해변에서 돌아오기를 초조하게 기다리고 있다. 글래드는 햄 때문에 화가 나서 그들을 모두 집에서 내쫓아버렸다.

하지만 막상 이들이(자식들과 그들의 일시적인 연인들) 눈앞에서 사라지자 그녀는 소외감이 들어 그다지 편치가 않다. 중요한 휴일에는 혐오의 대상이 되는 편이 낫다. 미움을 받고 살아 있다고 느끼는 편이 낫다. 그녀는 인간적인 정황에, 불운한 이야기에 무감

각하다며 경멸받는 냉혹한 지방법원 판사다. ('인정머리 없는 파크 스슐츠.')

이 계절의 첫 눈송이가 창문 너머로 떨어진다. 글래드는 가볍게 숨을 내쉰다. 그녀는 『선미 쪽 문제』의 책등을 쓰다듬으며 자신의 지겨운 자아로부터 탈출할 수 있기를 기도한다. 이 초록색 벨벳 안락의자로부터 벗어날 수만 있다면 그 어떤 케케묵은 오락거리라도 받아들일 것이다. 그녀의 어머니가 가장 좋아했던 이 안락의자의 덮개에는 사마귀처럼 탄 자국들이 돋아 있다. 어머니는 말년에 바로 이 의자에서 담배를 피웠고, 바로 이 의자에서 죽어갔다. 글래드는 '엉망이 된 휴일'의 기분에서, 너무 더운 털실 방한화에서 벗어나고 싶다.

글래드는 생각한다. 만일 내가 끈질기게 아무 사고도 일어나지 않는 이 『선미 쪽 문제』의 말하자면 덜 협조적인 인물이라면, 여기서 작가인 남편의 나무의족을 불태워버렸을 거야(그가 의족을 하고 있다면). 그 불평 많은 연인의 머리를 윈치핸들로 으깨버릴 거야. 하지만 내 인격에 충동적인 폭력성이 없다면(『선미 쪽 문제』 속 인물들의 짜증스러운 기질이 그러하듯) 노골적으로 도덕적인 어린 시절의 몇몇 일화를 회상하겠지. 나는 과거로 빨려들어가 더 젊고 다정한 사람으로 분자 단위까지 새로 짜맞춰질 거고, 트라우마가 됐던 사건들, 그중에서도—가급적이면—어머니와 있었던 일들을 통해 남들에게 효과적으로 알려질 수 있을 거야. 글래드는 이것이 세상사의 이치임을 안다. 그녀는 매주 변호사들에게 이런 이야기를 듣는다. 약간 지나치게 감상적으로 말하자면, 어머니들은 모든 범죄 행위에 책임이 있다.

글래드는 마치 자신을 흥미진진한 과거로 곧장 이동시켜줄 작은 요술 램프인 양 책등을 문지른다. 이 특별한 순간의 흥미를 고조시키기 위해 그녀는 이 흥미진진한 과거를 '자신의 비밀스러운 삶'이라고 생각한다. 요즘은 모든 것에 비밀의 삶이 있어ㅡ새, 벌, 알파벳, 장식장,『선미 쪽 문제』의 등장인물들ㅡ글래드는 정확하게 무엇이 비밀을 구성하는지도 모르면서 꽤 편안한 마음으로 자신에게도 비밀스러운 삶이 있다고 주장한다. 그녀가 한 번도 말하지 않았다면 그것이 비밀일까? 그 내용이 특별히 흥분되지 않더라도? 어쨌거나 이 '비밀'을 고의로(누구를 속이거나 보호하기 위해서든, 금전적 또는 감정적 이득을 얻기 위해서든, 그게 뭐든) 말하지 않은 것은 아니다. 그것은 현재의 그녀와 떼려야 뗄 수 없는 과거의 그녀의 일부로서 진정으로 존재했고, 따라서 그녀를 안다는 건 그녀의 이 비밀을 아는 것이었다.

또는 그렇다고 그녀는 생각했다. 햄 사건으로 돌아가 실비아가 자기를 모른다며 글래드를 부당하게 비난했을 때(모르는 듯 보이는 것이 글래드의 앎의 방식임을 실비아는 알지 않았던가?), 실비아는 또한 아마도 사실일 말을 했다. 글래드가 남에게 알려지기를 거부한다고 주장한 것이다. 실비아는 말했다. 난 엄마에 대해 아무것도 몰라요. 엄마를 안 지 이십 년이나 됐는데 말이에요. 난 왜 엄마가 엄마 같은 사람인지 모른다고요.

사람이 자기 자신인 것에 이유가 필요하니? 글래드는 생각했지만 이렇게 말했다. 그래. 이것은 실비아가 그녀를 향해 던지는 모든 사소한 트라우마를 막아내는, 침착하고 법관다운 그녀의 방식이다. 그래.

글래드는 떨어지는 눈송이를 바라본다. 눈송이는 이제 더 굵어져서 참나무 가지에 유령처럼 붙어 있다. 초록색 벨벳이 양팔의 바깥쪽을 따끔따끔하게 찌른다. 그녀는 불편한 듯 몸을 뒤척이다 집중하기 위해 편히 앉은 뒤, 두 눈을 감고 얼굴 근육을 팽팽하게 잡아당긴다. 그녀의 과거를 떠올리는 일은 깃털로 바위를 들볶아 언덕 위로 보내려고 애쓰는 것과 마찬가지다. 그녀는 쉬운 것부터 시작한다. 폭발음을 들었을 때 그녀는 어디에 있었나? 그녀는 어머니를 피해 진입로에 늘어선 참나무 하나에 숨어 지금 책을 만지작거리듯이 나무 기둥을 만지작대고 있었다. 측백나무 담에 가려 보이지 않는 옆집 과학자의 집에서 하얀 연기가 구름처럼 피어올랐다. 차고 지붕에서 날아온 석판 타일들이 소총의 산탄처럼 공중으로 흩어지더니 그녀를 향해 질주하며 점점 커졌다. 자기보호 본능이 뒤늦게 발동해 그녀는 나무둥치 뒤로 숨었고, 그 직후 타일 두 개가 끔찍한 도끼질 소리를 내며 둥치 앞쪽에 박혔다. 그녀의 어머니가 집에서 나왔다. 어머니는 낮게 날아온 타일에 목이 잘린 자신의 해바라기들을 살펴보았다. 어머니는 패인 참나무 뒤로 비어져 나온 글래드의 드레스 자락을 보았다.

들어와서 수프 마저 먹거라. 어머니는 화난 목소리로 말했다. 아니, 그랬던가? 솔직히 글래드는 기억나지 않았다. 그녀가 확신하는 것은 어머니가 마치 그 사건이 그녀의 책임인 양, 글래드가 기이하게 죽을 수 있었던 가능성이 이웃집을 폭파시킨 양 그녀를 대했다는 것뿐이다.

(그녀는 이 시점에서 이렇게 묻는 실비아를 상상할 수 있다. 그 집이 폭발한 진짜 이유는 뭐였죠? 죽은 사람은 없었나요? 하지만 이것은 비밀이 아니다. 오히려 이 질문들, 피할 수 없는 실비아의 무미건조한 질문들은 이 비밀스러운 과거를 공유하려는 그녀의 의욕을 꺾어버린다. 실비아와 그 무의미한 재심문을 탓하려는 건 아니다. 하지만 어느 정도는 실비아 탓이다. 정말 그렇다. 실비아가 왜를, 왜 글래드가 글래드인지, 왜 자신이 한 번도 만족할 만큼 글래드를 알 수 없었는지 알아내려면 그애는 약간의 책임을 져야만 한다.)

플래시백 장면으로 돌아가자. 글래드는 자신을 집안으로 끌고 가는 어머니를 기억한다. 글래드는 자신이 소멸할 뻔한 일 때문에 활기에 찼고, 분리되어 공중에 떠오를 뻔했던 머리는 가벼워진 듯했다. 글래드의 감정 상태를 정확하게 읽어내지 못하는 어머니의 지독한 무능력은 글래드로 하여금 그로부터 일 년 전 수업을 그만둔 피아노 교사와의 일을 기억하게 만들었다(실제로 그녀는 자신이 그렇게 기억했던 것을 기억했다).

(피아노 선생님이라고요? 실비아는 죽을 뻔한 경험과 폭발 다음에는 어떤 실제적인 교훈을 얻어야 한다는 뜻을 담아 회의적인 목소리로 말할 것이다.) 곧 글래드는 회상 속에서(이것이 그녀가 누구에게도 자신의 비밀스러운 생애를 밝힐 수 없었던 또하나의 이유다. 그것은 목적지라고는 없는, 방향 잃은 지류였으니), 그녀를 잡은 어머니의 두 손으로부터 예전 피아노 교사인 필립스 씨의 손길

을 꽤 본능적으로 느꼈음을 기억했다. 특히 그녀가 쿵쾅거리며 〈푸른 옷소매〉를 치는 동안 그가 턱 끝으로 그녀의 가슴이라고도 할 수 없는 것을 문지르며 건반 위를 맴돌 때, 필립스 씨의 추잡한 유용성이 그녀의 마음을 끌었다. 아니 그의 유용성이 아니라 그의 멍청함이 그랬다. 그는 그녀가 불운하고 순진한 어린—열두 살? 열한 살?—소녀라고 철석같이 믿은 나머지 자신이 그녀의 가슴을 문지르다시피 해도 알아차리지 못할 거라고 생각했다. 그녀가 〈벤체슬라스 왕〉을 망쳐놓는 동안 그녀의 팔꿈치를 애무해도 자신의 의도는 교육적으로 받아들여질 거라고.

그것은 모두가 부정한 행동을 하며 그럭저럭 만족하는, 달콤하게 비도덕적인 협정이었다. 필립스 씨가 늦게 온 그날 전까지는. 필립스 씨가 너무 늦은 나머지, 글래드는 그가 오지 않을 거라고 확신하고 있었다. 그래서 그녀는 집 뒷문가에서 해럴드 블런트가 자신에게 키스하는 걸 내버려두었다. 거기는 필립스 씨가 드나들던 문이었다. 그는 뒷문을 쓰는 부류의 남자였으므로. 그녀는 종종 해럴드 블런트와 키스했다. 해럴드 블런트는 모르는 사람이 없는 왕따라서 그애가 글래드 파크스와 매일같이 키스한다고 주장한들 아무도 믿어주지 않을 터였다. 그녀가 해럴드 블런트와 키스했던 그날, 해럴드 블런트는 물풍선을 든 채 그녀를 뒤쫓고 있었다. 그는 그녀를 뒷문가로 몰고 가서 그녀의 머리 위에 위협적으로 물풍선을 들어올린 채 자신의 입술로 그녀의 입술을 덮었다. 해럴드 블런트와 키스하는 그녀를 발견한 필립스 씨는 간통남이 자신의 부정한 정부를 노려보듯 그녀를 노려보았다. 그녀는 눈을 피했지만,

그럼에도 그를 얕잡아 보았던 그녀의 오만한 생각이 확성기를 통해 동네방네 울려퍼지는 것 같았다. 그는 그녀가 자신을 어떻게 생각하고 있는지 알게 되었다. 해럴드 블런트는 글래드의 머리에 물풍선을 터뜨리고 도망치는 것으로 대응했다. 글래드는 물이 흘러내리는 앞머리 사이로 필립스 씨를 노려보았다. 그는 순식간에 그녀에게 냉담해졌다. 그녀는 순수하지 않았다. 그녀는 자신을 바보로 만든, 〈푸른 옷소매〉를 난도질하는 또 한 명의 더러운 여자일 뿐이었다.

물풍선의 물이 눈 속으로 들어갈 때 그녀는 자기 인생의 또다른 순간(회상 속의 회상 속의 회상)을 떠올렸지만, 사실 그 순간은 당시의 시점보다 미래였다. 그녀는 어떻게 과거로부터 앞날을 '기억한' 것일까? 혼란스럽지만 그것이 사실이었다. 또는 그것이 이 과거가 존재하는 방식이었다. 끊임없이 바뀌는, 서로 잘못 연결된 자아들의 매트릭스로. 어쨌거나 열두 살 또는 열한 살의 그녀는 열여섯 살의 일을 기억했다. 그녀는 부모님이 운전하는 렌트카의 뒷좌석에 앉아 있었다. 머리핀 같은 와이퍼가 앞유리로 세차게 떨어지는 비를 감당하기에는 역부족이었다. 그녀 아버지의 표현에 따르면, 그들의 버뮤다 여행은 '틀어졌다'. 허리케인이 다가오고 있었고, 세 사람 모두 감기에 걸렸으며, 그녀의 어머니는 늘 그렇듯이 거짓말해서는 안 될 것들에 대해 끊임없이 거짓말을 하는 '기본적인' 상태에 있었다. 즉 요란스럽게 비참했다. 비참할 때면 어머니는, 일어났거나 일어나지 않았기 때문에 글래드가 거짓임을 알고 있는 이야기들을 늘어놓았다. 그때는 자신과 글래드가 페리를 타고 포도원에 갔던 날 글래드가 배 밖으로 뛰어들려고 했던 일을 얘기하고 있었다. "너는 사람들 많은 데서 자해하고 싶어했어." 어머니는 말했다. 탈출해서 선박 창문의 나사못 위에 매달려 있던 어느 노부인의 잉꼬를 구하기 위해 글래드가 난간 위로 올라갔다는 사실을 어머니는 잊고 있었다. 그녀는 발을 헛디뎠지만 다행히 갑판 위로 떨어졌다. 그러나 매달려 있던 잉꼬를 손으로 쳐서 배 밖으로 떨어뜨려 죽게 만든 다음이었다. 노부인이 어떻게 됐는지 알아보려고 걱정스러운 표정으로 두 사람에게 다가왔을 때 어머니는 노부인의 팔을 두드리며 말했다. "새가 날아가버렸어요, 부인."

글래드는 배 위에서의 그 순간(엄밀히 말해 그것은 회상 속의 회상 속의 회상 속의 일화였다), 사과나무에서 떨어지는 아홉 살의 그녀를 어머니가 차분하게 지켜보던 때를, 열 살의 그녀가 자전거로 들쥐를 치자 채소밭의 들쥐를 수도 없이 독살하던 어머니가 그녀를 살해범이라고 불렀을 때를, 열두 살의 그녀가 펜나이프로 엄지손가락을 섬세하게 갈라서 침실 옷걸이에 걸린 어머니의 실크 파티드레스에 피를 떨어뜨렸을 때를 떠올렸다. 다시 할 수 없는, 그래서 하나의 기억보다 더 위험한 방식으로 형언할 수 없는 회상의 패턴이었다. 지나치게 빨리 도는 회전목마를 타는 듯한 느낌이었다. 너무나 짧은 순간순간마다 그녀의 시선은 사람들 속의 새로운 얼굴에 고정되었다. 얼굴은 몇 초 만에 사라졌고, 순식간에 흐릿한 형체로 변해 금방 또 사라질 다른 얼굴로 교체되었다.

글래드는 메스꺼움을 느끼며 책을 움켜쥔다. 그녀는 엄밀히 말해 떠올리는 게 불가능한 일들을 떠올리고 있는 자신을 발견한다.

태어난 지 몇 주밖에 안 된, 꿈틀거리는 애처로운 불덩이 같은 그녀는 기저귀를 가는 탁자에서 어머니의 초췌한 얼굴을 바라보고 있다. 그런 다음 다시 천천히 앞으로 나아간다. 그 모든 기억의 연결고리는 그녀의 어머니다. 이것이 그녀가 소위 비밀이라 불리는 것들을, 또는 밀폐된 반향실 속에서 비밀이라 불리우는 것이 되는, 입 밖에 내지 않은 기억의 의미를 그다지 신뢰하지 않는 이유다. 그것은 단지 성인이 된 자신의 약점들을 깔끔하게 변명할 수 있도록 과거로 거슬러올라가 다른 누군가에게 화를 내는 방법일 뿐이다.

훨씬 더 놀라운 사실은 그 기억들 속에서 그녀의 어머니처럼 보이는 여자가 실비아를 닮은 여자로 서서히 모습을 바꾸기 시작한다는 것이다. 더 마르고 호감 가는 건방진 모습이긴 하지만 실비아다. 그리고 그녀, 글래드는 어디에서도 보이지 않는다. 그렇다, 폭발이 있던 날 그녀가 입은 빨간 드레스 자락은 나무 뒤로 비어져나와 있다. 심지어 그녀는 비 내리는 버뮤다의 차창에 투명하게 비친 자신의 모습도 볼 수 있다. 그러나 그녀는 어머니와 실비아의 으스스한 합성체가 등장하는, 기억 속 시나리오들의 적극적인 참여자가 아니다. 심지어 사람도 아니다. 그녀는 정신을 지닌 녹화기, 상처 입는 영혼에 붙은 하나의 눈일 뿐이다.

참나무들 사이에 늘어선 가로등에 불이 들어와 밀수범의 통로 같은 진입로를 밝히며 그녀를 놀래킨다. 그녀는 혼자 있지 않은가? 누가 가로등을 켰을까? 글래드는 술꾼인 남동생이 저녁식사 후에 차로 나무를 들이받고는 자신이 마신 그 많은 와인이 아닌 어둠을 탓하자, 그녀가 관리인을 시켜 타이머를 설치한 일을 기억해낸다. 남동생은 술에 취하면 어머니의 초상화에 대고 온갖 불경과 섹스로 점철된 버전의 어린 시절을 큰 소리로 고백했다. 초상화 속 어머니는 날카로운 눈을 한 열여섯 소녀의 모습으로 도장이 새겨진 굵은 반지를 낀 두 손은 무릎 위에 펼쳐놓은 소품용 책 위에 얹고 있었다.

초상화는 글래드의 왼쪽에 있는 벽에서 그녀를 노려보고 있다. 소품용 책의 책등에는 검정색 직사각형이 하나 그려져 있다. 책 제목은 지그재그식 도로 같은 흰색 선으로 표현되어 있지만 아무리 봐도 알아볼 수 없어 화가 날 지경이다. 그녀는 언제나 딱 적당한 거리에서 본다면 글자들이 나타나며 제목을 읽을 수 있을 거라고 생각해왔다. 어렸을 때 그녀는 그 그림 앞에서 왔다갔다하며 조금씩 선 자리를 바꿔보곤 했지만 그 지그재그는 결코 읽을 수 없었다. 영원히 어머니의 손에 있을 이 책은 무엇일까? 왜 그것이 중요했을까? 왜 그녀는 알고 싶어했을까?

그녀의 오래된 좌절은 그림을 떠나 이곳에 없는 실비아를 향해 전속력으로 달려간다. 그녀는 참나무들 사이를 빠르게 달리는 실비아의 그림자를 보았다고 생각한다. 그녀는 실비아가 돌아오기를 바란다. 그애에게 너의 '알고 싶은 욕구'가 초상화 속 책의 제목을 알고자 하는 자신의 욕구만큼이나 무의미한 것이라고 말할 수 있다면. 그것으로는 아무것도 알아낼 수 없을 것이다. 더 나쁜 것은 글래드의 기억이 불투명하고 무의미할 뿐 아니라, 아직 아무도 죽지 않은 『선미 쪽 문제』보다 훨씬 더 지루하다는 사실이다(글래드는 미끄러지듯이 책장을 넘긴다). 글래드는 직접 누군가를 죽이고 싶다는 생각에 반쯤 사로잡혀 있다.

안 될 이유가 뭔가? 참나무들 너머 하늘은 보랏빛으로 물들었고 섬은 멀리서 깜빡이는, 알 수 없는 곳의 불빛들로만 그 위치를 짐작할 수 있다. 아이들은 아직 돌아오지 않았고, 만일 돌아온다 해도 술이나 약에 취해 있을 거라고 글래드는 생각한다. 살인을 하기에 완벽한 시간이다. 그녀는 히터의 송풍구 속에 어머니의 다이아몬드 귀걸이 한 짝을 떨어뜨린 일로 여름의 절반 동안 외출금지당했던 일을 떠올린다. 그녀는 가장 친한 친구와 탈출하기로 결심했다. 둘은 카누를 타고 근처의 섬으로 가서 텐트를 세우고 모닥불을 피우려 애쓰다가, 모닥불 피우기와 야영이 적성에 맞지 않음을 깨닫기도 전에 자려고 누웠다. 새벽 세시에 글래드의 친구는 진입로 건너편에 있는 해변에 글래드를 두고 가버렸다. 글래드는 화가 난 부모님과 맞닥뜨리게 될 거라 예상했지만 해변은 무섭도록 고요했다. 그녀는 진입로를 따라 걸었고, 삐걱거리는 텅 빈 집 주변에서 점점 더 겁에 질렸다. 그녀는 커다란 돌을 주워서 머리 위로 들어올렸다. 곰이든 사슴이든 살인자든, 집으로 가는 길에 그녀를 공격할 무엇이라도 내리칠 작정이었다. 서재에서 흘러나온 불빛이 흰 융단처럼 잔디밭 위에 펼쳐졌다. 누군가 깨어 있었다. 틀림없이 그녀의 어머니다.

여전히 겁에 질린 그녀는 머리 위로 돌을 들어올린 채 현관문을 열었다. 귀에서 쿵쿵거리는 맥박이 느껴졌다. 그녀는 자신이 긴장하는 이유를 정확하게 알 수 없었다. 그녀는 여전히 위험에 처해 있는 걸까? 아니면 그녀가 위험의 원천일까? 그녀는 파란 방을 가로지른 다음 복도를 지나 닫힌 서재의 문 앞까지 걸어가서 문고리를 잡았다. 일단 문을 열면 돌아갈 수 없었다. 그녀는 이것을 알고 있었다.

그녀는 문고리를 돌렸다. 문은 소리 없이 열렸다. 초록색 벨벳으로 싸인 안락의자의 높은 등받이 위로 여자의 희끗희끗한 머리카락이 보였다. 글래드는 살금살금 더 가까이 다가갔다. 그녀의 팔 그림자가 그림 속 어머니의 얼굴까지 뻗어나가다 뱀처럼 모퉁이를 돌았다. 의자에 앉은 여자는 움직이지 않았다. 글래드는 코 고는 소리를 들은 것 같았다. 정말 한심해. 그녀는 생각했다. 얼마나 우울하고 늙은 여자길래 밤에 의자에서 책을 읽다가 잠이 들까? 어떻게 저렇게 거리낌없이 자기 통제력을 잃을 수가 있지? 글래드는 화가 나서 머리 위의 돌을 더 높이 들어올렸다. 자신이 정당한 행동을 한다는 생각에 팔에 힘이 들어가면서 근육이 욱신거렸다. 그녀는 이 사람을 불쌍하고 공상적인 성향에서 구제하는 것이다. 이것은 살인행위가 아니다. 자비로운 살해다. 돌이 여자의 관자놀이를 내리찍기 직전에 그녀는 창문을 바라본다. 판사 글래디스 파크 스쿨츠가 죽기 전 마지막으로 본 것은 제목을 알아볼 수 없는 책 위에 두 손을 가지런히 올린 채 자고 있는, 창문에 반투명하게 비친 자신의 얼굴이다.

알렉산다르 헤몬

허풍선이

Soleil Judge Frank Justin M. Damiano
Gideon Gladys J. Johnson
Parks-Schultz
Hanwell Snr Nigora
ROY SPIVEY Cindy Lélé
Donal Webster Stubenstock
Magda Judith Castle
Puppy Mandela RHODA
THE Theo Perkus
MONSTER JORDAN Tooth
THE LIAR WELLINGTON
Newton Wicks LINT Gordon

군중은 구름 같은 붉은 오후의 먼지 속에서 웅성거리고 있다. 이미 그들은 너무 오래 기다린 상태였다. 마침내 총독이 밑에서 두번째 계단으로 내려와 다리를 벌리고 서서 양손을 허리에 얹으며 판에 박힌 권위적인 자세를 취한다. 땀에 절은 토가* 아래로 눈에 띄게 퉁퉁한 배의 윤곽이 드러났고, 한가운데에 희미하게 배꼽이 보인다. 총독은 경멸스럽다는 듯 군중을 훑어본다. 좌우로 조금씩 몸을 돌릴 때마다 움푹 팬 배꼽이 그의 시선을 따라간다. 소란이 가라앉는다. 병사들이 칼끝으로 누더기를 걸친 두 남자를 앞으로 밀어붙여—두 남자가 비틀거리며 걷자 발에 찬 족쇄가 덜컹거린다—총독의 양옆에 세운다. 총독은 그들에게 눈길조차 주지 않는다. 모든 과정이 마치 잘 연습된 연극 같다.

"여봐라!" 총독이 소리친다. "여봐라! 나를 보라!"

---

* 고대 로마인이 입었던 낙낙하고 긴 겉옷.

군중은 이미 한참이나 총독을 바라보고 있었지만, 마치 이제 막 찬 공기에 노출된 혈관처럼 한 사람 한 사람이 다시금 팽팽해진다. 먼지가 천천히 가라앉으며 그들의 몸을 덮고 눈을 찌른다.

"여기 이 두 비열한 자들은 제국의 법을 어겼다." 총독은 외친다. "이자들은 극형을 받아 마땅하다. 허나 이들은 한낱 인간일 뿐이고 제국은 관대하다. 이들 중 한 명은 살려줄 것이다."

군중이 흥분하며 술렁거린다. 총독이 오른쪽에 있는 남자를 가리킨다. 여윈 몸에 두 팔은 길고 가늘며 이가 여러 개 부러졌다. 부어오른 왼쪽 눈에서는 피고름이 흘러나온다. "이자는 도둑이다." 총독이 말한다. "사람들의 양식을 약탈했다. 밤중에 몰래 침입해 곤궁한 이들의 재산을 훔쳤다. 이 악당 때문에 아비들은 궁핍해졌고 어미들은 눈물을 흘렸다."

도둑은 오른쪽 눈에 있는 힘껏 결백함을 짜내어 담아 군중을 바라본다. 군중은 그런 자들을 알기에, 그의 질긴 탐욕을 알아본다. 하지만 군중은 그의 양팔에 난 상처들도 볼 수 있다. 콧구멍에서 나와 동그랗게 말린 콧수염을 거쳐 턱수염 속으로 사라지는, 딱딱하게 군은 두 줄기 도랑 같은 피가 보인다.

"여러분." 도둑은 갈라지고 새된 목소리로 소리친다. "나는 배가 고팠고, 내 자식들도 배가 고팠소. 나는 배가 고팠소!"

한 병사가 손등으로 도둑의 얼굴을 철썩 때리자 신선한 핏줄기가 도둑의 턱수염을 적신다. 더 많은 피를 약속하는 피에 흥분한 군중이 웅성거린다.

총독이 왼쪽에 있는 남자를 가리킨다. "이자는 사기꾼, 허풍선이다. 수도 없이 협잡을 부렸으며 비방과 거짓말, 꾸며낸 이야기를 퍼뜨려 정직한 사람들과 제국의 명예를 더럽혔다. 이자에게 신성한 것은 없다. 그가 모독한 것은 제국뿐만이 아니다. 진실, 법과 질서의 어머니인 진실을 모독했다."

군중은 왼쪽 남자에게로 시선을 돌린다. 두 손은 등 뒤로 묶였고 어깨뼈는 지느러미처럼 튀어나왔으며 무릎뼈는 아기의 두개골처럼 드러나 있다. 마치 시들어버린 듯 양털 같은 턱수염은 땀으로 축 늘어졌다. 그에게는 발목에 족쇄를 찬 부위의 물집 말고는 상처가 없다. 그는 간수들이 듣고 싶어하는 것이라면 죄다 자백했고, 이어 그들이 묻지 않은 얘기까지 마음대로 꾸며내어 호감을 샀다. 간수들은 믿을 수 없다는 듯이 고개를 흔들며 듣기만 했다. 듣기를 멈추거나 그를 때릴 수는 없었다. 허풍선이는 악의 없이 군중을 바라보았다. 앞줄로 가기 위해 쉴새없이 엉덩이를 밀어대는, 피에 목마르고 법을 사랑하는 짐승들이 보인다. 그들의 주머니를 손쉽게 터는 소매치기들도 보인다. 그리고 저멀리, 안전한 옆쪽에 있는 신분 높은 사람들. 이 광경에 넌더리도 나고 겁도 난 그들이, 자신의 부정한 아내들을 놓고 우는소리 하는 주정뱅이에게 조용히 하라고 소리치는 것이 보인다. 그는 얼마 전까지도 자신을 쫓아다니며 그의 당나귀의 꼬리를 잡아당기던, 얼굴에 마마 자국이 있고 이가 누런 아이들을 알아본다. 그리고 마치 그가 자신의 남편이라도 되는 양 푸른 두 눈에 눈물이 그렁그렁해진 술 취한 창녀가 보인다. 그는 군중 속에서 군중을 감시하는, 총독이나 제국을 향한 발칙한 말에 귀를 쫑긋 세우는 염탐꾼들을 알아본다.

그는 자신이 침착하고 품위 있게 평정을 유지해야 함을 안다. 자신이 군중의 마음을 돌리고 자신을 사랑하게 만들 수 있음을 안다. 예전에도 그런 적이 있다. 그는 그들의 눈을 똑바로 바라보고, 창녀의 시선을 붙잡아두고, 또는 털 많은 짐승을 어루만지며 자신이 세상을 방랑하며 알게 된 이야기나 요셉에게서 들은 우화를 들려줄 수 있었다. 하지만 총독은 절대 그가 이야기를 하도록 내버려두지 않을 것이다. 설사 그렇게 한다 해도 군중이 원하는 것은 이야기가 아니라 피였다. 기이한 공포가 그의 몸을 휘감았다. 그의 온 존재가 살아서 이 몸으로 영원토록 숨을 쉬고 싶다는, 고통스럽고 강렬하고 굴욕적인 열망을 내뿜는 듯했다. 그는 오른쪽으로 머리를 휙 돌려 밧줄 같은 시선을 도둑에게로 던지며 몸으로 말한다. 숨막힌 듯 억눌린 목소리로는 말할 수 없을 것이기에. "저 사람을 데려가시오! 저 사람을 데려가시오!"

군중은 갑자기 변한 허풍선이의 행동에 당황한다. 그의 얼굴은 완전히 굳었고 목은 계속해서 경련을 일으키고 두 눈은 양옆으로 튀어나올 것 같다. 마치 눈구멍 밖으로 빠져나오려는 듯하다. 그들은 이제 그가 그저 허풍선이가 아니라 악령에 사로잡히기까지 했다고 생각한다. 그가 나쁜 씨앗임을 깨닫는다. 자신에게 뭔가 좋은 일이 일어나기 시작했음을 알아차린 도둑은 아무런 행동도 하지 않는다.

"도둑을 풀어주시오!" 군중은 소리친다. "도둑을 풀어주시오!"

"도둑을 풀어줘라." 총독이 병사들에게 명령한다.

허풍선이는 순간 목의 힘줄이 전부 끊어진 것처럼 고개를 떨구며 두 눈을 감는다. 군중은 그가 인정하는 순간을 즐기며 잠시 서서 침묵했다. 하지만 그들은 곧 이리저리 움직이며 안절부절못하고, 다시, 이번에는 더 시커먼 먼지가 일어난다. 해가 지기 시작한다.

병사들은 허풍선이의 등 위에 거대한 나무 십자가를 얹는다. 곧바로 가시 몇 개가 그의 오른쪽 어깨를 찔러 피가 줄줄 흘러내린다. 그는 자신이 쓰러져 죽기를 기다리며 얼굴의 땀을 닦는 사람들로 북적대는 좁은 길을 십자가를 끌고 지나간다. 계속해서 걸어간다. 찰나의 환각 속에서, 군중 사이에 섞인 도둑의, 방금 전 일은 일어난 적 없다는 듯한 평온한 얼굴을 본다.

십자가가 그의 어깨에서 미끄러지며 살점이 떨어져나간다. 옆에서 걷고 있던 군인이 십자가를 들어올려 다시 얹는다. 그의 왼쪽 어깨에, 천천히 내려놓는다. "자." 병사는 말한다. 허풍선이는 고통도 거의 느끼지 못할 만큼 숨을 헐떡이고 있다. 그래도 병사에게 간신히 감사하다고 말한다. 주위로 점점 군중이 더 모여들어, 병사들은 창검의 납작한 부분으로 그들을 밀어내며 지나가야만 한다.

"이건 좋은 징조가 아니오." 허풍선이가 병사에게 말한다.

병사는 아무 말도 하지 않는다.

"있잖소," 허풍선이는 말을 하고는 핏방울 섞인 기침을 내뱉는다. "나는 신의 아들이오."

병사는 아무 말도 하지 않는다.

"정말이오." 허풍선이는 말한다. "그렇게 들었소."

"물론 그렇겠지." 병사가 말한다. "그럼 난 베르길리우스다."

행진은 언덕 위로 이어진다. 언덕 꼭대기에서는 수많은 군중이 기다린다. 허풍선이는 그의 머릿속 목소리들에게 들은 이야기가 진실이기를 바라며 그곳을 올려다본다.

에드위지 당티카

렐레

Soleil | Judge Gladys | Frank | J. Johnson | Justin M. Damiane

Gideon | Parks-Schultz |||

Hanwell Snr | Nigora

ROY SPIVEY | Cindy | *Lélé*

Stubenstock

Donal Webster

Judith Castle

Puppy | Magda Mandela

R H O D A

Theo **Perkus**

THE MONSTER

JORDAN **Tooth**

THE LIAR WELLINGTON

Newton Wicks LINT Gordon

그 여름 레오간은 너무나 더워서 수많은 개구리의 몸이 터져버렸다. 겁을 먹은 것은 석양이 질 때 개구리들을 쫓아 강물 속으로 뛰어들던 아이들이나 너덜너덜해진 사체들을 허둥지둥 아이들의 손가락에서 떼어내던 부모들만이 아니었다. 첫 아이를 임신한 지 넉 달 된, 서른아홉 살이던 나의 누나 렐레 역시 기온이 계속 오르면 자신도 터져버릴지 모른다고 두려워했다. 우리는 개구리들이 죽어가기 시작하고 한참이 지나도록 이를 알아차리지 못했는데, 가장 큰 이유는 그 일이 조용히 진행되었기 때문이다. 어쩌면 한 마리가 죽을 때마다 다른 한 마리가 대신 강둑에 앉아 있었기 때문일지도 몰랐다. 다들 똑같이 생긴 그런 개구리들 때문에 우리는 정상적으로 주기가 진행되고 있다고, 젊음이 늙음을 대체하고 삶이 죽음을 대체하고 있다고 착각한 것이다. 때로는 천천히, 때로는 빨리, 우리 인간들과 마찬가지로.

"이건 분명 뭔가 끔찍한 일이 일어날 징조야." 렐레는 말했다. 유별나게 무더운 어느 날 저녁 우리는 부모님 집 맨 위층의 베란다에 앉아 있었다. 레오간 시의 치안판사였던 아버지가 돌아가신 지는 십 년이 넘었고 어머니는 아버지보다 오 년 먼저 돌아가셨지만, 나는 내가 그리고 이제는 내 누이도 집이라고 부르는 그곳이 부모님 것이라는 생각을 결코 버릴 수가 없었다. 요란한 나무 장식이 달린 그 아담한 집의 정면은 아버지가 세심하게 디자인한 것이다. 아버지는 두 분의 집을 짓기 시작했을 때부터 끝까지, 퇴근해 돌아온 밤마다 작은 것 하나하나를 개조하고 수정하며 시간을 보냈다. 아버지와 어머니는 수도까지 차를 몰고 가서 올록볼록한 금속과 가장자리 장식이 달린 블라인드들을 구입했다. 당시는 누나와 내가 태어나기 전으로, 그 여정을 위해 부모님은 역시 치안판사였던, 프랑스계인 할아버지로부터 상속받은 낡은 픽업트럭 안에서 몇 시간을 고통스럽게 보내야 했다. 여전히 그 트럭의 차체는 삼 헥타르 되는 우리 땅 여기저기에 흩어진 아몬드나무 수십 그루 사이 어딘가에 있었다. 한때 우레처럼 시끄러웠던 엔진은 잊힌 동상처럼 녹슬어 흙이 되어가고 있었다.

누나와 내가 각각 자던 두 개의 침실 안보다 내 방 베란다의 공기가 좀더 시원했다. 우리가 어렸을 적에 사용했던 그 방들은 사면에 선반이 달려 있었고, 그 선반에는 아버지와 할아버지가 낮 동안 그리고 때때로 밤 사이 씨름했던 사건과 소장으로 채워진, 가죽으로 장정한 노트들이 꽂혀 있었다. 지난해 나는 두 분의 노트를 시내에 있는 법원 기록보관소로 옮기기 전에 모두 읽어보기로 결심했다. 그때 남편과 별거중이던 누나는 자신이 처한 상황에도 불구하고 노트 정리를 도와주었다.

"어떤 노트를 봐도 개구리들이 이렇게 죽어가는 이야기는 없어."
렐레는 말했다.

임신을 하기 전 렐레는 애연가였고, 종종 그녀가 어떤 선언을 할
때는—그녀의 목소리는 언제나 선언하는 듯한 분위기를 풍겼으므
로—숨을 조금 헐떡이는 것처럼 들렸다. 나는 당시 아기가 그녀의
폐를 누르고 있기 때문에 이러한 증상이 악화되었다고 확신하지
만, 생각해보면 그녀는 어렸을 때도 그렇게 말했다. 가끔 혀 짧은
소리를 심하게 낼 때, 참 이상하게도 그녀의 말은 훨씬 더 신빙성
있게 들렸다.

"몇 사람과 그 문제에 대해 얘기해봤어." 나는 누나에게 말했다.
"포르토프랭스에 있는 의사 친구들 몇 명한테도 전화해봤고."

"의사들이 죽은 개구리들에 대해 뭘 알겠니?" 누나는 곧바로 내
말을 잘랐다. "필요한 건 세계 전문가야. 지구를 연구하는 사람들
말이야."

고개를 뒤로 젖힌 렐레의 길게 많은 머리 세 가닥이 저녁 공기
속에서 흔들거렸다. 그녀는 강조하듯 손바닥을 두드리며 말했다.
"내 말 명심해. 여름이 끝나기 전에 이곳에 재앙이 닥칠 거야."

강에서 불과 일 킬로미터 정도 거리에 사는 나는 앞으로 부패할
개구리 냄새가 재앙이 될 거라고 생각했지만, 며칠이 지나도 아무
런 냄새는 나지 않았다. 반들반들한 피부와 조그만 장기들이 햇볕
에 노출되자마자, 갈가리 찢긴 개구리들은 바짝 말라서 강바닥 속

으로 사라졌다.

렐레에게는 다행스러운 일이었다. 아직 임신 초기라 날씬하고 군살이 없었는데, 식욕이 별로 없어 그렇기도 했다. 누나는 거의 모든 냄새에 헛구역질을 했지만 오래된 잉크와 삭은 종이에서 나는 곰팡내는 예외였다. 그런 종이를 너무도 좋아하는 바람에 나는 솔직히 누나가 시市 사법 유산의 작은 조각들을 야금야금 갉아먹는 것은 아닌가 의심했다.

렐레의 예언 뒤 일주일이 지나자, 이제 개구리들은 문제 축에도 끼지 못했다. 산 위 어딘가에 몇 밀리미터 가까이 비가 쏟아져 강이 범람하면서 남아 있던 개구리들을 익사시켰고, 모래진흙이 강둑 높이보다 더 높게 쌓였으며, 일찍이 아버지와 할아버지가 그랬듯이 다른 것들과 함께 매년 초에 내가 열심히 심는 베티베르 밭을 휩쓸었다.

몇 년간 나는 실제로 베티베르로 돈을 벌기도 했다. 베티베르는 토양에 좋을 뿐 아니라 향수 원료 공급업자들에게 인기가 많았다. 그 시절 나는 그 돈으로 도로와 구분이 안 되는 우리 구역의 땅에 아몬드나무를 몇 그루 더 심었다. 렐레는 아몬드나무를 무척 좋아했다. 임신하기 전 누나와 매형 가스파르는 그곳에 올 때마다 강가의 돌로 그 섬유질 많은 열매를 으깨 알맹이를 꺼내는 데 많은 시간을 쏟았다.

가스파르가 렐레를 보러 온 날 아침, 나는 급히 법원에 가야 했다. 나는 자신의 정신과 치료비용을 받아내기 위해 소송중이던 전직 사제의 법정 증인이었다. 그는 자신이 경찰서장의 강요로 몇 명의 죄수들에게 병자성사를 했고, 그후 경찰서장은 그 죄수들이 치안판사 앞에 서기 전 사형을 선고받도록 지시했다고 주장했다. 나는 그 사제가 교구에서 추방당한 후 함께 살던 그의 조카딸로부터, 그의 정신건강 상태에 대한 그녀의 생각을 법정에서 진술하게 해달라고 요청받았다. 내가 법정에서 할 일은 이미 명백한 사실, 어떤 이유로 그 신부가 미쳤음을 되풀이해서 말하는 것뿐이었다. 뇌물을 받을 가능성이 없는 사건에는 인내심을 발휘하지 않았던 치안판사는 아마도 그 사건을 즉각 기각할 터였다. 하지만 지역 라디오 기자 두 명이 올 예정이었기 때문에, 그는 자신의 마음을 정하기 전에 모든 사람들의 말을 경청하는 척 위장하는 수밖에 없었다.

나는 정식으로 법을 공부한 적이 없다. 내가 아는 모든 것은 그림자처럼 아버지를 따라다니며 배웠다. 아버지의 태도는 늘 한결같았다. 아버지는 말하곤 했다. 우리가 그곳에 있는 것은 참여하기 위해서가 아니라 단지 목격하기 위해서, 향후의 법적 절차나 조치에서 누군가에게 도움이 될지 모를 한 장의 서류, 진술서, 공증된 성명서를 발행하기 위해서다. 만약 판사 앞에서 말해야 한다면 우리는 오직 본 것만 진술해야 한다. 우리는 짐작하거나 추측해서는 안 된다. 말은 질문을 받았을 때만 한다.

이는 내가 렐레와 가스파르에게 취했던 태도이기도 했다. 가스파르의 사륜자동차가 집 앞에 멈춰 섰을 때 나는 일부러 가속페달을 밟아 다른 방향으로 갔다. 그들이 이혼 절차를 밟을 때 나는 분명 그 법정에 서게 될 것이다. 한쪽을 편들 시간은 나중에도 충분히 있을 것이다.

사제도 그의 조카딸도 나타나지 않았으므로 치안판사는 사건을 기각했다. 이 일을 하는 십 년 동안 나는 나타나는 사람보다 나타나지 않는 사람이 더 많다는 사실을 알게 되었다. 대다수는 그저 현장이나 내 사무실에서 첫 심리의 이득을 취하려 했고, 내가 작성하는 기록도 대부분 거기서 나왔다. 나머지 사람들은 자기 사건의 결과가 어떻게 될지 뻔했기에, 혹은 너무 겁이 나서 출석하지 않았다.

내가 점심을 먹으러 집에 놀아왔을 때 가스파르의 차는 아직 집 앞에 있었다. 키가 작았던 가스파르는 맨발로 선 누나보다 더 작았다. 하지만 장난꾸러기 같은 암갈색 얼굴에, 화났을 때조차 억누르지 못하는 듯한 함박웃음을 짓는 미남이었다. 그는 재단사 집안 출신으로 옷을 아주 잘 입었다. 그즈음의 그는 수놓은 가벼운 흰색 셔츠와 헐렁한 면바지를 즐겨 입었다.

내가 들어갔을 때 렐레와 가스파르는 각자 거실의 반대편에 있었다. 가스파르는 백합 문장이 있는 육십 년 된 긴 안락의자에, 렐레는 이제는 휩쓸려간 베티베르 밭이 내려다보이는 미늘살 문 옆의 흔들의자에 앉아 있었다.

누나와 나를 둘 다 받아냈을 만큼 오랫동안 우리와 함께한 마르트는 반짝이는 작은 쟁반을 들고 느릿느릿 걸어가 가스파르의 빈 유리잔을 치웠다. 나는 가스파르가 아침 내내 그곳에 앉아 렐레의 표정 없는 옆얼굴을 뚫어져라 바라보며 마르트의 맛있는 바닐라 향 레모네이드를 홀짝거리는 모습을 떠올렸다. 일을 도울 더 젊은 여자를 고용했음에도 마르트는 여전히 손님 접대를 포함한 집 안 팎의 소소한 일 대부분을 직접 처리하길 좋아했다. 마르트는 육십 대 후반이었는데, 어머니가 살아 있었다면 그 정도 나이였을 것이다. 또한 그녀는 어머니처럼 달 모양의 얼굴과 땅딸막한 골격을 지녔다. 자라면서 나는 마르트와 어머니가 자매라고 생각했다. 나는 지금도 그들이 자매가 아니라고 확신할 수 없다.

나는 마르트가 방을 나가기를 기다린 다음 두 손을 비비며 말했다. "자, 두 연인들께서는 화해하셨나요?"

가스파르가 나를 올려다보았다. 그의 통제할 수 없는 함박웃음이 순간 위협적으로 보였다. 이번만큼은, 그가 웃으면서 이를 악무는 것처럼 보였다.

"누나가 아직 말 안 했나?" 그가 물었다.

나는 누나를 바라보며 어깨를 으쓱했다. 누나의 두 눈은 황폐한 베티베르 밭에 고정되어 있었다.

"저 밭을 치워야 해." 마침내 누나가 말했다. "미루지 말고 빨리 치워야 해. 아직 건질 만한 게 있을지도 몰라."

"건질 게 없을 때도 있어." 가스파르가 말했다.

그는 일어나서 재빨리 내 옆을 지나갔다가, 누나와 가장 가까운 문간에서 몸을 돌려 돌아와 내 어깨 위에 한 손을 얹었다.

"미안해, 처남." 그는 말했다. "이런 모습을 보여서."

나는 무슨 말을 해야 할지 몰라 고개를 흔들었다. 모든 카드는 렐레의 손 안에 있는 것 같았다. 그녀의 차례였다.

나는 가스파르의 차에 시동이 걸리는 소리가 들릴 때까지 기다렸다. 타이어가 진입로의 자갈을 긁는 소리가 나자, 나는 누나에게 물었다. "지금이 성격 차이로 다툴 적당한 시기인 것 같아?"

누나는 흔들의자에서 일어나 미늘살 문을 닫았다. 방이 상당히 어두워졌다.

"그 얘기는 하고 싶지 않아." 닫아둔 벽난로 옆 낡은 소파들 가운데 하나에 털썩 주저앉으며 누나가 말했다.

"매형이 바람피워?" 나는 물었다. "그런 거라면 매형을 감옥에 집어넣을 방법을 좀 알아볼 수 있어."

"그런 거 아니야."

"누나가 바람피우는 거야?"

누나는 대답 대신 두 눈을 아주 크게 뜨더니 자신의 배를 가리켰다.

"매형 자식이야?" 누나 발치의 바닥에 앉으며 내가 물었다.

"바보 같으니라고."

누나의 무릎에 머리를 기대자, 어렸을 적 아버지와 사망 사건을 기록하러 갔다가 혼비백산하여 집으로 달려오곤 했던 때의 기분이 들었다.

"현장에서 우는 사람은 이런 일을 할 수 없다." 아버지는 목격자들 앞에서 내 뒤통수를 때리며 말했다. 목이 잘린 남자의 몸통을 보았을 때도 그랬다. 남자의 친형은 땅 한 구획 때문에 말다툼을 하다가 큰 칼로 그의 목을 내리쳤다. 그날 밤 렐레는 나를 자기 침대에서 자게 해주었다. 더 중요한 사실은 그녀가 나를 울게 내버려두었다는 것이다.

"정말 나한테 말하기 싫어?" 내가 물었다.

"적절한 때가 오면 얘기하자."

"우리가 이 벽난로를 사용한 적이 있었나?" 그 집에서 콘크리트로 된 유일한 부분이자, 최근 렐레가 커다란 장식 양초들을 채워넣은 사각형의 동굴을 가리키며 내가 말했다.

"마르트가 더 잘 알 거야." 누나가 말했다. "내가 기억하기로는 딱 한 번, 네가 태어나던 날 밤에 쓴 적이 있어. 온 집안이 연기로 가득찼고 집을 다 태울 뻔 했지."

다음날 실제 이혼 소송을 위해 진술서를 받고 있을 때 비가 내리기 시작했다. 강이 다시 범람해서 이번에는 베티베르 밭과 아몬드나무들까지 망가뜨리고 지나갈까봐 초조했다. 강과 이렇게 가까운 집은 이제 우리집밖에 없었다. 우리집보다 덜 오래됐든 더 오래됐든 다른 집들은 격렬한 물살에 하류로 떠내려갔다. 집안에 있는 온가족이 함께 떠내려간 경우도 많았다. 나는 렐레에게, 집을 어떻게든 해야 한다고 말하려고 했다. 내가 그 문제를 두고 누나와 의논하기를 꺼린 유일한 이유는 나부터가 무엇을 해야 할지 결정하지 못했기 때문이었다. 집을 팔아서 현재 우리가 직면한 똑같은 문제를 누군가에게 떠넘겨야 할까? 집을 부수고 더 높은 지대에 다시 지어야 할까? 다른 곳으로 이사를 가고 이 집은 건기에만 써야 할까? 분명 렐레는 자신이 백 퍼센트 확신하는 해답을 갖고 있을 터였기에, 그녀에게 말하기 전에 내 마음을 정하고 싶었다. 하지만 비가 계속 내리고 내 사무실 앞 바깥 회랑에서 비를 피하는 행인들이 늘어나자 나는 점점 더 렐레로부터 고립되는 느낌이 들었다.

그때까지 여러 해 동안 나는 마을들, 특히 상류 마을의 농부들과 분기마다 회의를 열어 나무 부족, 토양 침식, 죽어가는 표토 때문에 강물이 사나워진다고 말했다.

"우리더러 어쩌라는 거요?" 그들은 도리어 내게 물었다. "석탄을 대체할 뭔가를 주면 우리도 그만하겠소."

어린 나무들을 베지 못하게 하려고 나는 때때로 가장 저급한 비유를 사용해 가장 신파적으로 간청하기도 했다. "그건 어린아이를 죽이는 것과 마찬가집니다." 나는 말하곤 했다.

"내 새끼를 살리기 위해 나무 새끼를 죽여야 한다면, 나는 나무 새끼를 죽이겠소." 그들은 말했다.

이제 그들의 어리석음, 아니 그들 욕구의 어리석음 덕분에 우리 부모님의 집은 곧 물에 잠길지도 모른다. 우리는 침대 위에 둥둥 뜬 채로 잠에서 깨어 지붕 위로 기어올라가 급류가 잠잠해지기를 기다려야 할지도 모른다. 누나는 출산을 나무 위에서 할지도 모른다.

"젠장," 나는 내 앞에 있는 고소인에게 말했다. "대체 왜 아내와 이혼하려는 겁니까?"

"아내가 추하기 때문이오." 그의 표정은 지독히도 진지했지만 내 표정만큼 근심스러워 보이지는 않았다.

"아내가 언제 그렇게 추해졌지요?" 나는 그에게 소리를 질렀지만 그는 눈치도 못 챈 것 같았다.

"애들을 낳은 후부터요. 아내는 이가 몇 개 빠졌고 더이상 친절하지도 않소."

"어떤 친절함을 기대하는 겁니까?"

"모든 종류요." 그가 한쪽 눈을 찡긋했다. "아시잖소."

"자식이 몇 명이죠?"

"열 명이오."

나는 펜을 놓고 하던 메모를 멈췄다. 아버지가 나를 때렸던 것처럼 그를 때리고 싶은 기분이 들었다.

"남자답게 굴어." 나는 말하고 싶었다. "이건 네 인생이야."

나는 내가 곧 누나에게 해야 하는 이야기를 그에게 하고 싶었던 것이다. 가족을 버리면서 겁쟁이처럼 행동하고 있다는 말을. 고개를 들었을 때 밖은 더할 나위 없이 다시 화창해졌다. 사무실 앞 바깥 회랑에서 비를 피하던 사람들은 다시 거리로 나가 제 갈 길을 갔다. 자동차들 역시 사방에 흙탕물을 튀기며 다시 돌아다니고 있었다.

"내일 다시 오십시오." 나는 그 불행한 남편에게 말했다. 나는 법이 요구하는 대로 그의 진술서를 작성하기 전에 적어도 그가 열 번은 나를 만나러 오게 만들고, 그런 다음 그것을 제출할 작정이었다.

알고 보니 집 근처에는 비가 내리지 않았고 강도 범람하지 않았다. 낮에 강이 범람하는 일은 어쨌거나 드물었는데, 나는 이것이 훨씬 더 걱정스러웠다. 치명적인 급류는 모두 밤에 일어났다. 내 두려움이 조금 비이성적이었을지도 모른다. 하지만 지난여름, 이 나라에서 네번째로 큰 도시가 몇 주간 물속에 잠기기도 했다. 나는 더는 운에 맡길 수 없었다.

집에 돌아온 나는 곧바로 렐레와 집 문제를 상의하고 싶었다. 누나는 자신의 오래된 방 안, 그녀가 십대 시절 부모님이 만들어준 커다란 마호가니 캐노피 침대의 한가운데에 앉아 있었다. 누나는 가스파르와 이십 년간 함께 살던 집에서 커다란 모기장을 가져와 캐노피 위에 펼쳐놓았고, 덕분에 누나는 마치 색깔 없는 꿈속에 갇힌 것처럼 보였다. 아버지의 노트들이 누나의 사방에 펼쳐져 있었다. 무릎 위에는 누나 자신의 작문 공책이 놓여 있었다. 렐레는 연거푸 페이지를 넘기며 맹렬하게 뭔가를 적고 있었다.

나는 누나의 테라스로 걸어나갔다. 누나는 그곳에, 자신의 수많은 화분들 사이에 고리버들 의자를 놓아두었고, 매일 아침 침대 시트 한 장으로 몸을 감싼 채 그곳에 앉아 산 위로 떠오르는 해를 바라보았다. 나는 그 의자를 방 안으로 끌고 와서 누나의 맞은편에 있는 큰 옷장 앞에 기대어 세웠다. 내가 의자에 앉자 누나는 고개를 들어 잠시 나를 쳐다본 다음 다시 노트에 집중했다.

"너도 그분들처럼 일하니?" 누나가 물었다.

"무슨 뜻이야?"

나는 베일을 사이에 둔 채 그녀에게 말하고 있었지만 우리 중 누구도 그 상태를 바꾸려고 노력하지는 않았다. 오히려 그 때문에 나는 좀더 편안한 기분이었고, 더 용감해졌다.

"할아버지랑 아버지처럼 노트에 기록을 하느냐 말이야."

"그럼. 내 노트들은 모두 시내의 기록보관소에 있어. 이 노트들도 그곳에 있어야 해. 우리 이것들을 너무 오래 갖고 있었어. 이것들은 우리만의 것이 아니야. 레오간의 것이야."

"우리 노트가 맞아." 누나는 말했다. "들어봐."

누나는 앞으로 몸을 굽히고 팔을 뻗어 무릎 옆에 있는 공책 한 권을 집어들었다. 배가 지나치게 눌렸던 모양인지, 재빨리 고개를 뒤로 젖히고 공책을 손에서 놓은 다음 배를 문지르기 시작했다.

"괜찮아?" 내가 물었다.

"잠깐만." 누나는 눈을 감고 혼잣말을 하며 계속해서 배를 문질렀다.

"뭔가 잘못된 거야?"

"괜찮아." 누나가 다시 눈을 뜨며 말했다. "내가 읽을 테니 들어봐."

누나는 차분했고 평정을 거의 되찾은 듯했다. 누나는 아버지의 노트 한 권을 들어올렸다.

"여기, 아버지는 소 절도에 대해 기록하셨어. 도난당한 가축 등…… 이라고 적혀 있거든. 그런데 빈 곳에 이렇게 적으셨어. '렐레가 오늘 태어났다. 우리는 그애를 레오간이라고 불렀다. 아이가 온 동네를 자기 것이라고 생각하지 말아야 할 텐데.'"

누나는 몸을 뻗어 다른 공책을 집어들고 읽기 시작했다. "렐레의 첫 등교일. 저녁식사가 끝난 뒤 내 뒤를 이어 치안판사 일을 하고 싶다고 귓속말을 했다."

나는 아버지가 나에 대해서 비슷한 내용을, 아니 다른 어떤 내용이라도 적어두었는지 누나에게 묻고 싶었다. 내가 놓쳤거나 보지 못했을 수도 있으니까. 하지만 나는 아버지가 그러지 않으셨다는 걸 알고 있었다. 누나도 마찬가지였다.

"누나는 그럴 수 있었어." 내가 말했다. "우리 둘 다 그 일을 할 수 있었어."

"글쎄. 삼십 년 전 그 시절에 여자애를 데리고 다니면서 마을의 재난을 기록한다는 건 있을 수 없는 일이었어. 아버지와 엄마 두 분 다 수도 없이 말씀하셨잖아."

"봐." 누나의 기분을 풀어주려 애쓰며 내가 말했다. "두 분은 누나에게 당신들의 온 세상을 주셨어. 이 마을을 말이야. 누나에게 이곳의 이름을 주셨잖아. 아버지와 어머니는 누나가 결혼하던 날 정말 뿌듯해하셨어. 매형을 무척 좋아하셨지. 누나에게 자식이 생기지 않아 슬퍼하셨고. 살아 계셨다면 정말 기뻐하셨을 거야."

누나는 마지막까지 공책을 한 장씩 넘겼다. 나는 누나가 모기장을 들어올리며 나올 거라고 생각했지만 그러지 않았다.

"매형 말인데……" 내가 말했다.

"내가 언제 돌아갈지 알고 싶은 거니?"

나는 소장을 제출하러 온 사람과 이야기하는 듯한 기분이 들었다. 내게 필요한 것은 구체적인 장소와 날짜, 그리고 시간이었다.

"왜?" 누나가 물었다.

"집을 팔까 생각하고 있어."

"안 돼, 이 집은."

"강과 너무 가까워서 이제 여기 사는 건 어리석은 일이야. 죽음의 함정 같다는 기분이 들기 시작했다고."

나는 누나가 있는 침대로 올라가 다 잘될 거라고, 이제 우리 자신의 길을 가도, 과거로부터 달아나도 괜찮다고 말하고 싶었다. 하지만 누나는 노트를 모아서 침대 한쪽에 쌓은 다음 그곳에서 멀리 떨어져 미끄러지듯 침대 가장자리로 갔다. 누나가 모기장을 너무 빨리 들어올리는 바람에, 순간 우리 둘의 얼굴이 거의 닿을 뻔 했다. 너무도 갑작스러운 일이라 나는 의자 쪽으로 몸을 조금 뺐다.

"내가 왜 가스파르를 떠났는지 알고 싶어?" 누나가 말했다. "아기 때문이야."

"아기가 왜?"

"애가 아파."

"아프다고?"

"넌 사람들 말을 항상 그런 식으로 기억하니? 사람들이 하는 말을 되풀이하면서?"

"아기가 아프다는 게 무슨 말이야?"

바로 그때 마르트가 들어와서 점심식사 시간을 알렸다. "렐레 아가씨, 하루종일 아무것도 안 드셨어요." 그녀가 집게손가락을 질책하듯 흔들며 말했다. "아기가 튼튼하려면 식사를 해야 해요."

"곧 내려갈게요, 셰리chérie." 렐레가 말했다.

"알았어요. 하지만 음식을 식게 하면 안 돼요. 내가 식은 음식을 얼마나 싫어하는지 알잖아요."

"마르트가 우리한테 저 말을 얼마나 오랫동안 해왔는지 알아?" 마르트가 방을 나간 다음 렐레가 말했다.

"아마 우리 나이만큼 됐겠지." 내가 대답했다.

"정말 놀라운 일이지 않니?"

"아기 얘길 해봐." 나는 재촉했다.

"나는 내키지 않았지만 내 나이를 생각하라며 가스파르가 고집을 부렸어. 그래서 병원에 가게 된 거야. 생트 크루아 병원. 거기서 그걸 했어."

그때 내가 누나의 말을 다 이해한 건지 잘 모르겠다. 초음파 검사를 받았고, 아기는 딸인 것으로 밝혀졌으며, 아기의 목 뒤에 생긴 낭종이 척추 전체로 자라고 있었다. 아기는 태어날 때까지 산다 해도 곧 죽게 될 거라고 했다.

"왜 그런 거야?" 나는 물었다. "이유가 뭔데?"

"운이 나쁜 거지." 누나가 말했다. "아무도 몰라."

의사와 매형 모두 누나가 더 늦기 전에 낙태를 해야 한다고 생각했다. 누나는 모든 것을 다 겪기를, 아기를 낳기를 원했다.

"이건 자살 행위야." 내가 말했다.

"뭐라고?"

"내가 도울 수 있는 일이 있다면 할게."

"할 일은 없어." 누나가 말했다. "그게 요점이야."

"아기 낳을 때를 생각해봤어?"

"마르트가 도와줄 거야. 마르트가 이곳에서 내 딸을 받을 거야. 우리를 받았던 것처럼."

그날 밤 저녁식사가 끝난 뒤, 집안에 있기에는 너무 더워서 우리는 다시 베란다로 나가 다른 밤에는 무시했던 소리를 들으며 앉아 있었다. 매미가 울부짖는 소리, 때를 모르는 수탉들의 울음소리, 우리 땅을 가로질러 온 먼 이웃들의 조용한 웃음소리.

더위에도 옷을 반쯤 입은 채 사방을 뛰어다녔던 어린 시절의 여름과는 달리, 우리를 둘러싼 나무들에서는 부스럭거리는 소리도 밤을 보낼 곳을 찾는 새소리도 들리지 않았다. 그리고 물을 튀기며 강 안팎을 드나드는 개구리 울음소리도 들리지 않았다. 개구리 소리는 전혀 들리지 않았다.

이미 누나의 아기는 부재하는 것처럼, 우리가 무시하면서 슬퍼해야 할 어떤 것처럼 느껴졌다. 이따금씩 나는 누나가 한쪽에서 다른 한쪽으로 몸을 비트는 것을 보았다. 이어 뱃속에서 아기가 깨어나자―내게는 매번 처음 같았다―누나는 의자에서 잠깐 일어났다. 부드러운 초승달 같은 몸의 곡선을 내려다보며 누나는 자신의 배를 만지지도 않았고, 나에게 만져보라거나 귀를 갖다 대보라고 하지도 않았다. 나는 감히 그러겠다고 말하지 못했다.

가스파르는 다음날 아침 일찍 다시 집에 들렀다. 놀랄 만큼 아름다운 아침이었다. 무덥거나 흐리지도 않고 너무나 밝아서 눈이 부실 지경이었다. 흐르는 강물 옆에서 사는 데 대한 내 모든 두려움을 증발시켜버리는 그런 아침, 베티베르와 아몬드나무를 심으며 나를 영원히 레오간에 살게 할 것 같은 그런 아침이었다.

출근을 하려고 집을 나서다가 차 안에 앉아 있는 가스파르를 보았다. 차 앞바퀴는 렐레의 테라스를 향해 있었다. 내가 창문을 두드리자 그가 몸을 뻗어 차문을 열어주었다. 조수석에 앉은 나는 그가 인사로, 사과의 뜻으로 내게 그러던 것처럼 그의 어깨를 가볍게 움켜쥐었다. 우리는 그곳에 조용히 앉아 아몬드나무 사이를 가로질러 도로로 이어지는, 자갈이 깔린 진입로를 내려다보았다. 어렸을 때 렐레와 나는 종종 집에서 그 길까지 달리기 시합을 했다. 시합은 언제나 끝이 없고 힘들게 느껴졌지만, 그 길에 도착했을 때 우리는 서로의 앞에 있든 뒤에 있든 스스로가 너무도 자랑스러웠다. 렐레가 매일 아침 담요를 두르고 앉아 일출을 바라보는 테라스를 올려다보던 가스파르와 내가 볼 수 있었던 것은, 높은 채광창의 레이스 모양 장식에 둘러싸여 난간 너머를 바라보고 있는 그녀의 두 발뿐이었다.

"난 렐레를 떠나지 않을 거야." 그는 말했다. "아이가 태어나고 나면 어떻게 할지 알게 되겠지."

그는 렐레를 향해 흔들려는 듯 두 손을 들었지만 그녀의 시선은 우리를 지나쳐 쪽빛 하늘의 후광에 둘러싸인 산으로 향했다.

"아내는 아이를 이곳에 묻고 싶어해. 아이가 이곳 부모님 집에서 평생을 보내기를 바라지. 자신이 떠나지 않았다면 이런 일이 일어나지 않았을 거라고 생각하는 것 같아. 아내는 이곳에서 처남처럼 혼자 지내겠지. 하지만 처남이 아주 잘 기록하고 있는 일들로부터는 안전할 거야."

"내가 기록을 잘하고 있는지는 여전히 의문이에요."

"아내는 처남을 대견해해. 잘해내고 있다고 생각하고 있어."

내가 다른 말을 하지 않자 그가 덧붙였다. "나무들 사이에. 아내는 아이를 아몬드나무 사이에 묻고 싶어해."

그때, 그가 내게 말하는 것이 아니라는 사실을 알아차렸다. 그는 렐레에게 말하고 있었다. 그녀는 산으로부터 시선을 거두어 이제는 그를, 우리를 똑바로 쳐다보고 있었다. 마치 대결이라도 하듯 그녀의 시선에는 흔들림이 없었다.

"균 때문이야." 가스파르가 말했다.

"원인을 알 수 없다고 하던데요."

"아기 말고. 개구리들 말이야."

전날 가스파르가 렐레를 방문했을 때, 누나는 그에게 강가의 개구리들이 무엇 때문에 죽었는지 알아봐달라고 했다. 그는 집으로 돌아가서 여러 사람들에게 전화를 걸었다. 그중에는 어린 시절 친구인 아이티계 캐나디안 식물학자도 있었다. 그는 이야기와 상황으로 판단할 때, 개구리들이 평소보다 더운 날씨 때문에 진균성 질병으로 죽었으리라고만 추측할 수 있다고 말했다.

"우리가 개구리들을 위해 할 수 있는 일이 있을까?" 가스파르는 친구에게 물었다.

"없어. 우리 모두에게는 가야 할 길이 있고 이건 그들의 길이야."

데이브 에거스

테오

Soleil Judge Frank
Gladys
Gideon Parks-Schultz J. Johnson
Hanwell Snr Nigora
ROY SPIVEY Cindy Lélé
Stubenstock
Magda Judith Castle
Mandela RHODA
Puppy Donal Webster Theo Perkus
THE Tooth
MONSTER JORDAN
THE LIAR WELLINGTON
Newton Wicks LINT Gordon

Justin. M. Damiano

오랜 세월 시인들은 마을을 둘러싼 가파르고 푸른 언덕에 주목하며 산문과 노래로 기록을 남겼다. 그 비이성적인 곡선, 딱 그렇게 상승하고 떨어지는 능선으로 보아 그 낮은 산들은 자고 있는 남자들과 여자들을 닮았다고 말이다. 대부분의 현실적인 사람들은 시인들이 너무 멀리 간 거라고, 시인은 시인이라고 생각했다. 하지만 어느 날 아침 새로운 사건이 일어났다. 당시 마을에 살던 오백여 명 남짓한 사람들 가운데 대부분이 아침을 다 먹고 아이들에게 옷을 입힌 직후였다.

땅이 흔들렸다. 하나같이 돌과 보리로 지어진 집들이 떨리더니 곧 무너졌다. 동물들은 앞다퉈 달아나고 새들은 하늘에서 떨어졌다. 혼란의 한가운데서 첫번째 거인이 모습을 드러냈다. 산허리의 푸른 너울들이 창백한 어깨, 뒤틀린 근육질의 팔, 허리와 엉덩이로 바뀌었다. 몇 분 만에 언덕은 남자, 거대한 남자가 되었다. 흙과 풀이 온몸에 줄무늬를 이뤘고, 두 눈을 비비고 있었다. 그는 몸을 일으켜 두 다리를 벌린 채 앉아 킬킬거리기 시작했다. 벗겨진 머리와 양쪽 어깨에서 풀을 걷어내고 배에 붙은 먼지를 털어냈다. 그리고 그러는 사이 마치 오랫동안 불가사의했던 무언가가 마침내 분명해졌다는 듯이 스스로에게 고개를 끄덕이며 살며시 웃었다.

그의 이름은 소렌이었다.

얼마 후 일 마일 남짓 떨어진 곳에서 다시 땅이 요동쳤다. 마을 사람들은 남쪽에서 솟아오르는 또하나의 산비탈을 보았다. 그곳은 일찍이 시인 이토르가 '여자'라고 불렀던 곳이다. 그곳에서 나타난 거인을 본 모든 사람들은 생각했다. '이토르가 죽어서 유감이군. 이 광경을 봤다면 정말 좋아했을 텐데.' 이 언덕은 소렌만큼이나 키가 큰 여자가 되었다. 기름과 그을음으로 뒤덮인 땅 속에서 몸을 일으킨 그녀의 긴 머리카락은 헝클어져 있었다. 그녀도 소렌처럼 크게 기뻐했으며, 자신이 깨어난 것을 아주 조금 놀라워했다. 그녀는 두 눈을 깨끗이 닦고 귀타나는 발가락들 사이에서 돌을 골라냈다.

그녀는 마그델레나였다.

마지막 거인 테오가 사람들의 거주지로부터 가장 가까운 언덕에서 몸을 일으켰을 때, 그의 출현을 알아차린 이는 거의 없었다. 그는 두 거인보다 키가 작았고, 불그레한 혈색에 눈 사이는 멀었다. 소렌과 마그델레나는 큰 키에 웅대하고 실팍진 몸을 가진 반면 테오는 팔이 길었으나 다리는 짧았으며, 얼굴은 납작하고 어깨는 좁았다. 하지만 적어도 그날에는 아무도 셋의 차이를 알아차리지 못했다. 이미 네 사람이 떨어지는 돌 부스러기에 깔려 죽었다. 남자들과 여자들이 눈물을 흘리고 기도를 하고 통곡했다. 이미 풍경은 파괴되고 재구성되었다. 하늘은 먼지로 갈색이 되었다. 고통과 한 탄과 재생으로 가득했던 이날이 바로 테오가 깨어난 날이었다.

처음 며칠 테오는 수천 년간 자다 깬 얼떨떨한 상태로 앉아 마그 델레나를 바라보는 것밖에 할 수 없었다. 그렇다, 마그델레나를. 처 음에 그녀는 그다지 볼품없었다. 머리카락은 재가 묻어 회색인데 다 몸은 운모와 사암으로 뒤덮여 거의 여자로 보이지 않았다. 그러 나 몇 시간을 앉아서 눈만 깜빡이며 활짝 웃던 그녀는 일어나서 바 다로 걸어가더니 백악질 절벽 아래의 파도 속으로 뛰어들었고 여 자가 되어 나타났다. 다양한 매력을 지닌 여자가.

테오만 이를 알아차린 것은 아니었다. 저 밑의 작은 인간들은 그 녀에게 완전히 매혹된 것 같았다. 젊은 남자들은 무리 지어 토토헤 스커라는 산에 올라 그녀의 가슴 높이에 모여서 그녀가 폭포에서 몸을 씻는 모습을 지켜보았다. 그들은 그녀가 무엇을 하든 지켜볼 용의가 있었다. 그들에게 가장 중요한 것은 키가 육십 미터인 여자 의 가슴 크기가 십 미터, 입술 두께가 삼 미터, 다리 길이가 이십사 미터라는 사실이었다.

그녀는 어디서 왔을까? 테오는 궁금했다. 마지막으로 그에게 의 식이 있었을 때 그녀는 깨어 있지 않았다. 아니 깨어 있었을지도 모른다. 그는 자신의 기억력이 좋지 않음을 알고 있었다. 그가 기 억하는 이 땅은 지금 주위에 펼쳐진 모습과는 닮은 구석이 거의 없 었다. 전에는 더 춥지 않았던가? 저 산봉우리들 사이에 빙하가 있 지 않았던가? 그는 자신의 기억을 그다지 신뢰하지 않았지만 이

지역이 변했다는 것은 거의 확신했다. 마을 사람들은 현재 이곳을 '북쪽의 땅'이라고 불렀는데, 상당히 적절한 이름이었다. 그들은 지구의 꼭대기에서 멀지 않은 곳에 있었다. 여름이면 낮은 알 수 없게 길어져서 아침이 아침으로 이어졌다. 이것만큼은 변하지 않았다.

그러나 논쟁의 여지가 없는 변화들도 있었다. 그가 마지막으로 이 땅을 배회했을 때 세상에는 작은, 그와 비슷하지만 훨씬 작은 사람들이 존재하지 않았다. 그들은 그 사이에 나타난 것이 분명했다. 거인들이 자신들에게 아무런 해도 끼치지 않는다는 사실을 알게 되자, 사람들은 자려고 누운 테오의 귀가 땅과 가까워졌을 때 근처의 다른 산과 언덕들에 대해 물었다. 그것들도 다 당신 같은가요? 그것들도 깨어날까요? 테오는 그들을 안심시키려고 노력했지만 거짓말을 할 수는 없었다. 그는 누가 산이고 누가 산이 아닌지 몰랐다. 그것만큼은 그도 잘 몰랐다. 예전에는 사슴도, 무스와 곰도 이렇게 많지 않았다. 그는 마지막으로 이 언덕들을 걸어다녔을 때 배가 매우 고팠다는 사실을 기억했다. 그때는 나무와 거북과 고래를 먹어야 했다. 이제 이곳에는 쉽게 잡을 수 있는 맛있는 음식이 많았다. 소렌과 마그델레나는 끼니때마다 숲에 사는 동물들을 죄다 먹어치웠고 그 뼈를 지붕 위로 아무렇게나 던졌다. 테오는 사슴 몇 마리, 혹은 토끼 수십 마리로도 버틸 수 있었고 뭐든 통째로 먹었기에 주변을 어지르지 않았다. 그런 다음 서쪽에 있는 눈 덮인 산봉우리에서 흘러내리는 희고 찬 물을 한참 동안 마셨다.

어리석게도 처음 한동안 테오는 마그델레나가 자기 것이 될 수 있다고 생각했다. 어쨌거나 그들 셋은 함께 이야기하고 함께 먹었다. 균형이 존재한다고 그는 생각했다. 처음 며칠은 좋았다. 테오와 소렌과 마그델레나는 물소떼를 절벽 너머로 쫓아냈고, 필요한 만큼 먹고 남은 것은 가장 높은 나무들에 매달아둔 그물에 보관했다. 불을 피웠고 살쾡이들이 영양을 쫓는 계곡에서 편히 잠을 잤다.

마그델레나를 웃게 만드는 것은 자신이었으므로, 테오는 그녀가 자기 것이 되리라고 생각했다. 테오와 마그델레나만 공유하는 것은 너무나 많았다. 테오만이 헤엄을 칠 줄 알았고, 그가 마그델레나와 몇 시간이고 헤엄을 치는 동안 소렌은 이렇다 할 이유 없이 거대한 구덩이들을 파곤 했다. 테오만이 리듬감이 있어서, 마을 사람들이 만돌린 춤곡을 연주할 때면 마그델레나와 함께 춤을 추었다. 그녀는 자신의 발을 보면서, 흘러내린 머리카락을 귀 뒤로 넘기며 춤을 췄다. 테오는 밑에 있는 건물들을 넘어뜨리지 않으려 애쓰면서 가볍게 발을 놀렸지만 마그델레나에게는 그런 자제력이 없었다. 그녀는 껑충껑충 뛰었고 이리저리 발을 끌었으며 두 손으로 땅을 짚고 섰다. 그녀 때문에 교회 지붕이 내려앉았지만 아무도 신경쓰지 않았다. 음악은 계속되었고 위쪽과 아래쪽의 남자들은 숨을 죽이고 지켜보았다.

소렌은 신경쓰지 않았다. 그는 테오와 춤을 추는 마그델레나를, 테오와 헤엄치는 그녀를 바라보았다. 전혀 질투하지 않는 것 같았다. 테오는 그가 안쓰러울 지경이었다. 남자 둘과 여자 하나가 있을 때 계산은 잔인해진다. 제삼자는 어떻게 되는가? 테오는 불쌍한 소렌의 처지를 생각하고 싶지 않았다.

깨어난 지 아흐레째 되던 날 테오는 소렌과 마그델레나가 그들의 정강이까지 오는, 마을 사람들이 고래와 바다사자를 꾀는 피오르드에 서 있는 것을 보았다. 그들은 선 채로 서로를 바라보며 조용히 얘기하고 있었다. 그날은 빛바랜 양모 같은 안개가 낮게 깔려서 그들의 허리 아래는 보이지 않았다. 그럼에도 그들을 감싼 흰 안개의 파도 아래로 테오는 그들의 맞닿은 손을 볼 수 있었다. 그녀의 살짝 굽힌 무릎이 그의 무릎에 닿아 있었다.

테오는 싸우기 좋아하는 남자가 아니었다. 그저 이 정보를 받아들인 후 그 자리를 떠났다. 소렌과 마그델레나가 포효하고, 웃고, 음이 맞지 않는 노래를 부르는 동안 테오는 백악질의 토토부튼 절벽 근처에 앉아 곰 몇 마리를 먹으며 생각에 잠겼다. 그곳에서 바다와 이야기를 하고, 고래들을 바라보고, 태양의 반대편 하늘에 달이 보이게 될 날을 기다리며 낮 시간의 대부분을 혼자서 보냈다.

소렌과 마그델레나는 자주 그에게 와서 괜찮은지, 헤엄을 치고 싶은지, 땅을 파거나 달리거나 물소를 먹고 싶은지 물었다. 테오는 예의 바르게 웃으며 거절했다. 난 우리가 마지막으로 깨어 있었을 때의 이 땅을 기억하려고 애쓰고 있어. 그는 말했고 그들은 이 설명에 수긍했다. 그들은 기억이 떠오르면 얘기해달라고 말했다. 그들은 그를 진지한 남자라 여겼고, 그만의 시간을 존중했다.

하루 중 기쁨이 존재하는 순간도 있었다. 동쪽 평지에 있는 타원형 소나무 숲 사이로 태양이 떠오를 때. 오후에 차가운 바다에서 헤엄칠 때. 민둥산 꼭대기에 누워 따뜻한 바위에 앞몸을, 햇살에

뒷몸을 말릴 때. 그럼에도 테오는 자신이 왜 살아야 하는지, 왜 두 눈을 뜨고 있어야 하는지 알 수 없었다. 기쁜 듯한 며칠을 보낸 뒤 그는 삶과 잠 사이의 무언가에 안착했다. 그는 너무 많은 것을 보았다. 피곤했다. 깨어난 지 몇 주가 지나, 그는 다시 꿈꾸는 상태로 들어가기 쉬운 이른 아침의 의식 단계에 머물렀다. 사지는 잠의 찌꺼기로 여전히 얼얼했고, 그는 다시 잠이 엄습하기를 간절히 바라면서 대부분의 날들을 보냈다.

테오는 떠나기로 결심했다. 북쪽으로, 다른 곳으로 가서 그와 같은 다른 존재들, 마그델레나 같은 다른 존재들이 있는지 알아보는 것이 최선이라고 생각했다. 그는 어느 날 아침 일찍 일어나 최대한 조용히 걸어서 떠났다. 몇 주를 거인들과 함께 지낸 저 밑의 작은 인간들은 거인 가운데 한 명이라도 돌아다닐라치면 요동치는 땅에 적응하게 되었다. 테오는 아무도 깨지 않게, 특히 소렌과 마그델레나가 깨지 않게 일어났다. 그즈음 그들은 나란히 누워 꼼짝도 하지 않고 잤다. 그들의 몸은 수많은 무정한 방식으로 연결되어 있었다.
그는 떠오르는 친구인 태양을 옆에 끼고 북쪽으로 걸었다. 그리고 갈수록 나무의 수가 적어진다는 사실을 깨달았다. 북쪽으로 갈수록 풀이 드물어지고 땅이 창백해졌다. 곧 주위는 얼음투성이가 됐다. 그는 추웠고, 자기 것이든 아니든 마그델레나의 곁에 있고 싶었다. 시간이 좀더 지나자 그녀로부터 멀어지는 한 걸음 한 걸음이 그를 아프게 했다. 처음에는 배에서 경련이 일었고, 이어 다리가 뻣뻣해졌으며, 그다음엔 뜨겁고 리드미컬하게 두통이 퍼져나갔다.

그래서 그는 되돌아갔다. 그리고 몇 주 동안 균형을 찾으려고 노력했다. 소렌과 마그델레나는 그를 보고 기뻐했다. 테오는 그녀와 소렌과의 시간을 함께 또는 혼자서 즐겼다. 마그델레나는 여전히 테오와 함께 헤엄을 쳤고, 예전처럼 함께 웃었으며, 춤을 췄다. 춤을 출 때 마그델레나는 이리저리 발을 끌며 미소를 지었다. 그녀를 웃게 만들면 그는 기쁨 비슷한 것을 느꼈지만 고요한 순간이 오면 얼어붙고 캄캄한 달 위에 있는 듯한 기분이 들었다. 소렌은 너무도 자신만만하게 그 모든 것을 허락했고, 테오와의 우정을 지켰다. 테오는 그에게 아무런 위협도 되지 않았다.

그들은 이렇게 지냈다. 얼마간 테오는 키 큰 나무들의 그늘에서 사는 나무처럼, 반사된 빛에 의지하며 살아가는 법을 찾았다.

테오는 일종의 평정을 찾았지만, 그것은 일시적이고 변하기 쉬웠다. 어느 날 그는 자신이 만족할 수 없음을 깨달았다. 사랑의 완전한 관심을 원했다.

그래서 다시 걷기 시작했다. 너무 멀리 걸으면 자신이 견딜 수 있는 것보다 더 큰 고통이 따른다는 사실을 알았기에 하루에 여행할 수 있는 한계를 정했다. 혼자일 수 있을 만큼 충분히 멀면서도 외롭지 않을 만큼. 그는 빙하를 지나고 알 수 없는 분화구를 지나치며 걸었다. 차갑고 검은 호수에서 몸을 씻었고, 하늘에서 떼지어 나는 새들을 잡아 허기 비슷한 것을 느끼며 먹었다.

어느 날 그는 황토색 협곡을 따라 서쪽으로 여행하다가 앞에서 무언가를, 이상한 무언가를 보았다. 편평한 툰드라에 솟은 야트막

한 산맥이었다. 그것은 언덕 없이, 까닭 없이 외떨어져 있었다. 사방은 단조로운 평지여서 그는 그 산맥에 매력을 느꼈다. 그는 시선을 산맥에 고정한 채 천천히 뛰어서 협곡을 통과했다. 협곡을 기어올라간 다음에는 먼지 날리는 평평한 땅 한가운데에 있는 이 범상치 않은 산을 향해 달렸다.

그는 주위를 걸으며 모든 각도에서 산맥을 살펴보았다. 매우 기이한 곳이었다. 그는 동족을 잘 알고 있었기에 이런 외떨어진 땅한가운데서 동면하는 거인이 드물다는 사실도 알고 있었다. 하지만 있을 수 없는 일은 아니었다. 그는 산맥 옆에 누웠다. 대충 그의몸길이와 비슷했다. 어깨처럼 솟은 곳과 허리일지 모를 꺼진 곳이있었고, 끝에는 발목을 꼰 것처럼 겹쳐진 부분이 있었다. 맥박이빨라지고 숨이 가빠왔다. 그는 일어서서 두 다리, 발가락, 머리로추측되는 돌출부 주위를 걸어다녔다.

가능한 일이야. 그는 생각했다.

그는 한낮과 한밤 동안 그 산 옆에 앉아 꼼꼼하게 살펴보면서, 바위와 눈으로 이루어진 거친 표면 아래 거인—여자—의 형상이기다리고 있을 거라고 확신했다.

처음에 어리석다고 느끼면서도 그는 그녀에게 말을 건네기 시작했다. 너는 언제 잠이 들었니? 그는 물었다. 대답이 없었다. 제대로된 질문으로 그녀에게 대답을 구하면 그녀가 깨어날지도 모른다고 생각하며 더 많은 질문을 했다. 그녀의 이름을 묻고, 추측하기시작했다. 마르케타? 도라? 시오반? 그는 아마란스로 마음을 굳혔고, 모든 이야기를 '오, 아마란스!'로 시작했다. 그는 자신의 목소리를 듣는 일이 점점 편해지는 데 놀랐다. 그는 시로, 노래로 그녀에게 이야기했다. 궁금해했고, 짐작했고, 그녀를 위해 구름들에 이름을 붙였다. 그녀에게 속마음을 털어놓았고, 곰을 제대로 먹는 방법과 마그델레나와 소렌에 대해 이야기했다. 그들을 그저 친구라고, 다른 장소 다른 때에 알고 지냈던 커플이라고 말했다.

몇 주 혹은 몇 달이 지난 뒤 테오는 소렌과 마그델레나에게 돌아가야 할지 생각했다. 자신이 어디에 갔었으며 누구를 만났는지를 그들에게 말해야 하는지 말이다. 그렇게 하려고 일어섰을 때, 그는 그것이 더 어렵다는 것을, 마그델레나의 경계를 떠나는 것보다 훨씬 더 어렵다는 사실을 깨달았다. 아마란스에게서 몇 발자국 이상 멀어지면 현기증이 났다. 그의 두 다리는 예전의 그 다리가 아니었고 그녀를 떠나는 일은 어리석은 행동처럼 느껴졌다. 물론 의심이 들기는 했다. 아마란스가 산이 아닌 여자인지 확신할 수 없었기 때문에. 그러나 그는 이 불확실성—그가 보기에 불확실성은 작았다. 그는 그녀가 그녀일 것이라고 확신했다—을 마그델레나와 소렌을 떠나면서 동시에 떠나왔던 것, 즉 확실한 고통과 기쁘게 맞바꾸었다.

그는 다시 앉아서 다른 거인들은 다음에 방문하면 될 거라고 생각했다.

잠은 가늘디 가느다란 비처럼 왔다. 그는 피부로 그것을 느꼈다. 엷은 안개 같은 무언가가 그의 두 다리와 두 팔에서 감각을 앗아

가고 있었다. 그는 마지막 긴 잠이 어떻게 시작되었는지 기억할 수 없었지만 지금 그에게 일어나고 있는 일은 익숙하고 옳은 일처럼 느껴졌다. 그가 아마란스, 너무도 따뜻한 아마란스의 옆에 누울 때 그에게서 한숨이 새어나갔다. 그의 옆쪽 윤곽은 그녀의 그것과 닮았고, 그들 사이에는 계곡이 생겼다. 무거운 눈꺼풀은 더이상 세상을 향해 열려 있을 수 없었다. 눈을 감았지만 여전히 그녀의 형상이 보였다. 변치 않는 그녀는 그를 계속 강하게 해주었고, 그를 쉬게 해주었다.

콜럼 토빈

도널 웹스터

Soleil Judge Frank Justin M. Damiano
Gladys
Gideon Parks-Schultz Nigora J. Johnson
Hanwell Snr
ROY SPIVEY Cindy Lélé
Puppy
Magda Donal Webster Stubenstock
Mandela Judith Castle
RHODA
THE Theo Perkus
MONSTER Tooth
JORDAN
THE LIAR WELLINGTON
Newton Wicks LINT Gordon

달은 텍사스를 굽어보며 낮게 걸려 있다. 달은 나의 어머니다. 그녀는 오늘밤 가득찼고 가장 밝은 네온사인보다도 더 밝다. 거대한 호박색 달에는 붉은 주름들이 있다. 어쩌면 그녀는 가을의 보름달, 코만치족의 달일지도 모른다. 나는 이토록 낮고 특유의 깊은 밝음으로 충만한 달을 본 적이 없다. 오늘밤은 어머니가 죽은 지육 년째 되는 날이고, 아일랜드는 여섯 시간 떨어져 있으며 당신은 잠들어 있다.

나는 걷고 있다. 걷고 있는 사람은 나뿐이다. 과달루페 산은 가로지르기 어렵고 차들은 빨리 달린다. 모두가 환영받는 동네 친환경 식품점에서 계산대의 여자가 내게 회원가입을 하지 않겠느냐고 묻는다. 그녀는 칠십 달러를 내면 영구 회원이 되어 구매할 때마다 칠 퍼센트를 할인받게 된다고 말한다.

육 년. 여섯 시간. 칠십 달러. 칠 퍼센트. 나는 그녀에게 이곳에 몇 달만 머물 거라고 말한다. 그녀는 웃으면서 환영한다고 말한다.

나도 웃는다. 나는 아직 웃을 수 있다. 내가 지금 당신에게 전화한다면 그곳은 새벽 두시 반일 것이다. 당신은 분명 잠에서 깼을 것이다.

전화를 건다면 나는 육 년 전에 있었던 모든 일을 이야기할 수 있을 것이다. 오늘밤 내 마음속에 떠오른 것이 그 일이므로. 마치 시간이 전혀 흐르지 않은 양, 달빛의 힘이 강렬한 마법으로 오늘밤 나를 마지막에 일어났던 진짜 사건으로 되돌려놓겠다고 작정한 양. 대서양 너머에 있는 당신에게 전화를 걸어 나는 어머니의 장례식을 치르던 당시에 대해 이야기할 수 있을 것이다. 그 모든 세세한 것들을 잊어버릴 위험에 처했다는 듯이, 그에 대해 이야기할 수 있을 것이다. 예를 들어 나는 장례식에서 당신이 흰색 셔츠를 입고 있었다는 사실을 상기시켜줄 수 있을 것이다. 그날은 재킷을 입지 않아도 될 만큼 따뜻했음이 틀림없다. 제단에서 어머니에 대해 말하며 내가 당신을 보았던 것을, 당신이 옆쪽 통로의 왼편에 있던 것을 기억한다. 더블린에서 뒤늦게 도착한 당신이 주차할 곳을 찾지 못해 성당 바로 앞에 차를 댔다고 당신 또는 누군가가 말한 것을 기억한다. 미사가 끝난 뒤 모두가 걸어서 뒤따를, 어머니의 관을 묘지로 운반할 영구차가 오기 전에 당신이 차를 다른 곳으로 옮겼다는 것을 나는 알고 있다. 어머니를 땅속에 묻고 온 후 당신은 호텔로 와 나와 내 여동생 수지와 함께 식사를 했다. 수지의 남편 짐과 내 남동생 카탈은 분명 근처에 있었지만 식사가 끝나고 사람들이 흩어졌을 때 그들이 무엇을 했는지는 기억나지 않는다. 식사가 끝날 무렵 모든 것을 알아차린 어머니의 친구가 다가와 당신을 보며, 여기에 와주다니 사려 깊은 친구라고 나에게 속삭였다. 그녀는 무언가를 암시하듯 '친구'라는 단어를 달콤하게 강조했다. 나는 그녀에게 부인이 알아차린 것이 더는 이곳에 없다고, 과거의 일부라고 말하지 않았다. 그저 그렇다고, 이곳에 와주어 고맙다고 말했을 뿐이다.

내가 고집스럽게 농담과 한담을 할 때, 솔직해지기를 거부할 때 짜증내며 고개를 젓는 유일한 사람이 당신이라는 사실을 당신은 알고 있다. 내가 그러는 것을 당신처럼 신경쓴 사람은 아무도 없었다. 당신만이 내가 항상 진실하게 말하기를 바라는 사람이다. 이곳에서 빌린 집을 향해 걸어가는 지금, 내가 당신에게 전화를 걸어 오늘밤 이 낯선 거리에서 씁쓸한 과거가 격렬한 기세로 돌아왔다고 말한다면 당신은 놀라운 일이 아니라고 말할 것이다. 그저 당신은 어째서 육 년이 지난 지금에 와서 그러는지를 궁금해할 것이다.

그때 나는 마지막 순수의 해로 접어든 도시 뉴욕에서 살고 있었다. 가는 곳마다 새 아파트를 얻었던 나는 그곳에서도 새 아파트를 얻었다. 아파트는 90번 스트리트와 콜럼버스 애비뉴가 만나는 곳에 있었다. 당신은 그 집을 본 적이 없다. 그것은 실수였다. 실수였다고 나는 생각한다. 나는 그곳에 오래 머물지는 않았지만―육칠 개월―그래도 그즈음 몇 년 혹은 그후 몇 년 동안 내가 가장 오래 머문 곳이었다. 가구가 딸리지 않은 아파트였기 때문에 이삼 일 동안 물건을 사들이는 짜릿한 즐거움을 맛보며 지냈다. 나중에 아일랜드로 보낸 안락의자 두 개와, 결국 내 학생 가운데 한 명의 차지가 된, 블루밍데일 백화점에서 산 가죽소파, '1-800-매트리스'에서 산 커다란 침대, 시내 모처에서 산 탁자와 의자 몇 개, 중고품 할 인매장에서 산 싸구려 책상 하나.

물건들의 배송 일정과 신용카드 때문에, 그리고 이 매장 저 매장을 택시로 쌩쌩 오가느라 분주했던 그 며칠 동안—9월이 시작되는 금요일, 토요일, 일요일에—어머니는 죽어가고 있었지만 누구도 내가 어디에 있는지를 몰랐다. 나는 휴대전화가 없었고 아파트에는 전화선이 연결되어 있지 않았다. 전화를 걸어야 할 때면 길모퉁이에 있는 공중전화를 이용했다. 나는 언제 가구들이 배송될지 연락 올 것에 대비해 배송회사에 친구의 전화번호를 알려주었다. 나는 하루에 몇 번씩 친구에게 전화를 걸었고 그녀는 이따금씩 나와 함께 쇼핑을 했다. 그녀는 재미있는 사람이었고 나는 며칠 동안 즐겁게 지냈다. 아일랜드의 그 누구도 내게 연락을 취해 어머니가 죽어가고 있다고 말해줄 수 없었던 그 며칠 동안.

일요일 밤 늦게 나는 킨코스에 들러 인터넷을 하다가 사흘 전부터 수지가 내게 연달아 이메일을 보냈다는 사실을 알게 되었다. 메일 제목은 '위급' '거기 있어?' '답장해줘' '읽었으면 알려줘' 마침내는 '제발!'이었다. 나는 메일 하나를 읽고 전화를 발견하는 즉시 연락하겠다고 답장을 쓴 다음, 나머지 메일들을 읽었다. 어머니는 병원에 있었다. 수술을 받아야 할 수도 있었다. 수지는 나와 이야기하고 싶어했다. 그녀는 어머니 집에 머물고 있었다. 어느 메일에도 그 이상의 이야기는 없었고, 말투보다는 메일의 빈도와 수지가 붙인 메일 제목들에서 위급함이 느껴졌다.

나는 한밤중에 아일랜드에 있는 수지를 깨웠다. 나는 계단 밑의 복도에 서 있는 그녀를 상상했다. 어머니가 나를 찾고 있다는 말을 그날 밤 수지가 전했다고 얘기하고 싶지만 사실 그런 말은 전혀 없었다. 수지는 구체적인 병명과 어머니가 병원에 있다는 소식을 듣게 된 경위, 그리고 나를 찾는 일을 거의 단념할 뻔 했다는 얘기를 했다. 나는 수지에게 내일 아침에 다시 전화하겠다고 말했고 수지는 그때쯤이면 더 많은 것을 알게 될 거라고 말했다. 수지는 어머니가 고통스러워했었지만 지금은 그렇지 않다고 말했다. 나는 수지에게 사흘 뒤에 강의를 시작한다고 말하지 않았다. 그럴 필요가 없었으니까. 그날 밤 수지는 그저 나와 얘기를 하고 싶은 것 같았다. 나에게 이야기를 하고 싶은 것 같았다. 그게 다였다.

그러나 다음날 아침에 전화했을 때 나는 수지가 첫 통화에서 내 목소리를 듣자마자 재빨리 판단을 했다는 사실을 깨달았다. 수지는 내가 일요일 밤 늦게 더블린으로 떠날 준비를 할 수 없으며, 다음날 저녁까지는 항공편이 없으리라는 생각을 하고 아침까지는 내게 아무런 말도 하지 않기로 결심했던 것이었다. 그녀는 내가 편안하게 잠을 자기를 바랐고, 실제로 나는 그럴 수 있었다. 아침에 전화를 걸었을 때 수지는 이제 곧 가족들이 결정해야 하는 시점이 올 것 같다고만 말했다. 그녀는 가족이라는 단어를 마치 준자치 도시위원회나 정부나 유엔만큼 동떨어진 것인 양 말했지만 가족이라고는 우리 셋뿐이라는 사실을 그녀도 나도 알고 있었다. 우리는 가족이었고, 병원에서 가족에게 결정해달라고 부탁하는 일은 하나밖에 없었다. 나는 수지에게 다음 비행기를 타고 집으로 가겠노라고 말했다. 나는 새 아파트에서 가구 몇 개를 받지 못할 것이고, 대학에서 처음 맡은 강의 몇 개를 할 수 없을 것이다. 대신 나는 더블린으로 가는 항공편을 찾을 것이고 최대한 빨리 그녀에게 갈 것이다. 내 친구는 에어 링구스*에 전화를 걸어 지금과 같은 만일의 사태를 위해 비워놓은 좌석이 몇 개 있음을 알게 되었다. 나는 그날 저녁 비행기로 떠날 수 있었다.

당신은 내가 신을 믿지 않는다는 것을 안다. 나는 우주의 신비가 말이나 음악, 또는 일련의 색깔로 내게 다가오지 않는 한 그것에 별로 신경을 쓰지 않는다. 설사 그것이 내게 다가온다 해도 나는 그 아름다움을 그저 잠깐 즐길 뿐이다. 심지어 나는 아일랜드도 믿지 않는다. 하지만 내가 멀리 있던 그 몇 년 동안 아일랜드가 변장을 하고 갑작스럽게 다가온 때가 여러 번 있었음을 당신도 안다. 내가 원하고 필요로 하는 익숙한 어떤 것의 기미를 보게 되는 때. 나는 부드러운 웃음을 짓거나 완고하고 불편한 표정을 짓고서 내게 다가오는 누군가를, 또는 공용공간을 조심스럽게 통과하거나 노골적으로 화난 듯한 시선을 허공에 던지며 나를 향해 다가오는 누군가를 본다. 어쨌거나 JFK 공항으로 갔던 그날 저녁, 나는 택시에서 내리자마자 그들을 보았다. 지나치게 짐을 많이 실은 카트를 미는 중년 부부. 남자는 자신을 보호할 방법을 모르는 상황에서 당장이라도 누군가에게 심문이라도 받을 듯이 근심스럽고 순한 표정을 하고 있었다. 잔뜩 지치고 피곤해 보이는 여자는 옷 색깔이 지

---

* 아일랜드의 항공사.

나치게 화려했고 하이힐은 너무 높았으며, 입가에서 순수하고 맹목적인 결의가 느껴졌지만 시선은 초라할 정도로 조심스럽고 순종적이었다.

나는 그들에게 쉽게 말을 붙이고 내가 집으로 가는 이유를 이야기할 수 있었을 것이다. 그러면 그들은 둘 다 걸음을 멈추고 내게 출신지를 물었을 것이며, 내가 답하면 안다는 듯 고개를 끄덕였을 것이다. 심지어 탑승 수속을 밟기 위해 줄을 선, 잠시 쉬러 집에 가는 젊은 남자들에게도. 그들의 조심스러운 태도를 보며 아무 말 없이 함께 서 있는 것만으로도 나는 편안해졌다. 잠시 걱정 없이, 생각할 필요 없이 숨쉴 수 있었다. 그들과 마찬가지로 나 역시 아무 일도 없거나 별일 없는 듯이 보일 수 있었고, 누군가 '실례합니다'라고 말한다든가 직원이 다가온다든가 해도 온화하게 웃거나 전혀 오만하지 않게 일정한 거리를 둘 준비가 되어 있었다.

예약 티켓을 들고 수속을 하러 갔을 때 나는 비즈니스 클래스를 담당하는 다른 카운터로 가라는 말을 들었다. 짐가방을 넘겨받으며 내 머릿속에 떠오른 생각은 나와 같은 이유로 귀국하는 사람들에게 좌석을 업그레이드해서 위로를 전하는 일, 조용한 연민을 보내며 추가 담요나 다른 무엇으로 그런 사람들을 밤사이 돌봐주는 일이 항공사의 정책인가보다 하는 것이었다. 그러나 나는 이동한 카운터에서 내가 그곳으로 보내진 이유를 알게 되었고, 신과 아일랜드에 대해 생각했다. 그곳의 여직원이 목록에서 내 이름을 보고는 다른 직원들에게 자신이 아는 사람이니 돕고 싶다고 말했던 것이었다.

그녀의 이름은 프랜시스 캐리였다. 아버지가 아파 우리—나와 카탈—가 이모네 집에 맡겨졌을 때 그녀는 그 옆집에 살았다. 그 때 나는 여덟 살이었다. 프랜시스는 분명 나보다 열 살이 많았을 텐데, 나는 그녀의 여동생과, 한 명이 나와 나이가 비슷했던 그녀의 두 남동생만큼이나 뚜렷하게 그녀를 기억하고 있었다. 그녀의 가족은 우리를 맡아준 이모가 살던 집의 주인이었다. 그들은 이모보다 화려했고 훨씬 더 부자였지만 이모는 그들과 가까워졌고, 두 가족이 넓은 뒷마당과 몇몇 별채를 함께 썼기 때문에 왕래가 잦았다.

카탈은 그때 네 살이었지만 정신연령은 훨씬 성숙했다. 이미 읽기를 배우기 시작했고 똑똑했으며 기억력이 굉장히 좋았던 카탈은 우리집에서 아기가 아닌 소년으로 대접받았다. 카탈은 매일 어떤 옷을 입을지, 어떤 텔레비전 프로그램을 볼지, 어느 방에 앉아 있을지, 어떤 음식을 먹을지 결정할 수 있었다. 친구들이 집 앞에서 부를 때면 카탈은 자유롭게 그들을 불러들이거나 나가서 함께 놀 수 있었다. 친척들이나 부모님 친구들은 전화 통화를 할 때면 카탈도 바꿔달라고 해서 이야기를 하고 그애가 하는 말을 경청했다.

그후로 지금까지 카탈과 나는 그 새로운 집에서 새로운 가족과 함께 보낸 시간에 대해 얘기한 적이 한 번도 없다. 내 기억은 보통 뚜렷하지만 늘 그런 것은 아니다. 예를 들어 우리가 어떻게 그 집으로 갔는지, 누가 태워다주었는지, 그 사람이 무슨 말을 했는지는 기억나지 않는다. 내가 여덟 살이었음을 기억하는 것은 단지 내가 그곳으로 떠날 때 몇 학년이었는지와 선생님을 기억하기 때문이다. 이 시기는 두세 달에 불과했던 것 같다. 어쩌면 더 길었을 수도 있다. 그때가 여름은 아니었다고 확신하는 이유는 그 모든 사태를 별 탈 없이 넘긴(몇 년 전에 내가 그 일을 기억하느냐고 물었을 때 수지가 한 말이다) 수지가 기숙학교로 돌아갔기 때문이다. 우리가 맡겨진 그 집에서 추위를 겪은 기억은 없다. 날은 빨리 저물었다고 생각하지만. 아마도 9월에서 12월까지였을 것이다. 아니면 크리스마스가 지난 후의 몇 달이거나. 확신할 수는 없다.

내가 또렷하게 기억하는 것은 그곳의 방들, 즉 응접실과 거의 사용하지 않았던 식당과 우리집보다 큰 주방, 그리고 튀긴 빵의 냄새와 맛이다. 팬에서 갓 건져올려 라드에 흠뻑 젖어 있거나 기름이 뚝뚝 떨어지던 그 뜨겁고 두꺼운 빵이 나는 싫었다. 나는 사촌들이 우리보다 나이가 어렸고, 그들 중 적어도 한 명은 낮 동안 잠을 자야 했던 것을 기억한다. 할 게 전혀 없었음에도, 우리의 장난감이나 책이 전혀 없었음에도 우리는 몇 시간 내내 조용히 있어야 했다. 나는 아무도 우리를 좋아하지 않았던 것을 기억한다. 우리 중 누구도, 심지어 그 일이 있기 전과 후에 만난 모든 사람들에게서 사랑을 듬뿍 받은 카탈조차.

우리는 이모 집에서 자고 이모의 음식을 최대한 맛있게 먹었다. 학교에 간 적은 없었지만 우리는 놀거나 무언가를 했던 것이 분명하다. 그 집의 누구도 우리를 해치지 않았다. 누구도 밤에 우리에게 접근하거나 때리거나 위협하거나 두렵게 만들지 않았다. 어머니가 우리를 이모 집에 남겨두었던 그때에는 아무런 드라마도 일어나지 않았다. 그저 모든 것이 잿빛이고 낯설었다. 이모는 특유의 산만한 방식으로 우리를 대했다. 이모부는 온화하고 딴생각을 많이 하며 쾌활하다고 할 만한 사람이었다.

그리고 내가 아는 단 한 가지는 그 기간 동안 어머니가 한 번도, 단 한 번도 우리에게 연락하지 않았다는 사실이다. 편지도 전화도 방문도 없었다. 아버지는 병원에 있었다. 우리는 그곳에서 얼마나 지내게 될지 몰랐다. 그후로도 어머니는 당신의 부재에 대해 설명한 적이 없었고, 우리 역시 어머니에게 그 몇 달 동안 우리가 어떻게 지내는지, 어떤 기분일지 한 번이라도 궁금한 적이 있었느냐고 묻지 않았다.

그것은 아무것도 아닐 것이다. 그것은 무無를 닮았기에. 일 빼기 일이 영을 닮은 것처럼. 그것은 내가 속한 곳에서 너무나 멀리 떨어진 이 사막 도시의 텅 빈 거리를 걸으며 당신에게 이야기할 가치가 거의 없을지도 모른다. 카탈과 나는 그 시기를 그림자의 세계에서 보낸 것 같은 기분이 든다. 우리는 마치 익숙한 모든 것이 사라진 어둠 속으로 조용히 내려간 듯했고, 어떤 말 어떤 짓을 해도 상황을 바꿀 수 없었다. 아무도 우리를 싫어한다는 기색을 보이지는 않았기에, 우리는 아무도 우리를 사랑하지 않는 세계에 있다거나 그런 것이 중요할 수 있다는 생각을 하지 않았다. 우리는 불평하지 않았다. 우리 내부의 모든 것이 비워졌다. 그 진공 속에서, 거의 아무런 소리가 없는, 그저 약간의 슬픈 메아리와 흐릿한 감정을 닮은 침묵 같은 것이 다가왔다.

나는 당신에게 전화하지 않겠다고 다짐한다. 우리가 함께했던 여러 해 그리고 그후로도 몇 년 동안 나는 당신에게 전화를 걸만큼 걸었다. 당신을 깨울 만큼 깨웠다. 그러나 지금 이 낯설고 편평하고 고독한 장소에는 그 슬픈 메아리와 흐릿한 감정이 평소보다 좀더 강렬하게 다가오는 밤들이 있다. 그것은 속삭임, 또는 갇혀서 흐느끼는 소리 같다. 나는 이곳에 당신과 함께 있었으면 하고 바란다. 지금만큼 간절하지 않았던 다른 모든 때에 당신에게 전화하지 말았어야 했다고 생각한다.

남동생과 나는 누구도 신뢰하지 않는 법을 배웠다. 그때 우리는 자신에게 중요한 것들에 대해 얘기하지 않는 법을 배웠고, 사는 내내 조금은 단호하고 고집스러운 자존심으로 할 수 있는 한 이것을 하나의 기술처럼 고수했다. 하지만 당신은 알고 있겠지? 나는 당신에게 전화를 해서 이 말을 할 필요가 없다.

그날 밤 JFK 공항에서 프랜시스 캐리는 따뜻한 미소를 지으며 내게 상황이 얼마나 나쁜지 물었다. 나는 어머니가 위독하다고 말했고, 그녀는 충격적이라고 했다. 그녀는 내 어머니를 또렷하게 기억하고 있다고, 유감이라고 말했다. 그녀는 내게 퍼스트클래스 라운지를 이용할 수 있지만 내가 구매한 이코노미석에 앉아서 대서양을 건너게 될 거라는 사실을, 가장 기분좋은 방식으로 확실하게 전달했다. 그녀는 원한다면 함께 가서 이야기를 해줄 수 있지만 라운지와 기내 직원들에게 내가 그녀의 지인이라고 말을 해두었으니 나를 잘 챙겨줄 거라고 했다.

우리가 이야기를 나누고 그녀가 내 가방에 짐표를 붙이고 탑승권을 건넸을 때 나는 거의 삼십 년 만에 그녀를 만난 거라고 짐작했다. 그녀의 얼굴에서 예전에 알던 그녀와, 그녀의 어머니, 심지어 그녀 남동생의 흔적까지 볼 수 있었다. 그녀의 존재 때문에, 그녀가 떠올리게 만든 오래전 카탈과 내가 남겨졌던 그 집에 대한 기억 때문에 나는 오늘 어머니의 머리맡으로 가는 일이 간단하지 않을 것 같은 기분이 들었다. 우리의 사랑과 애착의 일부는 근본적이며 우리의 선택을 초월한 것이고, 바로 이 때문에 그러한 감정은 고통과 후회와 필요와 공허감과 내가 감당할 수 있는 한 가장 분노에 가까운 어떤 감정이 더해진 채 찾아온다는 생각도 들었다.

그날 밤 서반구 일부를 횡단하는 비행기 안에서 가끔씩, 조용히 그리고 바라건대 아무도 모르게 나는 울기 시작했다. 나는 프랜시스 캐리를 만나기 이전의 단순한 세상으로 돌아가 있었다. 한때 맥박과 피를 나누었고, 그 속에서 내가 웅크리고 있었던 누군가가 병원 침대에 누운 채 고통을 겪고 있는 세상으로. 어머니를 잃게 될 거라는 두려움은 나를 절망적으로 슬프게 했다. 그런 다음 나는 잠을 자려고 노력했다. 밤이 더디게 흐를수록 나는 의자 깊숙이 몸을 묻은 채 그것이 무엇이든 상영중인 영화에는 눈길을 주지 않았다. 내가 날아서 향해 가는 끔찍한 일이 나를 덮치도록 내버려두었다.

나는 공항에서 차를 빌려 그 9월 이른 아침의 창백한 빛 속에서 더블린을 가로질러 달렸다. 드럼콘드라와 도싯 거리, 마운트조이 광장과 가디너 거리, 그리고 강 건너 남쪽으로 가는 도로들을, 마치 내가 벗어놓은 피부인 양 그것들을 빠져나갔다. 나는 집에 도착할 때까지 두 시간 넘도록 차를 멈추지 않았다. 어딘가에서 차를 세우고 아침이라도 먹게 되면 지금껏 자지 않고 운전을 하면서 언게 된 무감각한 상태가 사라질지 모른다는 두려움 때문이었다.

내가 도착했을 때 수지는 막 일어난 참이었고 짐은 자고 있었다. 수지는 카탈이 전날 밤에 더블린으로 돌아갔지만 다시 올 거라고 말했다. 그녀는 한숨을 쉬고 나를 바라보았다. 병원에서 상황이 악화되었다는 전화가 왔다고 했다. 수지는 네 어머니가 간밤에―다른 것도 많았지만―발작을 일으켰다고 말했다. 이것은 우리만의 오래된 농담이었다. 절대 '우리 어머니'나 '내 어머니'나 '엄마'라고 하지 않고 '네 어머니'라고 하는 것.

수지는 그 발작이 어느 정도로 심각한 것이었는지 의사들은 모르며, 지금도 가능하다면 수술할 준비가 되어 있다고 말했다. 우리와 상의할 필요는 있었지만 말이다. 그리고 어머니가 정기적으로 진찰을 받았고 좋아했던 심장 전문의는 공교롭게도 먼 곳에 있다고 덧붙였다. 그때 나는 왜 카탈이 더블린으로 돌아갔는지 깨달았다. 우리가 의사들과 나눌 대화에 끼고 싶지 않았던 것이다. 우리 둘만으로 충분할 터였다. 카탈은 수지에게 우리가 어떤 결정을 내리든 자신은 동의할 것임을 내게 전해달라고 했다.

수지도 나도 카탈을 비난하지 않았다. 카탈은 어머니와 가깝게 지낸 아이였고, 어머니가 가장 사랑한 아이였다. 아니, 어머니가 유일하게 사랑한 아이였을지도 모른다. 적어도 지난 몇 년간은 그랬다. 아니다. 이 말은 부당할지도 모른다. 어쩌면 어머니는 우리 모두를 사랑했을지도 모른다. 지금 누워서 죽어가고 있는 그녀를 우리가 사랑하듯이.

그 며칠, 화요일 아침부터 어머니가 돌아가신 금요일 밤까지 나는 그녀가 아주 멀리 있다고 느끼다가도, 그와 동시에 기이한 꿈과 관점으로 가득한 어머니만의 세상을 예전처럼 까다로운 성품으로 다시 요령 있게 지휘하고 삶을 마주하게 되기를 간절히 원했다. 어머니는 나처럼 책과 음악과 더운 날씨를 사랑했다. 나이가 들면서는 자신의 친구들과 우리를 순수한 매력으로, 가벼운 말투와 손길로 대했다. 그러나 나는 그것을 신뢰하지 않을 만큼, 가까이하지 않을 만큼 약았고, 결코 그러지 않았다. 이제는 내가 나만의 가벼움과 매력을 발산할 수 있게 되었으며, 당신은 이것 역시 알고 있다. 이 이야기도 당신에게는 할 필요가 없을 것이다.

어머니의 침대 옆을 지킬 때나 어머니를 보러 온 사람들을 위해 자리를 비킬 때, 나는 후회했다. 내가 어머니로부터 너무나 먼 곳으로 떠났고 너무나 먼 곳에서 머물렀음을 후회했다. 어머니와 떨어져 이모 집이라는 연옥에서 보낸 그 몇 달과, 아버지가 천천히 죽어갔던 그후의 몇 해가 내 영혼을 너무도 많이 좀먹게 내버려두었음을 후회했다. 어머니가 나에 대해 아는 것이 너무도 없음을 후회했다. 어머니는 누구에게도 이를 불평하거나 언급한 적이 없었다. 어쩌면 카탈에게는 그랬을지도 모르지만 카탈은 아무 말도 하지 않았다. 어머니 역시 이를 후회했을 것이다. 아니, 어머니는 아무것도 후회하지 않았을지 모른다. 하지만 겨울밤은 길고, 네시부터 어둠이 내리면 사람들은 온갖 것을 생각하기 마련이다.

어쩌면 바로 이것이 내가 지금 여기에 있는 이유, 아일랜드의 어둠을 떠나, 그토록 위협적으로 내 고향에 자리잡은 길고 깊은 겨울로부터 멀리 떨어져 있는 이유일지도 모른다. 나는 동풍으로부터 멀리 떨어져 있다. 나는 너무나 많은 것들이 자리를 비운 곳에 있다. 이곳은 한 번도 가득찬 적이 없는, 무언가가 존재했었다 해도 모두 잊히고 휩쓸려 날아간 곳이다. 나는 아무것도 없는 곳에 있다. 밋밋함, 파란 하늘, 부드럽고 근심 없는 밤. 아무도 걷지 않는 곳. 어쩌면 나는 그 어느 곳보다 여기에서 행복할지도 모른다. 당신의 전화번호를 눌러 당신이 깨어 있는지 알고 싶어진 것은 그저 오늘밤에 뜬 달의 치명적인 순수함 때문이다.

그날 아침, 차를 타고 어머니를 보러 갈 때 나는 수지에게 마음속에 있는 질문을 하지 못했다. 그때는 어머니가 아프기 시작한 지 나흘째 되는 날이었다. 어머니는 어쩌면 그곳에 누워 두려워하고 있을지도 몰랐다. 나는 어머니가 카탈에게 손을 내밀었는지, 두 사람이 병원에서 손을 잡았는지, 그럴 만큼 충분히 가까워졌는지 궁금했다. 또는 어머니가 수지에게 어떤 몸짓이라도 했는지. 어머니가 내게도 그렇게 해줄 것인지. 나의 궁금증은 어리석고 이기적인 것이었고, 그 며칠 내 머릿속에 떠오른 다른 모든 것들처럼 이제는 무엇도 설명되거나 말해질 시간이 없다는 사실을 외면하게 해주었다. 우리는 주어진 시간을 다 써버린 것이다. 그리고 나는 이것이 인생의 마지막 며칠 밤을 병원에서 깬 채로 누워 있는 어머니에게 어떤 변화라도 일으킬 수 있을지 궁금했다. 우리가 주어진 시간을 다 써버렸다는 사실이.

어머니는 중환자실에 있었고, 우리는 면회를 허가받기 위해 벨을 누르고 기다려야 했다. 그곳에는 침묵이 흘렀다. 우리는 어머니가 놀라지 않도록 내가 무슨 말을 해야 할지, 내가 돌아온 이유를 어떻게 설명할지 의논해둔 상태였다. 어머니가 병원에 있다는 소식을 들었고, 강의를 시작하기 전에 며칠 시간이 있어 어머니가 괜찮은지 살피러 왔다고만 하겠노라고 나는 수지에게 말했다.

"좀 괜찮아지셨어요?" 나는 어머니에게 물었다.

어머니는 말을 하지 못했다. 어머니는 천천히 그리고 힘들게, 목이 마른데 사람들이 아무것도 마시지 못하게 한다고 우리에게 말했다. 어머니의 팔에는 정맥 내 투여기가 꽂혀 있었다. 우리는 간호사들에게 어머니의 입이 말랐다고 말했다. 간호사들은 눈 화장을 할 때 쓰는 특수한 면봉으로 입술에 차가운 물을 떨어뜨리는 것 말고는 할 수 있는 조치가 별로 없다고 했다.

나는 침대 옆에 앉아 어머니의 입술을 축이면서 잠시 시간을 보냈다. 마침내 나는 어머니와 함께 고향에 있었다. 나는 어머니가 신체의 불편을 얼마나 싫어하는지 알았다. 물에 대한 욕구가 너무도 강렬하고 절박해서 그 순간 어머니에게는 다른 그 어떤 것도 중요하지 않았다.

그런 다음 의사들이 우리를 만나려 한다는 말을 들었다. 우리는 일어서서 다시 오겠다고 말했지만, 어머니는 거의 대답하지 못했다. 우리는 영국식 억양으로 말하는 간호사를 따라서 복도 몇 개를 지나 어떤 방으로 들어갔다. 그곳에는 의사가 두 명 있었고, 우리를 안내한 간호사도 머물렀다. 자신이 수술을 집도할 거라고 말한, 책임자처럼 보이는 의사는 방금 마취 전문의가 어머니의 심장이 수술을 견디지 못할 거라고 말했다고 했다. 도움될 것도 없지만, 사실 발작은 큰 문제가 아니라고 말했다.

그는 "한번 해볼 수는 있습니다"라고 하더니 곧바로 그렇게 말한 것을 사과했다. 그는 고쳐 말했다. "수술을 할 수는 있지만, 환자분께서는 수술대 위에서 돌아가실 겁니다."

그는 어딘가에 폐색이 있다고 했다. 어머니의 신장까지, 어쩌면 다른 곳까지도 피가 돌지 않고 있었다. 수술을 하면 확실히 알 수 있겠지만 그것은 문제를 해결하는 데 아무런 도움이 되지 않을 것이다. 문제는 혈액순환이라고 의사는 말했다. 어머니의 심장은 몸 전체에 피를 보낼 만큼 강하게 뛰고 있지 않았다.

그후의 침묵을 내버려둘 만큼 그도 다른 의사도 사려 깊었다. 간호사는 땅을 쳐다보고 있었다.

"선생님께서 하실 수 있는 게 없다는 말씀이신가요?" 내가 말했다.

"환자분을 편안하게 해드릴 수는 있습니다." 그가 대답했다.

"어머니께서 이런 상태로 얼마나 더 사실 수 있죠?"

"그리 길지 않습니다."

"제 말은, 몇 시간 혹은 며칠인지……?"

"며칠입니다."

"우리는 환자분을 아주 편안하게 해드릴 수 있어요." 간호사가 말했다.

더 할말이 없었다. 훗날 나는 우리가 마취과 의사와 얘기를 해봐야 했는지, 어머니의 주치의와 연락해보려고 노력해야 했는지, 어머니를 더 큰 병원으로 옮겨 다른 소견을 구해야 했는지 생각했다. 그러나 어떻게 했더라도 상황을 변화시키지는 못했을 것이다. 수년간 어머니가 공공장소에서 정신을 잃고 쓰러졌을 때마다 우리는 이런 순간이 올 거라는 경고를 들었다. 어머니의 심장이 멈춰가고 있는 것은 분명했다. 하지만 나로 하여금 여름에 한두 번 이상 어머니를 보러 가도록 할 만큼 분명하지는 않았다. 마침내 내가 정말로 어머니를 보러 갔을 때, 나는 옆에 있는 수지와 짐과 카탈 덕분에 말해져야 할 것들이나 말해져서는 안 될 것들로부터 보호받고 있었다. 어쩌면 나는 일주일에 몇 번씩 전화를 하거나 편지를 쓰는 착한 아들이었어야 할지도 모른다. 하지만 그 수많은 경고에도, 아니 어쩌면 그러한 조짐들 때문에 나는 거리를 유지했다. 이러한 생각과 거기에 따라오는 모든 후회를 곱씹는 즉시, 어머니와 가까운 곳에서 여름을 보내고 자주 찾아뵙기로 했다는 내 결정에 어머니가 얼마나 냉정하고 무심하게 반응했을지, 그리고 나와 어머니 모두에게 그런 방문이나 전화 통화가 가끔은 얼마나 어렵고 진 빠졌을지 그려보았다. 어머니가 내게 쓴 답장들이 퉁명스러울 정도로 얼마나 효율적이고 간단하게 느껴졌을지도.

우리가 간호사를 대동하고 다시 어머니를 보러 갔을 때는 이중의 후회가 밀려왔다. 내가 계속 멀리 있었다는 단순한 후회와, 내게는 선택권이 없었고 어머니는 평생 나를 그다지 원하지 않았으며 그녀에게 남은 며칠 동안 이 사실을 바꿀 수는 없을 거라는, 훨씬 더 이해하기 힘든 후회였다. 어머니는 고통과 불편 때문에, 위엄 있고 침착한 모습을 유지하려는 엄청난 노력 때문에 다른 데 신경쓸 여력이 없을 것이었다. 어머니는 늘 그랬듯 대단했다. 나는 어머니가 손을 벌리며 내 손을 찾을 때를 대비해 몇 번인가 그녀의 손을 만졌지만 어머니는 결코 그렇게 하지 않았다. 그녀는 외부의 손길에 반응하지 않았다.

어머니의 친구 몇 분이 찾아왔고, 카탈이 와서 어머니 곁에 머물렀다. 수지와 나는 계속 가까운 곳에 있었다. 금요일 아침, 어머니가 고통스러워하는 것 같은지 간호사가 내게 물었을 때, 나는 그렇다고 대답했다. 지금 내가 청한다면 어머니에게 모르핀 주사와 개인 병실이 주어질 수 있다는 사실을 알고 있었다. 나는 다른 사람들과 상의하지 않았다. 그들이 동의하리라는 것을 알았으니까. 나는 간호사에게 모르핀에 대해 언급하지 않았지만 그녀가 현명하다는 것을 알았다. 모르핀이 어떤 작용을 하는지 내가 이해하고 있음을 그녀가 안다는 걸, 내가 말하는 동안 날 보는 그녀의 시선에서 알 수 있었다. 그것은 내 어머니를 편히 잠들게 하고, 세상에서 편히 벗어나도록 할 것이다. 어머니의 호흡은 얕거나 깊게 이어졌다 끊어지기를 반복할 것이고, 맥박은 희미해질 것이며, 다시 호흡은 멈췄다가, 이어졌다 끊어지기를 반복할 것이다.

어머니의 호흡은 이어졌다 끊어지기를 반복하다가 그날 저녁 늦게 개인 병실에서 완전히 멈춘 것처럼 보였다. 겁에 질리고 어찌해야 할지를 몰랐던 우리는 자리에 앉아 어머니를 지켜보았다. 우리가 다시 자세를 가다듬고 앉았을 때 어머니의 호흡이 다시 시작되었지만 그리 오래 지속되지는 못했다. 전혀 길지 않았다. 호흡이 마지막으로 한 번 멈추더니 계속 그 상태를 유지했다. 호흡은 다시 시작되지 않았다.

어머니는 떠났다. 어머니는 가만히 누워 있었다. 간호사가 와서 조용히 맥박을 확인한 다음 슬프게 고개를 저으며 병실을 떠날 때까지 우리는 어머니 옆에 앉아 있었다.

우리는 잠시 어머니의 곁을 지켰다. 그들이 우리에게 나가달라고 부탁했을 때 우리는 한 명씩 어머니의 이마를 짚은 다음 병실을 나갔고 문을 닫았다. 우리는 복도를 따라 걸었다. 어머니의 마지막 호흡과 최후의 분투의 흔적들이 남은 평생 동안 우리의 호흡에 남을 것만 같았다. 우리가 세상에 존재하는 방식이 우리가 목격한 것 때문에 반으로 또는 반의 반으로 작아진 것 같았다.

우리는 무덤 속에서 삼십삼 년을 기다렸을 아버지 곁에 어머니를 묻었다. 그리고 다음날 아침 나는 비행기를 타고 뉴욕으로, 콜럼버스 애비뉴와 90번 스트리트가 만나는 곳에 있는, 가구가 반쯤 채워진 내 아파트로 돌아왔고, 그다음날 강의를 시작했다. 나는 지금 당신이 내게 말할 것처럼—전화기를 들어 전화선 반대편에 있는, 처음에는 침묵하다가 당신과 이야기를 해야 한다고 말하는 나를 발견한—당신이 아마도 내게 하려는 말처럼, 그 길고 긴 세월 동안 내가 너무 오래 미뤄왔음을 깨달았다. 이 어두운 도시에서 잠을 자려고 새 침대에 누웠을 때 이제 너무 늦었다는 것을, 모든 것이 너무 늦어버렸음을 나는 깨달았다. 내게 두번째 기회는 주어지지 않을 것이다. 내가 거의 안도에 가까운 감정과 함께 이러한 생각에 휩싸였노라고, 잠에서 깨면 당신에게 말해야만 한다.

ZZ 패커

기디언

Soleil Judge Gladys Frank Justin M. Damiano

Gideon

Hanwell Snr Parks-Schultz Nigora J. Johnson

ROY SPIVEY Donal Webster Cindy Lélé Stubenstock

Puppy Magda Mandela Judith Castle

THE MONSTER RHODA Theo Perkus

THE LIAR JORDAN Tooth WELLINGTON

Newton Wicks LINT Gordon

내 말이 무슨 뜻인지 알겠는가? 그때 나는 열아홉 살이었고 제 정신이 아니었다. 나는 기디언이라는, 실로 유대인스러운 이름을 가진 이 유대인 남자를 만났다. 그는 아프로 가발 같은 머리에, 종이접기처럼 계속해서 재빠르게 펼쳐지는 신경질적인 미소를 지어 보였다. 그는 흑인 여자를 좋아하는 백인 남자 부류였다. 하지만 나를 만나기 전까지는 누구에게도 데이트 신청 같은 건 엄두를 내지 못한 게 분명했다.

앞으로 할 이야기가 펼쳐지기 시작한 그 어느 날, 기디언은 학위 논문을 쓰고 있었다. 즉 우리 위에서 선풍기가 돌아가는 동안 침대에서 이런저런 정치적인 이야기를 하고 있었다는 말이다. 그는 언제나 정치적인 이야기를 했다. 그의 박사학위 논문은 정치와는 아무런 관계도 없는 『엘리자베스 1세 시대 시의 담론 및 에크프라시스의 시간적 유형』이었는데도. 그조차 자신의 논문을 좋아하지 않았다. 그는 언제나 퀴퀴한 냄새가 나는 책을 펼쳐서 잠시 읽은 다음 책을 덮고 말했다. "이 파시스트 기업들의 문제가 뭔지 알아?" 뭐라고 대답하든 그것은 틀린 답이었다. 그는 "그렇지!"라고 말하고는 방금 한 대답과는 아무 상관없는 자신의 이론을 내놓았기 때문에.

그는 신경질적인 에너지로 잔뜩 흥분한 채 여느 때처럼 철학적 이야기를 하며 우리가 키우던 귀뚜라미들에게 먹이를 주고 있었다. "넌 말이야," 그는 귀뚜라미 병의 뚜껑을 열고 귀뚜라미에 시선을 고정한 채 내게 말했다. "넌 신산업단지가 너랑은 상관이 없다고 생각하겠지만 그렇지 않아. 왜냐하면 은연중에 어쩌고저쩌고에 가담해서 어쩌고저쩌고 노동자들의 어쩌고저쩌고 상품화에 동참해 신레이건주의자들이 어쩌고저쩌고 할 수 있게 하는데, 넌 그 변증법을 피할 수 없거든."

그 여름 그는 귀뚜라미에 빠져 있었다. 이유는 나도 모른다. 어쩌면 밤마다 귀뚜라미들이 오케스트라를 결성했기 때문일 것이다. 우리의 침대 사방에서, 지나치게 뜨거운 하늘과 찢어진 방충망들 사이에서 들리는 소리라고는 근육질의 작은 허벅지와 날개를 움직이며 연주하는 귀뚜라미들의 음악뿐이었다. 그는 창문 밖으로 코를 내밀고 공기 냄새를 맡았다. 가끔은 손전등을 들고 맨발로 나가 귀뚜라미를 잡으려 했다. 성공하면 그는 귀뚜라미를 작은 유리병 가운데 하나에 집어넣었다. 한때 타프나드*나 아이올리** 같은 고급

---

* 앤초비나 참치에 블랙 올리브, 케이퍼, 올리브유를 넣고 갈아 만든 페이스트.
** 마늘, 올리브유, 레몬즙 등을 넣어 만든 일종의 마요네즈.

식료품이 담겨 있던 병들이다. 나는 한 번도 들어본 적 없는 음식들이었지만, 기디언과 함께 있는 밤이면 오래된 고급 빵 위에 타프나드를 올려서 먹곤 했다. 다음날 밤 우리가 그 병을 헹구고 나면, 짜잔, 귀뚜라미 한 마리가 들어가 살게 되는 것이다.

귀뚜라미를 채집한 뒤 침대로 돌아올 때마다 그는 차갑고 깡마른 자신의 몸을 태아처럼 웅크린 내 몸에 밀착시키려 애썼다. 그는 말하곤 했다. "가까이 와봐." 나는 그러고 싶을 때도, 그러고 싶지 않을 때도 있었다. 밖에 나갔다 온 그에게서는 늘 다른 냄새가 났다. 농장 동물이나 물냉이 같은 냄새. 게다가 그는 굳은살이 지나치게 많았다.

가끔씩 나는 캄캄한 어둠속에서 그의 새하얀 몸을 바라보곤 했다. 그의 피부를 눌러보면 어둠속에서도 진한 자홍색 멍이 생기는 것이 보였다. 그와 비교하면 내 피부색은 무척 거무스름했다. 그는 너무도 하얘서 가끔은 기이할 정도였다. 그럴 때를 제외하면 그의 피부가 내 피부에 대비되어 빛나던 방식, 우리의 몸이 함께 예술작품처럼 보이던 방식은 꽤 멋지고 아름다웠다.

그러던 어느 날―그가 연방준비제도이사회와 나프타, 총기 로비, 신산업단지를 맹렬히 비난하고 난 뒤―우리는 귀뚜라미 먹이를 주고 침대로 갔다. 침대로 갔다는 말은 그러니까, 사랑을 나눴다는 의미다. 나는 그것을 섹스라고 불렀지만 기디언은 강간이라고 부르는 편이 나을지도 모른다고 말했다. 사랑을 나누는 것은 마음뿐이었다. 한번은, 아름다운 예술작품처럼 보였을 자세를 취한 상태에서 그가 말했다. "날 봐. 나 좀 봐." 나는 그것을 할 때 사람을 쳐다보는 걸 좋아하지 않았다. 사진을 찍히면 영혼의 일부가 벗겨져나갈까 두려워하는 그 부족민들처럼. 하지만 인정해야겠다. 기디언과 내가 서로에게서 눈을 떼지 않았을 때, 그것이 다르게 느껴졌음을. 우리는 마치 잠시 동안 같은 그림의 일부가 된 듯했다.

그날 밤 우리는 그것을 한 번 더 했다. 콘돔이 찢어졌는지 어쨌는지 확실히 말할 수는 없었지만 기분이 몹시 이상했다. 기디언은 말했다. "콘돔이 찢어졌다느니 하는 건 전부 지어낸 얘기야." 우리는 그것을, 완전히 죽어서 끈적끈적해 보이는 콘돔을 전등빛에 비춰보았다. 마침내 그는 그 물건을 방 저편으로 던져버렸다. 콘돔은 민달팽이처럼 벽에 달라붙었다가 떨어졌다. "망할 프리스타일! 도대체 누가 망할 프리스타일을 사는 거야?"

"병원에서 무료로 얻은 거잖아." 나는 말했다. "유기농 콘돔이라도 원하는 거야?" 우리는 그것을 다시 살펴보았지만 그런다고 찢어진 콘돔이 도로 붙는 건 아니었다. 그때 기디언이 지은 표정은 나를 미치게 만들었다.

나는 생각을 해야 했다. 나는 욕실로 들어가 변기 위에 앉았다. 그동안 나는 잘해왔다. 임신을 하지도 약을 하지도 남을 다치게 하지도 않았다. 내게는 '피타 딜리셔스'에서 일하며 햄버거와 팔라펠*을 서빙하는 보잘것없는 인생이 있었다. 그곳의 거의 모든 것이 끔찍했지만 팔라펠은 그럭저럭 괜찮았다. 아프로-유대인 머리를 하

---

* 병아리콩, 고수, 양파 등을 페이스트처럼 만들어 뭉쳐서 튀긴 중동 음식.

고 코끝을 들썩이던 기디언을 처음 만난 곳도 피타 딜리셔스였다. 식당 주인인 시리아인들은 늘 내게 가서 기디언과 얘기를 하라고 시켰다. 그를 싫어했기 때문이다. 처음 한두 번 기디언은 시리아인들에게 중동과 팔레스타인과 이것저것에 대해 얘기하려고 애썼다. 그가 그들의 편이었음에도 불구하고 시리아인들은 기디언을 싫어했다. "유대인이랑 얘기해." 그가 들어올 때마다 그들은 내게 말했다. 곧 내 휴식시간에 우리는 같이 팔라펠을 먹었고, 기디언은 내가 학교로 돌아갈 수 있는 방법을 찾는 데 도움을 주었다. 이는 그저 비유적 표현에 지나지 않는 것이, 나는 애초에 학교를 들어간적이 없었기 때문이다.

내가 침대로 돌아왔을 때, 기디언은 담요 위에 벌러덩 누워 있었다. 달빛 조각들이 그의 앙상한 몸을 비추고 있었다. "좋아." 그가 말했다. "임신 테스트를 해보자."

"그렇게 뭘 몰라? 지금 당장은 못해."

그는 이상한 표정을 지으며 물었다. "경험에서 나온 얘기야?"

나는 그를 쳐다보았다. "다들 알고 있어." 나는 차분하고 생색내는 듯한 목소리로 말하려고 노력했다. "다음 월경이 없을 때 하는 거라는 걸."

그는 알았어라고 입 모양으로만 말했다. 아주 천천히, 마치 내가 미친 사람이라는 듯이.

월경이 무단이탈을 했을 때 나는 피타 딜리셔스의 화장실에서 임신 테스트를 했다. 왜 그랬는지는 모르겠다. 기디언이 내 옆에서 서성거리기를 원하지 않았던 것 같다. 내가 언제 테스트를 할 것인 지도 말하지 않았다. 한 개의 분홍색 줄. 음성이었다. 나는 나의 변변찮은 인생으로 돌아간 것에 안도해야 했지만, 놀랍게도 그렇지 않았다. 그리고 나는 꿈에도 생각해본 적 없는 일을, 내가 그간 해왔던 어떤 일과도 다른 일을 벌였다. 아주 간단했다. 분홍색 사인펜을 구해서 테스트기의 플라스틱 덮개를 열고 짧은 선을 하나 더 그렸다. 두 개의 줄. 테스트기는 말했다. 당신은 임신한 거예요.

집으로 돌아가서 나는 그에게 테스트 결과가 양성이라고 말한 다음 테스트기를 그의 무릎 위로 휙 던졌다. "뭘 상관이야?"

나는 그에게 내가 어떻게 해야 할지, 우리가 어떻게 해야 할지 모르겠다고 말했다. 그는 잠시 귀뚜라미들 앞을 서성거렸다. 그런 다음 나를 한 팔로 안았다. 마치 방금 에이즈에 걸렸다고 말한 나를 포옹해줄 용기를 낸 것처럼.

"우리 어떻게 해?" 나는 물었다. 무엇을 기대한 것인지는 모른다. 거짓말로 그를 잡을 수 있을 거라고 생각했는지, 아니면 그가 아기를 원하지 않는다는 얘기를 할 거라고 생각했는지, 아니면…… 잊어버렸다. 나는 무언가가 나를 짓누르고 익사시킨다는 것만 알았다. 그가 어떤 말이라도 했다면, 어떤 말이든, 나는 괜찮았을 것이다. 그가 변증법에 대해, 또는 중피종이나 아이올리에 대해, 아니면 뉴포트 멘톨 한 개비로 얼마나 다양한 종류의 암에 걸릴 수 있는지에 대해 얘기했더라면 나는 괜찮았을 것이다. 심지어 그가 내게 큰 소리로 욕을 하고 비난하며 아이를 원하지 않는다고 말했더라도 나는 이해했을 것이다.

그는 아무 말도 하지 않았다. 그럼에도 나는 그의 생각을 모두 볼 수 있었다. 아파트에 볕이 잘 드는 새러소타식 주방에서 수심에 잠기는 자신의 부모—사이와 리타—를 생각하는 그를 보았다. 논문을 완성하지 못하고, 전 직원이 템페*를 먹고 가죽옷 사 입을 형편이 못 되는, 박사학위를 딸 뻔한 사람들로 이루어진 어느 지저분한 비영리단체 사무실로 출근하는 그를 보았다. 아이를 데리고 공원을 돌며 그것이 살면서 해왔던 일 중 최고라고 말하는 그를 보았다. 진짜. 최고의 일.

나는 그 방에서, 사방이 멋진 목재로 된 그의 셋집에서 걸어나갔다. 계속해서 걸었다. 처음에는 빠르게 걸었고 그다음엔 엄청나게 빠르게 걸었다. 눈물이 아니었더라면 나는 혜성처럼 불타 없어져버렸을 것이다. 그때 내가 달아났던 것은 더이상 기디언이 아니었지만, 설사 그가 나를 따라왔다고 해도 이미 늦은 터였다. 아이가 없다고 해도, 나는 내가 사이와 리타를 만날 날이, 피타 딜리셔스에서 잘리기 전에 그만두는 날이, 테이블에서 탈포스트페미니즘에 대해 이야기하는 학생들과 어울리게 되는 날이, 기디언과 내가 방금 산 집 앞에서 손을 꼭 잡을 날이 오지 않으리라는 것을 깨달았다. 누구라도 그에게 그것은, 우리는 너무 늦었다고 말해줄 수 있었겠지만 기디언은 기디언이었다. 나는 뒤에서 그가, 늘 그랬듯이, 자기 대신 말이 쫓아가기를 바라며 나를 부르는 소리를 들었다.

---

* 콩을 발효시켜 만든 인도네시아 음식.

앤드루 오헤이건

고든

Soleil Judge Gladys Frank Justin M. Damiano J. Johnson

Gideon Parks-Schultz Nigora

Hanwell Snr

ROY SPIVEY Cindy Lélé Stubenstock

Donal Webster Judith Castle

PUDD Mandela Magda THE RHODA

MONSTER Theo Perkus

THE LIAR JORDAN Tooth

Newton Wicks WELLINGTON

LINT Gordon

1. 자부심

고든은 1950년대에 커콜디의 끝자락에 있는 광재더미 옆에서
축구를 하다가 한쪽 눈의 시력을 거의 잃었다고 한다. "신경쓰지
말거라." 그의 아버지는 병원에서 나와 집으로 걸어가면서 말했다.
"신 앞에서 우리 모두는 반쯤 장님이란다." 고든은 간호사가 감아
준 붕대 밑으로 따끔한 통증을 느끼며 길 위의 아스팔트 속에서
차가운 별들을 보았다. 그는 여러 해가 지난 뒤 그날 집으로 걸어
가던 일과 완벽하게 멀쩡했던 등교용 신발에 느꼈던 자부심을 기
억했다. "호감 가는 사람이야, 그 의사." 아버지는 기침을 하며 말
했다. 고든은 아버지 앞에서 걷고 있었다. "그는 의사가 해야 할 일
을 알고 있어. 사람은 누구나 약간씩 고통을 겪어야 한다고 믿는
거지."

2. 낭만

대로변에는 리놀륨 공장이 있어, 고든은 목사관에 있는 자신의 방에서 공장이 연기를 내뿜는 모습을 볼 수 있었다. 그에게는 산업적인 풍경으로부터 일종의 고차원적인 낭만을 창출해내는ㅡ책과 희곡을 읽으며 생긴ㅡ이상한 능력이 있었다. 그의 형제들은 모두 머리카락을 자르거나 전화 통화를 하느라 바빠서 책을 볼 시간이 없었다. 고든은 욕조에 몸을 담근 채 암기한 인용구들을 혼잣말처럼 읊조리곤 했다. 그 소리로 귓속이 윙윙거렸다. 그즈음 그의 눈은 전보다 나아졌고 아버지는 신과 더 깊이 소통했다. 고든은 땀띠 파우더가 흩날리는 욕실에 서서 햄릿의 불행에 대한 산출식과 이상한 도덕적 계산법을 중얼거렸다. 그가 시무룩한 얼굴을 하고 나타난 어느 날 저녁, 그의 어머니는 자신의 둘째 아들이 에든버러로 가리라는 것을 알았다. "『햄릿』의 문제는 유령이에요." 그는 말했다. "그는 경솔하고 어리석어요. 사람의 양심을 강제할 수는 없어요. 가족의 행동을 강요함으로써 모두를 죽이죠."

3. 가치

토마토소스에 삶은 콩 통조림이 한동안 화두였다. 고든은 각각의 콩이 세상에서 특정한 가치를 지닌다는 사실을 알아냈으며, 어떤 콩들은 선택받고자 하는 열망이 더 크다는 것에 기묘한 감정을 느꼈다. 일부 콩들은 토스트 위에서 진정 눈에 띄게 윤기 나는 오렌지색을 띠었고, 가장 큰 콩들은 완벽한 식사에서 그들의 역할이 어떠해야 하는지를—걸쭉하고 터진 콩들은 절대 이해하지 못하는 방식으로—정확하게 이해했다. 그래스마켓에 있는 그의 학생용 아파트에서, 접시들은 통상적으로 황폐한 벨파스트 싱크대 속에 쌓여 있었지만, 고든은 피할 수 없는 인생의 사실들을 영양가 있는 미래상에 적용시키느라 분주했다. 통제력 상실을 무엇보다 두려워했던 그는 한 번도 술에 취한 적이 없었다. 금요일 밤마다 동네 청년들이 맥주를 연료 삼아 떼 지어 로디언 도로를 미끄러져 다닐 때, 고든은 '카메오'에 들어앉아 눈먼 피아니스트들이나 전쟁과 자의식에 짓눌린 군인들이 나오는 옛날 영화를 보았다. 그는 종종 늦은 밤 그래스마켓의 드넓은 형제애를 느끼며 감자튀김 한 봉지를 사서, 품에 안고 아파트 계단을 올라와 콩과 함께 먹었다. 그것이 그의 학창시절의 핵심이었다. 군데군데 식초가 묻은 따뜻한 신문지에서 나는 김.

4. 이성

저멀리 북해에 검고 끔찍한 출렁거림이 있다. 사람들이 한꺼번에 몇 주씩 석유 시추시설에 갇혀 있다는 사고 자체는, 완벽하게 전개되고 합리적으로 유용한 인생에 대한 고든의 생각을 뒤흔들기 시작했다. 하지만 1960년대는 스코틀랜드의 현대화 가능성에 대한 전망 역시 제시했으며, 석유는 분명 그 모든 것을 이루는 데 도움이 될 것처럼 보였다. 고든이 보기에, 석유 자체는 그것을 구하는 환경과 너무도 흡사했다. 그러니까, 어둡다는 거다. 너무나도 어둡다. 그는 건강한 뼈를 가진 살아 있는 사람들이 기계를 이용하여 지구의 죽은 탄소 액체를 빨아낸다는 생각을 떨쳐낼 수 없었다. "그건 조금 미개하지 않나요?" 그는 조지 호텔에서 만나 커피를 마시던 여자에게 여러 차례 그렇게 말했다. 아름다운 녹색 눈의 그녀는 이를 경청하다가 자신은 그만 가봐야지 안 그러면 버스를 놓칠 것 같다고 말했다.

5. 형식

글래스고에 있는 좌파 서점의 창가에서 자신의 첫 책을 보며 그는 성한 눈의 가장자리에서 눈물이 맺히고 있음을 인정하지 않을 수 없었다. 그는 —〈그리녹 텔레그래프〉가 선선히 인정했듯이 — 종종 부정확하게 묘사되는 세기말 스코틀랜드의 노령연금 생활자들의 삶을 제약 없는 서사적 아름다움을 지닌 산문 속에서 포착해냈다. 그는 그들의 닳아빠진 삶을 포착하는 데 가장 적합한 단편적 스타일을 창조했고, '밀른스 바' 구석자리에서 열린 회계사들의 공식 모임에서 자신의 의견을 피력하는 고든을 포착한 〈던디 쿠리어〉는 저자가 연설가로서 상당한 기량이 있다는 시각을 기꺼이 형성할 수 있었다.

6. 감성

고든은 언제나 자신의 양복 주머니 안이나 지갑 속에 처박힌 레스토랑 영수증들을 찾았다. 엄밀히 말해 영수증은 때때로 영수증이 아니라, 그가 얼마를 썼고 봉사료가 포함되었는지를 보여주면서도 무엇을 주문했는지는 구체적으로 알려주지 않는 노란색 카드 전표였다. 최근 몇 년간 그는 소다수에 대해 왕성한 적개심을 키워왔다. 어느 밤 택시를 타고 밀뱅크로 다시 돌아갔을 때 그는 이 이즐링턴의 음료에 대해 곰곰이 생각했고, 증오가 거세지는 것을 느끼며 뉴스를 보았다.

7. 계몽주의

고든의 아버지가 한때 주재했던 교회의 맞은편 갈림길에는 애덤 스미스의 동상이 혼자 서 있다. 고든은 늘 그 기념물이 눈에 덮여 있다고 생각했다. 그러나 사실 그 고귀한 정수리, 엄청나게 큰 생각을 담은 머리 위에는 스코틀랜드의 태양이 축복을 내릴 때가 더 많았다. 이 모습은 커콜디의 총명하고 인내심 강한 아들들을 밖으로 끌어냈다. 고든은 1998년에 아버지가 돌아가신 뒤 그 동상을 보러 돌아갔다. 그날은 정말로 눈이 오고 있었다. 고든은 그곳에 남겨진 그 유명한 얼굴에서 예전에 자신이 꼼꼼하게 살필 때 보았던 몇몇 자국을 발견할지도 모른다는 듯 애덤 스미스의 석상을 쳐다보았다. 고든은 계몽주의의 가르침들이 실제로 어떻게 살 것인가에 대한 제안을 할지도 모른다고 상상했다. 그는 스미스의 얼굴 속에서 자신을 거의 발견할 수 없었다. 동상은 그 옛날 학교 졸업 장과 고등영어를 걱정하던 시절의 기억보다 훨씬 작아 보였다. 너무 이른 시간이라 근처에는 아무도 없었다. 고든은 운전기사에게 괜찮다면 가서 교회 현관에서 사다리를 가져올 수 있는지 알아봐 달라고 말했다.

8. 정치

오후의 런던은 버스와 우연투성이다. 이 수도는 또한 얼마나 다채로우며, 이국의 예술은 어찌나 풍성한지. 근위 기병대 퍼레이드가 시작되자 군인 한 명이 헬멧과 붉은 튜닉 차림으로 오른쪽 어깨에 검을 댄 채 말 위에 선다. 관광객들은 근무중인 기병대의 사진을 찍으며 그들의 의무를 비웃는다. 조지아 주 애선스에서 온 어느 금발 소녀와 그녀의 친구는 갑자기 올라가서 근위병에게 립스틱으로 그림을 그리겠다고 위협한다. 그들은 어째서 그가 말을 하는 것이 규칙 위반인지, 어째서 그가 많이 움직일 수도 없는지에 대해 서로 속삭인다. 근위병은 그들의 꿈 따위는 알 바 아니라는 듯이 그저 그곳에 서 있다. 사실 근위병에게는 그들의 말이 거의 들리지 않았다. 그는 그저 척추 아래 부분에서 피로를 느꼈고 맥주 일 파인트를 마시고 싶을 뿐이다. 그는 아내가 슈퍼마켓에 도착했는지 궁금하다. 그곳에서 그 뭉툭한 병에 담긴 독일 맥주를 싸게 팔지는 않을까? 자신의 생각이 창백하고 집요한 셰익스피어풍의 태양 속

으로 점차 사라지자 근위병은 고개를 들어 차를 타고 화이트홀을
지나가는, 창문에 머리를 대고 성한 눈으로 도로를 쳐다보는 고든
을 바라본다.

애덤 설웰

니고라

Soleil Judge Gladys Frank J. Johnson Justin M. Damiano
Gideon Parks-Schultz
Hanwell Snr Nigora
ROY SPIVEY Cindy Lélé Stubenstock
Donal Webster Judith Castle
Magda Mandela Pupa RHODA
THE MONSTER Theo Perkus Tooth
THE LIAR JORDAN WELLINGTON Tooth
Newton Wicks LINT Gordon

이들은 니고라가 부추기기만 한다면 (니고라가 생각하기에) 그녀와 잘 남자들이었다.

코밀
바히티요르

그리고 니고라가 유혹하는 데 성공했지만 (그들의 아내에 대한 의리, 니고라의 남편에 대한 의리 등) 여러 가지 이유에서 그녀와 다시 자지는 않을 남자들이 있었다.

슈라트
무함마드

다음으로 니고라가 유혹하는 데 성공했고, 그녀가 생각하기에

그녀가 원한다면 계속 함께 잘 남자들의 목록이 있었다. 이 목록은
한 번 더, 더 정확하게 나눌 수 있었다. 니고라로서도 여러 가지 이
유에서(자긍심, 허영, 사랑) 함께 잘 남자들과……

아프탄딜
아지즈

여러 가지 다른 이유에서(권태, 정절, 사랑) 자지 않을 남자들로.

카이룰라
잘롤
압둘라

하지만 이 목록은 이 남자들이 모두 지금 여기 부재하다는 사실
때문에 복잡했다. 그들은 모두 니고라가 결코 돌아가지 않을 다른
도시, 다른 나라에 있었다.

니고라는 케이크 가게에서―그녀의 도시가 아닌, 서쪽에 있는
도시의―가위의 날 없는 쪽으로 하늘색 리본을 소용돌이 모양으
로 말고 있는 뚱한 표정의 점원을 바라보며, 머릿속에서 자신의 인
생에 대한 목록들을 작성하고 있었다.

그리고 마지막으로(니고라는 생각해냈다), 이 도시에도 니고라
와 가능성이 있는 남자들이 존재했다.

야하

타하

나기브

이것이 니고라에게 중요한 목록이었다. 아니다. 더 정확하게 말하자면, 니고라는 머릿속으로 그녀가 유혹하지 않은, 그리고 아직 유혹할 수 있는—벌써 정복했든 아니든 간에—남자들을 곱씹었다. 그녀는 자신이 정복했고 다시는 돌아가지 않을 남자들의 목록만 내버려두었다. 그녀는 미성취의 유령에 사로잡혀 있었다.

그러나 한 이름은 다른 이름들보다 생생했다.

야하

아버지와 함께 여섯 살부터 열여섯 살 때까지 '쿨투라'나 더 상업적인 러시아 채널들에서 보았던 영화들의 목록으로 니고라의 인생을 설명할 수도 있을 것이다. 토요일 오후면 두 사람은 니고라의 어머니이자 아버지의 아내인 이의 짜증과 우울을 피해 거실에 자리를 잡고 앉았다.

두 사람은 위성 텔레비전으로 옛것과 새것을 가리지 않고 다양한 로맨틱 코미디를 보았다.

⟨레이디 이브⟩

⟨필라델피아 스토리⟩

〈설리번의 여행〉
〈해리가 샐리를 만났을 때〉
〈로마의 휴일〉

청소년 영화도 보았다.

〈핑크빛 연인〉
〈조찬 클럽〉

최루성 영화(〈러브 어페어〉)와 스크루볼 코미디*(〈베이비 길들이기〉)도 봤다. 그들은 프레스턴 스터지스―1940년대 미국의 인정받지 못한 천재―의 모든 작품을 사랑했다. 위대한 바실리 리바노프(홈즈)와 비탈리 솔로민(왓슨)이 나오는 러시아의 〈셜록 홈즈〉 미니시리즈를 보았다. 두 사람은 막스 오퓔스의 예술적인 은막 위 세상과

(〈쾌락〉
〈라운더바우트〉
〈마담 드……〉)

---

* 1930년대 미국 대공황 시기에 유행한 코미디 영화 장르. 스크루볼(screwball)은 '괴짜' '별난'이란 뜻이다. 신분 격차가 큰 남녀 주인공이 애정과 갈등을 겪는 내용으로, 여주인공은 대개 독립적이고 진취적인 인물로 그려진다.

장 르누아르의 예술적인 은빛 세상에 진출했다.

(〈게임의 규칙〉
〈위대한 환상〉
〈토니〉)

두 사람은 앙드레 윈벨의 팡토마스 영화를 소중히 여겼다. 팡토마스는 개폐식 날개가 달린 시트로앵 디에스를 모는, 파리의 사디스트적인 대범죄자였다. 니고라가 가장 좋아했던 것은 〈팡토마스/스카치 팡토마스〉였는데, 〈팡토마스 위기탈출〉의 단순함을 더 좋아했던 아버지는 이의를 제기했다. 두 사람은 트뤼포(〈마지막 지하철〉)와 고다르(〈경멸〉)의 영화를 보았다. 무엇보다도 그들은 1970년대 미국 감독들의 영화를 보았다.

코폴라
스코세이지
페킨파
루멧
큐브릭
폴란스키

니고라의 정사 목록처럼 이 목록도 지나치게 포괄적일 수 있다. 그녀의 어린 시절 주말을 지배한 것은 영화가 아니었기 때문이다.

영화들은 과도했다. 남은 것은 슬픔과 상실감이었다.

니고라의 어머니는 두 주 동안 니고라와 아버지에게 말을 하지 않기도 했다. 그녀는 니고라의 학교에 가서도 다른 어머니들 앞에서 자신의 딸에게 말을 건네지 않았다. 어머니는 직업이 두 개였다. 하나는 대학의 고전고고학 강사이고 다른 하나는 고대사 전문 출판사의 교정자였다. 이 직업들은—그녀가 니고라에게 상기시키곤 했듯이—그녀를 피곤하게 만들었다. 어머니는 그것들이 자기를 기진맥진하게 만든다고 말했다.

소녀 니고라는 언제나 조연들에게 동질감을 느꼈다. 그녀는 언제나 거부당하고 소외되고 하찮은 사람들을 동정했다.

케이크 가게에서—웨이터처럼—손가락 세 개로 케이크 상자의 균형을 잡으며 니고라는 인생의 목록들을 만들었다. 그녀는 앞문 위에 박힌 못에 걸어둔 썰매와, 슬리퍼가 들어 있던 비둘기장을 기억했다. 메트로놈이 발작적으로 움직이는 옆에서 피아노 연습을 했던 어느 토요일 아침을 기억했다.

메종 토마 피자전문점(르 케르, 1922년 개점, 24시간 영업) 안에서 야하는 연상의 여인에게 편지를 쓰기 시작했다. 종국에는 열일곱 통으로 구성될 편지 모음집의 네번째 편지였다. 칠리소스 한 방울이 눈에 띄지 않게 묻은 이 편지에 그는 이렇게 쓸 것이다. "미래를 상상할 때마다 당신과 함께인 모습이 떠오릅니다." 이 편지를 읽은 니고라는 감동할 것이다. 그리고 그의 말을 믿지 않을 것이다.

그 시각 니고라의 남편 라지즈는 언제나 열려 있는 운전석 창턱에, 기분좋게 불편한 부등변 삼각형 모양으로 팔꿈치를 올려놓고 있었다. 그의 차는 공산주의 시절에 동유럽에서 수입된 것으로, 노란색에 구식이었다. 창틀에는 유리 비슷한 것도 끼워져 있지 않았다.

미터기에는 키릴문자로 '딱시TAKCИ'라고 적혀 있었다.

라지즈는 차들 속에 섞여 강 위의 스모그를 바라보았다. 그는 니고라처럼 향수에 빠져 옛날을 그리워했고, 그의 생각은 니고라와 달리 낭만적이었다. 라지즈욘, 그는 생각하고 있었다. 라지즈욘.

오 나의 라지즈.

두 사람의 결혼기념일 선물인 더빙판 수입 비디오 〈필라델피아 스토리〉가 조수석 위 빛바랜 플라스틱 상자 안에 고정된 채 누워 있었다. 조수석 의자와 머리 받침대는 팬더 의상에 싸여 있었다.

라지즈는 두 가지를 믿었다. 그는 시련을 믿었다. 세상의 역사는 고통의 역사였다. 그러나 라지즈는 이 세상에 대해 걱정하지 않았다. 세상의 고통은 그를 괴롭히지 못했다. 상실도 죽음도 그를 괴롭히지 못했다. 그는 신과 그분이 주신 헤아릴 수 없는 선물을 믿었기에.

그는 변속기어 옆에 있는 무더기에서 빨간색 펠트펜으로 제목을 적은 카세트를 집어들어, 돌기가 있는 바퀴 양쪽에 입김을 불고 데크 안으로 기분좋게 밀어넣었다. 불확실하고 불안한 몇 초가 지난 뒤 나타샤 아틀라스의 허스키한 목소리가 차 안을 채우기 시작했다.

라지즈는 (라지즈가 생각하기에) 행복했다. 그는 결혼한 남자였다. 따라서 그를 해칠 수 있는 것은 아무것도 없었다. 그는 신의 사랑과 그 사랑의 현세적 대응물인 아내의 사랑으로 보호받았다.

그는 자신이 죽을 때 어떤 음성을 듣게 되리라는 것과, 그 음성
이 자신의 이름을 부르리라는 것을 알았다.

라지즈는 자신이 태어났고, 죽게 되리라 생각한(그러나 그렇지
않을 것이다) 도시 나망간에서 제과 사업을 시작했었다. 그는 케이
크, 꽃—웨딩드레스처럼 반투명한 비닐에 싼 글라디올러스—그
리고 상자에 든 옛날 초콜릿을 파는 가맹점을 열었다. 그가 개업한
때는 1989년, 모든 사람들이 페레스트로이카가 동양을 위해서도 서
양을 위해서도 좋다고 믿던 시기였다.

나망간에서 라지즈의 성적 접촉이란 키스 가끔, 어설픈 애무 가
끔으로 한정되어 있었다. 그는 철저히 무심한 척하면서 동료들이
나 종업원들의 아내 이야기, 연애사 이야기를 듣곤 했다. 라지즈의
연애사에 정사라고는 전혀 없었다.

외설스럽게 갈라진 틈과 상처가 있는, 하나뿐인 안락의자에 매
일 밤 앉아 러시아어로 된 경영학 교재들을 읽으면서 라지즈는 자
신의 오랜 동정이 혹자의 주장처럼 나약함이나 두려움 때문이 아
니라 여성에 대한 배려 때문이라는 이론으로 스스로를 위로하곤
했다. 초인적인 다정함 때문이다. 그는 다정함의 슈퍼히어로였다.

그렇게 라지즈는 미숙함이라는 짐을 받아들였다. 그는 여자에
관심이 있다고 말함으로써 여자에 관심을 두지 않는 방법을 개발
했다.

따라서 라지즈가 사마르칸트로 출장을 가서 니고라는 이름의

여자와 처음으로 그리고 마침내 침대에 누웠을 때, 그는 준비돼 있지 않았다. 그는 서른두 살이었다.

비록 그들 두 사람 모두 성관계 자체는 없을 것임을 알았지만 둘 다 옷이 벗겨져 있었으므로 다른 행위들이 가능할 거라는 암묵적인 합의는 있었다. 기대하는 분위기가 있었다. 니고라의 머릿속에는 희망들이 실현되리라는 생각이 있었다. 하지만 라지즈의 손가락들이 니고라의 깊은 곳의 축축함을, 그곳의 털과 예상치 못한 감각을 처음으로 느꼈을 때, 그는 스스로를 통제하지 못했다. 그는 엎드려 있던 니고라의 왼쪽 편에 사정했다.

그 순간 라지즈는 자신의 성생활이 자신로부터 달아나는 것을 느꼈다.

사람은 그의 성생활과 어디까지 일치하는가? 벌거벗은 여자 곁에서 벌거벗은 채로 라지즈가 생각하기 시작한 문제는 이것이었다. 그는 존재론적, 인식론적이 되었다. 라지즈는 자신의 성생활이 자신의 인생과 분리될 수 있으리라 믿고 싶었다. 괴로움을 자초하는 많은 사람들처럼, 그는 일어난 사건이 인물을 드러내는 확실한 지표가 아니라고 믿고 싶었다. 이 장면에서 멀리 떨어진, 신성한 어딘가에서 강력하고 완벽하게 존재하는 라지즈가 있다고 믿고 싶었다.

하지만 사건은 인물에 대한 확실한 지표다. 케이크 가게에서 줄을 선 채 자신이 라지즈를 떠날 수 있을지 생각하는 니고라라면 그에게 그렇게 말했을 것이다. 우리는—그녀는 슬프게 주장했을 것이다—오직 사건이다. 다른 모든 것들은 로맨스일 뿐이다.

오래전 나망간에서 니고라와 함께한 그 운명적인 밤에 라지즈가 했던 다음 행동이야말로 그녀의 즉흥적 이론의 한 가지 근거다.

그는 니고라에게 얘기하지 않았다. 그는 진실을 말하지 않았고, 자신의 매력을 믿었다. 라지즈는 한쪽 손으로 머리를 받치고 왼쪽으로 누웠다. 죽어가는 검투사처럼. 그는 니고라를 응시했다. 그는 자신이 스스로 방출한 물질 위에 누워 있다는 사실을 말하지 않았다.

니고라는 그를 쳐다보았다. 이 시선 속에서 라지즈와 니고라의 그다음 관계가 시작되었다. 니고라가 불안한 표정을 짓고 있는 동안 라지즈는 침착하고 무심하게 보이려고 애를 썼다. 라지즈는 발각되지 않기를 바랐고, 니고라는 조바심치고 있었다. 어째서 벌거벗은 그녀의 몸은 라지즈를 그토록 차분하고 나른하게 만들었을까? 그의 불길은 어디에 있지? 그의 내적 영혼은? 정욕은 어디에 있지?

라지즈는 정욕이 그저 때를 놓쳤을 뿐이라고 생각했다. 시간을 맞추지 못한 것이다. 그러므로 정욕은 결국 되돌아올 터였다. 어쨌거나 그는 젊고 건강했으니까. 그렇게 그는 위기가 지나가리라 생각했다. 그는 시간표를 믿었다.

그러나 위기는 지나가지 않았다. 머리를 손에 받친 채 라지즈는 괴로워하는 자신의 새 여자친구를 계속해서 바라보았다. 그의 자세는 고전적이었다. 그것은 그림 같았다.

아, 그림 같은 아름다움은 정욕을 대신할 수 없다! 하지만 라지즈가 연출할 수 있는 것은 그림 같은 아름다움뿐이었다. 다른 것은 모두 그의 능력 밖이었다.

이 이미지—팔꿈치에 기대고 있는 그림 같은 라지즈와 그 옆에 누워 괴로워하는 니고라—는 그다음 이루어진 결혼생활의 이미지이기도 했다.

이 년 뒤, 사건들의 압력에 굴복한 그들은 그들의 나라(그들이 다시는 돌아가지 않을 나라)를 떠났다.

어느 밤 니고라와 라지즈의 대화

라   머리를 이상하게 잘라냈어. 그렇지 않아? 이상해.

니   글쎄, 그래, 그런 것 같아. 이상하네.

라   그렇게 생각해?

니   글쎄.

라   아, 어떡하지.

니   그냥 놀린 거야. 당신을 골려준 거라고.

라   날 사랑한다고 말해줘.

니   라지즈온.

라   날 사랑한다고 말해줘. 내가 잘생겼어? 잘생겼다고
      말해줘.

니   당신은 잘생겼어. 잘생긴 것 이상이야. 당신은 기가
      막힌 미남이야.

라   하지만 진심이 아니지.

니   진심이야.

라   그럴 리 없어.

니   라지즈온.

매일 밤 그녀에게는 다음과 같은 사실이 떠올랐다. 니고라는 서른넷이다. 야하는 스물셋이다. 이 숫자들은 갑자기 니고라를 걱정시켰다. 그녀는 아침마다 이 사실을 떠올렸다. 아침에 일어날 때도, 잠자리에 들 때도. 밖에 나가서도, 집에 들어올 때도 니고라는 이 사실을 기억했다.

그녀는 결혼한 여자였다. 자신이 남편을 여전히 사랑하는지 알 수 없었다. 결혼한 이후 두 손과 두 개의 가슴이―몸에 있는 모든 구멍이―오직 한 사람만을 알았던 유부녀인 자신이 지금 다른 누군가와 사랑에 빠진 것인지도 알 수 없었다.

때때로 니고라는 야하와 키스하기만 하면 자신이 치유될 수 있을 거라고 믿었다. 그녀의 고통은 사라질 것이다. 그녀의 가슴에서 큐피드의 화살이 제거될 것이다. 하지만 확신할 수는 없었다.

니고라는 주부이자 파트타임 비서였다. 야하는 축구팀 AHLY의 후보 선수였다.

불멸하고 전능한 신―그녀가 체념하며 라지즈로부터 받아들인 신―에게 얘기할 때 그녀는 이렇게 생각했다. 그녀의 잘못이 아니라고. 성행위가 없는 한 그녀에게는 어떤 죄도 물을 수 없다고. 성행위의 정의에는 문제가 많다고. 거기에는 그녀의 몸에 페니스가 삽입되는 것이 포함되어야만 한다고. 그리고 여자의 몸 안에서든 바깥에서든 정액의 방출이 있어야만 한다고. 또한 그녀의 다리 사이 벌거벗은 곳에 남자의 손이나 입이 닿아야만 한다고. 이 시점에서 니고라는 당혹스러웠다. 그녀는 지침서가 필요하다고 느꼈지만 그것을 찾을 수는 없었다.

그녀의 문제는 키스였다. 그녀는 키스의 도덕적 지위를 분명히 할 수 없었다. 니고라는 생각했다. 야하에게 키스한다면 그녀는 아마 명백하게 부도덕한 일에 뛰어들고 싶어지지 않을 거라고. 더이상 그의 육체라는 유혹에 끌리지 않을 거라고.

니고라는 키스가 자신의 치료제일지 모른다고 생각했기에, 키스라는 행위는 결백하다고 믿는 경향이 있었다. 그것은 도덕이라는 울타리의 바른 편에 있었다.

니고라는 영혼의 불멸을 확신하지 못했다. 라지즈는 확신했지만 그녀는 아니었다. 이를 확신하지 못했기에, 죄와 처벌에 대한 그의 믿음도 그녀에게는 불확실한 것이었다. 처벌의 위협이나 보상의 약속이 없다는 사실은 그녀의 행위들을 기이하게 축소시켰다. 행위들은 오직 그녀만을 위한 것이었다.

이런 의미에서 니고라는 방탕했다.

니고라가 느끼는 모든 유혹들은 이제 불멸의 것들을 통해 굴절되었다. 그녀 몸속의 불멸하는 갈망들은 그녀의 근심, 그녀의 걱정이었다. 그것들은 그녀의 영혼이 불멸할 가능성보다 더 중요해 보였다.

그렇지만, 그렇지만. 그녀의 몸이 얼마나 많은 쾌락을 줄 수 있을까? 그녀는 궁금했다. 그들이 같이 잔다면 그녀는 야하에게 쾌락을 줄 수 없을 것이다. 그녀는 그가 자신을 그저 우스갯거리로, 연민의 대상으로 기억할 거라고 걱정했다. 그녀에게는 열정의 기억이 그에게는 우스운 기억이 될 것이다.

그녀는 궁금했다. 언제쯤 전형적이지 않게 행동할 수 있을까? 그녀는 언제 용기를 내게 될까?

그녀의 인생은 온통 라지즈였다. 그들은 서로가 없는 자신을 생각할 수 없었다. 라지즈와 니고라, 니고라와 라지즈였다. 그리고 라지즈는 그녀를 지루하게 했다.

라지즈는 챙에 빅애플 배지가 달린 야구모자를 썼다. 그는 사타구니 근처에 커튼처럼 주름 가공이 된 카키색 면바지를 입었다. 구두에 닿지 않게 들어올려진 바짓단 아래로 스포츠 양말이 보였다. 이 양말은—세 개의 똑같은 롤몹*처럼—비닐 포장지에 단단하게 싸인 세 켤레짜리 세트였다. 야외의 다리미판 위에 상품들을 깔끔하게 정리해놓은 시내의 가판대에서 그 양말들을 샀다. 그는 회갈색 터틀넥 스웨터를 바지 속에 넣어 입었다. 니고라가 보지 않는 패션잡지들이 용서 못함이라고 할 법했다. 그의 택시 안에 보풀로 뒤덮인 뒤쪽 선반 위에서는 고무로 된 미니어처 개 세 마리가 탈구된 목을 끄덕거리고 있었다. 불독 한 마리와 스코치테리어 한 마리, (미니어처) 미니어처슈나우저 한 마리.

니고라에게는 로맨틱코미디에 대한 이론이 있었다. 어쩌면 라지즈도 이 이론을 알았을지 모른다. 생각과 결혼에 대한 그의 이론들에 영향을 주었을지도 모른다. 그러나 그는 그녀의 이론을 알지 못

---

* 청어 살을 피클에 싸서 절인 요리.

했다.

니고라가 생각하기에, 로맨틱코미디의 플롯은 다 똑같았다. 그녀는 그 플롯을 알았다. 인생이 바뀌는 순간이 있다. 그리고 운명적인 만남. 그후 행복을 가로막는 장애물의 발견. 이어 특정한 전략에 착수하기로 결심. 한 가지, 또는 여러 가지 시험. 장애물의 갑작스러운 역전. 마침내 해피엔딩.

이것이 로맨틱코미디의 플롯이다. 이 플롯을 설명하는 또다른 방식이 있다.

모든 플롯은 도덕성에 관한 것, 간통과 결혼의 대립이다. 그것은 언제나 섹스와 사랑 중에 선택해야 한다고 말한다. 남자 혹은 여자 주인공들은 하나같이 이 둘을 동시에 가질 수 없다고 믿는다. 이러한 대립은 언제나 피날레의 강압적인 낙원, 섹스와 사랑이 동일한 것으로 밝혀지는 곳에서 해결된다.

니고라는 이를 납득할 수 없었다. 그녀는 감상적인 사람이 아니었으므로. 영화가 아무리 그녀를 유혹하고 감동시킨다 해도, 그녀는 결말의 판타지를 믿을 수 없었다. 어쨌거나 그녀에게는 아직 자긍심이 있었다.

니고라에 따르면 로맨틱코미디는 도덕적으로 가장 복잡한 영화 장르다. 로맨틱코미디는 모두의 인생에 내재된 근본적인 도덕적 문제를 극화하고, 욕망과 충족 사이의 간극을 보여준다.

이 이론은 그녀가 남편 옆에 누워 있을 때, 그가 그녀의 둥그런 이마를 어루만질 때, 그의 두 손이 그녀의 아크릴 잠옷 꽃무늬 위에서 위아래로 움직일 때 만들어낸 것이다. 데이지와 수레국화 무

늬었다. 니고라요님, 그는 말했다. 니고라요님. 그는 아내에게 사랑한
다고 말했다. 그녀도 그를 사랑한다고 말했다. 그리고 니고라는 자
신이 거짓말을 하고 있다고 생각했다. 그녀는 그녀의 라지즈윤에
게 거짓말을 하고 있었다.

그렇지만. 니고라의 말이 완전한 거짓은 아니었다.

라지즈의 콧수염에는 비밀이 있다. 그것은 그와 니고라 사이의
은밀한 농담이었다. 바로 라지즈의 콧수염이 진짜가 아니라는 것.
이따금 라지즈는 이 축 늘어진 점착성 플라스틱을 자신의 윗입술
에 붙였다. 그가 집을 나서기 전에 니고라는 폴라로이드 카메라로
그를 찍곤 했다. 그가 카메라를 쳐다보며 인사하는 모습, 여자들에
게 인기 있는 배우처럼 음흉하게 웃으며 입술을 삐죽거리는 모습.
두 사람은 이 사진들을 사랑했다. 그들은 들쭉날쭉하게 잘린 밀크
초콜릿을 곁들여 커피를 마시면서 가장 친한 친구들에게 사진을 보
여주었다. 라지즈의 콧수염이 웃기다고 생각하는 친구는 아무도 없
었다. 콧수염이 정말로 웃기지 않아서 그런 건 아닐 것이다. 그들은
그 유머를 알지 못했을 뿐이다. 이 유머는 오직 라지즈와 니고라만
은밀하게 간직하는 것이었다.

2002년 그들이 우즈베키스탄을 떠나기 전날 밤에 니고라는 공
원에서 친구 파이줄로를 만났다. 그곳에는 솜사탕을 파는 남자와
바나나를 파는 남자가 있었다. 니고라와 파이줄로는 마치 연인처
럼 손을 잡고 키스했다. 니고라는 이렇게 해서 친구를 위험에 빠뜨

리지 않기를 바랐다. 그저 평범하고 단조로운 연애처럼 보일 것이다. 동맹이나 정치와는 아무런 관계가 없다. 그들은 대피 덕과 벅스 버니가 흐릿하게 그려진 정글짐 위에 앉아 오페라하우스의 다른 가수들을 험담했다. 파이줄로는 오페라 가수였다. 이것은 두 사람의 우정에 대해 이야기하는 니고라의 암묵적인 방식이었다. 그런 다음 그들은 멀리까지 걸어갔고, 니고라는 그의 뺨에 가볍게, 무심한 듯 키스했다. 내일 아침에 그를 다시 만날 것처럼.

그렇다. 니고라는 고통에 대해 알았다.

그것이 그녀가 그를 본 마지막이었다. 니고라는 모르겠지만, 돌아서서 작별인사를 할 때 그녀는 그 뒤를 서성대던 한 마리의 비둘기와 함께 파이줄로의 기억 속에 남았다.

삼 년 뒤 파이줄로는 사라졌다. 그가 살해당했다는 소문이 돌았다. 그런 다음 투옥됐다는 소문이 돌았다. 니고라는 어느 쪽이 더 나은지 알 수 없었다. 그녀의 본능은 파이줄로의 목숨에 집착했지만 가슴에 추첨복권 같은 번호표를 단, 헐벗은 파이줄로를 상상하는 고통 역시 견디기 어려웠다.

우즈베키스탄에서의 마지막 아침에 니고라는 해치백 승용차의 앞자리에 탄 새끼 밴 닥스훈트를 보았다. 그녀는 처음엔 옆의 차창 너머로, 그다음엔 몸을 돌려 뒤창을 통해 넋을 잃고 쳐다보았다.

니고라는 인간들을 걱정할 수 없었다. 인간은 그녀에게 버거운 존재였다. 하지만 개들은 걱정할 수 있었다. 개들은 결백하니까. 개들은 순수한 방관자였다. 그들은 혁명이나 믿음과는 아무런 관계가 없었다.

니고라에게 결혼생활의 고통에 대해 묻는다면 그녀는 대답할 수 없을 것이다. 그녀의 모든 고통은 다른 장소, 기억된 사실들의 영역에 존재했다.

그녀의 고통에는 오만함, 냉담함이 있었다. 그 둘은 비교를 용납하지 않을 터였다.

그렇지만, 그렇지만. 라지즈는 밤마다 이불 속으로 들어가곤 했다. 그리고 그녀에게 말했다. "날 떠나면 안 돼, 날 떠나면 안 돼." 내가 어떻게 떠나? 그녀는 대답했다. 그녀가 사랑하는 모든 것은 라지즈였다. 그러면 그는 그녀에게 말했다. "날 떠나면 안 돼, 날 떠나면 안 돼." 또는 이렇게 말했다. "내가 못생기지 않았다고 말해 줘." 라지즈는 자신이 못생겼다고 믿었다. 그는 자신이 가장 못생기고 나약한 아이라고 믿었다. 니고라는 슬프게, 계속해서 그를 안심시켰다. 그녀는 그의 뭉툭한 코에, 비뚤어진 입매에 키스하고 그가 마침내 진정할 때까지 말했다. "당신은 못생기지 않았어. 당연히 못생기지 않았지. 당신을 사랑해. 당신은 아름다워."

이불은 그녀의 할머니가 물려준 것이었다. 그 속에서 그녀는 안전하다고 느꼈다.

니고라는 자신의 고통을 믿지 않았다. 고통에 대한 그녀의 생각은 모두 떠나고, 실종되고, 죽은 자들을 위한 것이었다. 어딘가에서, 모든 곳에서, 한 소녀가 옷을 벗고 있다. 이것만큼은 사실이었다. 니고라는 이에 동의할 수 있었다. 하지만 다른 사실도 있다고 그녀는 생각했다. 어딘가에서, 모든 곳에서, 한 소녀가 강간당하고 있다. 문제는 '얼마나 멀리서?'이다. 어떤 일이 얼마나 멀리서 일어나야 당신의 책임이 아닌 것이 되는가? 강간은 얼마나 멀리서 일어나야 하는가? 두 골목 떨어진 곳? 다른 나라? 다른 우주?

니고라는 이렇듯 논리적인 히스테리 속에서 살고 있었다. 그녀는 그녀의 남편, 택시기사이자 전직 사업가인 라지즈를 사랑했다. 그녀는 그를 사랑했고 그를 떠나고 싶었다.

어느 낮 니고라와 라지즈의 대화

라   젊을 때는 어디든 갈 수 있지만 나이가 들면 그럴 수
    없어. 이건 사실이야.

니   사실이지.

라   그렇지? 사실이야. 그래. 당신한테 내가 갈퀴에 대한
    농담 이야기를 해줬던가?

니   갈퀴? 아니.

라   두 사람이 길을 따라 걷고 있었어.

니   응.

라   그리고 두 사람 사이에는 갈퀴가 있었어.

니   그게 다야? 재미없어.

라   그렇지, 재미없지? 어떤 남자가 이 얘기를 해주면서
    하도 웃길래 재미있는 줄 알았어.

니   재미없어.

두 사람은 새 나라에서 일 년을 보낸 후 산 소파 위에서 〈필라델피아 스토리〉를 보았다. 아니, 니고라는 봤고 라지즈는 옆에서 고

개를 뒤로 젖히고 입을 벌린 채 잠을 잤다. 영화는 러시아어 더빙 판으로, 저음의 남성 성우가 모든 역할을 다 맡고 있었다. 이 사실은 그녀를 슬프게 만들었다. 이것은 니고라와 줄거리를 멀어지게 했다.

그 영화를 다시 보면서 니고라는 영화의 플롯이 오직 타이밍에 관한 것이라고 생각했다. 모든 것이 어긋났지만 어떻게든 스스로 회복될 것이다. 타이밍은 회복될 것이다. 헤어진 커플은 여전히 같은 사람들이므로. 니고라가 생각하기에 〈필라델피아 스토리〉의 아름다움은 그 영화가 캐리 그랜트와 캐서린 헵번의 이야기임에도 끊임없이 캐서린 헵번과 지미 스튜어트의 이야기처럼 보인다는 데 있었다. 하지만 지미 스튜어트가 이 영화에 등장하는 이유는 오직 타이밍의 슬픈 진실을 증명하기 위해서다. 한 사람의 연애는 결코 한 사람의 것이 아니다. 늘 제삼자가 존재한다.

그녀가 산 케이크는 두 사람 앞에서 허물어져 있었다.

그녀는 라지즈의 거칠거칠한 턱밑을 쓰다듬었다. 그의 윗입술 위에 위태로운 각도로 붙어 있는 콧수염을 살며시 떼어냈다. 결혼기념일 축하해, 그녀는 조용히 속삭였다.

라지즈는 그림 같을 것이고 그녀는 괴로워할 것이다. 그것이 두 사람의 결혼생활을 나타내는 이미지였다.

그녀는 모든 것에 대응하는 어휘들이 실제로 존재하는지 확신할 수 없었다. 그녀는 언어적 포괄성에 대한 모두의 가정을 확신할 수 없었다. 예를 들어 〈필라델피아 스토리〉를 보면서 그녀가 받은 느낌은 정확히 말해 슬픔이 아니었다. 비애감도 아니었다. 그것은 크기, 엄청나게 큰 것에 대한 느낌과 더 많은 관계가 있었다.

점점 더 그녀는 감정이란 것이 복잡하지 않다고 믿기 시작했다. 감정은 무한한 구성요소들로 쪼개지지 않았다. 말은 종종 부족했다. 니고라는 실용적이었기 때문이다. 그녀는 영혼이 있는 존재들을 위해 쓸 시간이 없었다. 아니, 니고라는 정의할 수 없는 것들을 믿지 않았다. 그녀는 모든 것을 정의할 수 있다고 믿었다. 적절한 말만 찾을 수 있다면.

그녀는 텅 빈 주방으로 들어와 식탁 위에 열쇠들을 펼쳐놓던 아버지를 기억했다. 원고 더미 위에 메모를 하면서 입으로 볼펜 뚜껑을 씹던 아버지를 기억했다. 그녀는 맨 처음 같이 잔 소년 슈라트를 기억했다. 그녀가 강가의 풀밭 위에 누워 책을 읽는 동안 그는 수영을 하곤 했다. 슈라트는 물 밖으로 나와 그녀 옆에 누웠었다. 그녀는 그의 두 팔을, 마르면서 산발이 되던 머리카락을 기억했다. 그러나 이제 그의 얼굴이 잘 기억나지 않았다. 그녀는 그의 눈이 갈색이라는 것은 기억했지만 눈의 생김새는 기억하지 못했다. 그의 눈이 갈색이었다는 사실만을 기억했다.

그녀는 어머니가 그리웠다. 라지즈가 유일한 동반자인 이 새로운 도시에서, 그녀는 다시 집으로 가고 싶었다. 그녀는 어머니가 이야기를 하던 주방으로 가고 싶었다. 어머니가 이야기를 하는 동안 아버지는 어머니의 목 언저리에 떨어진 머리카락 한 올을 떼어내곤 했다. 식탁 위, 식탁보 아래에는 사탕 그릇이 있었다.

니고라는 조연이었다.

아버지가 그녀를 피아노 교습소에 데려다줄 때 차창에 서린 김

위에 자신의 이니셜을 쓰던 일을 기억했다. 중력에 복종하며 밑으로 흘러내리던 글자들을 기억했다.

　　카페 '선덜랜드의 정원'에서―원래 '알라의 정원'이었으나 1973년 선덜랜드가 FA컵 결승전에서 승리한 이후 개칭―야하는 메모를 했다. 야하는 그냥 축구선수가 아니었다. 그는 대학 교육도 받았다. 야하에 따르면, 이 세상에는 세 개의 평범한 정부체제가 존재했다. 그리고 그는 '선행이 언제나 보상을 받는' 네번째 체제를 만들어냈다. 그의 이상적인 공화국이었다. 그 공화국의 헌법은 그를 끊임없이 공부하게 만들었고, 그의 피난처와 휴식이 되었다.

　　니고라는 야하를 생각했고, 포기했다. 그녀는 라지즈의 손등에 난 털을 쓰다듬었다. 그녀가 어디로 갈 수 있을까? 그녀가 가는 모든 곳에 그녀의 결혼이 있었다.

　　어머니는 말하곤 했다. 네 문제는 언제나 전형적으로 행동한다는 거야. 넌 독창성이 없어.

　　하지만 니고라는 그것이 사실이 아님을 알고 있었다. 왜냐하면 그녀는 전형적이지 않게 행동할 것이었으므로. 그녀는 그녀 자신이 될 것이다(라고 니고라는 생각했다). 그렇지만, 어떻게 그럴 수 있을까? 어떻게 그럴 수 있을까?

하리 쿤즈루

마그다 만델라

Soleil
Judge
Gladys
Frank
Justin M. Damiani
Gideon
Parks-Schultz
J. Johnson
Hanwell Snr
Nigora
Roy Spivey
Donal Webster
Cindy
Léle
Stubenstock
Magda Mandela
Puppy
Judith Castle
RHODA
THE MONSTER
Theo
Perkus
Tooth
JORDAN
THE LIAR
WELLINGTON
Newton Wicks
LINT
Gordon

새벽 네시 삼십분, 마그다는 우리 이웃들에게 자신이 아주 유능하고 다재다능한 여자라는 사실을 알려주고자 한다. 마그다는 간호사, 자격을 갖춘 조종사, 비즈니스 우먼이자 자선사업가, 타고난 섬세한 애인, 컴퓨터와 영문법 자격증 보유자, 준프로급 컨트리싱어에다 어머니다. 그래, 어머니! 마그다에게는 딸이 있다. 바로 여기 이 음부에서 나온 딸.

바로 여기. 그녀는 말한다. 이 음부에서. 바로 여기. 이 거리를 따라 사는 우리는 창가로 가서 레이스 커튼을 잡아채고, 경외심을 일게 하는 사실과 조우한다. 연녹색 끈팬티 차림의 마그다가 거기 서 있었다. 집안에서 새어나오는 환한 불빛들을 배경으로 빌렌도르프의 비너스상과 빅토리아 시크릿 카탈로그의 섬뜩한 조합처럼 마그다는 계단 맨 위에 서 있었다. 그녀는 맥주캔을 든 채, 아래쪽 보도에 모인 한 무리의 긴급구조대원을 향해 제스처를 취한다.

젊은 신출내기 경찰관 한 명이 정부의 요원 자격으로 자신이 위험에 덜 노출될 듯한 장소로 그녀에게 함께 가자고 한 모양이었다. 아마 경찰서나 병원일 테지. 어디든 그에게 조금이라도 상황이 유리하게 전개될 곳. 마그다는 그의 제안에 마땅한 냉소로 응대했다. 그녀는 자신이 이 바보들보다 우세하다는 사실을 알고 있다. 당신은 나를 알아. 그녀는 말한다. 이어 음흉한 시선을 던지며 말한다. 나도 당신을 알아.

마그다의 아는 사람이 되는 일은 성가시며, 불가피하게 육욕적인 경험이다. 우리 이웃들은 모두 마그다가 아는 사람이다. 일전에 그녀가 나를 알게 됐던 날, 그녀는 내 차 옆으로 나를 밀어붙였다. 난 당신을 알아, 그녀가 쉰 목소리로 속삭였다. 나는 그녀에게 아는 사람이 되었음을 깨달았다.

빛을 반사하는 큰 재킷을 입은 경찰들은 풀이 죽고 맥빠진 모습이다. 그들은 그녀가 아는 것을 안다는 사실을 떨쳐버리기 위해 눈에 띄게 애쓰고 있다. 경찰학교에서 배운 정신단련기술을 이용하는 게 틀림없었다. 나는 강한 사람이다. 나는 나 자신의 운명을 통제할 수 있다. 구조대원 하나가 구급차 뒤에서 재빨리 산소 한 모금을 들이마신다.

그들은 자신들의 상대가 누구인지 모르고 있다. 마그다는 저명한 세계 지도자이자 조국의 구원자인 넬슨 만델라의 딸이다. 이 번쩍거리는 바보들에게는 두 사람의 닮은 구석이 보이지 않는 것일까? 바로 눈앞에 있는데. 의심스럽다면, 조금이라도 의심스럽다면 만델라의 자서전 『자유를 향한 머나먼 길』을 찾아보는 수밖에 없다고 마그다는 그들에게 말한다. 그 책을 읽어봐! 37쪽과 475쪽을 보라고! 똑똑히 보게 될 거야. 그러면 알게 될 거라고.

내 눈에 마그다는 코코넛오일처럼 보이는 무언가로 뒤덮여 있었다. 그녀는 그날 밤 이곳 웨스터베리 로드에서 우리와 함께 있으려고, 한바탕 요란뻑적지근한 성행위 도중 몸을 일으켜 나온 분위기를 풍겼다. 그녀는 방해를 받았다. 그녀에게는 해야 할 일들이 있었다. 에롤의 모습은 보이지 않았다. 나는 그가 무사하기를 바랐다. 에롤은 꽤 허약한 사람이다.

마그다는 에롤의 집에서 살았다. 어쩌면 이것은 웨스터베리 로드의 추문이다. 에롤은 가족 부양을 끝내고 인생의 황혼기를 DIY와 일요 예배로, 이따금 마시는 래이 앤드 네퓨 럼주 한 잔으로 근근이 보내야 할 칠십대 홀아비였다. 하지만 에롤은 예배보다 래이 앤드 네퓨를 더 좋아한다. 20번지 로렌의 제보에 따르면, 작년에 그는 이스트런던에 있는 우리의 자그마한 구석 동네에서 가장 덜 건전한 술집 중 하나인 빅토리아 암스에서, 영업시간이 끝난 뒤까지 머물던 마그다를 만났다. 나도 술집에서 그 시간대에 술을 마셔본 적이 있다. 정말이지 후끈해진다. 마그다는 에롤보다 적어도 서른, 아니 마흔 살은 어린 것 같다. 그녀를 집에 들인 후 한동안 에롤은 백발이 성성한 얼굴에 미소를 머금고 느긋하게 걸어다니며 이웃들 보는 데서 체통 없이 야구모자 챙을 만지작거리고, 집앞 계단의 나뭇잎을 쓸어내며 휘파람을 불었다. 요즘 그는 카드놀이 판에서 사기를 당한 남자처럼 뚱한 표정을 짓고 있다.

에롤이 희망했던 건 약간의 활기와 온기와 추운 밤의 위안이었다. 그러나 그는 그랜드 오페라 같은 열정의 세계로 휩쓸려 갔다. 마그다와 에롤 사이에는 여러 방향으로 넘쳐흐를 수 있는 사랑이 있다. 그 사랑은 마그다를 길가에 둘둘 말린 카펫 안에서 잠들게 하고, 에롤이 절뚝거리며 길을 건너 우리집 부엌으로 피신하게 만들었다. 구약시대 같은 날들 동안 에롤은 두 사람 사이에 문을 두고 싶어했다. 누가 그런 그를 비난할 수 있겠는가? 마그다의 노여움은 격렬하고 끔찍하다. 게다가 잦은 추방과 공격이 뒤따랐다. 근래 공격받은 사람들로는 에롤(당연히), 20번지의 로렌, 가정급식 서비스를 하는 부인, 그리고 마그다가 앞마당에 비치해둔 도로용 원뿔 가운데 하나로 두들겨팬 몇몇 시의회 직원들이 있다. 마그다는 적어도 한 달에 한 번 에롤을 떠난다. 에롤은 가끔 마그다를 내쫓는다. 마그다는 에롤을 떠나는 대신 자주 빅토리아 암스에 가서 젊은 남자를 낚은 뒤 집으로 데려와 계단에 앉아 있는 것으로 에롤을 벌한다. 하루이틀쯤 에롤은 험악한 얼굴로 마권 판매장에서 오랜 시간을 보낼 것이다. 그런 다음 상황은 원래대로 돌아갈 것이다.

마그다의 기벽들은 용서받아야 한다. 그녀는 자신의 인생이 걸린 큰 문제와 씨름하고 있기 때문이다. 늙은 남자냐, 젊은 남자냐? 각각 장점이 있다. 젊은 남자들은 힘이 더 세고 덜 망신스럽다. 계단에서 싸구려 코카인을 피우거나 에롤에게 가서 거짓말을 하지만 않는다면. 늙은 남자들은 더 점잖고 집이 있다. 마그다는 늙은 남자에게 약하다. 나는 늙은 남자가 좋아요. 그녀는 지난주 우리집을 방문한 올해 일흔인 내 아버지에게 자신의 취향을 이야기했다. 바깥이 소란스러워 나가보니 마그다가 가로등 기둥에 기대어 선 아버지를 알아가는 중이었다. 당신은 늙은 남자죠. 그녀는 아버지의 다리를 위아래로 쓰다듬으며 만족스럽다는 듯 가르릉거렸다. 나는 늙은 남자가 좋아요.

늙은 남자, 젊은 남자. 어느 쪽으로 할까? 그토록 사나운 마그다도 적절히 처신하는 일을 걱정한다. 그녀는 이웃들의 호평을 중요하게 여긴다. 요전날 밤 그녀는 계단으로 나와 자신과 에롤의 관계를 설명했다. 이웃님들, 당신들한테 내가 여기 있는 이유를 말해야겠어. 그녀는 말했다. 우리는 침대에서 일어나 창가로 갔다. 난 그의 간호사야. 그는 늙은 남자고. 그는 나 같은 여자를 만족시킬 수 없어. 그는 축 늘어져서 잠이 들지. 내겐 이런 사람보다 더 사내다운 남자가 필요해. 난 간호사 자격증이 있어. 능력 있는 여자라고. 그는 내게 아버지 같은 존재야. 당신들의 문제는 이거야. 지금 내가 말해주지. 당신들은 모두 마음이 더러워. 추잡하고 더러워. 할 말은 다 한 것 같군. 이제 꺼져.

이웃인 우리는 종종 이렇게—우리의 음란함과 속단하는 성향으로—마그다를 실망시킨다. 마그다는 자주 우리를 꾸짖어야 한다. 이따금씩 그녀는 거리를 돌며 우리를 한 명씩 물리친다. 이 일은 힘들고 시간이 오래 걸린다. 오늘밤 긴급구조대가 도착하기 전 그녀는 우리의 오만함과 물질주의를 질책하고 있었다. 난 당신들을 알아. 그녀는 우리에게 말했다. 당신들은 집이 있다고 생각하지. 노팅힐에 있는 게 진짜 집이야. 내 두 눈으로 똑똑히 봤어. 내 친구가 그런 집에 살아. 늙지도 않고 지친 기색이라고는 없는 젊은 남자지.

그런 집에는 욕실이 열 개, 열두 개나 있어. 욕실이 차고 넘쳐.

오늘 같은 밤이면 마그다는 노래를 부르고 싶어하며, 특히 제복입은 청중을 좋아한다. 그녀는 노래한다. 당신은 내 최고의 친구. 나는 당신을 사랑하지만 당신은 날 사랑하지 않아. 이 노래는 그녀가 일요일 아침마다 교회에 갈 기분을 내려고 트는 컨트리풍 찬송가를 멋대로 개작한 것이다. 마그다는 그런 것들로 자신만의 준프로급 노래 경력을 쌓아왔다. 그녀는 자신이 케이프타운과 토트넘과 달스턴에서 공연했다고 말한다. 음악적으로 볼 때 마그다의 신도들은 대부분의 신도들보다 전위적인 사람들임에 틀림없다. 그녀는 목소리가 비범하지만 음감은 없다. 적어도 우리가 일반적으로 음조를 이해하는 방식에 의하면.

가끔씩 마그다가 계단에 나와 말을 할 때면 나는 침대에서 일어나 등을 꼿꼿이 세우고 앉는다. 가끔은 마그다와 한 방에 있는 듯한 기분이 든다. 내 여자친구도 같은 경험을 했다. 마그다의 목소리는 단순히 큰 것이 아니다. 물론 크지만 그냥 크지 않다. 그녀의 목소리에는 다이아몬드비트나 강철 날이 달린 중장비 같은 관통력이 있다. 그 목소리는 종종 그녀의 몸과 동떨어져, 마치 욕실이나 마룻장 밑이나 웨스터베리 로드의 먼 끝에서 나오는 것 같다. 마그다는 키가 작고 (옷을 입으면) 보통은 단정하고 똑똑하고 다소 침착해 보이기 때문에, 그녀를 본다면 그런 목소리를 가졌을 거라고 짐작조차 할 수 없을 것이다. 어떻게 보면 그녀는 그 목소리의 주인이 아니다. 적어도 나는 그렇게 생각한다. 나는 그녀가 그 목소리의 숙주, 그 목소리가 웨스터베리 로드라는 연속체로 진입하는 지점일 뿐이라고 생각한다.

마그다의 목소리 이론 #1: 차원성. 그녀는 목소리가 나오는 관문이다. 우리와 인접해 있으나 통상적으로는 들어갈 수 없는, 상상할 수 없을 만큼 난감하고 폭력적인 세상이 분명 존재한다.

마그다의 목소리 이론 #2: 고차원 공간의 본질에 관하여. 두꺼운 커튼을 친 내 침실을 통과하는 그 목소리의 기괴한 능력은 과학계에 알려지지 않은 어떤 힘에 대한 증거다. 추론: 아마도 고차원 공간은 밀도가 더 높아서 대화의 매체가 되기가 좀더 힘든 것 같다.

물리적인 이유가 무엇이든 마그다는 엄청난 열정에 시달리고 있다. 일어나, 이웃님들. 그녀는 종종 명령할 것이다. 일어나서 잘 들어. 오늘밤 난 당신들을 사랑해. 사랑해, 이웃님들. 난 사랑으로 가득찼어. 하지만 당신들은 나를 사랑하지 않아. 그러니 이 말을 해야겠어. 난 눈곱만큼도 당신들을 신경쓰지 않아. 그게 진실이야. 이제 꺼져. 가. 마그다는 우리를 사랑하지만 우리가 그녀를 내치는 만큼 그녀도 우리를 내친다. 자신의 사랑의 광대함 때문에 우리를 내친다. 때때로 그녀는 불행하고 그럴 때면 우리에게 말할 것이다. 난 죽어가고 있어. 그래, 난 아파. 죽어가고 있어, 이웃님들. 당신들은 날 사랑하지 않아. 나는 죽어가는데 당신들은 알지도 못해. 당신들을 사랑해. 하지만 난 눈곱만큼도 당신들을 신경쓰지 않아. 그러니 가. 가버려. 꺼지라구. 가. 사랑해. 가. 일단 자신의 비극적인 메시지를 전하고 나면 그녀는 구급차를 부르러 집안으로 사라질 것이다. 구급차가 도착하면 그녀는 작은 여행가방과 함께 계단에서 대기하고 있을 것이다. 구급의료원들에게 자신의 통증에 대해 간단하게 설명한 뒤, 그들을 밀치고 걸어가서 뒷좌석에 앉아 출발하기를, 꺼지기를, 가기를 기다릴 것이다.

　마그다의 목소리 이론 #3: 형이상학적 기원들. 최근 에롤과 다툰 후 마그다는 젊은 이슬람교도를 집에 데려와 계단에 앉아 있었다. 그는 디시다시*와 챙 없는 흰색 모자 차림이었고, 숱이 적은 턱수염과 판지로 만든 여행가방과 몽롱한 표정의 소유자였다. 나는 그녀가 그를 역에서 발견했으리라고 짐작한다. 그는 스물한 살쯤 되어 보였다. 마그다는 럼주 병을 흔들며 그에게 가끔씩 자신의 주차 자리를 빼앗는 도둑들에 대해 이야기했다. 그녀는 웨스터베리 로드의 주차 안전에 대한 우려를 표명하려, 에롤의 집 바깥 공간을 지키기 위해 사용하는 나무판자와 도로용 원뿔들의 구조를 약간 개조했다. 나는 그 소년이 영어를 할 수 있는지 확신할 수 없었다. 여행가방을 보건대 그는 이제 막 런던에 도착한 모양이었다. 그는 그녀의 손에 들린 술병을 무시하며 열심히 귀를 기울였다. 설사 그녀의 말을 이해하지 못했더라도 그는 뭔가를, 들을 가치가 있는 뭔가를 발견한 것 같았다. 그는 마그다의 목소리에서 신성神性을 들었던 것일까? 그날 오후 나는 상가로 가는 길에 그 계단 앞을 지나갔다. 그녀는 내게 소리쳤다. 걱정 말아요. 얘는 내 동생이니까. 얘 귀가 너무 더러워서 살펴보고 있을 뿐이에요.

---

* 남성 이슬람교도들이 입는 원피스 형태의 전통 복장.

그녀를 체포해야 한다는 사실이 경찰관들에게 점점 분명해지고 있다. 쉽지는 않을 것이다. 나는 그들이 이런 일에 대비해 훈련을 받는지 궁금하다. 특별한 체포 방법이 있을까? 서면화된 관례들이? 마그다에게는 그들의 부정직한 마음이 작용하는 방식이 보인다. 그녀에게는 놀라운 구석이 있다. 난 당신들을 알아. 그녀는 당당하게 경고한다.

드럼 연주자인 앤디가 때마침 그 길을 지나 자신의 집 앞에 주차한다. 그는 어딘가에서 연주를 하느라 늦게까지 외지에 있었다. 리즈에 일거리가 많다고 그가 내게 말한 적이 있다. 마그다는 앤디를 제일 좋아한다. 이봐, 괜찮아. 그녀는 말한다. 당신. 그래, 빨간 차 타는 당신 말이야. 당신을 사랑해. 난 그 차를 여러 번 봤어. 그 차를 무지 많이 봤다고. 정말이야. 가버려. 난 너랑 끝났어. 가. 알았어? 엿 먹어. 넌 아마 거시기가 작을 거야. 가버려. 앤디는 그녀에게 손을 흔든 다음 자신의 드럼 세트를 차에서 내리기 시작한다. 당신은 젊은 남자야. 그녀는 그에게 키스를 보내며 소리친다.

그녀의 주의가 산만해졌다고 생각한 경찰들이 계단 쪽으로 다가간다. 마그다는 길고 카랑카랑한 비명을 지른다. 비명은 창문들을 뒤흔들고, 위층 창문에서 지켜보는 우리 이웃들의 영혼을 깊숙이 관통한다.

마그다 목소리 이론 #4: 고대의 세계에서 살아남은 것? 원시적인, 인간 본래의 것. 그리스의 대곡代哭꾼. 매머드를 쓰러뜨리는 사람. 그녀는 미끄러지듯이 그들의 손아귀에서 벗어나 큰길 쪽으로 어기적어기적 걸어간다. 느리지만, 어수선하고 느릿느릿한 움직임 때문에 잡기가 힘들다. 마침내 경찰 두 명이 그녀를 붙들었다. 한 명은 그녀의 두 팔을 잡고 다른 한 명은 정적인 럭비 태클처럼 그녀의 허리를 안는다. 그의 머리가 그녀의 뱃살을 눌렀다. 그는 자신의 코와 마그다의 가장 은밀한 부위 사이를 유일하게 가로막는 밝은 녹색 나일론 삼각형을 노려보게 됐다. 격렬하게 저항하는 그녀를 보니, 젊은 남자가 필요했던 그녀가 18번가의 지하로 기어들어가던 때가 생각난다. 그곳에는 한 무리의 건축업자들이 주방 설비를 설치하고 있었다. 그들이 싱크대 뒤에서 웅크리고 있을 때 그녀는 창틀 안으로 몸을 반쯤 밀어넣었다. 난 늙은 남자랑 살아요. 그녀는 몸을 흔들고 뒤틀며 으르렁거렸다. 나한테 콘돔 있어요. 줄 서요. 난 준비됐으니까.

무전기들이 치직 소리를 낸다. 문들이 쾅 닫힌다. 마그다는 호송차 안에 있고, 나는 다시 침대 속으로 기어든다. 몇 분 동안 붉고 푸른 불빛들이 내 방 천장에 번쩍이는 무늬를 그리더니 웨스터베리 로드 전체가 고요하고 어두워진다. 마그다는 내일 돌아올 것이다. 그들은 결코 그녀를 오래 데리고 있지 않는다. 그녀는 에롤의 뒷마당에서 해적 방송을 들으며 하루이틀 부루퉁해할 것이다. 그런 다음 우리를 용서하고 집 앞 계단 위 자신의 자리로 돌아갈 것이다. 우리, '집안에서 우쭐해하는 도둑놈 같은 이웃들'이 모르는 것은 사랑의 힘이다. 사랑은 모든 것을 정복한다. 어느 날 우리는 이것이 사실임을 깨닫고 미안해할 것이다. 때때로 나는 우리가 마그다에게 받은 사랑을 되돌려주면 어떤 일이 벌어질지 궁금하다. 우리가 믿어주면 그녀는 우리에게 위대한 일들을 해줄 수 있을 것이다. 하지만 우리의 문제는 믿음이 없다는 것이다. 우리의 문제는 멍청하다는 것이다. 우리의 문제는 절대 귀기울이지 않는다는 것이다.

앤드루 숀 그리어

뉴턴 윅스

Soleil Judge Frank Justin M. Damiano
Gladys
Gideon Parks-Schultz J. Johnson
Hanwell Snr Nigora
Roy Spivey Cindy Lélé
Donal Webster Stubenstock
Puppy Magda Judith Castle
Mandela RHODA
THE Theo Perkus
MONSTER JORDAN Tooth
THE LIAR WELLINGTON
LINT Gordon

Newton Wicks

뉴턴의 가장 친한 친구는 그가 '뉴'로 불릴 때 그를 위해 선택되었다. 첫 친구는 종종 그렇다. 그 시작이 어떠했는지는 알기 어렵지만, 동물원 조련사가 같은 종의 동물 두 마리를 페인트로 칠한 사육장 안에 함께 두듯이, 누군가 유치원이라는 세계를 경계했던 다섯 살의 두 친구를 거실에 함께 둔 것이 분명하다. 젊은 어른들—평생 함께 가지는 못할 친구들—이 다른 방 안에 앉아 자신들의 음료수 속에서 달그락대는 얼음 소리와 피터 폴 앤드 메리의 음반을 들으며 웃는 동안(그들은 〈퍼프〉가 흐르기 시작하면 아이들을 불러들일 것이다) 소년들은 둘이서만 남겨진 채 서로를 뚫어져라 쳐다보았다. 그 아이들이 서로 같은 부류임을 알아보았을지 누가 알겠는가? 모든 것에 새로움이라는 가시가 달린 시기에 첫 우정이라는 것이 그들에게는 힘들기나 했을지 누가 알겠는가? 친구의 이름은 마틴이었다. 그곳은 마틴의 집이었으므로 마틴은 뉴턴에게 자신의 다양한 장난감들을 소개했다. 눈이 고양이 펠릭스처럼 생긴 작은 플라스틱 소방관을 뉴턴이 집어들었을 때 긴장된 침묵이 감돌았다. 소방관의 팔과 다리를 움직이니 뉴턴은 갑자기 몸이 줄어들어 어깨만큼 오는 짙은 베이지색 카페트의 털 속으로 들어갔고, 세상은 소방관이 탈출해야 할 정글이 되었다. "아냐, 아냐, 봐." 마틴이 말하자 뉴턴은 다시 원래대로 커졌고, 마틴이 자신의 손에서 소방관을 빼앗아 지금은 잃어버린 다른 장난감의 것이 분명한 더러운 차에 앉히자 뉴턴은 부끄러움을 느꼈다. "봐, 소방관은 이걸 타고 돌아다녀. 이렇게 박쥐들을 지켜보는 게 그의 임무야." 실제로 고무 박쥐 두 마리가 상자에서 꺼내져 공중에서 위협적으로 움직였다. 마치 텔레비전 쇼처럼—사실은 모든 것들처럼—뉴턴은 그 시작을 결코 짐작할 수 없을 길고 긴 이야기를 우연히 목격하게 된 것이다. 그에게는 조끼를 뒤집어 입고 모자를 쓰지 않은 다른 소방관이 주어졌다. "네가 공주 해." 당연한 일이었다. 장차 뉴턴의 집에서 마틴은 말하는 동물이나 조수 같은 단역을 떠맡게 될 터였다. 그리고 이야기를 더 잘 지어내는 뉴턴에게 결국 자신의 영웅들까지 내주게 될 터였다. 그러나 이 때문에 그 둘은 아마도 친구가 될 수 있었을 것이다. 첫 만남에서 뉴턴이 으르렁거리거나 불평하지 않고 여자 역할이라는 수치를 받아들였기 때문에. 그후 몇 번의 만남에서 마틴은 그 장난감들이 마치 커튼이 올라가기 전의 서막이나, 중역실로 안내될 사람을 인터뷰하는 이들처럼 중요치 않음을 밝혔다. 마틴은 자신의 방으로 뉴턴을 안내했다. 그곳에는 희망에 찬 인형극장이 접이식 다리 위에 놓여 있었다. 줄무늬가 그려진 극장에는 정교한 외국어 글자가 적혀 있었고

('다음 공연 시각은······'이라는 뜻의 독일어였다), 그 밑에는 진짜 판지로 만든 시곗바늘이 달린 시계가 네시 삼십분에 맞춰져 있었다. 그때는 네시였다. 낙관적인 마틴이 예정해두었던 공연은 영영 시작되지 않았다. 뉴턴이 마법의 숲에 있는, 키가 오 센티미터밖에 안 되는 종이 기사들에게 호감을 느꼈기 때문이다. 마틴은 자기가 기사들을 책에서 뜯어냈다고 말했다. 하지만 반달 모양 종이 받침대 때문에 겪은 문제, 기사들이 땀에 젖은 그의 열성적인 손안에서 휘어지게 된 경위, 또는 자신이 가장 좋아하는 '흑기사'가 어째서 세움대가 망가져 벽이나 침대 기둥에 기대지 않고서는 전투에 참여할 수 없는지는 설명하지 않았다. 물론 기사들이 바닥깔개의 털 속에 있는 한 문제될 것은 없었다. 깔개의 털 속으로 밀어넣으면 기사들은 언제까지고 그곳에 앉아 있을 수 있었다. 이층 침대는 탑이 되고 이불은 산이 되었으며 침대 밑은 동굴이 되었다. 잠시 동안 현실적인 임무를 수행하던 기사들은 마침내 하늘을 날고 싶다는 한 가지 소원을 이루게 되었다. 곧 그들은 이 책장에서 저 책장으로 날아다니며 전투에 임했다. 아래층의 박쥐들이 호출되었다. 아무도 공주 역을 할 필요가 없었다.

마틴의 방에는 금색과 빨간색 금속 자동차들을 숨겨둔 은닉처도 있었다. 실제로 돌아가는 바퀴들에는 카펫 솜털이 끼어서 달릴 수 없는 상태였지만 문제없었다. 뉴턴과 마틴은 자동차들을 굳이 카펫 위에서 굴리는 대신 그곳을 제외한 거의 모든 곳에서, 의자가 딸린 작은 파란 책상(둘 다 새로 칠해서 광이 났다)과 이층 침대의 위아래로 질주시켰기 때문이다. 그들은 지치지도 않고 마틴의 고

전적인 '부릉 부릉 부릉'에서 뉴턴의 미래적인 '브브브부우우'까지 서로의 소리를 흉내냈다. 마침내 자동차들은 마법처럼 인형극장의 무대 뒤에서 멈췄다. 마틴은 극장의 커튼을 열고 갑작스럽게 (희극에서처럼) 관객들을 향해 자동차의 눈인 헤드라이트를 보여주었다. 그후 자동차들은 비명을 지르며 곤두박질치면서 파멸을 맞았다.

그 방에는 애완동물도 있었다. 크레파스로 산호와 깃털 목도리 같은 해초를 그려넣은 구두 상자 속에 사는 소라게였다. 두 소년은 줄무늬가 있는 소라껍질을 탁자 위에 올려놓고, 리무진에서 내리는 유명인사처럼 소라게가 나올 때까지 끈기 있게 기다리곤 했다. 처음에는 가는 실 같은 더듬이들이, 그다음에는 앙증맞은 조그만 다리들이, 그리고 마침내 거대한 갈색 집게발이 나왔다. '소라돌이'가 용기를 내고 있다는 뜻이었다. 게의 두 눈이 나타나는 즉시 한 소년 또는 다른 소년은 집게발이나 다리를 찔러보곤 했다(명예는 둘이 함께 나눴다). 그러면 그 생명체는 순식간에 그리고 오싹하게 후퇴하여 껍데기 입구에는 발끝만 내놓았다. 그러나 그 어리석은 생물은 결코 알지 못할 터였다. 다시 또 기다리면, 다시 한번 그 육감적인 다리들이 하나씩 하나씩 탁자 위를 두드릴 터였다.

다른 모든 아이들처럼 마틴에게도 가지고 놀 수 없는 장난감이 있었다. 마틴이 혼자 놀 때만 달리는 다리 없는 말처럼, 부서졌거나 그의 나이에 맞지 않는 장난감들. 물론 부유한 이모가 애정을 담아 선물한 꼭두각시 인형들도 마찬가지였다. 그중에는 수공예 손가락 인형 가족과 뜨개질로 만든 손인형 삼인조, 호랑이와 경찰과 마법사가 있었다. 이 세 가지로 어떤 시나리오를 연기할 수 있는지는 수수께끼였다. 그의 옷장 깊숙한 곳에는 모자를 쓴 소년 마리오네트도 있었다. 아이 없는 노부인이 지나칠 수 없는 물건이었겠지만 인형의 구조는 복잡했고, 소년이 갖고 놀기에는 지나치게 귀했다. 소년이 나이가 더 들면 여자들 것 같다거나 귀신 들린 것 같다고 생각하게 될 물건이었다. 경첩이 달린 헛간 앞뜰에는 시무룩하고 눈이 없는 동물 인형 세트도 살았다. 하나같이 색깔 있는 플라스틱으로 조잡하게 만들어진 것으로, 압출 과정에서 생긴 긴 돌기들이 등뼈를 따라 공룡의 척추처럼 튀어나와 있었다. 카펫 속에 숨어 있는 이 동물 인형들과 맨발로 만나 비명을 지르며, 마땅히 웃고 있어야 할 것 같지만 얼굴에 웃음기라고는 전혀 없는, 날카로운 발이 달린 작은 분홍색 돼지를 줍는 것은 일상적인 일이었다. 이 인형들은 지나치게 평범해 사랑받지 못했고—어떤 아이의 마음도 그 속으로 들어갈 만큼 작게 접히지 않았다—그 수가 너무도 많았다. 아마도 백 개쯤. 아이들은 무고한 존재를 사형하듯 헛간 벽을 따라 그것들을 종류별로 줄세우는 놀이밖에 상상하지 못했다.

두 소년은 매 순간이 우주 유영만큼이나 놀라울 나이였다. 집 앞 계단은 그때까지 보았던 다른 계단과 전혀 다를 바가 없었지만, 소년들은 그 계단에서 뛰어내리며 몇 시간이고 즐겁게 놀았다. 나무들이 잘 자라지는 않지만, 경사가 가파른 뉴턴네 뒷마당보다 훨씬 나은 샌프란시스코의 이 뒷마당은, 잔디밭 속의 개미 왕국부터 슬프게도 오를 수 없는 유칼립투스 나무들 아래에 있는 행성 간의 영역까지 집약 가능했다. 하지만 너무 어렸던 두 소년에게는 나무 사이에서 원을 그리며 뛰어다니는 것으로 충분했다. 이따금씩 낫 모양 잎사귀 위로 미끄러지는 것, 수풀과 몇 안 되는 마당 의자들 사이에서 자신들의 작은 몸을 숨길 새롭고 또 새로운 은신처를 찾아내는 것, 두근거리는 조그만 개구리 같은 심장으로 장작더미의 어둠 속에서 기다리는 소년을 다른 소년이 자기도 놀라 비명을 지르며 덮치는 것만으로도. 놀이가 너무 길어지면 술래는 나무 냄새와 파도 소리에 휩싸여 울기 시작했고, 너무 오래 발견되지 못한 소년도 눈물이 그렁그렁 맺힌 채 뛰쳐나왔다. 그럴 때는 누구라도 어른이 밖으로 나가 소년들을 달래야 했다. 어떤 이유에선지 소년들은 서로를 달랠 수가 없었다.

여기까지는 낮 동안의 일이었다. 소년들의 몸은 밤에도 원을 그리며 달리고 싶어했다. 금지된 행동이었지만 그들은 그렇게 하고야 말았다. 소년들은 마틴의 침대 위에서 뛸 때마다 마틴의 어머니가 곧바로 알아차린다는 사실이 무척이나 놀라웠다. 천리안의 소유자인 듯한 마틴의 어머니가 뛰어들어와 침대를 어지른다며 야단을 치고 다른 놀이를 찾아보라고 할 때면 소년들은 놀라 휘둥그레진 눈으로 서 있었다. 때로는 엉덩이를 맞기도 했다. 마틴의 어머니는 뉴턴의 부모가 없을 때면 뉴턴까지 주저하지 않고 찰싹 때렸다. 긴 의자 위에 올라서서 비었으면 어떡하나 걱정하며 쿠키 단지에 손을 넣고, 부스러기의 바다 속에서 쿠키 반 조각을 감지하고는 짜릿한 기분을 느낀 다음…… 단지를 바닥에 떨어뜨려 산산조각 냈을 때도 그랬다. 마틴 어머니의 옷장에 들어가 난장판을 만들고,

이국적인 장신구들을 해적의 보물처럼 헤집으며 장밋빛 공단으로 만든 긴 물건들을 바닥에 집어던지고, 다이아몬드 버클이 달린 진주목걸이를 찾아내 세상 물정 모르던 마틴이 자신의 목에 둘렀을 때도. 그러나 웬만하면 활기차게 놀도록 놔둬야 한다고 생각했던 마틴의 아버지가 있을 때면 소년들은 소파를 분리해서 놀라운 요새를 만들 수도 있었고 심지어—아주 운 좋은 날에는—그 안에서 저녁을 먹으며 쿠션 너머로 재미있는 텔레비전 프로그램을 한 시간이나 볼 수도 있었다. 이것이 열세 살까지의 인생이었다.

세상에는 쉰이나 여든보다 다채로운 열세 살이 존재한다. '유별나게 아이 같은 열세 살'이 있는가 하면 '걱정하고 집착하는' '놀랄 만치 남자다운' '여자다운' '고딕 호러풍의' '희생양인' '어릴 때 무슨 일이 있었던' '행복에 넘치는' '업신여김당하는' '외로운' '말도 못하게 고집 센' 열세 살이 있다. 각기 다른 삶을 사는 '조증'과 '울증'의 열세 살이 있다. '어른을 사랑하는' 열세 살이 있고 '한물간 아빠의 포르노를 훔치는' 열세 살이 있다. '모조리 훔치는' 열세 살도 있다. '벌써 담배를 피우고 술을 마시고 섹스를 하는' 열세 살. '혼자 우는' 열세 살. '어린 시절을 그리워하는'과 '세상이 싫은' 열세 살도 있다. 뉴턴은 이들 중 어느 것도 아니었다. 이들과는 거리가 멀었다. 그는 여섯 살에 신동이었다가 일곱 살에 시들해지는, 스무 살에는 잘생겨졌지만 자신의 옛 졸업앨범 사진을 여자친구들에게 보여주고서 한때는 정말 절망적이었구나라는 말을 들으며 기쁨을 느끼지 못하는 그런 소년이었다. 그는 이러한 지점들 사이 어디엔가에 있었고, 어떤 이유에선지—그리고 이것은 절망적으로 슬픈 부분이었다—그 자신도 이를 알고 있었다. 시험지에 자신이 어떤 열세 살인지 쓰라는 문제가 있다면 그는 지진계 같은 글씨로 '시간이 지나가기를 기다리는' 열세 살이라고 쓸 것이다.

사진들도 말해주는 바가 거의 없다. 1984년, 열세 살의 그가 찍힌 사진이 한 장 있다. 그는 아버지와 함께 고른 남색 재킷과 회색 바지를 입고 벽난로 옆에 서 있다. 지인의 유대교 성인식에 가는 복장임에 틀림없다. 젖은 빗으로 가르마를 타서 고정한 머리는 마르는 동안 갈퀴로 잎사귀를 긁어낸 잔디밭처럼 긴 선들을 그렸다. 머리카락은 아버지의 '커맨더' 한 통을 다 뿌린 듯 딱딱해 보인다. 아이들과 마찬가지로 사진도 언제나 일상이 아닌 희귀한 순간만을 기억한다는 것은 애석한 일이다. 그는 이런 모습으로 생활했던 적이 한 번도 없다. 죄책감과 놀라움이 깃든 표정. 훗날 갈색으로 바뀔 짙은 파란색 눈동자. 아이는 파란 두 눈을 크게 떴고 눈썹은 치켜올라가 있다. 처음으로 근엄한 표정을 짓는 데 실패한 것일지도 모른다. 혹은 무언가를 기다리는 표정일지도 모른다. 아버지가 렌즈를 조정하기를, 새 셔츠의 겨드랑이로 땀이 흐르기를, 두 사람이 집을 나서야 하는 끔찍한 순간이 오기를 기다리는 표정. 남색 잉크와 섞여 뭉개진 손. 그 방에서 유일하게 자랑할 만한 물건인 금색 단추 하나.

이 사진은 아무것도 포착하지 못했다. 그의 뒤쪽 벽난로 선반 위에 있는 꽃들의 화사함도. 선물로 받은 꽃들은 사진 속에서 조화처럼 보인다. 또한 창유리 위에서 증발하는 물방울도. 액자의 모든 귀퉁이를 가득 채워야 할, 계량컵 속의 흑설탕처럼 내면에 꾹꾹 눌러담은 이 소년의 아름답고 절망적인 사랑도. 그 사랑은 그의 옆에 있는 서글픈 화분의 꽃망울을 터뜨려야 마땅하다. 그가 사진 밖을 보고 있는 것이 아니라 한 남자, 자신의 아버지를 바라보며 방 안에 서 있다는 사실도 결코 짐작할 수 없을 것이다. 그가 그 남자를 어떻게 생각하는지 사진으로는 결코 알 수 없다. 이 사진만 이러한 것들을 포착하지 못하는 건 아니지만, 사진을 보는 사람에게 이는 존재한 적 없었던 것과 마찬가지다.

대니얼 클로즈

저스틴 M. 다미아노

Soleil | Judge Gladys | Frank | J. Johnson

Gideon | Parks-Schultz

Hanwell Snr | Nigora

ROY SPIVEY | Cindy | Lélé

Puppy | Magda | Mandela | Donal Webster | Stubenstock

Judith Castle

RHODA

THE MONSTER | Theo | Perkus Tooth

THE LIAR | JORDAN | WELLINGTON

Newton Wicks | LINT | Gordon

Justin M. Damiano

실은 꽤 잘 썼더라고. 약간 과장되긴 했지만……

그땐 어렸어. 어리고 멍청했지.

저스틴!

있잖아요, 감독이 목록에서 당신 이름을 보더니 당신이 자기에 대해 쓴 글을 기억한대요. 원한다면 점심식사 후에 마놀라 대신 들어와도 좋다고 했어요.

코트니 하이슬러, 닉슨 & 화이트 홍보 회사 어시스턴트

다들 알다시피 보통 내 사이트에는 인터뷰를 싣지 않는다. 그래서 나는 이 자리에서 그를 공격할 준비가 되어 있지 않았다(인쇄 매체 사람들이 내게 말할 기회를 줄 것도 아니지만).

나는 스물두 살의 저스틴을, 자신의 영웅이 그 글을 읽었다는 걸 알면 얼마나 그가 기뻐했을지를 생각하지 않을 수 없었다. 그가 나 대신 이 탁자에 앉아 있었더라면!

나는 워싱턴하이츠에 있는 그 쓰레기 같은 아파트의 기억에 사로잡혀 있었다. 엘렌과 내가 〈악마의 보트〉(여전히 괜찮은 그의 유일한 영화다)를 처음 봤을 때 얼마나 좋아했는지, 그 글을 통해 얼마나 필사적으로 엘렌에게 강한 인상을 남기고 싶었는지 기억해냈다.

어땠어?

괜찮았어.

그 장면에 대해 물어 봤어?

어떤 장면?

〈돌의 여인〉 말이야, 바보야!

안 물어 봤어.

지금이 기회야!

가서 물어보자!

됐어.

네가 안 하면 내가 해!

이봐, 난 알았어 내가 갈게.

그리하여

그건…… 배급사에서 그녀가 그렇게 한 이유를 설명하는 장면을 몽땅 잘라냈어요. 그녀는 피해자여야 했는데. 그건…… 그 장면을 봤을 때 전 울었습니다.

때로 평론가는 아주 힘든 결정을 내려야 한다.
방금 나는 아주 공격적인 글을 완성했다. 하지만 떨쳐지지 않는
죄책감 때문에 게시판에 올리지 못하고 있다.
그 감독의 짧은 변명이 사실이기는 했을까?

엘렌은 나의 영화 취향을
놀리곤 했다. 그녀는 내게 비범한
목소리의 독특한 뉴앙스보다 포커스
그룹과 위원회가 만든 예술을 선호하는
'낭만적 샌님'이라고 했다.
물론 그녀는 옳았다.

리 뷰

내가 할 수 있는 말은, 그녀는 〈타이타닉〉의
마지막 장면을 보고 울었고 나는 〈경멸〉을 보다가
잠들었다는 것뿐이다.

나는 영화가 주는 변화의 힘을 믿는다. 오직 이 공유된 꿈의 경험을 통
해서만 우리는 억압적이고 자질구레한 일상을 뛰어넘어 공통된 욕망의
깊은 현실 속에서 얼마간의 정신적 연대를 발견할 수 있기 때문이다.

우리는 얼마나 자주 영화를 보고, 영화 속 감정들을 실생활에
서 느끼고 싶어하는가? 하지만 무엇이 우리의 발목을 잡는가?
어째서 우리는 일상을 버리고 다원적 소망 성취의
영화가 제공하는 가능성들을 껴안지 못하는 것인가?

저, 이번에 방침이
바뀌어서 두 시간 이상 자리에
앉아계실 수 없어요.

결국 엘렌이 떠났을 때, 그녀는 나를 전혀 알지 못하는 것 같다고
말했다. 그녀는 내가 오로지 머릿속에서만 산다고 했다.
나는 그녀의 말뜻을 이해한다. 그리고 나는 그녀가 내 사이트를
본 적이 있는지 종종 궁금해진다. 그러면 진짜 나를 알 수 있을 텐데.

그리하여 나는 업로드 버튼을 눌러
멈출 수 없는 50메가톤급 저스틴 다
미아노를 창공으로 날려보냈다.

크리스 웨어

조던 웰링턴 린트

Soleil Judge Frank J. Johnson

Gideon Gladys Parks-Schultz Justin M. Damiano

Hanwell Snr Nigora

ROY SPIVEY Cindy Lélé

Puppy Magda Mandela Donal Webster Stubenstock

Judith Castle

RHODA

THE Theo Perkus

MONSTER Tooth

THE LIAR JORDAN

Newton Wicks WELLINGTON Gordon

LINT

조던 웰링턴 린트

열세 살까지

C. 웨어

1957년 9월 12일

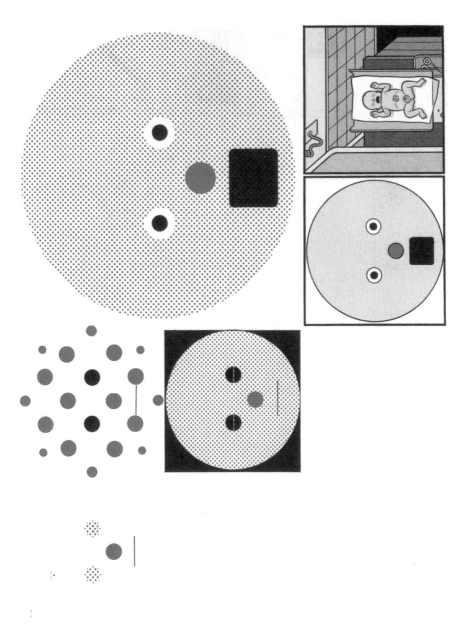

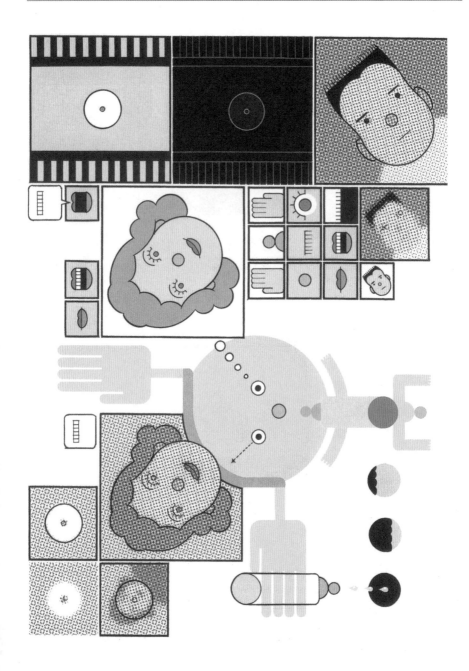

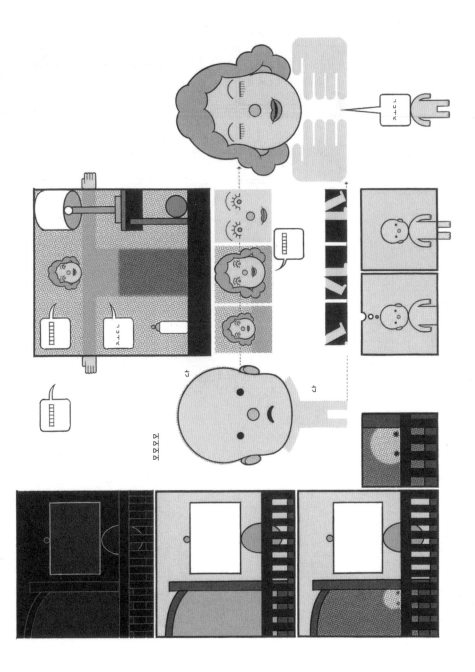

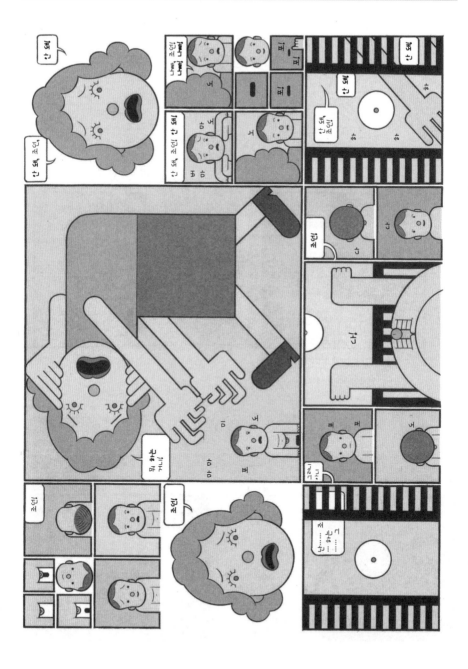

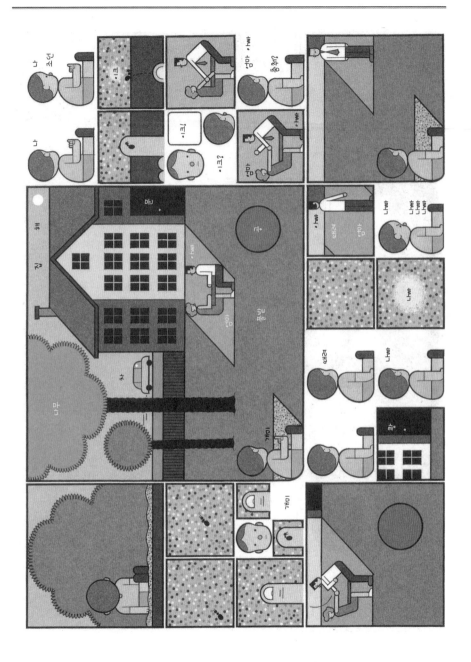

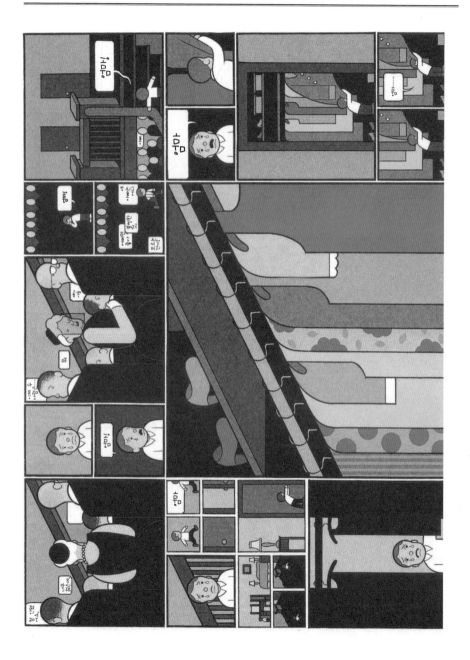

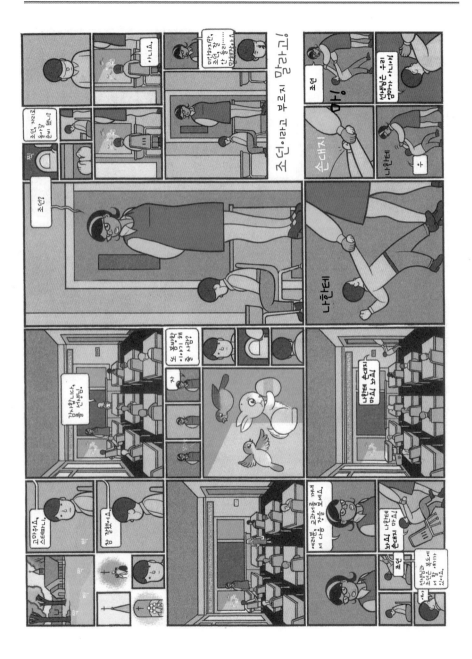

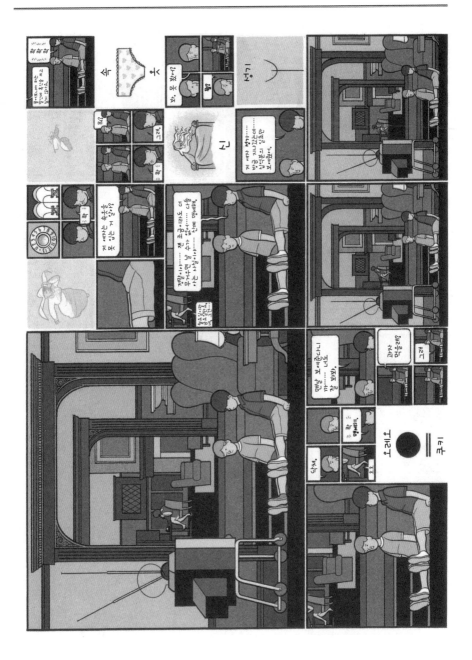

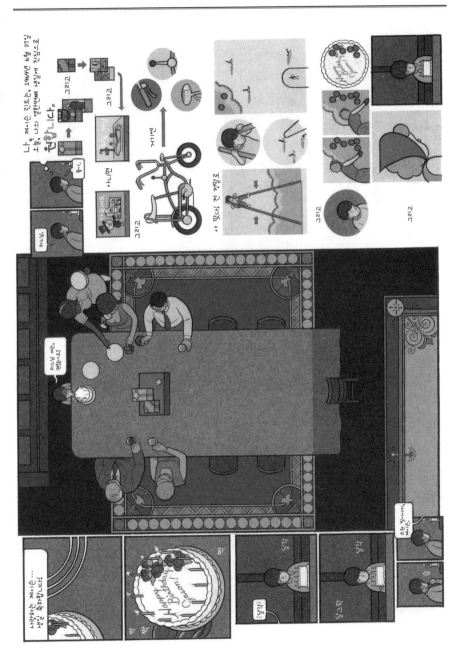

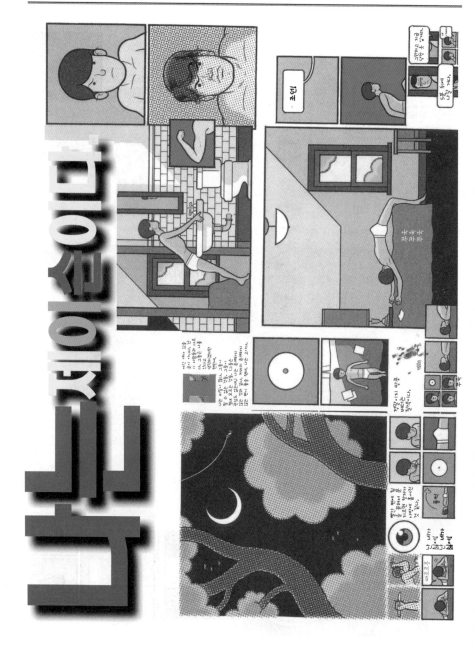

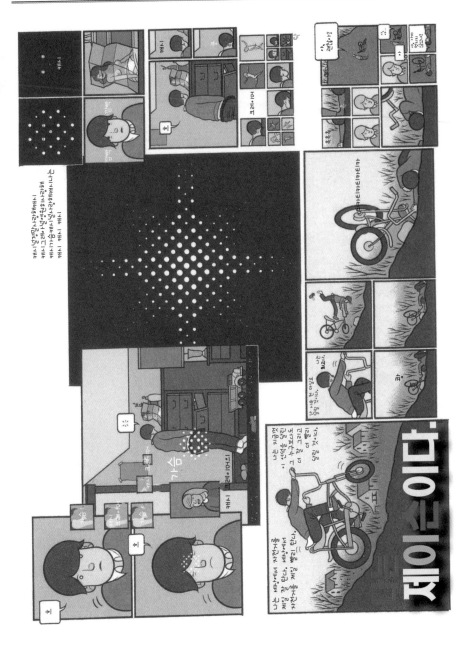

조지 손더스는 2006년에 맥아더 펠로십을 받았고, 단편집 『악화일로를 걷는 내전의 땅』『패스토럴리아』『설득의 나라에서』를 비롯해 『12월 10일』『친절에 대하여』 등 소설 일곱 편을 썼다. 현재 시러큐스 대학교에서 학생들을 가르치고 있다.

조너선 사프란 포어는 1977년에 태어났다. 전미유대인도서상과 〈가디언〉 신인 작가상 수상작인 『모든 것이 밝혀졌다』와 『엄청나게 시끄럽고 믿을 수 없게 가까운』을 썼고, 미국의 아상블라주 아티스트 조지프 코넬의 작품을 기념하는 『새들의 집합』을 엮었다. 현재 뉴욕 브루클린에 살고 있다.

데이비드 미첼은 1969년 영국에서 태어났다. 『클라우드 아틀라스』 『블랙스완그린』을 비롯해 장편소설 일곱 편을 썼으며 현재 아내와 두 자녀와 함께 아일랜드에서 살고 있다.

닉 혼비는 1957년생으로 장편소설 『하이 피델리티』 『어바웃 어 보이』 『하우 투 비 굿』 『딱 90일만 더 살아볼까』와 논픽션 『피버 피치』 『완벽한 다음절의 법석』을 썼다. 1999년에 미국 문예아카데미에서 주관하는 E. M. 포스터상을 수상했다. 런던 북부의 하이버리에 거주하며 작품활동을 하고 있다.

포지 시먼즈는 1945년 영국 버크셔에서 태어났다. 파리의 소르본 대학에서 수학하고 영국으로 돌아가 런던의 '센트럴 스쿨 오브 아트 앤드 디자인'에 다녔다. 1972년부터 〈가디언〉에 연재하고 있으며 〈더 선〉 〈더 타임스〉 〈코즈모폴리턴〉에도 작품을 싣고 있다. 아동 책 베스트셀러에는 『프레드, 룰루 그리고 날아다니는 아기들』 『초콜릿 결혼식』 등이 있고 성인을 위한 책으로는 『마담 보베리』와 『문학 인생』 등이 있다. 현재 런던에서 살고 있다.

벤델라 비다는 장편소설 『북쪽의 빛들이 당신의 이름을 지우게 하라』와 『이제 가도 좋아』를 썼다. 첫 책 『경계 위의 소녀들』은 미국 여성의 성년 의식에 대한 저널리스트적 연구였다. 그녀는 잡지 〈빌리버〉의 공동 편집인이자 『빌리버, 작가가 작가에게 말하다』의 편집자이며, '826 발렌시아'의 창립 멤버다. 현재 캘리포니아 북부에서 살고 있다.

토비 리트는 1968년생으로 『자본주의 모험』 『비트족』 『시체』 『죽은 아이의 노래』 『노출증』 『나를 찾아서』 『유령 이야기』 『병원』을 썼다. 2003년에 〈그랜타〉가 뽑은 영국 최고의 젊은 소설가 중 한 명으로 선정되었다. 웹사이트는 www.tobylitt.com이다.

미란다 줄라이는 영화제작자이자 행위예술가이며 작가다. 단편집 『너만큼 여기 어울리는 사람은 없어』가 2007년 초에 출간되었다. 현재 로스앤젤레스에 살고 있다.

조너선 레섬은 『고독의 요새』를 포함한 장편소설 아홉 편과 단편집 다섯 권을 냈다. 브루클린과 메인에 살고 있다.

제이디 스미스는 1975년 런던 북서부에서 태어났다. 『하얀 이빨』 『사인 파는 남자』 『아름다움에 대해』를 썼다.

A. L. 케네디는 단편집 일곱 권과 장편소설 여덟 편, 논픽션 세 권을 썼으며, 이중 여러 작품이 상을 받았다. 최신작 장편은 『시리어스 스윗』이다. 언론 매체에 다양한 글을 발표하고 연극·라디오·영화·텔레비전에서도 글을 쓰고 있으며, 스탠드업 코미디 무대에 선다. 1993년과 2003년에 〈그랜타〉가 뽑은 영국 최고의 젊은 소설가 중 한 명으로 선정되었다.

A. M. 홈스는 호평받은 회고록 『정부의 딸』과 장편소설 『이 책이 당신의 인생을 구할 것이다』 『빛을 위한 음악』 『앨리스의 끝』 『어머니들의 나라에서』 『잭』을 썼다. 또한 단편집 『당신이 알아야 할

것들』『사물의 안전성』과 여행서『로스앤젤레스—사람, 장소 그리
고 언덕 위의 성』, 아티스트북『부록 A』를 출간했다.

하이디 줄라비츠는 소설 네 편을 썼으며 최신작은 『사라진 사람
들』이다. 잡지 〈빌리버〉의 창간 편집인이며, 구겐하임 펠로십을 받
았다. 뉴욕과 메인에서 산다.

알렉산다르 헤몬은 사라예보에서 태어나 1992년에 시카고로 이주
했다. 미국에 도착한 직후 그린피스의 여론조사원을 비롯해 갑자
기 모국어가 완전히 쓸모없어진 사람들에게 제2언어로 영어를 가
르치는 등 온갖 잡다한 일에 종사했다. 노스웨스턴 대학에서 영문
학으로 석사학위를 받았으며, 자신의 책『브루노의 질문』이 출간
된 순간 박사학위를 따려던 생각을 버렸다. 그후『어디에도 없는
사람』을 썼다. 헤몬의 이야기는 〈뉴요커〉〈그랜타〉〈에스콰이어〉
〈파리 리뷰〉와『미국 최고의 단편소설』 등에 실렸다. 현재 사라예
보의 잡지 〈다니〉에 '헤몬우드'라는 다소 매력 없는 제목으로 보스
니아어 칼럼을 쓰고 있으며, 구겐하임 재단과 맥아더 재단의 펠로
십을 받았다. 현재 시카고에 살고 있다.

에드위지 당티카는 아이티에서 태어나 열두 살 때 미국으로 이주
했다.『숨결, 눈길, 사랑』『크릭? 크랙!』『뼈들의 농사』『이슬 깨는
사람』, 2008년작인 회고록『형제여, 나는 죽어가고 있다』를 포함
해 다수의 책을 썼다.

데이브 에거스는 〈맥스위니스〉의 편집자이며, 『비틀거리는 천재의 가슴 아픈 이야기』『괴물들이 사는 나라』『왓 이즈 더 왓』을 비롯해 다수의 책을 썼다. '826 발렌시아'의 공동 설립자이기도 하다.

콜럼 토빈은 『브루클린』『블랙워터 등대선』『마스터』 등 장편소설 일곱 편과 단편집 『어머니들과 아들들』을 펴냈다. 현재 더블린에 살고 있다.

ZZ 패커는 펜/포크너 상 최종후보에 올랐으며 2004년 〈뉴욕 타임스〉에서 '올해의 주목할 만한 책'으로 선정한 『다른 곳에서 커피 마시기』를 썼다. 예일대를 졸업했고, 스탠포드 대학의 '윌리스 스테그너-트루먼 커포티' 회원이자 문예창작과정인 존스 렉처십의 강사다. 샌프란시스코 만안 지역에서 살고 있다.

앤드루 오헤이건은 런던에 살며, 2008년에 장편 『내 곁에 있어줘』를 출간했다.

애덤 설웰은 1978년에 태어났다. 2003년에 첫 장편소설 『정치』를 출간했다. 소설들에 관한 책인 『미스 허버트』가 2007년에 출간되었다. 이 책에 실린 「니고라」는 당시 쓰고 있던 장편소설에서 나왔다.

하리 쿤즈루는 『인상주의파』와 『전염』, 단편집 『노이즈』의 저자이다. 2003년 〈그랜타〉가 선정한 영국 최고의 젊은 소설가 중 한 명으로 뽑혔다. 현재 잡지 〈뮤트〉의 편집기자이자 '국제 펜클럽 본부' 최고집행위원회의 일원으로도 활동중이다. 런던 동부에 살고 있다.

앤드루 숀 그리어는 다섯 편의 소설을 썼으며 『막스 티볼리의 고백』은 전국적인 베스트셀러였다. 캘리포니아 도서상, 노스캘리포니아 도서상, 뉴욕공립도서관 젊은사자상을 수상했고 미국 국립예술기금위원회NEA 펠로십을 받았다. 현재 샌프란시스코에 살고 있다.

대니얼 클로즈는 1961년 시카고에서 태어났다. 현재 캘리포니아주 오클랜드에서 아내 에리카와 아들 찰스, 비글 엘라와 함께 살고 있다. 지은 책으로 『아이스 헤이번』 『고스트 월드』 『윌슨』 『데이비드 보링』 『캐리커처』 등이 있다.

크리스 웨어는 일리노이 주의 시카고 외곽에 살고 있으며, 『지미 코리건: 세상에서 가장 똑똑한 아이』를 썼다. 자신이 만드는 정기 간행물 〈애크미 노벨티 라이브러리〉에 그래픽 노블 두 편을 연재했으며, 2007년 말에 이 정기간행물의 18호와 18과 1/2호가 발간되었다.

감사의 말

본 프로젝트를 제안해준 테드 톰프슨과 세라 보웰에게, 다방면에서 출간을 도와준 린다 쇼너시와 조지아 개릿에게, 제목을 지어준 닉 레어드에게 감사를 전한다.

옮긴이 **강선재**
부산대학교 영어영문학과와 이화여자대학교 통역번역대학원 한영번역학과를 졸업하고 전
문번역가로 활동중이다. 『나를 찾아줘』『세 길이 만나는 곳』 등을 우리말로 옮겼으며, 『로마
의 일인자』『포르투나의 선택』 등 〈마스터스 오브 로마〉 시리즈를 공역중이다.

타인들의 책

1판 1쇄   2016년 6월 28일
1판 2쇄   2016년 8월 5일

엮은이 제이디 스미스
옮긴이 강선재
펴낸이 염현숙
책임편집 고선향 | 편집 김정희 이현정
디자인 강혜림 이주영 | 저작권 한문숙 박혜연 김지영
마케팅 정민호 이미진 정진아 김혜연 | 홍보 김희숙 김상만 이천희
제작 강신은 김동욱 임현식 | 제작처 영신사

펴낸곳 (주)문학동네
출판등록 1993년 10월 22일 제406-2003-000045호
주소 10881 경기도 파주시 회동길 210
전자우편 editor@munhak.com | 대표전화 031) 955-8888 | 팩스 031) 955-8855
문의전화 031)955-1927(마케팅) 031)955-1917(편집)
문학동네카페 http://cafe.naver.com/mhdn | 트위터 @munhakdongne

ISBN 978-89-546-4155-5 03840

www.munhak.com